FANTASY

R. A. Salvatore wurde 1959 in Massachusetts geboren, wo er mit seiner Frau und seinen drei Kindern lebt. Bereits sein erster Roman »Der gesprungene Kristall« machte ihn bekannt und legte den Grundstein zu seiner weltweit beliebten Reihe von Romanen um den Dunkelelf »Drizzt Do'Urden«.

Von R. A. Salvatore bereits erschienen:

Aus den Vergessenen Welten:

DIE VERGESSENEN WELTEN 1–6: 1. **Der gesprungene Kristall** (24549), 2. **Die verschlungenen Pfade** (24550), 3. **Die silbernen Ströme** (24551), 4. **Das Tal der Dunkelheit** (24552), 5. **Der magische Stein** (24553), 6. **Der ewige Traum** (24554)

DIE SAGA VOM DUNKELELF: 1. **Der dritte Sohn** (24562), 2. **Im Reich der Spinne** (24564), 3. **Der Wächter im Dunkel** (24565), 4. **Im Zeichen des Panthers** (24566), 5. **In Acht und Bann** (24567), 6. **Der Hüter des Waldes** (24568)

DAS LIED VON DENEIR: 1. **Das Elexier der Wünsche** (24703), 2. **Die Schatten von Shilmista** (24704), 3. **Die Masken der Nacht** (24705), 4. **Die Festung des Zwielichts** (24735), 5. **Der Fluch des Alchimisten** (24736)

DIE VERGESSENEN WELTEN, WEITERE BÄNDE: 1. **Das Vermächtnis** (24663) [= 7. Band], 2. **Nacht ohne Sterne** (24664) [= 8. Band], 3. **Brüder des Dunkels** (24706) [= 9. Band], 4. **Die Küste der Schwerter** (24741) [= 10. Band], 5. **Kristall der Finsternis** (24931) [= 11. Band], 6. **Schattenzeit** (24973) [= 12. Band], 7. **Der schwarze Zauber** (24168) [= 13. Band], 8. **Die Rückkehr der Hoffnung** (24227) [= 14. Band]

Aus den Dämonenkriegen:

DRACHENWELT: 1. **Der Speer des Kriegers** (24652), 2. **Der Dolch des Drachen** (24653), 3. **Die Rückkehr des Drachenjägers** (24654)

Von der Dämonendämmerung:

DÄMONENDÄMMERUNG: 1. **Nachtvogel** (24892), 2. **Juwelen des Himmels** (24893), 3. **Das verwunschene Tal** (24905), 4. **Straße der Schatten** (24906), 5. **Der steinerne Arm** (24936), 6. **Abtei im Zwielicht** (24937), 7. **Der ewige Fluch** (24988), 8. **Das brennende Herz** (24989)

SCHATTENELF: 1. **Der dunkle Sohn** (24990), 2. **Das Turnier** (24994), 3. **Der Herr der Flammen** (24995)

Außerdem von R. A. Salvatore erschienen:

STAR WARS: **Episode II. Angriff der Klonenkrieger** (35761), **Das Erbe der Jedi-Ritter 1. Die Abtrünnigen** (35414), **Das Erbe der Jedi-Ritter 2. Die schwarze Flut** (35673), **Das Erbe der Jedi-Ritter 3. Das Verderben** (35620)

Demnächst erscheint:

SCHATTENELF: 4. **Feuerzauber** (24996)

Weitere Bände sind in Vorbereitung.

FANTASY

R. A. Salvatore

Der Herr der Flammen

Schattenelf 3

Ins Deutsche übertragen
von Caspar Holz

BLANVALET

Die amerikanische Originalausgabe erschien unter dem Titel
»Transcendence. Book II of the Second Demonwars Saga«
(Parts 1 + 2)
bei Del Rey/Ballantine Books, New York.

Umwelthinweis:
Alle bedruckten Materialien dieses Taschenbuches
sind chlorfrei und umweltschonend.

Blanvalet Taschenbücher erscheinen im Goldmann Verlag,
einem Unternehmen der Verlagsgruppe Random House GmbH.

Deutsche Erstveröffentlichung 5/2003

This translation was published by arrangement with
The Ballantine Publishing Group,
a division of Random House, Inc.
Umschlaggestaltung: Design Team München
Umschlagillustration: Agt. Schlück/Ciruelio
Satz: deutsch-türkischer fotosatz, Berlin
Druck: Elsnerdruck, Berlin
Titelnummer: 24995
Redaktion: Alexander Groß
V. B. · Herstellung: Peter Papenbrok
Printed in Germany
ISBN 3-442-24995-3
www.blanvalet-verlag.de

1 3 5 7 9 10 8 6 4 2

Barbakan
Berg Aida
ALPINADOR
2
1
Waldlande
3
Moorlande
Andur'Blough
Inninness (Nebeltal)
4
5
Wilderlande
6
Masur Delaval
7
19
8
9
KÖNIGREICH DES BÄREN
10
Großer Gürtel
11
13
12
Mantis Arm
BEHREN
Katzenbucht

1 Weedy Meadow
2 Dundalis
3 Weltenend
4 Landsdown
5 Caer Tinella
6 Palmaris
7 Amvoy
8 Dusberry
9 Ursal
10 Youmaneff
11 Entel
12 Freeport
13 Jacintha
14 St. Gwendolyn
15 Macomber
16 Tinson
17 Pireth Tulme
18 Pireth Vanguard
19 St. Mere-Abelle
JULIANTHEN
(Wetterinseln)
18
Pireth Dancard
Allerheiligen-Bucht
Golf von Korona
MIRIANISCHER OZEAN
17
16
5
Zerschmetterte
Küste

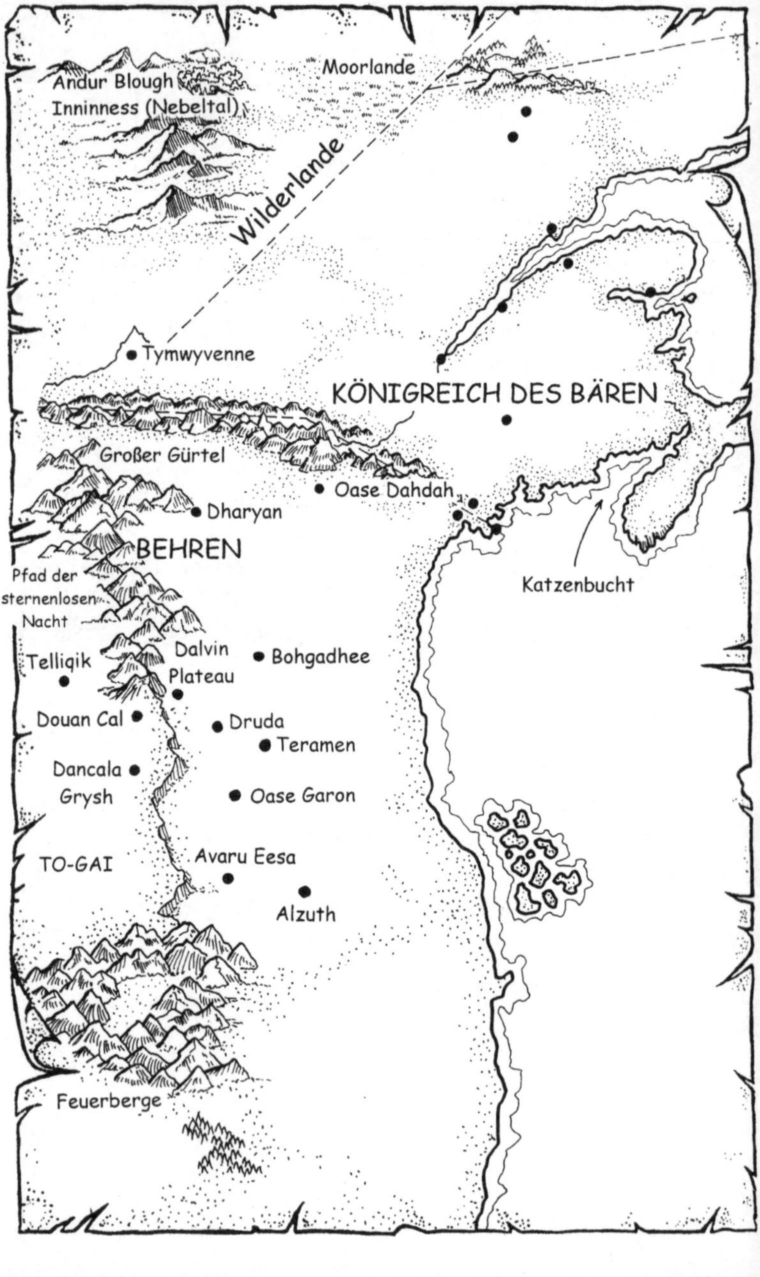

Moorlande
Andur Blough
Inninness (Nebeltal)
Wilderlande
Tymwyvenne
KÖNIGREICH DES BÄREN
Großer Gürtel
Oase Dahdah
Dharyan
BEHREN
Katzenbucht
Pfad der sternenlosen Nacht
Telliqik
Dalvin Plateau
Bohgadhee
Douan Cal
Druda
Teramen
Dancala Grysh
Oase Garon
TO-GAI
Avaru Eesa
Alzuth
Feuerberge

Prolog

Brynn Dharielle blickte mehrfach über ihre Schulter, als sie ihren kleinen, kräftigen Hengst Diredusk den steil abfallenden Bergpfad hinunterlenkte. Obschon die Grenze von Andur'Blough Inninness, des verwunschenen Elfentals, erst eine halbe Stunde hinter ihr lag, waren die schroffen Grate, die diese Stelle markierten, schon jetzt nicht mehr zu sehen. Die bergige Landschaft glich einem natürlichen Irrgarten, dessen Unübersichtlichkeit von Lady Dasslerond, Herrscherin der Touel'alfar, mit Hilfe von Magie zu völliger Undurchschaubarkeit gesteigert worden war. Brynn hatte den Pfad unterwegs sorgfältig markiert, gleichwohl war sie sich bewusst, dass sie große Schwierigkeiten haben würde, wieder zurückzufinden, selbst wenn sie auf der Stelle umkehren sollte.

Es war das erste Mal seit zehn Jahren, dass Brynn das nebelverhangene Tal verließ; im Grunde kam es ihr eher so vor, als sei sie im Begriff, ihre Heimat zu verlassen. Die Touel'alfar, die kleinwüchsigen Elfen Koronas mit ihren durchsichtigen Flügeln, waren ihr erschienen, als sie, verwaist und allein gelassen in den rauen und unwirtlichen Steppen To-gais, ein kleines Kind von gerade mal zehn Jahren gewesen war. Sie hatten sie bei sich aufgenommen, ihr zu essen gegeben und ihr Unterschlupf gewährt. Und, für Brynn weit wichtiger, sie hatten ihrem Leben einen Sinn gegeben: sie hatten sie ausgebildet und zur Hüterin gemacht.

Und jetzt schickten sie sie zurück in ihre Heimat, wo sie ihre Bestimmung finden sollte.

Eine Vorstellung, bei der sich das Gesicht der jungen, dunkelhäutigen Frau mit Sorgenfalten überzog, während sie unverwandt den hinter ihr liegenden Pfad entlang zu jenem Ort zurückblickte, den sie als ihr eigentliches Zuhause betrachtete und den sie sehr wahrscheinlich niemals wieder sehen würde. Tränen traten in ihre mandelförmigen Augen, die noch immer die strahlenden Augen eines Kindes waren, obwohl sie schon so viel gesehen hatten. Aydrian, den vierzehnjährigen Jungen, mit dem sie einen Teil ihrer Ausbildung zusammen verbracht hatte, vermisste sie schon jetzt. Sie hatte ihn oft als Nervensäge empfunden, und nicht selten hatte er sie schlicht rasend gemacht; tatsächlich aber war er das einzige andere menschliche Wesen, das sie in den letzten zehn Jahren zu Gesicht bekommen hatte, und sie war ihm zugetan wie einem Bruder.

Einem Bruder, den sie wahrscheinlich auch nie wieder sehen würde.

Brynn schüttelte energisch den Kopf, bis ihre rabenschwarze Mähne in Unordnung geriet, und wandte sich entschlossen wieder dem nach Süden führenden Pfad zu. Das Tal zu verlassen war für Brynn gewiss ein schweres Opfer, es war der Verzicht auf die Annehmlichkeiten und die Gesellschaft, die diesen Ort zu ihrem Zuhause gemacht hatten. Trotzdem hatte ihr Fortgang einen guten Grund, und wenn dieser Verlustschmerz das größte Opfer war, das man ihr abverlangte, dann dürfte der vor ihr liegende Weg leichter werden, als jeder, sie selbst eingeschlossen, je für möglich gehalten hätte.

Die Entscheidung über ihre Zukunft lag nicht in ihrer Hand. Im Gegenteil, dieser Weg war ihr bereits vor einem Jahrzehnt vorgezeichnet worden, als die behrenesischen Yatol-Priester mit ihren Armeen die Schraube der Gewaltherrschaft über Togai angezogen und die letzten noch verbliebenen Spuren einer jahrtausendealten Kultur nahezu völlig ausgelöscht hatten. Brynns Weg war von jenem Moment an vorbestimmt gewesen, da Tohen Bardoh, einer dieser Yatol-Priester in den orangefarbenen Gewändern, sein schweres Krummschwert hochgerissen und ihren Vater mit einem Hieb enthauptet hatte; als Tohen und seine Speichellecker ihre Mutter verschleppt hatten, um sie wenig später ebenfalls zu töten.

Brynns Kiefermuskeln spannten sich an. Sie hoffte inständig, dass Tohen Bardoh noch lebte. Allein schon das Wiedersehen mit diesem Mann lohnte jedes noch so große Opfer.

Selbstverständlich war Brynn sich vollkommen darüber im Klaren, dass es bei dieser Reise um sehr viel mehr ging als um ihre persönliche Rache. Sie war aus einem ganz bestimmten Grund ausgebildet worden, für ein Ziel, das größer und wichtiger war als ihre Person. Ihre Aufgabe bestand darin, in die kalten, winddurchtosten Steppen von To-gai zurückzukehren, in jenes Land, dem ihre ganze Liebe galt, und die letzten Funken der dort einstmals existierenden Kultur aufzuspüren. Anschließend sollte sie, Brynn Dharielle, kaum mehr als fünf Fuß groß und gerade mal einhundert Pfund schwer, aus diesen Funken ein Feuer entfachen und dieses Feuer schließlich mit der Leidenschaft speisen, die seit jenem schicksalhaften Tag vor einem Jahrzehnt in ihr loderte. Sie sollte den Geist To-gais wiederfinden, um ihr leidenschaftliches und stolzes Volk an sein wahres Wesen zu erinnern, und die zahlreichen untereinander zerstrittenen Stämme im Kampf gegen einen würdigen Gegner vereinen: die von den Yatols beherrschten Behreneser, die Chezru.

Wenn sich der Plan verwirklichen ließe, wie sich Brynn und die Elfen dies erhofften, dann würde Brynn zu einem Vorboten des Krieges werden, und das gesamte Land südlich der mächtigen Berge des Großen Gürtels würde eine tief greifende Veränderung erfahren.

Das zumindest war die Hoffnung Lady Dassleronds, die sich nur selten in die Angelegenheiten der Menschen einmischte, und das hoffte von ganzem Herzen auch Brynn Dharielle. Die Befreiung der To-gai-ru wäre eine angemessene Rache für den Tod ihrer Eltern und würde ihnen endlich ihre längst verdiente Grabesruhe verschaffen.

»Von jetzt an werden wir uns weiter östlich halten und über die ebene Felsplatte dort bis zu den Bäumen hinunterreiten«, erklang eine melodische Stimme seitlich über ihr. Brynn hob den Blick zur Kuppe eines Felsbrockens neben dem steinigen Pfad und erblickte dort eine Gestalt, die noch weit zierlicher war als sie selbst. Belli'mar Juraviel von den Touel'alfar, ihr Ratgeber und Freund, erwiderte ihren Blick mit seinen goldenen Augen. Sogar sein Haar hatte die Farbe von Sonnenlicht, und trotz einer gewissen Kantigkeit, die auf die für alle Touel'alfar charakteristischen hohen Wangenknochen und spitzen Ohren zurückzuführen war, verströmten seine Gesichtszüge nichts als pure Freundlichkeit.

Brynn warf einen letzten Blick auf das Land, das einmal ihr Zuhause gewesen war.

»Du solltest den Blick nach vorne richten«, erklärte Juraviel. »Andur'Blough Inninness ist für dich jetzt bestenfalls noch ein Traum.«

»Aber ein sehr schöner«, erwiderte Brynn, und Juraviel musste lächeln.

»Es heißt, das Erinnerungsvermögen blendet die eher schrecklichen Bilder oft einfach aus.«

Einen Moment lang sah Brynn ihn verwundert an, aber als er gleich darauf zu lachen anfing, wusste sie sofort, wie seine Bemerkung gemeint war. Gewiss, Brynn hatte unter der Bevormundung der oftmals strengen Elfen in Andur'Blough Inninness viel durchgemacht; auch unter Belli'mar Juraviel hatte sie gelitten, obwohl der bei seinen Artgenossen als ein herzensguter Vertreter seines Volkes galt. Vor allem während ihrer ersten Jahre im Tal hatte sich Brynn vor scheinbar unlösbare Aufgaben gestellt gesehen. Die Elfen hatten sie bis an die Grenzen ihrer physischen und psychischen Belastbarkeit geführt, und mehr als einmal auch darüber hinaus – nicht etwa, um sie zu brechen, sondern um sie stärker zu machen.

Der Erfolg hatte ihnen Recht gegeben – und wie! Brynn

wusste mit Schwert und Bogen umzugehen, beherrschte die Kunst des Reitens ebenso gut wie jeder andere aus dem Volk der To-gai-ru, die, noch bevor sie laufen konnten, auf den Rücken der kräftigen, kleinen Schimmelponys gesetzt wurden. Und was viel wichtiger war, die Touel'alfar hatten ihr jene mentale Härte mitgegeben, die sie dringend benötigen würde, um ihren einmal eingeschlagenen Kurs bis zum bitteren Ende beizubehalten. Gewiss, sie wollte sich an Tohen Bardoh rächen – wie sehnte sie sich danach! –, gleichzeitig aber war ihr bewusst, dass derartige persönliche Begehrlichkeiten hinter den wichtigeren Zielen dieser Reise zurückzustehen hatten. Sie war fest entschlossen, ihren Weg, ihr eigentliches Ziel, niemals aus den Augen zu verlieren.

Für Juraviel war dieser Teil der Diskussion damit erledigt, ebenso für Brynn, die dem Blick des Elfen zu der steil abfallenden Felsplatte folgte, von der er soeben gesprochen hatte. Brynn runzelte die Stirn; der steile Hang versetzte sie nicht gerade in Begeisterung.

»Diredusk dürfte einige Mühe haben, dort hinabzuklettern«, stellte sie sachlich fest. Dabei sah sie sich nach ihrem Schimmelpony um, das gemächlich Gras rupfend dastand und dem die mit Lebensmitteln und Bettzeug voll gestopften Satteltaschen nicht das Geringste auszumachen schienen.

Juraviel nickte. »Mit unserer Hilfe wird er es schon schaffen. Und sobald wir unter dem Blätterdach der Bäume angelangt sind, wird das Geläuf für seine Hufe weicher werden, und der Pfad fällt dann nicht mehr ganz so steil ab.«

Brynn schaute hinunter zu den Bäumen, endlose Reihen von Nadelhölzern, deren Wipfel deutlich den Verlauf der Höhenlinien wiedergaben, und legte abermals die Stirn in Falten. Das Gelände dort schien ihr nicht sonderlich eben zu sein.

»Bald werden wir das Gebirge hinter uns haben«, versuchte Juraviel sie zu beruhigen, der ihr die Gedanken deutlich an ihrem hübschen Gesicht ablesen konnte.

»Es wäre erheblich schneller gegangen, wenn wir geradewegs nach Osten geritten und erst dann nach Süden abgebogen wären«, konnte sich Brynn nicht verkneifen zu erwidern, denn während der letzten Woche hatten sie und Juraviel die meiste Zeit damit verbracht, über genau dieses Thema zu streiten. Nach allem, was Brynn über diesen Gebirgszug gehört hatte, wären sie zweifellos schneller in ebenes Gelände gelangt, wenn sie sich weiter östlich gehalten hätten.

»Stimmt. Und dann wäre der arme Diredusk so schnell gerannt, dass er vor Erschöpfung zusammengebrochen wäre, oder die Goblin-Horden hätten uns eingeholt – oder aber er wäre im Schlamm stecken geblieben«, erwiderte Juraviel mit einem amüsierten Lachen. Das war von Anfang an sein Hauptargument gewesen, denn das Gebiet unmittelbar östlich des Gebirges, voller Goblins, Sümpfe und endloser Flächen weichen, schlammigen Tons, war alles andere als einladend.

»Ein Touel'alfar und eine Hüterin, die sich vor Goblins fürchten«, lautete Brynns gekränkte Antwort.

»Ein Touel'alfar, der klug genug ist, um zu wissen, dass man eine Gefahr am besten meistert, indem man sich gar nicht erst in sie begibt«, verbesserte Juraviel. »Und eine Hüterin, die zu stolz und zu dickköpfig ist, um einzusehen, dass selbst ihr durch unser Training gestählter Körper nicht gegen einen Goblin-Speer gefeit ist! Du kennst doch die Geschichte von Mather, dem Onkel Elbryans und Aydrians Großonkel. Es waren Goblins, die ihm damals zum Verhängnis geworden sind.«

Juraviel machte Anstalten sich abzuwenden, woraufhin Brynn die Gelegenheit ergriff, um ihm die Zunge rauszustrecken. Er drehte sich jedoch sofort wieder um, ertappte sie auf frischer Tat und konnte bloß seufzend den Kopf schütteln. Schließlich war Belli'mar Juraviel solch albernes Gebaren von dieser Frau gewöhnt, die viele Touel'alfar als das respektloseste – und unwiderstehlichste – aller Menschenwesen bezeichneten, das sie jemals zu Ausbildungszwecken bei sich aufgenommen hatten. Brynn sah die Welt mit anderen Augen als die meisten Menschen, und das war auch schon so gewesen, bevor sie unter den anspruchsvollen Einfluss der Touel'alfar geraten war. Trotz der schweren Zeiten, die sie schon in jungen Jahren durchgemacht hatte, hatte sie sich ihr strahlendes und offenes Lächeln bewahrt und war auch weiterhin fest entschlossen, jedes Problem, das sich ihr stellte, mit Gerissenheit und diszipliniertem Training zu meistern.

Genau das machte Brynn Dharielles Charme aus und würde ihr, in Juraviels Augen, auch die Kraft verleihen, die vor ihr liegende Prüfung durchzustehen, bei der sie Bitterkeit und Schuldgefühle im Übermaß erwarteten – vor allem dort, wo sie sie nicht vermutete.

Teil Eins

Bis an den Rand der Finsternis

Nicht einmal ansatzweise vermag ich die gewaltigen Veränderungen zu beschreiben, die über Caer'alfar hereingebrochen sind, seit der Dämon Bestesbulzibar sein Schandmal, seine wachsende Verderbnis, in unserem lieblichen Tal zurückgelassen hat. Jahrhundertelang haben wir, die Gemeinschaft unseres Volkes, glücklich und zufrieden, wenn auch ziemlich zurückgezogen dort gelebt. Einzig die Hüter wussten von unserer Existenz sowie eine kleine Gruppe ausgewählter Herrscherfamilien aus dem Bärenreich. Unsere Sorge um die Geschicke der großen, weiten Welt beschränkte sich auf die möglichen Auswirkungen, die die Geschehnisse dort für uns haben könnten. Daher waren die Hüter, die Beschützer der Menschensiedlungen am äußersten Rand menschlicher Zivilisation, für uns gleichzeitig die Verbindung zur Welt, unsere Augen direkt vor Ort.

Das hatte stets gereicht.

Mit Bestesbulzibar hatte sich das alles offenbar geändert. Während des Großen Krieges wurde ich von diesem Dämon attackiert, als ich gerade eine Gruppe von Menschenflüchtlingen vor den Goblin- und Pauri-Horden in Sicherheit zu bringen versuchte. Ich wäre bei diesem Kampf ums Leben gekommen – was vielleicht sogar besser gewesen wäre! –, wenn nicht Lady Dasslerond erschienen wäre und sich an meiner Stelle in den Kampf geworfen hätte. Fast wäre sie selbst dabei umgekommen, doch sie benutzte ihren magischen Smaragd, um uns an den Ort zurückzubringen, wo sie ihre größere Kraft entfalten konnte, nach Andur'Blough Inninness, unmittelbar außerhalb der Grenzen Caer'alfars. Dort konnte Lady Dasslerond den Dämon vertreiben, allerdings erst, nachdem Bestesbulzibar unser schönes Land mit seinem unauslöschbaren Mal besudelt hatte, einem dauerhaften Schandfleck, der zudem ständig größer wird.

Ich bin der festen Überzeugung, hätte Lady Dasslerond damals den Preis gekannt, sie hätte keinen von uns in das Tal zurückgeführt, und wir wären an jenem Tag beide auf dem Schlachtfeld umgekommen.

Zwar gäbe es uns dann nicht mehr, aber Andur'Blough Inninness würde weiter in Frieden existieren.

Das faulige Schandmal hat weit mehr bewirkt als nur eine Veränderung des Charakters unseres schönen Tals, es hat Lady Dassleronds Sicht der Dinge verschoben. Bisher war es stets die Haltung der Touel'alfar gewesen, sich aus allem herauszuhalten; wir waren passive Beobachter in einer Welt, die nach unserem Geschmack viel zu sehr einem Tollhaus glich. Wir mischten uns nicht in die Belange der Menschen ein – wie oft habe ich mir von Lady Dasslerond und meinesgleichen meine Freundschaft zu Elbryan und Jilseponie vorwerfen lassen müssen?

Mittlerweile aber hat Lady Dasslerond außerhalb der Grenzen von Andur'Blough Inninness eine weit aktivere Rolle übernommen. Sie schickt Brynn in den Süden, um To-gai von den Behrenesern zu befreien, hauptsächlich, weil sich die Nomaden To-gais gegenüber unserem Volk erheblich entgegenkommender und freundlicher zeigen werden, sollte uns der Schandfleck des Dämons jemals zwingen, unsere Heimat zu verlassen. In diesem Falle würden wir durch den Großen Gür-

tel und To-gai Richtung Süden ziehen, in ein anderes unserer angestammten Heimatländer, nach Caer'Towellan, wo vielleicht noch immer unsere Brüder und Schwestern leben.

Dennoch überrascht es mich – trotz aller möglichen Vorteile, die eine solche Entwicklung mit sich brächte –, dass Lady Dasslerond Brynn Dharielle losgeschickt hat, um einen Krieg unter den Menschen vom Zaun zu brechen. Sollten wir tatsächlich gezwungen sein, nach Süden zu ziehen, so könnten wir das gewiss tun, ganz gleich, ob nun die To-gai-ru oder der Chezru-Häuptling der Yatols über das Steppengebiet herrschen. Lady Dasslerond hat jedoch mit einer Hartnäckigkeit darauf bestanden, wie ich sie bei ihr noch nie erlebt habe. Das Schandmal das Dämons jagt ihr wahrhaftig große Angst ein.

Weshalb sie wohl auch ihren zweiten ungewöhnlichen Schritt unternahm, der mich noch weit mehr erschreckt hat als die Reise, die sie für Brynn beschloss: Sie entführte Jilseponies Kind, von dem nicht einmal die Mutter etwas wusste. Sie hat das Kind von Elbryan und Jilseponie geradewegs aus dem Mutterleib gestohlen! Gewiss, mit ihrer Tat rettete sie in jener düsteren Nacht auf dem Feld vor Palmaris sowohl Jilseponie als auch Aydrian das Leben, denn wäre Dasslerond nicht eingeschritten, um den vom Dämon besessenen Markwart zu vertreiben, hätten die beiden Menschenwesen bestimmt nicht überlebt.

Trotzdem – das Kind als ihr, als unser eigenes großzuziehen …

Zumal die Art ihres Vorgehens mir noch viel größeres Unbehagen bereitet – vielleicht sogar ebenso großes wie der Grund für die Aufzucht. Mit Brynn hatte Lady Dasslerond große Pläne, aber all diese Pläne verblassen im Vergleich mit ihren Zielen für den jungen Aydrian. Er ist es, der Andur'Blough Inninness vom Schandmal des Dämons befreien soll – und der dafür sein Blut und Leben lassen muss. Er wird zum Inbegriff dessen werden, was es heißt, ein Hüter zu sein, und ist das erst erreicht, wird Dasslerond ihn der Erde opfern, um so das Schandmal des Dämons zu tilgen.

Meine Herrscherin hat dies vorhergesehen, wie sie mir in unmissverständlichen Worten zu verstehen gab. Sie weiß um die Möglichkeiten ihres Plans. Sie braucht nichts weiter zu tun, als Aydrian das erforderliche Maß an Stärke und Verständnis beizubringen.

Aber ich fürchte, genau da liegt der Haken. Denn Aydrian Wyndon, aufgewachsen ohne die zarte Hand seiner Mutter und die Liebe seines Vaters, noch dazu in beinahe völliger Abgeschiedenheit, wird weder als Mensch noch als Hüter vollkommen sein. Bestimmte Charakterzüge Elbryans, des Nachtvogels, sind bei Aydrian kaum erkennbar. Nachtvogels größte Begabung, die größte Stärke dieses Mannes namens Elbryan, war das Mitgefühl, seine Bereitschaft, alles einem höheren Ziel zu opfern. Nachtvogels Geschenk an die Welt war sein Tod, als er seinen schwer verwundeten, sterblichen Körper in Jilseponies entscheidenden Kampf mit dem vom Dämon besessenen Markwart warf, und das im vollen Bewusstsein, diese Auseinandersetzung nicht überleben zu können – indem er Jilseponie half, opferte er sein Leben.

Er hat es getan, und zwar ohne Zögern, denn Nachtvogel besaß sehr viel mehr, als wir Touel'alfar ihm jemals haben geben können. Elbryan, der Nachtvogel, war ein Mann von echtem Charakter und mit Sinn für das Gemeinwohl.

Wird dieses allein und ohne Liebe aufgewachsene Kind ihm je das Wasser reichen können?

Das ist meine größte Sorge.

Belli'mar Juraviel

1. Erstes Blutvergießen

Mittlerweile hatten sie das Gebirge hinter sich gelassen und kamen ohne größere Schwierigkeiten voran. Diredusk schien vor allem den weicheren und ebeneren Untergrund zu genießen; das kleine, kräftige Pony schritt kräftig, geradezu ungeduldig unter Brynns erfahrener Führung aus. Seiner edlen To-gai-Herkunft entsprechend vermochte der kleine Schimmelhengst viele Meilen weit zu traben, bevor er eine Ruhepause brauchte, und selbst dann hatte er sich rasch wieder so weit erholt, dass er auf den Pfad zurück wollte, wo Brynn ihn nur mit Mühe daran hindern konnte, ein höheres Tempo anzuschlagen.

Für Brynn gab es kaum etwas Schöneres, als an einem Tag im Spätfrühling oder Frühsommer über stille Waldpfade zu reiten, und alles wäre geradezu perfekt gewesen, hätte sich die junge Hüterin nicht mit jeder Meile, die sie zurücklegten, immer seltener umgesehen und stattdessen den Blick erwartungsvoll nach vorn gerichtet. Sie konnte den Ritt nicht uneingeschränkt genießen, wenn das Ziel das einzig Wichtige war.

Ab und zu teilte sich Belli'mar Juraviel das Pferd mit ihr, zumal Diredusk das zusätzliche Gewicht des zierlichen Geschöpfes kaum spürte. Normalerweise saß der Elf dann vor Brynn, das Gesicht ihr zugewandt, den Rücken an den kräftigen Hals des kleinen Ponys gelehnt. Trotzdem vermied er unterwegs jedes ausführliche Gespräch mit Brynn, denn ihm war nicht entgangen, dass das Ziel, das sie erwartete, sie mit jedem Schritt nachdenklicher machte. Das war es, was Juraviel von der jungen Frau erwartete und was die Touel'alfar von der Hüterin verlangten. Allein das Ziel zählte, denn Lady Dasslerond hatte es so angeordnet, und nichts durfte Brynn Dharielles Gedanken davon ablenken, nicht der Duft des soeben zu neuem Leben erwachten sommerlichen Waldes, nicht der Gesang der Vögel, nicht einmal das Glitzern der Morgensonne auf den taufeuchten Gräsern und Blättern.

Deshalb ritten sie schweigend. Manchmal sprang Juraviel von Diredusks Rücken ab, flatterte hinauf in die Zweige der Bäume und suchte sich einen höher gelegenen Aussichtspunkt, um die vor ihnen liegende Straße auszukundschaften.

Auch ihre Abende verliefen größtenteils schweigend, wenn sie am Lagerfeuer hockten und sich das Abendessen schmecken ließen. In dieser Umgebung, die nur wenige Reize bot, erzählte Brynn Juraviel gelegentlich Geschichten aus ihrer alten Heimat, von ihren Eltern und ihrem kleinen Nomadenstamm der Kayleen Kek. An einem dieser Abende, Andur'Blough Inninness lag bereits einhundert Meilen hinter ihnen, wurde Brynn ganz besonders von Heimweh geplagt.

»Den Sommer über zogen wir immer in höher gelegenes Gelände«, erzählte sie ihrem Begleiter. »Hinauf auf die Hänge des mächtigen Gebirges, das ihr den Großen Gürtel nennt und das bei uns damals *Uleshon Twak* hieß, Drachenrücken. Manchmal schlugen wir unser Lager in so großer Höhe auf, dass wir Mühe hatten, noch genug Luft zu bekommen. Es war, als wäre man ständig völlig außer Atem. Jeder Schritt schien Minuten zu dauern, und ein Zelt, das man bereits vor sich sah, konnte noch eine volle Stunde Fußmarsch entfernt sein. Ich erinnere mich, dass mir manchmal scheinbar grundlos Blut aus der Nase schoss, woraufhin sich meine Mutter immer fürchterlich aufregte, während mein Vater einfach meinte, das liege vermutlich an der Höhenkrankheit und sei kein Grund zur Besorgnis.«

Juraviel betrachtete sie, während sie mit ihrer Geschichte fortfuhr, den Kopf in den Nacken gelegt, sodass ihre Augen in den nächtlichen Himmel blickten. Wegen der von Westen her zunehmend dichter werdenden Wolken gab es in dieser Nacht keine Sterne zu sehen. Hinter den Wolken schien der Vollmond

Sheila, manchmal als blasses, volles Rund, dann wieder gänzlich hinter der düsteren, undurchdringlichen Wolkendecke verborgen.

Brynn, das wusste Juraviel, bekam von alledem nichts mit. Ihr Blick war gleichermaßen in die Vergangenheit wie in die Ferne gerichtet; sie sah den sternenklaren Nachthimmel über einem Lager aus Rehhautzelten, die sich im Schutz mächtiger Felsen an die hoch gelegenen Hänge des Großen Gürtels schmiegten. Vielleicht hörte sie gerade das Lachen ihrer Mutter, gefolgt von den strengen, dabei liebevollen Anordnungen ihres Vaters. Sie vernahm das leise protestierende Wiehern der nahen To-gai-Ponys, die sich über die in dieser großen Höhe spärlichen Gräser beklagten und so zahm waren, dass sie nicht einmal angebunden werden mussten.

Und das war gut so, davon war Juraviel überzeugt. Sollte sie ruhig in alten Zeiten schwelgen und sich ihr Leben vor ihrer Zeit in Andur'Blough Inninness ins Gedächtnis rufen; sollte sie sich in aller Deutlichkeit bewusst machen, welchen Verlust sie und To-gai erlitten hatten, damit die Aufforderung an ihr Volk, sein Erbe zurückzufordern, nur umso leidenschaftlicher und überzeugender klänge.

»Ziehen sie eigentlich noch immer hinauf zu den hoch gelegenen Pässen?«, hakte Juraviel nach.

Brynns Gesichtsausdruck veränderte sich, als sie den Blick senkte, um den Elfen anzusehen – es war, als wäre eine der dunklen Wolken vom Himmel herabgestiegen, um sich wie ein Schatten über ihre hübschen Züge zu legen. »Ich weiß es nicht«, gestand sie betrübt. »Als ich von deinem Volk mitgenommen wurde, versuchten die Chezru gerade, feste Dörfer für uns einzurichten.«

»Die To-gai-ru müssen zusammen mit ihrem Vieh über das Land ziehen«, erklärte Juraviel. »So ist es bei ihnen Tradition.«

»Es ist mehr als nur eine Tradition, es ist unser Wesen, unser Weg …« Sie zögerte, so als wäre sie plötzlich unsicher.

»Euer Weg wohin?«, fragte der Elf. »Etwa in den Himmel?«

Brynn sah ihn erst verwundert an, dann nickte sie. »In unseren Himmel«, erklärte sie. »Dort oben auf den Hochebenen, in den herbstlichen Tälern voller goldener Blumen, deren Blüte die kalten Winterwinde ankündigt. An den sommerlichen, vom Schmelzwasser angeschwollenen Bächen, wenn wir dem Hochwild auf der Spur sind.«

»Die Chezru wissen den Wert einer solchen Lebensweise nicht zu schätzen«, sagte Juraviel. »Sie sind eben keine Nomaden.«

»Weil ihre Wüsten für eine solche Lebensweise nicht taugen«, erwiderte Brynn. »Sie haben ihre vielen Oasen und zahlreichen Städte, aber wenn sie mit dem Wechsel der Jahreszeiten auf Wanderschaft gingen, bekämen sie außerhalb dieser eng begrenzten Enklaven nicht viel Erbauliches zu sehen. Behren ist nicht To-gai; es ist kein Land, das im Wechsel der Jahreszeiten mit einer großen Vielfalt schöner Dinge aufwarten kann. Deswegen haben sie auch kein Verständnis für unsere Lebensweise und versuchen, uns zu ändern.«

»Vielleicht glauben sie, den To-gai-ru den Weg zu einem bequemeren Leben zu zeigen, wenn sie ihnen Dörfer bauen ...«

»Ach, Unsinn«, fiel Brynn dem Elfen ins Wort, noch bevor dieser ausreden konnte; Juraviel hatte sofort gespürt, dass er mit seiner Bemerkung heftigen Widerspruch auslösen würde – das war schließlich seine Absicht gewesen. »Sie wollen nur, dass wir in Dörfern oder sogar Städten leben, damit sie uns dort besser kontrollieren können. In den Dörfern ist es für sie ein Leichtes, die Clans im Auge zu behalten; draußen auf dem flachen Land hätten wir alle Freiheiten, unsere Sitten und Gebräuche auszuleben, und bräuchten kein Blatt vor den Mund zu nehmen, wenn wir über unsere Eroberer sprechen.«

»Aber bedenk doch die Vorteile«, ereiferte sich der Elf. »Ihr hättet endlich ein gesichertes Auskommen.«

»Der Besitz würde uns zu Gefangenen machen!«, widersprach Brynn. »Städte sind Gefängnisse, nichts weiter. Funktionieren sie reibungslos, nehmen sie einen völlig in Besitz; sie machen abhängig von den Bequemlichkeiten, die sie bieten. Sie nehmen den Menschen im Grunde etwas weg – sehr viel sogar!«

»Und was nehmen sie den Menschen weg?« Juraviels Ton hatte eine Dringlichkeit bekommen, die er eigentlich gar nicht beabsichtigt hatte. Er spürte deutlich, dass er Brynn an einem empfindlichen Punkt getroffen hatte, dass er sie dazu brachte, aus sich herauszugehen, was exakt seiner Pflicht entsprach.

»Sie nehmen ihnen die Hochebenen im Sommer, den Wind in den Bergen, die Gerüche dort ... die herrlichen Düfte auf den sommerlichen Almen! Sie nehmen ihnen die reißenden Flüsse voller Fische, die durch die weite Landschaft galoppierenden Wildpferde. Du solltest das Geräusch einmal hören, Belli'mar! Das donnernde Hufgetrappel eines Angriffs der To-gai-ru!«

Als sie geendet hatte, war sie völlig außer Atem; ihre braunen Augen blitzten voller Energie, so als sähe sie den Angriff in diesem Moment vor Augen, ja als führe sie ihn selbst an. Schließlich löste sie sich aus dem Zustand ihrer Verzückung und sah zu dem Elfen hinüber.

»Irgendwann werde ich ihn bestimmt einmal zu sehen bekommen«, versicherte ihr Belli'mar Juraviel mit leiser Stimme. »Ganz bestimmt.«

Während der nächsten Tage verlief ihre Route auch weiterhin fast genau in südlicher Richtung, und Brynn konnte sich des Eindrucks nicht erwehren, dass sie tatsächlich nur ein einziges Ziel verfolgten: nach To-gai zu gehen und dort den Befreiungsprozess in Gang zu setzen.

Das jedenfalls hatten Juraviel und die anderen ihr erzählt; dabei wusste der Elf ganz genau, dass er und Brynn sich noch um eine Reihe anderer Dinge würden kümmern müssen, bevor sie mit dem langwierigen Prozess beginnen konnten, der Brynn an die Spitze einer Revolution tragen sollte. In Andur'Blough Inninness hatte sie jene strenge und harte Ausbildung durchlaufen, die schon seit Jahrhunderten Hüter hervorgebracht hatte, aber so hervorragend dieses Training auch sein mochte, Juraviel wusste nur zu gut, dass es seine Grenzen hatte. Selbst die allerschwierigsten Prüfungen – einmal hatte Brynn in vollem Galopp vom Sattel aus auf Scheiben schießen müssen – blieben letztendlich folgenlos, weshalb sie nicht wirklich ein Gefühl für die katastrophalen Auswirkungen vermittelten, die ein Versagen nach sich ziehen konnte. Das Versagen bei einer Prüfung in Andur'Blough Inninness konnte zwar durchaus erneut wochenlanges Training sowie damit einhergehende Demütigungen zur Folge haben, hier draußen aber liefe ein ähnliches Versagen sehr wahrscheinlich auf den Tod hinaus. Und das musste Brynn noch lernen; sie musste wirklich lernen zu begreifen, was sie alles zu verlieren hatte.

Eines Morgens entdeckte Belli'mar Juraviel einige seltsame Spuren, die im weichen Boden ihren Weg kreuzten – Spuren, die so fein waren, dass Brynn sie vom Sattel aus nicht mal bemerkte; er ließ sie blindlings an der Stelle vorüberreiten, bevor er die Fährte genauer untersuchte. Juraviel waren diese Spuren wohl vertraut; in den Zeiten des Großen Krieges, als er im Kampf gegen die Günstlinge Bestesbulzibars an der Seite Nachtvogels und Jilseponies geritten war, hatte er sie oft gesehen, sehr oft sogar. Die Spuren glichen denen eines Menschen, etwa denen eines jungen Mannes. Stammten sie von einem beschuhten Fuß, war nicht zu übersehen, dass das Schuhwerk von minderer Qualität war, und stammten sie von nackten Sohlen, so erkannte man eine verräterische Flachheit im Spann sowie eine breite Spreizung der Zehen, hinter denen der Fuß zur Ferse hin beinahe spitz zulief.

Goblins. Auf dem Weg in östlicher Richtung, und das ganz offensichtlich ohne Eile.

Juraviel hob den Blick und unterzog das Gebiet einer genauen Untersuchung, ging sogar so weit, Witterung aufzunehmen, dann aber lächelte er und schüttelte den Kopf. Vermutlich waren die Spuren bereits einen Tag alt. Diese Goblins waren aller Wahrscheinlichkeit nach längst über alle Berge.

Aber wenigstens wusste er, in welche Richtung sie gegangen waren.

Zu Brynns Überraschung kündigte Juraviel an, sie müssten sich eine Weile in östlicher Richtung halten. Natürlich widersprach sie nicht – schließlich war er ihr Führer – und lenkte Diredusk achselzuckend hinter dem Elfen her, der bereits vorausgegangen war. Gegen Ende des Tages hatten sie zwanzig Meilen zurückgelegt, waren den Steppen To-gais aber kein Stück näher gekommen, ein Umstand, der Brynn keineswegs entgangen war.

»Vielleicht sollten wir einmal um die ganze Welt reiten?«, fragte sie mit beißendem Sarkasmus, nachdem sie ihr Abendessen, einen Gemüseeintopf, hinuntergeschlungen hatten. »Dann könnten wir uns von hinten an die Chezru heranschleichen.«

»Schon richtig, der gerade Weg ist stets der kürzeste«, erwiderte der Elf, »aber keineswegs auch immer der schnellste.«

»Was soll das heißen? Was hast du da vorne gesehen?« Brynn erhob sich und schaute nach Süden. »Irgendwelche Ungeheuer?«

»In südlicher Richtung gibt es keinerlei Hindernisse, trotzdem halte ich diese Straße für die bessere.«

Brynn musterte den in Rätseln sprechenden Elfen eine Weile eindringlich, aber Juraviel reinigte ungerührt weiter sein Essgeschirr, ohne ihren Blick zu erwidern. Scheinbar lag ihm nichts daran, das Rätsel aufzuklären, und er zog es vor, Brynn im Unklaren zu lassen. Ganz offensichtlich sollte sie nicht wissen, was sie, und zwar vermutlich schon am nächsten Tag, erwartete.

Später, Brynn war längst eingeschlummert, flog und kletterte Juraviel ganz in der Nähe auf den höchsten Baum, den er finden konnte, und spähte durch die Dunkelheit nach Osten.

Da war das Lagerfeuer, genau wie er erwartet hatte. Es war zugegebenermaßen noch ziemlich weit entfernt.

Die Goblins aber, davon war er überzeugt, würden es ganz bestimmt nicht eilig haben.

Brynn spähte angestrengt durch das Astgeflecht, bis sie die hässlichen kleinen Geschöpfe weiter vorn endlich klar erkennen konnte. Sie waren winzig – nicht ganz so winzig wie die Touel'alfar, aber kleiner als sie selbst. Ihre Hautfarbe schwankte von Grau über ein ungesund aussehendes Gelb bis hin zu ekelhaftem Grün, und ihr Haarwuchs verteilte sich in Büscheln über Kopf, Rückenpartie und Schultern. Spitz zulaufende Zähne, unförmige Nasen und eine fliehende Stirn trugen das ihre zu dem insgesamt abstoßenden Gesamteindruck bei. Brynn war den Geschöpfen nicht nahe genug, um sie riechen zu können, vermochte sich aber durchaus vorzustellen, dass es ein ziemlich unerfreuliches Erlebnis gewesen wäre.

Sie drehte sich um und blickte hoch zu Juraviel, der es sich inzwischen auf einem Ast bequem gemacht hatte. »Goblins?«, fragte sie, denn obwohl sie während ihres Aufenthalts bei den Elfen von den Geschöpfen gehört hatte, hatte sie noch nie eines von ihnen zu Gesicht bekommen.

»In diesen Breiten, jenseits der Grenzen der menschlichen Königreiche, wimmelt es nur so von diesem Ungeziefer«, antwortete Juraviel.

Brynn ließ sich das Ganze noch einmal sorgfältig durch den Kopf gehen, insbesondere ihren unerwarteten Richtungswechsel vom Vortag. »Du wusstest, dass sie hier sein würden«, schloss sie. »Und hast mich hierher gebracht, damit ich sie sehe. Aber aus welchem Grund?«

Juraviel ließ sich viel Zeit mit der Antwort und blickte stattdessen durch die Bäume hinüber zu der Goblin-Horde. Mehrere von ihnen waren deutlich zu erkennen, und er vermutete, dass noch weitere in der Nähe waren. Wahrscheinlich waren sie unterwegs, um irgendetwas zu zerstören, einen Baum vielleicht, oder ein Tier – einfach so, zum Spaß. »Woher willst du wissen, dass ich dich hergebracht habe, damit du sie siehst?«, meinte er schließlich.

Brynn sah ihn amüsiert schmunzelnd an. »Warum dann?«, hakte sie noch einmal nach.

Juraviel zuckte mit den Achseln. »Vielleicht ist es nur ein glücklicher Zufall.«

»Glücklich?«

»Es trifft sich sehr gut, dass du diese Geschöpfe endlich einmal zu Gesicht bekommst«, erläuterte der Elf. »Die Erfahrung wird dein Verständnis für die Welt vertiefen, die sehr viel größer ist, als du dir vorstellen kannst.«

Brynns Gesichtsausdruck verriet, dass sie mit dieser Erklärung leben konnte, doch dann fügte Juraviel hinzu: »Vielleicht empfinde ich es aber auch als meine – als unsere – Pflicht, die Welt bei jeder sich bietenden Gelegenheit zu einem besseren Ort zu machen.«

Brynn sah ihn fragend an.

»Es sind schließlich Goblins.«

Brynns Gesichtsausdruck blieb unverändert. »Die ganz offensichtlich niemandem etwas tun.«

»Was vielleicht nur daran liegt, dass im Augenblick niemand in der Nähe ist, der dafür in Frage käme«, erwiderte Juraviel.

»Verstehe ich dich richtig?«, fragte die junge Hüterin, während sie sich wieder umdrehte, um das ferne, unbestreitbar friedliche Bild des kleinen Goblin-Lagers zu betrachten. »Willst du etwa, dass wir diese Gruppe überfallen?«

»Jetzt gleich? Nein«, antwortete Juraviel. »Das wäre unklug – dafür sind viel zu viele von ihnen in der Nähe. Nein, wir werden mit erheblich mehr Heimlichkeit und List vorgehen müssen.«

Als Brynn sich daraufhin zu ihm umdrehte, hatte sie einen Ausdruck im Gesicht, in dem sich Neugier, Verwirrtheit und Empörung mischten. »Wir können sie doch einfach umgehen und in Frieden lassen.«

»Und müssten danach beständig fürchten, dass sie irgendein Unheil anrichten.«

Brynn schüttelte bereits den Kopf, ehe der Elf geendet hatte, aber der ließ sich nicht beirren und fuhr ein wenig hochtrabend fort: »Wir müssten Angst haben um die Familien, die schon sehr bald um ihre Lieben trauern, die von diesen üblen Kreaturen erschlagen wurden, um die entweihten und zerstörten Wälder und die sinnlos – nicht etwa für Kleidung oder Nahrung, sondern einfach zum Vergnügen – abgeschlachteten Tiere.«

»Aber wenn wir die Goblin-Horde ermorden, sind wir keinen Deut besser als sie«, erklärte Brynn standhaft und warf den Kopf in den Nacken, einen Ausdruck von Stolz und Idealismus im Gesicht. »Macht uns nicht erst unsere Fähigkeit zum Mitgefühl zu edleren Geschöpfen, und erhebt uns nicht erst unsere Bereitschaft, den Frieden dem Kampf vorzuziehen, über diese Kreaturen?«

»Würdest du ebenso großherzig reagieren, wenn das da drüben in dem Lager Yatol-Priester wären?«, fragte der Elf listig.

»Das wäre etwas völlig anderes.«

»Allerdings«, erfolgte die unvermeidlich sarkastische Antwort.

»Die Yatol-Priester haben sich selbst entschieden, welchen Weg sie einschlagen wollen – einen Weg, der die Rache To-gais geradezu herausfordert«, argumentierte Brynn. »Die Goblins dagegen haben sich ihre Herkunft nicht selber ausgesucht.«

»Du behauptest also, jeder einzelne Yatol-Priester sei an den Gräueltaten beteiligt gewesen, die an deinem Volk verübt wurden? Oder sollte man sie alle für die Verfehlungen einiger weniger verantwortlich machen?«

»Jeder Yatol-Priester, selbst ein Chezru, bekennt sich zu einem Glauben, der zwangsläufig zu Grausamkeit führt«, wandte Brynn ein. »Somit wird jeder Yatol-Priester zum Komplizen der Gräueltaten, die von den Anhängern ihres gemeinsamen Glaubensbekenntnisses verübt werden!«

»Die Goblins haben erheblich mehr Unheil über die Welt gebracht als die Yatol-Priester.«

»Aber die Zugehörigkeit zum Volk der Goblins ist keine bewusste Entscheidung, sondern lediglich eine Folge der Abstammung. Als Angehöriger des Volkes der ach so gescheiten Touel'alfar bist du doch sicher im Stande, den Unterschied zu erkennen.«

Die mitfühlende Argumentation der jungen Hüterin entlockte Belli'mar Juraviel ein breites Grinsen, auch wenn er dank seines in jahrhundertelanger Erfahrung gewonnenen Blicks natürlich wusste, dass sie schlicht Unrecht hatte. »Goblins haben nichts mit anderen denkenden und vernunftbegabten Arten gemein«, erklärte er. »Mag sein, dass sie sich ihre Abstammung nicht selbst ausgesucht haben, ihr Tun jedenfalls ist ebenso vorhersehbar wie verabscheuungswürdig. Ich habe noch nie erlebt oder gehört, dass ein Goblin sich den Überzeugungen widersetzt hätte, die ihr kulturelles Erbe ausmachen. In den Annalen der Geschichte ist keine einzige Begebenheit verzeichnet, in der ein Goblin durch Distanzierung von den Gräueltaten seiner durch und durch verdorbenen Art aufgefallen wäre. Nein, meine naive, junge Schutzbefohlene, ich werde nicht zulassen, dass nur ein einziger Goblin überlebt, und du genauso wenig.«

Der unumwundene Befehl, den sie nur mit sichtlichem Unbehagen auf ihre schmalen Schultern zu laden bereit war, ließ sie innerlich zusammenzucken.

»Ich habe dich hierher gebracht, weil sich dort vor uns ein

Schandfleck, eine Bedrohung und eine Pest für dieses Land befindet – und unsere Pflicht ist von glasklarer Eindeutigkeit.«

Brynn drehte sich kurz um, als sie den herrischen, keinen Widerspruch duldenden Ton bemerkte.

»Zuerst werden wir den Wald rings um ihr Lager durchkämmen«, fuhr Juraviel fort, »und die Herde so weit wie möglich dezimieren, bevor wir uns auf einen offenen Kampf einlassen.«

»Wir fallen also heimtückisch und hinterrücks über sie her?«, fragte Brynn mit unüberhörbarem Sarkasmus.

Doch Juraviel überhörte ihren vorwurfsvollen und zweifellos von ihr beabsichtigten Ton und erwiderte schlicht und mit kaum zu überbietender Kälte: »Was immer den größten Erfolg verspricht.«

Kaum eine Stunde später robbte Brynn durch das Gestrüpp südlich des Goblin-Lagers. Die junge Hüterin bewegte sich mit der ganzen Verstohlenheit, die ihr die Touel'alfar beigebracht hatten, setzte, darauf bedacht, keine welken Blätter zu zerdrücken oder einen trockenen Zweig zu knicken, alle Körperteile – Ellbogen, Knie, Hände und Füße – unter Verlagerung ihres Körpergewichts behutsam auf, bis sie den weichen Waldboden deutlich unter sich spürte.

Ein Dutzend Schritte vor ihr mühten sich zwei Goblins geräuschvoll ab; der eine brach kleine Zweige von den Bäumen und warf sie seinem scheußlich aussehenden Gefährten zu, der bei seinem Versuch, ein Feuer zu entzünden, heftig mit einem kleinen Stöckchen und einem Bogen hantierte. Ein Stück weiter hinten hatten Brynn und Juraviel zwei der Geschöpfe belauscht; Juraviels Kenntnisse ihrer kehlig-heiseren Sprache reichten aus, um Brynn den Plan der Goblins zu erläutern: sie hatten vor, riesige Feuersbrünste zu legen, um die Tiere aus ihren Verstecken zu treiben, damit sie zur leichten Beute wurden.

Brynn zögerte und ließ sich das Gespräch noch einmal durch den Kopf gehen. Sie hatte Juraviels eindeutiger Schlussfolgerung widersprochen, der zufolge die Pläne der Goblins seine Ansichten über ihren Charakter nur unterstrichen. Schließlich gingen auch Menschen auf die Jagd, und gerade die To-gai-ru bewiesen auf diesem Gebiet besonderes Geschick; vielleicht war dies einfach nur eine andere Methode. Aber als sie jetzt dort lag, dämmerte ihr, wie wenig überzeugend ihre Argumentation war. Die Unmengen von Holz, die dort aufgeschichtet wurden, sowie die unverhohlen hämische Freude im Gesicht des Goblin, der offenbar die Absicht hatte, dass es hier um weit mehr ging als um eine einfache Jagd zur Nahrungsbeschaffung.

Trotzdem …

Juraviel hatte ihr für diese unangenehme Aufgabe sein Schwert überlassen, obwohl es in Brynns Händen kaum mehr war als ein großer, schlanker Dolch. Im Augenblick jedoch war es besser geeignet als ihr Speer oder Bogen, denn alles musste schnell und lautlos geschehen. Vor allem lautlos.

Sie robbte ein, zwei Fuß weiter vor, dann noch ein kleines Stück. Mittlerweile konnte sie die Geschöpfe deutlich hören, sogar riechen. Sie hatte ihr Gesicht mit Schlamm beschmiert und Blätter und Zweige an ihrer Kleidung befestigt, sodass sie vernünftigerweise annehmen konnte, bis zu einem gewissen Grad getarnt zu sein; trotzdem mochte sie nicht recht glauben, dass die Goblins sie noch nicht bemerkt hatten!

Der eine, der vornübergebeugt versuchte, das Feuer anzuzünden, stieß plötzlich ein Kläffen aus und machte Anstalten sich aufzurichten. Sein näher bei Brynn hockender Gefährte blickte blöde grinsend auf, um sich die Sache anzusehen; offenbar war er in dem Glauben, dass das Feuer sich bereits ausbreitete.

Aber außer ein paar Rauchkringeln war nichts zu sehen; der halb aufgerichtete Goblin kläffte abermals, und der Gesichtsausdruck seines Gefährten nahm einen neugierigen Zug an.

Dann war Brynn hinter ihm, presste ihm die Hand auf den Mund und bohrte ihm ihren Dolch, Juraviels Schwert aus Silverel, unmittelbar neben der Wirbelsäule tief in den Rücken, um das Herz des Goblin zu treffen. Brynn konnte es deutlich – so ungeheuer deutlich! – spüren. Sie fühlte, wie das Fleisch nachgab, spürte die unterschiedlichen Widerstände beim Eindringen der Klinge, bis sie schließlich fast so etwas wie einen elektrischen Schlag verspürte, so als wäre sie bis zur Quelle der Lebensenergie des Wesens vorgedrungen, die durch die Spitze ihrer Waffe ungehindert aus seinem Körper entwich.

Der andere Goblin kläffte abermals und stürzte zu Boden. Schließlich kläffte er erneut – versuchte es zumindest – und fasste sich an die Kehle.

Als der Goblin in ihren Armen erschlaffte, ließ sie ihn zu Boden gleiten; nun sollte sie dem anderen den Todesstoß versetzen. Ein Gedanke, der sie einiges an Überwindung kostete, denn in diesem schrecklichen Augenblick hatte sie nur einen einzigen Wunsch: sich auf die Knie zu werfen und lauthals zu protestieren. Sie tat die Gedanken mit einem unwirschen Knurren ab und wappnete sich für das Unvermeidliche, riss das blutverschmierte Schwert heraus und fasste ihren nächsten Tötungsakt ins Auge. Doch Belli'mar Juraviel kam ihr bei dem anderen Goblin zuvor und stand, seinen kleinen Bogen bis zum Äußersten gespannt, über dem Geschöpf.

Er versenkte den Pfeil in dem sich windenden Goblin, dann noch einen und schließlich auch noch einen dritten, denn es schien, als wollte das Monster einfach nicht sterben!

Der nächste Pfeil bohrte sich seitlich in den Kopf des Goblin; woraufhin sein Körper plötzlich einmal heftig zuckte und alles Leben in seinen Augen erlosch.

Brynn hatte größte Mühe, ihre Tränen zu unterdrücken und vor lauter Entsetzen, Ekel und Schmerz nicht laut aufzuschreien.

Dieser ungeheure Schmerz.

Hatte sie sich etwa deswegen zur Hüterin ausbilden lassen? War »Hüterin« überhaupt der passende Ausdruck? Oder diente er vielleicht nur der Vertuschung ihres wahren Ausbildungszwecks, des eigentlichen Titels, mit dem sie sich schmücken sollte: Meuchelmörderin?

»Komm schon, beeil dich«, rief Juraviel ihr zu und riss sie damit aus ihrem inneren Konflikt. Nahezu unfähig zu denken, folgte sie dem Elfen um das Lager herum, bis sie zufällig auf einen weiteren Goblin stießen, der ausgezogen war, um Holz zu sammeln.

Er war tot, noch bevor er überhaupt merkte, dass er nicht alleine war.

Damit war die Umgebung gesichert, und die beiden konnten ihr ganzes Augenmerk auf das eigentliche Lager richten, wo ein gutes halbes Dutzend dieser Geschöpfe durcheinander lief oder um die noch glimmenden Scheite des vorabendlichen Feuers hockte. Ganz zuoberst hatten sie einen großen, rostigen Kochtopf gestellt, und ab und zu trat einer zu ihm hin und schöpfte eine Kelle ekelhaft aussehenden Eintopf heraus.

»Wir könnten noch warten und in Erfahrung bringen, ob noch weitere von ihnen sich allein auf den Weg machen«, wandte sich Juraviel an sie. »Und sie dann einzeln oder in Zweiergruppen erledigen.«

Der Gedanke ließ Brynn innerlich zusammenzucken; sie wollte nur, dass das Ganze so schnell wie möglich vorüber war. »Schluss jetzt mit der Heimlichtuerei«, erwiderte sie und begann sich aufzurichten, fest entschlossen, mitten in die Gruppe hineinzustürmen.

Juraviel bekam ihren Arm zu fassen und konnte sie gerade noch zurückhalten. »Was ist die stärkste Waffe eines To-gai-ru-Kriegers?«, fragte er. »Noch vor seinem Mut und seinem Bogen?«

Brynn nickte, reichte ihm sein kleines Schwert und drehte sich um; sie hatte verstanden.

Wenige Minuten später sprangen die im Lager zurückgebliebenen Goblins auf und richteten ihre Blicke verwundert nach

Norden auf das Krachen und Stampfen, das ihnen aus dem Wald entgegenschallte.

Auf Diredusks Rücken sitzend durchbrach Brynn mit gespanntem Bogen die letzte Gestrüppreihe; zuerst schaltete sie den am weitesten rechts stehenden Goblin aus, der mit einem kaum hörbaren Quieken zu Boden sank, bevor sie ihren zweiten Pfeil abschoss und damit einen Goblin vom Kochtopf fortriss, der seine Eintopfschale fallen ließ, als er nach hinten kippte.

Mit einer schnellen, fließenden Bewegung hatte Brynn den Bogen von seiner Sehne befreit und ihn wie eine Lanze unter ihren rechten Arm geklemmt, während sie Diredusk unmittelbar an einem dritten, völlig verdutzten Geschöpf vorüberlenkte. Das Gesicht des Goblin explodierte in einer Gischt aus Blut, als der kräftige Schwarzfarnbogen es zertrümmerte. Brynn riss Diredusk hart nach links; das Pony trampelte den nächsten Goblin in der Reihe nieder und rannte anschließend einen weiteren um, als dieser Reißaus zu nehmen versuchte. Mittlerweile schwang Brynn ihren Bogen wie einen Knüppel in Richtung eines weiteren Goblin; der Schlag verfehlte knapp sein Ziel und zwang das Geschöpf, sich zu Boden zu werfen.

Unterdessen hatte sie die gegenüberliegende Seite des Lagers erreicht, und das, obwohl noch immer drei längst nicht mehr überraschte und zu den Waffen greifende Goblins auf den Beinen waren. Wo Juraviel nur blieb? Wieso hatte sie nicht das hohe Sirren seines kleinen Bogens oder das Gejaule getroffener Goblins gehört?

Mit einem kräftigen Ruck an den Zügeln zwang sie das kleine Pony zu einem jähen Stopp und ließ es blitzschnell wenden, dann schwenkte sie hinüber zur linken Lagerseite, stieg halb aus dem Sattel und beugte sich tief über Diredusks Hals, während das Tier über zwei als Bänke gedachte Baumstämme hinwegsetzte.

Unmittelbar nach der Landung riss Brynn es scharf nach

links und nahm Maß für einen zweiten Ritt mitten durch das Lager. Mittlerweile hatten sich die drei Goblins jedoch klugerweise zum Waldrand zurückgezogen, wo sie Gestrüpp und Bäume als Deckung benutzten, weshalb sich ihr nur ein einziges Ziel anbot, nämlich jener Goblin, den sie beim ersten Durchreiten knapp verfehlt hatte, ein Wicht, der sich soeben wankend aufzurichten versuchte. Diesmal zielte sie genauer; sie erwischte ihn mit ihrem Bogen im Vorüberreiten genau am Hinterkopf, sodass er mit dem Gesicht voran zu Boden geschleudert wurde. Er prallte gegen den Kochtopf, warf diesen um und fiel anschließend auf die noch heiße Glut. Der Goblin schlug heulend um sich, als sein wolliges Haar Feuer fing und seine Haut verbrannte.

Mit schnellen und fließenden Bewegungen, die das Begriffsvermögen von Goblins überforderten, beugte Brynn sich vor und spannte ihren Bogen, schwang ein Bein über den Rücken ihres Pferdes und legte einen Pfeil an, während sie sich von Diredusk heruntergleiten ließ und zum Angriff überging.

Sie schoss dem am nächsten stehenden Goblin mitten zwischen die Augen, rollte sich ab, um einem geschleuderten Speer auszuweichen, legte noch im Abrollen einen weiteren Pfeil an und kam bereits schießend wieder hoch.

Da war es nur noch einer.

Noch während sie vorwärts stürmte, hatte sie die Sehne mit einer knappen Bewegung ihres Handgelenks erneut vom Bogen gelöst.

Der Goblin, sichtlich verunsichert und offenkundig völlig verängstigt, machte Anstalten fortzurennen, besann sich dann aber eines Besseren und drehte sich wieder um, einen grobschlächtigen Speer im Anschlag. Damit stieß er zu, als Brynn angriff, doch die Hüterin wehrte die unbeholfene Attacke geschickt mit einem Schlag ab und wollte sich, den scheinbar mühelosen Sieg vor Augen, auf ihn stürzen.

Das tat sie auch, blieb dann aber jählings stehen, als sich seitlich neben ihr das Gebüsch teilte und ein zweiter Goblin zum Vorschein kam, der mit einem kleinen, rostigen Dolch auf sie losging.

Als Brynn sich daraufhin zur Seite drehte, um ihren Bogenstock auf ihn zu richten, stürzte sich auch der erste Goblin wieder voller Entschlossenheit auf sie. Gekonnt änderte die Hüterin ihre Stoßrichtung und führte den Stock sofort mit einer verdeckten Bewegung wieder zur Seite. Da der attackierende Speerträger seine Waffe gerade zurückgezogen hatte, um für seinen Stoß Schwung zu holen, war nichts zur Stelle, das Brynns Stoß hätte parieren können, bevor ihr Stock hart mit dem Gesicht des Goblin zusammenprallte.

Überzeugt, den Goblin zumindest für eine Weile ausgeschaltet zu haben, ließ Brynn die Waffe fallen und erzeugte mit wild kreisenden Handbewegungen vor ihrem Körper einen Schutzschild gegen seinen messerbewehrten Kumpan. Ihre ausgewogenen und präzisen Bewegungen ließen den Goblin einen Moment zögern, während er in ihrer Verteidigungshaltung eine Lücke zu finden versuchte; genau darauf hatte sie gewartet. Sie schwenkte ihre linke Hand in weitem Bogen nach links, hob ihre Rechte hoch über den Kopf und bot ihm damit eine nicht zu übersehende Bresche.

In diese Lücke stürzte sich der Goblin, wild entschlossen, ihr sein Messer in die Brust zu stoßen.

Brynns rechter Fuß schnellte hoch und trat den Führungsarm des Goblin weit zur Seite. Mit ihrer Linken packte sie von außen sein Handgelenk, riss es nach unten und drehte sich, um seinen Ellbogen zu blockieren, unter seinem Arm hindurch. Ohne den zu erwartenden Schlag von seiner freien Hand weiter zu beachten, nutzte sie ihren Schwung, um den blockierten Ellbogen unter Einsatz ihres ganzen Körpers nach oben zu drücken.

Der Goblin jaulte auf vor Schmerz; trotzdem gelang es ihm, Brynn einen zweiten Schlag zu versetzen.

Im nächsten Moment schaffte es die Hüterin, ihm die Waffe

aus der Hand des blockierten Arms zu entwinden. Brynn drehte ihre linke Hand noch weiter nach hinten, um den Goblin endgültig aus dem Gleichgewicht zu bringen, löste ihre Rechte von seinem Arm und trat einen Schritt vor, um den Dolch aufzufangen, bevor er auf dem Boden landete. Sie drehte ihn blitzschnell herum und stieß, als der Goblin abermals nach ihr schlug, mit voller Wucht zu und versenkte den Dolch bis zum Heft in seiner Brust.

Ein letztes Mal versuchte der Goblin, nach ihr zu schlagen, aber in seiner Bewegung lag keine Kraft mehr. Brynn riss ihre Messerhand zweimal nach oben, um seine Brust und Eingeweide zu zerfetzen, dann wirbelte sie mit einer kraftvollen Bewegung herum und stieß die sterbende Kreatur rücklings zu Boden.

Mittlerweile war der Goblin, den sie im Gesicht getroffen hatte, wieder auf den Beinen, ohne aber anzugreifen. Er hatte offenbar genug gesehen und machte Anstalten, in den Wald zu flüchten.

Fast ohne über die Bewegung nachzudenken, schleuderte Brynn ihren Dolch und traf ihn hinten in der Wade. Der Goblin schlug mit einem Aufschrei hart auf den Boden, warf sich hin und her und versuchte, den Dolch herauszuziehen, doch der Schmerz war übermächtig, und er bekam ihn nicht einmal zu fassen.

Inzwischen war Brynn wieder fähig nachzudenken und verfolgte jede seiner fürchterlichen Bewegungen. In einer Mischung aus Entsetzen und nüchterner Vernunft hob sie ihren Stock vom Boden auf, lief zu dem Goblin hinüber und versetzte ihm einen heftigen Schlag auf den Kopf.

Seine Zuckungen und sein Gezeter wurden nur noch heftiger.

Brynn schlug abermals zu, gleich darauf noch einmal; sie wollte nichts weiter, als dass der Alptraum ein Ende hatte und dieses abscheuliche Wesen sich nicht mehr rührte.

Erst nach einer ganzen Weile, endlose Minuten später, so schien es Brynn, verstummte der Goblin und lag regungslos da.

Brynn ließ sich auf die Knie fallen. Noch immer waren Goblins in der Nähe, manche schwer verletzt, andere möglicherweise nur leicht, aber daran konnte sie im Augenblick keinen Gedanken verschwenden; sie konnte an überhaupt nichts anderes denken als an all die toten Geschöpfe rings um sie her und die Goblins, die sie getötet hatte, und zwar auf brutalste Weise. Sie kämpfte gegen ihre Tränen an, gegen ihr Bedürfnis, sich zu übergeben, und versuchte, ihren Atem und ihre Sinne so gut es ging wieder unter Kontrolle zu bekommen. Sie ermahnte sich, dass ringsumher Gefahren lauerten, dass sich womöglich genau in diesem Augenblick ein Goblin an sie heranschlich, bereit, ihr einen Speer in den Rücken zu stoßen.

Der beunruhigende Gedanke bewog Brynn, kurz über die Schulter zu schauen, aber hinter ihr war alles ruhig. Selbst im Lager schien sich nichts zu rühren, obwohl sie ganz genau wusste, dass sie bei ihrer ersten Attacke nicht alle Kreaturen getötet hatte. Ein Stück abseits bemerkte sie Diredusk, er stand ganz ruhig da und rupfte an einem niedrigen Strauch; schließlich hob er, das mampfende Maul voller kleiner Zweige und Blätter, den Kopf.

Brynn hob ihren Bogen auf und spannte ihn, dann zog sie ihren Dolch aus dem Bein des Goblin und verstaute ihn in ihrem Gürtel. Sie legte einen Pfeil an und schlich auf Umwegen wieder zurück in Sichtweite des Lagerplatzes.

Keiner der Goblins dort rührte sich. Belli'mar Juraviel lief zwischen ihnen umher und stieß sie mit dem Fuß an; zeigte einer von ihnen ein Lebenszeichen, bückte sich der Elf und schnitt ihm die Kehle durch.

In diesem Moment empfand Brynn für ihn nichts als Hass, und zwar aus tiefstem Herzen. Warum hatte er ihr das nur angetan? Wieso war er mit ihr vom direkten Pfad nach Süden und zu den To-gai-ru abgewichen, nur um diese Kreaturen abzuschlachten?

Es dauerte ein paar Augenblicke, bis die junge Hüterin merkte, wie fest sie die Sehne am angelegten Pfeil umklammert hielt und ihr bewusst wurde, dass sie, ohne es zu wollen, den Bogen ganz leicht zu spannen begonnen hatte. Sie ließ ihn in die Ruhestellung zurückgleiten, packte ihn mit einer Hand genau in der Mitte und legte einen Finger um den Pfeil, um ihn zu sichern. Dann ging sie mit entschlossenen Schritten zurück ins Lager.

Juraviel schaute zu ihr hoch. »Ein bisschen nachlässig«, erklärte er. »Deine erste Attacke war perfekt ausgeführt, wirkungsvoll und auf den Punkt. Aber für die beiden im Gestrüpp hast du viel zu lange gebraucht. Drei von denen hier waren noch nicht tot und hätten schon bald das Bewusstsein zurückerlangen und wieder zu Kräften kommen können, um dich von neuem anzugreifen. Was hättest du getan, wenn ich nicht gewesen wäre, um aufzuräumen?«

Gegen Ende wurde seine Stimme leiser, und Brynn entnahm seinem Gesichtsausdruck, dass ihr unbeugsamer Blick ihre Empörung klar und unmissverständlich übermittelte.

»Irgendwelche Probleme damit?«, fragte der Elf. Schon sein herablassender Ton verriet Brynn, dass er ganz genau wusste, was ihr zu schaffen machte.

»Hatte das Ganze irgendeinen Sinn?«

»Muss ich dir noch einen Vortrag über die Widerwärtigkeit von Goblins halten? Wie viele Beispiele brauchst du noch, um deine Schuldgefühle zu besänftigen, junge Hüterin? Möchtest du etwas über die Wälder hören, die sie niedergebrannt, über die menschlichen Siedlungen, die sie überfallen und dabei sogar die Kinder abgeschlachtet und nicht wenige von ihnen aufgefressen haben? Oder soll ich dir noch einmal vom Großen Krieg erzählen und dir Hunderte von Beispielen für das Unheil nennen, das die Goblins in dieser finsteren Zeit über das Land gebracht haben?«

»Menschliche Siedlungen überfallen«, wiederholte Brynn mit einem sarkastischen Rundblick.

»Ganz recht, und jeder Mord hat ihnen Spaß gemacht.«

»Dir doch auch!« Brynn hatte die Worte noch nicht ganz ausgesprochen, da wusste sie bereits, dass sie zu weit gegangen war.

»Aber nein«, erwiderte Juraviel ruhig und mit leiser Stimme; offenbar fühlte er sich dadurch nicht beleidigt. »Ich ... wir haben nur getan, was wir tun mussten, und das zielbewusst und effektiv. Ohne wirkliche Gehässigkeit und aus ganz nüchternen Überlegungen heraus. Ob mir das Töten Spaß gemacht hat? Nicht wirklich. Aber es macht mir Mut zu wissen, dass unser Tun hier die Welt ein wenig besser und vor allem sicherer macht.«

»Und deine junge Hüterin ein wenig härter.« Der triefende Sarkasmus in ihrer Stimme war nicht zu überhören.

»Das auch, zugegeben«, erwiderte der Elf ungerührt.

Brynn zitterte am ganzen Körper; sie war kurz davor zu explodieren. »Kommt es häufiger vor, dass junge Hüter ihre ersten Kampferfahrungen gegen Goblins machen?«, fragte sie. »Vergießen sie dabei ihr erstes Blut, kommen sie dabei zum ersten Mal in den Genuss des süßen Geruchs des Todes?«

»In den meisten Fällen gegen Goblins oder gegen tollwütige Tiere«, erwiderte der Elf, offenbar noch immer völlig unbeeindruckt. »Obwohl sich durchaus argumentieren ließe, dass es da keine großen Unterschiede gibt.«

Sowohl sein Tonfall als auch seine Worte erhöhten Brynns innere Anspannung noch, und mehr als je zuvor seit der Ermordung ihrer Eltern hätte sie ihre Wut am liebsten laut herausgeschrien.

»Gegen den würdigsten Feind, den man eben finden kann, auch wenn er kein besonders würdiger Gegner ist«, fügte Juraviel hinzu.

Brynn wandte sich ab, presste einmal fest die Augen zusammen, ehe sie sie wieder öffnete und blicklos in den Wald starrte, bis sie Juraviels Hand auf ihrem Rücken spürte.

»Wie steil mögen die Berge sein, die du noch erklimmen musst, wenn du es nicht mal über diesen winzigen Hügel schaffst?«

»Ich habe Andur'Blough Inninness nicht verlassen, um zur Meuchelmörderin zu werden«, antwortete Brynn mit zusammengebissenen Zähnen.

»Du hast Andur'Blough Inninness verlassen, um einen Krieg vom Zaun zu brechen«, erinnerte Juraviel sie mit eindringlicher Stimme. »Glaubst du vielleicht, deine Revolution wird ohne Blutvergießen abgehen?«

»Das ist etwas anderes.«

»Weil die Chezru es nicht anders verdient haben?«

Brynn, die Augen zu schmalen Schlitzen verengt, drehte sich um, sah ihm ins Gesicht und erwiderte voller Selbstbewusstsein: »Ja.«

»Und es werden auch nur die Chezru sterben, die es nicht anders verdient haben?«

»Auch aus meinem Volk werden viele sterben, aber sie opfern gern ihr Leben, wenn es der Befreiung To-gais dient.«

»Es werden aber auch viele Unschuldige sterben«, gab der Elf zu bedenken. »Kinder, die zu klein sind, um überhaupt zu begreifen, was geschieht. Kranke. Es wird auf beiden Seiten vergewaltigte und ermordete Frauen geben.«

Brynn schaffte es nur mit beträchtlicher Mühe, ihren Blick nicht abzuwenden, obwohl sie kurz zusammenzuckte.

»Im Krieg gibt es keine eindeutigen Grenzen, Brynn. Die Yatols werden, sobald sie sich im Krieg befinden, die verbissen kämpfenden Krieger der Chezhou-Lei um Hilfe ersuchen, die es ihrem Ruf nach niemals hinnehmen werden, dass die gegnerische Art überlebt. Ganz abgesehen davon, wird dein eigenes Volk wirklich mehr Edelmut an den Tag legen? Wie viele To-gai-ru mussten unter dem Druck der Yatols entsetzliche Tragödien über sich ergehen lassen? Wenn du gewaltsam nach Behren einmarschieren willst, was unvermeidlich sein wird, wenn du das Volk aus dem Königreich des Sandes zwingen willst, euch in Frieden leben zu lassen, dann wirst du behrenesische Dörfer voller Menschen überfallen müssen, die keine Ahnung haben von To-gai und der katastrophalen Situation der To-gairu. Aber werden sich nicht einige deiner Krieger für das während der Besetzung durch die Yatols erlittene Unrecht auch an Unschuldigen rächen wollen?«

Brynn ließ sich in ihrem stoischen Blick nicht erweichen; in diesem Augenblick finsterer Erkenntnis war ihr das nicht möglich. Trotzdem war ihr keines der Worte Belli'mar Juraviels entgangen, auch wenn es ihr Verstand noch nicht wahrhaben wollte.

2. Das Blut der Jahrhunderte

Yakim Douan, Chezru-Häuptling über ganz Behren, schlug die Augen auf – es war der 308797. Tag seines Lebens.

Die Sonne sah aus wie immer, als sie durch sein Schlafzimmerfenster schien, und auch die von den Düften der Blumen und Gewürze sowie dem beißenden Kamelgeruch geschwängerte Frühlingsluft fühlte sich an wie immer.

Der Gedanke ließ Yakim Douan schmunzeln, denn genauso mochte er es, und zwar viel zu sehr, um jemals darauf zu verzichten. Mit einem leisen Ächzen wälzte er sich von seiner Schlafstatt, einer Hängematte, wie es üblich war in der Stadt Jacintha, wo die tödlichen braun geringelten Skorpione oft in das strohgefüllte Bettzeug oder die Matratzen krabbelten. Der alte Mann richtete sich langsam auf und verfluchte den stechenden Schmerz in beiden Knien und im Rücken, der ihm nach jeder ausgiebigen Nachtruhe wie eingerastet schien.

Sein Gemach war aufs Prächtigste eingerichtet und mit allem Zierrat ausgestattet, den man beim mächtigsten und reichsten Mann südlich – und vermutlich auch nördlich – des Großen Gürtels erwarten durfte. Die Wände waren mit phantastischen Tapisserien behängt, deren satte Farben das morgendliche Licht einfingen und Yakim Douans Blick anzogen. Wie lange betrachtete er schon die immer gleichen Bilder, Darstellungen des Krieges und des menschlichen Körpers, voller Schönheit und Tragödien? Und doch erschienen sie ihm immer noch so unverbraucht und anregend wie damals, als er sie zum ersten Mal gesehen hatte.

Die dicken Webteppiche fühlten sich ausgesprochen gut an unter seinen nackten Füßen. Er räkelte sich und spreizte seine Zehen, während er das Ganze mit einem Blick erfasste, ehe er sich über knarrende Dielen quer durch das geräumige Zimmer zu dem ganz aus glänzend weißem und rosa Marmor bestehende, kunstvoll verzierte Waschbecken begab, über dem ein goldgefasster Spiegel hing. Der Chezru-Häuptling sprenkelte sich kaltes Wasser in sein altes, faltiges Gesicht, warf einen Blick in den Spiegel und beklagte sein hohes Alter, das ihm bereits übel zugesetzt hatte. Er betrachtete seine grauen Augen, die ihm am meisten von allem verhasst waren, und wünschte, er wäre sich über ihre Farbe im Klaren gewesen, bevor er diese sterbliche Hülle zu seiner eigenen erkoren hatte.

Beim nächsten Mal, so hoffte er, würden es blaue sein. Aber selbstverständlich gab es einige Dinge, die sich gänzlich seinem Einfluss entzogen.

Sein derzeitiges Augenpaar hielt er für recht viel sagend. Das Weiß rings um die Pupillen schien völlig verschwunden, und zurückgeblieben war nur eine leicht gelbliche Färbung. Sein Körper war jetzt zweiundsechzig Jahre alt, und in den letzten zehn Jahren hatte er jede einzelne Minute davon gehasst. Gewiss, er konnte sich jeden Luxus erlauben, der ihm in den Sinn kam. Er unterhielt einen Harem voller wunderschöner junger Frauen, die ihm auf Abruf zur Verfügung standen, und falls es ihn nach einer anderen Gespielin gelüstete, konnte er jede beliebige Frau herbeischaffen lassen, auch wenn sie bereits verheiratet war. Er war der Häuptling der Chezru, die Stimme Gottes von Behren. Ein Wort von ihm genügte, um jemanden auf dem Scheiterhaufen verbrennen zu lassen oder einem seiner Untertanen zu befehlen, sich eigenhändig zu entleiben, und der Dummkopf würde blind gehorchen.

Die Welt gehörte ihm, er brauchte sie sich nur zu nehmen, und genau das tat er, ein ums andere Mal und ohne Unterlass.

Ein leises, höfliches Klopfen an der Tür bewog den alten Chezru, sich vom Spiegel abzuwenden. »Herein«, rief er. Er wusste ganz genau, dass es Merwan Ma war, sein Leibdiener.

»Verzeiht, Großer Meister«, entschuldigte sich Merwan Ma, als er seinen Kopf zur Tür hereinsteckte. Er war ein gut aussehender junger Mann Anfang zwanzig, mit kurzem schwarzem Kraushaar und großen schwarzen Augen, die umso dunkler wirkten, als sie von vollkommen weißen Iriden ganz ohne Äderchen oder gelbliche Verfärbungen umgeben waren. Die Augen eines Kindes, schoss es ihm jedes Mal durch den Kopf, sobald sein Blick auf sie fiel. Zumal Merwan Mas Gesicht, in dem nahezu kein Bartschatten zu erkennen war, auch sonst knabenhaft wirkte und Nase und Lippen eher schmal waren, was seine Augen sogar noch größer wirken ließ. »Soll ich Euch das Frühstück heraufbringen lassen, oder zieht Ihr es vor, Euch in einer Sänfte in den Saal der Morgensonne tragen zu lassen?«

Yakim Douan unterdrückte ein amüsiertes Lachen. Jeden Morgen bekam er die gleichen Worte zu hören – jeden einzelnen Morgen, ohne Ausnahme, ohne die geringste Abweichung – exakt so, wie er sie zweiundfünfzig Jahre und sieben Leibdiener zuvor angeordnet hatte.

»Stimme Gottes?«, erkundigte sich Merwan Ma noch einmal.

Eine aufschlussreiche Frage, erkannte Yakim Douan, denn

der jüngere Mann hatte außer der Reihe gesprochen, ohne Erlaubnis und ohne dazu aufgefordert worden zu sein. Der Chezru-Häuptling bedachte seinen Leibdiener mit einem wütenden Funkeln, bis Merwan Ma zurückwich und beinahe wieder ganz hinter der Tür verschwand.

Offenbar konnte Yakim den übermäßig neugierigen jungen Mann noch immer allein mit einem Blick in die Schranken weisen. Das, sowie der Umstand, dass er Merwan Ma aufrichtig mochte, waren die einzigen Gründe, weshalb Yakim ihn überhaupt behielt. Normalerweise würde man erwarten, Intelligenz sei bei einem Leibdiener eine hoch geschätzte Eigenschaft, Yakim Douan dagegen scheute für gewöhnlich keine Mühe, um dieser speziellen Begabung aus dem Weg zu gehen. Die Sicherheit des Chezru-Häuptlings ließ sich weit besser gewährleisten, wenn die Menschen in seiner unmittelbaren Umgebung geistig eher minderbemittelt waren. Zu Yakims Pech war ihm Merwan Mas Intelligenz erst aufgefallen, als er sich bereits zu dem jungen Mann hingezogen fühlte, der zu Beginn seiner Dienstzeit gerade mal sechzehn gewesen war. Trotzdem hatte er ihn weiter beschäftigt, nachdem er seine Intelligenz und natürliche Neugier erkannt hatte, und jetzt, da der Tag seines Ablebens nahte, war er sogar froh darüber. Merwan Ma war aufgeweckt und wissbegierig, aber er war auch loyal und fromm, und seine Verehrung für den Gott Yatol war stark genug, um die Priesterwürde zu erlangen. Wenn Merwan Ma Yakim als »Stimme Gottes« bezeichnete, dann entsprach der Titel seiner aufrichtigen Überzeugung und war durchaus wörtlich zu verstehen.

»Tretet ein«, forderte der Chezru-Häuptling den Diener auf.

Merwan Ma kam hinter der Tür hervor und nahm Haltung an. Er war groß, weit über sechs Fuß, und schlank wie die meisten Einwohner Behrens, wo es stets heiß war und überflüssige Pfunde oder Fettpolster eher hinderlich waren. Erlangte er die Priesterwürde, wurde Yakim in diesem Augenblick bewusst, würde er noch größer wirken, denn dann würde er sich, wie bei den Yatols Sitte, eine hohe Frisur wachsen lassen.

Als ihm einfiel, dass sein Diener gar kein Yatol-Priester war, wäre Yakim um ein Haar ein weiterer amüsierter Lacher herausgerutscht. Jahrhundertelang war der Chezru-Häuptling *ausschließlich* von Yatol-Priestern bedient worden; jahrhundertelang war es niemandem außer Yatol-Priestern gestattet gewesen, auch nur das Wort an die Stimme Gottes zu richten. Das hatte Yakim Douan vor fast vierhundert Jahren – nach einer Umwandlung, die beinahe in einer Katastrophe geendet hätte – jedoch geändert, nachdem mehrere der ihm dienenden Yatols mit dem Argument, die neue Stimme Gottes sei unauffindbar, beschlossen hatten, selbst den höchsten Titel bei den Chezru anzustreben; und das, obwohl ihnen ein Zweijähriger zur Verfügung stand, der das gesamte Gesetzeswerk des Propheten aufsagen konnte.

Damals hatte Yakim Douan seine Herrschaft allein aufgrund einer glücklichen Fügung fortsetzen können. Nach seiner offiziellen Bewusstwerdung im zarten Alter von zehn Jahren hatte er daher in einem seiner ersten Erlasse verfügt, die gesellschaftliche Struktur in Chom Deiru, dem Chezru-Palast, zu ändern, alle, deren Macht der des Chezru-Häuptlings am nächsten kam, aus seiner Umgebung zu entfernen und so das religiöse Ritual in Zeiten der Transzendenz von allem persönlichen Ehrgeiz zu säubern.

»Ist der Saal der Morgensonne für das Frühstück vorbereitet?«, fragte Yakim.

»Ja, Stimme Gottes.« Merwan Ma war sorgfältig darauf bedacht, den Blick beim Sprechen gesenkt zu halten. »Aber da Ihr heute recht spät aufgestanden seid, wird sich das Zimmer bereits unangenehm aufgeheizt haben, fürchte ich.«

»Tja … in diesem Fall werde ich mir mein Essen hier servieren lassen.«

»Sehr wohl, Stimme Gottes.« Merwan Ma machte eine knappe Verbeugung und wandte sich zum Gehen, doch Yakim rief ihn zurück.

»Lasst außerdem eine zweite Mahlzeit heraufbringen. Ich denke, Ihr werdet heute Morgen mit mir speisen. Es gibt da ein paar Dinge, die wir besprechen sollten.«

»Sehr wohl, Stimme Gottes.«

Während Merwan Ma sich eilig entfernte, quittierte Yakim Douan das leichte Beben in seiner Stimme bei der letzten Erwiderung mit einem wissenden Nicken. Merwan Ma hatte seine Gesellschaft stets genossen; zwischen den beiden hatte sich so etwas wie Freundschaft, ein Schüler-Lehrer-Verhältnis entwickelt – jetzt aber wusste Merwan Ma, weshalb er eingeladen worden war. Yakim wollte mit ihm noch einmal die Prozedur der Transzendenz durchsprechen, den bevorstehenden Tod des Chezru-Häuptlings sowie die Pflichten, die Merwan Ma in der Zeit danach, der Phase der Kopflosigkeit, wie sie genannt wurde, zu erledigen hatte. Es war ein Zeitraum, in dem die yatolische Kirche offiziell als führungslos galt, die Yatol-Priester anhand fester Glaubensgrundsätze regierten und bestenfalls geringfügige Änderungen in der bestehenden Politik vornehmen würden.

Yakim Douan war froh, dass seine Gespräche über die Phase der Transzendenz Merwan Ma so beunruhigten, denn das war lediglich ein weiterer Beweis für die Verehrung, die der junge Diener seinem Chezru-Meister entgegenbrachte, eine Verehrung, so Yakims Überzeugung, die beiden helfen würde, die wenigen Tage der Verwundbarkeit zu überstehen, die sie beide zwischen Yakims Tod und seinem späteren Wiederaufstieg zu gewärtigen hatten.

Kurz darauf kehrte Merwan Ma in Begleitung mehrerer jüngerer Diener zurück; sie trugen Tabletts mit Obst und Gewürzkuchen, Servierteller und die unglaublichsten Gerätschaften sowie Krüge mit verschiedensten Saftsorten in den Händen. Rasch deckten sie den Tisch vor dem Nordfenster des kreisrunden Gemachs, von dem aus man einen spektakulären Ausblick auf die himmelwärts ragenden Berge und schneebedeckten Gipfel des Großen Gürtels hatte. Der Große Gürtel war der eindrucksvollste Gebirgszug der bekannten Welt; es gab nur wenige Pässe, und selbst dort lauerten unzählige Gefahren, Erdrutsche und Schneelawinen, große Bären und Raubkatzen sowie andere, noch weit gefährlichere Bestien. Der Blick von Yakim Douans Palast auf das Gebirge offenbarte diese Ehrfurcht gebietende Gewaltigkeit in ihrer ganzen Pracht. Dieser Ausblick, wenn das Sonnenlicht schräg auf die östlichen Hänge fiel, die weißen Kappen zum Glitzern brachte und hinter jedem Vorhang düstere, bedrohlich wirkende Schatten erzeugte, kam für die meisten Betrachter einer religiösen Erfahrung gleich. Vor allem die Yatols fühlten sich daran erinnert, dass es eine Macht gab, die größer war als alles, was sie im Reich der Menschen jemals würden erleben können. Der Ausblick hatte etwas Spirituelles und Demutgebietendes – selbst für einen Unsterblichen wie Yakim Douan.

Als sich die beiden niederließen, umschwärmten die Diener sie von allen Seiten, schenkten Säfte nach und legten Speisen vor, bis Yakim Douan sie wegwinkte und ihnen befahl, das Zimmer zu verlassen. Zwei von ihnen zögerten und starrten den Chezru-Häuptling verwirrt, geradezu ungläubig an, denn sie waren es gewöhnt, ihn während der gesamten Mahlzeit zu bedienen.

»Wir sind durchaus im Stande, uns selbst nachzuschenken«, versicherte ihnen Yakim Douan. »Und unsere Früchte selber aufzuschneiden. Und jetzt verschwindet endlich.« Er endete, indem er sie mit beiden Händen verscheuchte, woraufhin die beiden sich hastig entfernten.

Als er sich lächelnd wieder zu Merwan Ma umdrehte, merkte er, dass der junge Mann offenbar etwas sagen wollte.

»Ihr werdet während dieses Mahls ganz offen sprechen«, befahl er ihm. Merwan Ma verlagerte verlegen sein Gewicht.

Yakim verstummte, ohne jedoch mit dem Essen zu beginnen. Stattdessen saß er einfach da und musterte seinen Diener mit einem Ausdruck im Gesicht, der den jungen Mann aufforderte, frei von der Leber weg zu reden.

»Ich nehme an, Ihr wollt noch einmal über euren Tod sprechen, Stimme Gottes. Ich bin nicht gerade erpicht auf dieses Thema.«

»Wir müssen alle sterben, mein junger Freund«, erwiderte Yakim und musste insgeheim über die Ironie seiner Bemerkung schmunzeln.

»Aber Ihr seid doch noch ein junger Mann«, platzte Merwan Ma heraus und schlug sofort die Augen nieder, so als sei er trotz Yakims gegenteiliger Beteuerung überzeugt, die Grenzen der Schicklichkeit überschritten zu haben.

»In meinen Knochen spüre ich die Last und Rache jedes Jahres und jedes einzelnen Morgens«, erwiderte Yakim freundlich lächelnd, während er seine Hand auf Merwan Mas Unterarm legte, als wollte er den jungen Mann trösten.

»Das klingt, als wolltet Ihr Euch dem Alter vollkommen kampflos ergeben, Stimme Gottes.«

»Glaubt Ihr an die Offenbarung Yatols?«, fragte der Chezru-Häuptling, plötzlich ernst geworden, indem er seinem Schüler in Erinnerung rief, wer er war und ihn an sein – ihrer beider – vermeintliches Lebensziel erinnerte. Die Offenbarung Yatols war die verbindende Kraft der Yatol-Religion, eine Verheißung ewigen Lebens auf der Wolke Chez, dem Ort des Paradieses. Alle Rituale und religiösen Praktiken, alle maßgeblichen Verhaltensregeln der Yatol-Religion gründeten auf diesem Versprechen.

»Aber natürlich, Stimme Gottes!«, sprudelte Merwan Ma sofort überrascht, geradezu entsetzt hervor.

»Das sollte keineswegs ein Vorwurf sein, mein junger Freund«, erwiderte der Chezru-Häuptling. »Sondern lediglich eine Erinnerung. Wenn wir an die Offenbarung Yatols glauben, dann sollten wir auch den Tod mit offenen Armen willkommen heißen und ganz darauf vertrauen, dass wir ein der Wolke Chez würdiges Leben gelebt haben. Soll ich unter diesen Umständen etwa traurig sein, dass bald das Paradies mein Zuhause wird?«

»Aber deshalb sehnen wir den Tod doch nicht herbei, Stimme Gottes –«

»Nichtsdestotrotz spüre ich, wenn der Tod mich ruft«, fiel ihm Yakim Douan ins Wort. »Es gehört zu meinem Amt zu wissen, wann der Tod naht, damit die Menschen in meiner Umgebung – also Ihr, Merwan Ma – die Vorbereitungen für die Suche nach der nächsten Stimme Gottes einleiten können. Versteht Ihr das?«

Merwan Ma schlug die Augen nieder. »Ich fürchte ja, Stimme Gottes«, erklärte er.

»Ihr werdet gewiss nicht versagen.«

»Aber wie werde ich es wissen?«, fragte der junge Leibdiener, der plötzlich den Blick zum Chezru-Häuptling hob. »Woher soll ich wissen, dass ich den richtigen Ersatz ausgewählt habe? Das ist eine beängstigende Verantwortung, Stimme Gottes. Eine Verantwortung, der ich nicht gewachsen bin, fürchte ich.«

»Doch, seid Ihr«, widersprach Yakim Douan lachend. »Seid versichert, das Kind wird Euch sofort ins Auge fallen. Als ich erwählt wurde, konnte ich das ganze Vierte Buch der Prophezeiungen rezitieren.«

»Aber könnte eine Mutter ihr Kleines nicht entsprechend unterrichten, wenn sie möchte, dass es in dieses Amt aufsteigt?«

»Ich war damals noch nicht einmal zwei Jahre alt!«, erwiderte Yakim lachend. »Und konnte trotzdem jede Frage beantworten, die mir der Yatol-Rat stellte. Oder zweifelt Ihr etwa an der Richtigkeit seiner Entscheidung?«

Merwan Ma erbleichte.

»Das sollte keineswegs ein Vorwurf sein, junger Freund«, beruhigte Yakim ihn. »Ich wollte Euch lediglich versichern, dass Ihr ihn erkennen werdet. Euer Vorgänger äußerte seinerzeit ganz ähnliche Bedenken ... wie mir zu Ohren kam«, fügte der Chezru-Häuptling rasch hinzu, denn wie hätte er aus eigener Erfahrung wissen sollen, was Merwan Mas Vorgänger gesagt hatte oder nicht?

»Trotzdem«, fuhr Merwan Ma sichtlich nervös fort. »Sobald das Kind gefunden ist –«

»Werden auch Eure Pflichten klar sein, zumal zahlreiche Aufzeichnungen über Präzedenzfälle existieren«, fiel Yakim Douan ihm ins Wort. »Im Übrigen sind diese Pflichten minimal, seid ganz beruhigt. Ihr werdet auf das Kind aufpassen und dafür Sorge tragen, dass es in den ersten Jahren seines Lebens wohl versorgt ist. Das ist keine übermäßig schwierige Aufgabe, möchte ich meinen.«

»Und seine Ausbildung und Erziehung? Wer wird die neue Stimme Gottes in den Bräuchen Yatols unterweisen?«

Noch bevor Merwan zu Ende gesprochen hatte, begann Yakim Douan bereits zu lachen. »Er wird Euch unterweisen, sofern Ihr den Wunsch danach verspürt! Begreift Ihr nicht? Der Knabe wird mit einem voll entwickelten Bewusstsein und einem umfassenden Verständnis für alles, was Yatol ausmacht, zur Welt kommen.

Oder zweifelt Ihr etwa daran?«, fragte der Chezru-Häuptling und blickte in das von tiefen Sorgenfalten gezeichnete Gesicht Merwan Mas. »Selbstverständlich zweifelt Ihr!«, fügte Yakim hinzu, um die Spannung zu lösen, bevor sie überhaupt entstehen konnte. »Weil Ihr das Wunder der Transzendenz noch nicht erlebt habt. Ich schon, und zwar aus eigener Anschauung! Ich kann mich noch gut an die allerersten Tage erinnern; ich brauchte damals keine Unterweisung, ich brauchte überhaupt nichts, nur den Aufstieg zu einer höheren Bewusstseinsstufe. Danach verstand ich alles, was unsere geliebten Chezru betraf, im Guten wie im Schlechten, und zwar besser als alle um mich herum. Keine Angst, mein Freund. Allem Anschein nach wird Eure Dienstzeit im Haus des Chezru-Häuptlings in wenig mehr als einem Jahrzehnt beendet sein.«

Falls diese Worte auch nur den geringsten Trost für Merwan Ma bedeuteten, so war ihm das nicht anzusehen; sein Gesichtsausdruck ließ eher das Gegenteil vermuten.

»Ihr wisst, das ist die Wahrheit«, hakte Yakim nach.

»Es ist, wie Eure Todesahnung auch, kein Thema, über das ich gerne spreche, Stimme Gottes.«

»Ach, Unsinn«, widersprach Yakim mit einem herzhaften Lachen und tätschelte abermals den Arm seines jungen Dieners. »Ihr braucht nichts weiter zu tun, als mir zu dienen und anschließend der nächsten Stimme Gottes zu ihrer Bewusstwerdung zu verhelfen; danach seid Ihr von allen Verpflichtungen gegenüber den Chezru entbunden. So ist es immer gewesen, und so muss es auch in Zukunft bleiben.«

»Alles, was mir lieb und teuer ist …«

»Damit ist Euch der offizielle Beitritt bei den Chezru keineswegs versperrt«, fuhr Yakim fort. »Ich wäre tatsächlich sogar ernsthaft enttäuscht, wenn Ihr nicht dem Ruf der Frömmigkeit folgen würdet. Ihr werdet einen ausgezeichneten Yatol abgeben, mein Freund, und als solcher werdet Ihr dem nächsten Chezru-Häuptling eine wertvolle Hilfe sein. Ich habe sogar bereits einen ausführlichen Brief an meinen Nachfolger und den Yatol-Rat zu Papier gebracht, in dem ich meinen Glauben an Eure Fähigkeiten zum Ausdruck bringe.«

Das schien Merwan Ma einigermaßen zu beruhigen; er errötete vor Verlegenheit und schlug die Augen nieder.

Es war genau die Wirkung, die Yakim Douan sich erhofft hatte. Er war diesem jungen Mann aufrichtig zugetan und würde ihn zweifellos vermissen, wenn er bei seiner nächsten Wiedergeburt seine Bewusstwerdung erlangte. Trotzdem musste Yakim unbedingt an diesem Punkt des Rituals festhalten; einen so aufgeweckten jungen Mann wie Merwan zu lange in seiner Nähe zu dulden barg ein viel zu großes Risiko.

Und übergroße Vertrautheit konnte ihm gefährlich werden.

Merwan Ma bahnte sich einen Weg durch die prunkvollen, säulengestützten Hallen des luftigen Palastes. Das gesamte Gebäude war aus Stein errichtet, größtenteils aus rosafarbenem und weißem Marmor, sowie aus dem zartgelben Cosinnida-Marmor tief unten aus dem Süden. Die überaus zahlreichen gekehlten und verzierten Säulen entsprachen ganz dem im Nordwesten, in den Vorbergen des Großen Gürtels nahe des Grenzgebietes von Behren und To-gai, gebräuchlichen Stil. Ihr Stein war von reinstem, strahlendem Weiß, allerdings durchzogen von einer roten Maserung, sodass Merwan Ma fast den Eindruck hatte, sie wären der Länge nach mit roten Ranken überwuchert. Er glaubte beinahe, dicke Trauben an den Ranken zu sehen, die nur noch gepflückt und verspeist werden mussten.

Merwans Sandalen waren aus Leder und hatten keine harten Sohlen, trotzdem hallten seine Schritte durch die endlosen Hallen des Palastes, wo jedes Deckengewölbe so kunstvoll gekrümmt war, dass es die Geräusche auffing und weitertrug. Es kam des Öfteren vor, dass der junge Diener sich auf diesen Spaziergängen verirrte, wenn er, vorbei an den die Phantasie anregenden Tapisserien und den in den Fußböden eingelassenen Mosaiken, durch die prunkvollen Flure wanderte. Auf diesen Wanderungen glaubte er sich allein im ganzen Universum und gleichzeitig eins mit ihm.

Genau das brauchte er jetzt; dieses Trost spendende Gefühl, Teil von etwas zu sein, das größer war als er, größer als der menschliche Körper. Sein Herr und Meister hatte es wieder einmal getan, hatte ihm erneut ein Gespräch über den nahenden Tod der Stimme Gottes aufgezwungen. Wie war es nur möglich, dass der Chezru-Häuptling diesem Thema mit so viel

Gelassenheit begegnete? Wie konnte er in so klaren, vernünftigen Worten über sein eigenes Ende sprechen?

Merwan Ma stieß einen tiefen Seufzer aus; er war zutiefst neidisch auf seinen Herrn und überhaupt auf jeden, der seiner eigenen Sterblichkeit mit so viel Unbefangenheit begegnete. Merwan Ma war ein gottesfürchtiger und frommer Geistlicher, einen Rang über dem gewöhnlichen Chezru-Volk, aber einen unterhalb der Yatols. Er betete täglich und verfolgte gewissenhaft jedes Ritual und jede Vorschrift seiner Religion. Er glaubte an ein Leben nach dem Tod als Lohn für wohlgefälliges Verhalten, ganz fest sogar. Und doch, wie blass wirkte sein Glaube im Vergleich zu der inneren Ruhe, die Yakim Douan an den Tag legte!

Vielleicht, so seine Hoffnung, würde es ihm im hohen Alter gelingen, diese innere Gelassenheit zu erreichen. Vielleicht würde auch er eines schönen Tages erkennen, dass er die Unausweichlichkeit seines Todes akzeptieren und darauf vertrauen konnte, dass eine Reise sich dem Ende zuneigte, damit eine andere ihren Anfang nehmen konnte.

»Nein«, entfuhr es ihm laut, ehe er sich auf die Knie fallen ließ, die Hände vors Gesicht schlug und sich in einer Geste der Unterwerfung, des Gehorsams und der Sühne für seinen letzten, ketzerischen Gedanken der Länge nach zu Boden warf. Er würde niemals denselben Zustand der Zufriedenheit erreichen wie die Stimme Gottes! Nie würde er das Mysterium von Leben und Tod genauso begreifen lernen, wie der Chezru-Häuptling, und offenbar nur er allein, es verstand! Zumindest nicht in diesem Leben. Aber vielleicht erwartete ihn die Erleuchtung ja auf der anderen Seite dieser düstersten aller Pforten.

Mit einem weiteren tiefen Seufzer erhob sich Merwan Ma vom Boden und setzte seinen Weg fort. Er war ohnehin bereits spät dran, und die anderen hatten sich vermutlich bereits im Saal der Ewigkeit um den heiligen Kelch versammelt, den Pokal der Chezru. Wahrscheinlich hatte Mado Waldon, der Yatol-

Aufseher, bereits das heilige Messer vorbereitet und dessen ausgehöhltes Heft mit den konservierenden Ölen gefüllt; ganz sicher aber hatten die anderen in Merwan Mas Abwesenheit noch nicht mit dem Aderlass begonnen.

Yakim Douan setzte sein genüssliches Mahl vor dem Nordfenster fort, den Blick nach draußen auf die majestätischen Gipfel gerichtet. Er wusste nur zu gut, was sich in diesem Augenblick im Saal der Ewigkeit abspielte, und war sich darüber im Klaren, dass, wann immer die sieben zu diesem Ritual zusammenkamen, für seine Person und die damit verbundenen Geheimnisse allerhöchste Gefahr bestand. Mit den Jahrhunderten jedoch hatten die Befürchtungen des Chezru-Häuptlings, diesen speziellen Punkt betreffend, eindeutig an Schärfe verloren. Früher hatte er den Aderlass stets peinlich genau verfolgt, und das jahrhundertelang, seit er das Ritual selbst ins Leben gerufen hatte.

Nein, ins Leben gerufen war nicht ganz korrekt, er hatte es lediglich verändert, um sein Geheimnis noch sicherer zu hüten. Seit den Anfängen der Yatol-Religion hatte diese Gruppe Auserwählter dafür gesorgt, dass der heilige Chezru-Pokal stets mit ihrem Blut gefüllt war, hatten sie sich im Kreis um ihn herum versammelt und sich der Reihe nach das Handgelenk aufgeschnitten, bis der hohe, breite Kelch sich bis zum Eichstrich füllte. Dieses Ritual der Blutsbruderschaft sowie sein Resultat, der blutgefüllte Pokal, hatten sich für Yakim Douan als eine geradezu wundersam bindende Kraft entpuppt, denn unten im Boden des heiligen Kelches war ein einzelner Edelstein eingelassen, ein mächtiger Hämatit. Sobald Yakim sein Blut mit dem im Pokal bereits vorhandenen mischte, und zwar jeweils in der unmittelbar auf das Ritual des Aderlasses folgenden Woche, stellte er gewissermaßen eine Verbindung zu dem dort verborgenen Hämatit her, die er über große Entfernungen zu nutzen gelernt hatte. Das war ihm äußerst wichtig; nicht etwa, weil er sich des Hämatits oft bediente, sondern weil er erkannt hatte, dass er im Falle eines überraschenden Unglücksfalls – in Gestalt des Dolches eines Rivalen etwa – eine ausreichend starke Verbindung zu dem Hämatit herstellen konnte, um seinen Geist aus seiner sterblichen Hülle zu befreien.

Demzufolge bestand für Yakim nur eine wirkliche Gefahr, nämlich in dem Augenblick, da das Blut im Pokal ausgewechselt wurde; denn obwohl allen anwesenden Blutspendern gewöhnlich die Augen verbunden wurden und sie strikte Anweisung hatten, niemals in den Kelch zu schauen, konnte bereits ein einziger Blick in den nicht vollständig gefüllten Kelch größtmöglichen Verdacht erregen. Zumal die Yatols den Edelsteinen, magisch oder nicht, alles andere als wohlgesonnen waren, und der Anblick eines dieser Steine in ihrem höchsten religiösen Symbol, dem Chezru-Pokal, im Herzen eines jeden wahren Yatols eine gewisse Verstimmung auslösen würde. Edelsteine waren die Domäne der verhassten Abellikaner oben im Norden – sie waren die Quelle ihrer magischen Kräfte –, und bereits seit Jahrhunderten, noch vor Yakim Douans erster Machtergreifung, hatten die Yatol-Priester die magischen Steine als Mittel zur Übertragung dämonischer Magie gebrandmarkt.

Der Anblick eines Edelsteins – noch dazu eines Hämatits, eines Seelensteins – auf dem Grund dieses hohen Kelches würde Fragen aufwerfen, die Yakim Douan lieber nicht beantworten wollte.

Nichtsdestotrotz war der Chezru-Häuptling absolut zuversichtlich, dass es niemals so weit kommen würde. In den nahezu achthundert Jahren, die er sich des magischen Hämatits insgeheim bediente, war der Blutpegel im Kelch nur ein einziges Mal auf ein verräterisches Niveau gesunken: nämlich als ein junger Yatol-Priester gestolpert war und den Inhalt versehentlich verschüttet hatte.

Und dieser unglückselige Yatol war so verwirrt und entsetzt über sein Missgeschick gewesen, dass er nicht einmal lange genug gezögert hatte, um das ganze Ausmaß dessen, was er dort gesehen hatte, zu erfassen. Er hatte lediglich eine Entschuldigung nach der anderen gestammelt, als Yakim Douan ihm zufällig begegnete und ihn weinend auf dem blutverschmierten Boden knien sah, den Kopf in den Händen verborgen. Selbst als sich Yakims Messer bereits auf seinen ungeschützten Hals zubewegte, hatte er die Stimme Gottes noch um Verzeihung angefleht.

Der Mann war im Zustand höchster Verwirrung gestorben.

Yakim Douan schauderte, wenn er an diesen grauenhaften Tag zurückdachte. Er hatte den Mann gar nicht töten wollen, andererseits hatte so viel auf dem Spiel gestanden. Wie konnte er seine zumindest theoretische Unsterblichkeit – Jahrhunderte eines Menschenlebens – für die lächerlichen paar Jahrzehnte aufs Spiel setzen, die diesem armen Narren vielleicht noch blieben?

Jetzt, nach all den Jahren, war die damalige Entscheidung in Yakims Augen aus einer ganz nüchternen Überlegung heraus erfolgt, und nicht etwa Hass oder bösartige Machtgier hatten an jenem schicksalsträchtigen Tag seine Hand geführt.

Mittlerweile konnte Yakim Douan sich nicht einmal mehr an den Namen des ungeschickten Yatols erinnern. Auch sonst übrigens niemand.

Merwan Ma verharrte vollkommen regungslos, während er leise den Opfergesang anstimmte und sich seine Stimme eindrucksvoll mit denen der anderen vermischte, die im Kreis um das kleine, den Chezru-Pokal stützende Tischchen herumstanden. Der junge Diener hielt seine Linke vor der Brust nach rechts gekreuzt, während sein rechter Arm vor ihm auf einem gepolsterten Bänkchen ruhte, sodass sein Handgelenk über dem heiligen Gefäß baumelte.

Wie allen anderen waren auch ihm die Augen verbunden. Tatsächlich aber hatte Merwan Ma als Leibdiener des Chezru-Häuptlings den heiligen Raum als Einziger mit offenen Augen betreten und die anderen an ihren jeweiligen Platz geführt. Anschließend hatte Merwan Ma, ein Gebet murmelnd, seinen Platz eingenommen, unter das Tischchen gegriffen, den Hebel betätigt und, während er seine Augenbinde anlegte, zugesehen, wie der Pegel der roten Flüssigkeit allmählich fiel.

Hebel und Auslöser unterhalb des Tischchens waren mit Gegengewichten versehen, die das Abfließen verlangsamen und sich schließlich ganz schließen sollten, sobald das Blut aus dem Kelch gelaufen war. Die Gruppe würde nicht die gesamte Flüssigkeit ersetzen, sondern nur etwa drei Viertel. Sobald die Hebelvorrichtung sich schloss, erklang eine Glocke, das Zeichen für den Beginn des Rituals. Der Mann unmittelbar links von Merwan Ma ergriff das vorbehandelte Messer, langte nach vorn und schnitt sich das rechte Handgelenk auf, zählte dann im Rhythmus des gemeinsamen Sprechgesangs die entsprechende Zeit ab, während sein Herzblut in den Kelch hinuntertropfte. Am Ende der Strophe reichte er dem links von ihm Stehenden die Klinge, und die Prozedur wiederholte sich.

So ging es weiter, bis das Messer schließlich einmal die Runde gemacht hatte und wieder bei Merwan Ma angelangt war. Der Diener, dessen rechtes Handgelenk mit einem Geflecht von Narben übersät war, versah seinen Dienst erfolgreich und mit stoischer Gelassenheit, ehe er das Messer ehrfürchtig auf den Tisch zurücklegte.

Als der Gesang endete, zog sich Merwan Ma die Augenbinde vom Kopf und betrachtete ihr gemeinsames Werk. Wie gewöhnlich war ein Teil des Blutes neben den Pokal gespritzt, und das Niveau war nicht ganz so hoch, wie es sein sollte, befand sich aber durchaus innerhalb der Toleranzmarkierungen am Innenrand des Kelches. Wäre dies nicht der Fall gewesen, wäre das Opfer für ungültig erklärt und einer der rings um das Tischchen versammelten Männer getötet und ausgewechselt worden; ein Schicksal, von dem nur der Aufsicht führende Yatol und Merwan Ma ausgenommen waren.

Das Opfer war jedoch zufrieden stellend und das Niveau der roten Flüssigkeit mehr als ausreichend, um den Fortbestand des heiligen Pokals bis zum Ende des Monats zu sichern, wenn das nächste Opfer anstand.

Merwan Ma nickte, zufrieden mit seiner Leistung – selbstverständlich würde er später noch einmal zurückkommen und das heilige Gefäß säubern müssen, doch davon abgesehen war seine Pflicht getan. Mit einer routinierten Bewegung ergriff er die Hand des links von ihm stehenden Mannes und führte die Gruppe im Gänsemarsch aus dem Saal.

Kaum hatte sich die Tür hinter ihnen geschlossen, streiften die anderen im Vorraum ihre Augenbinden ab, zurrten die Bandagen fester um ihre Handgelenke und beglückwünschten sich zu ihrem gelungenen Werk.

Die Ausnahme bildete, wie üblich, der Aufsicht führende Yatol. Der ältere Mann warf zuerst einen Blick auf sein Handgelenk und zurrte seinen Verband fest, dann aber sah er, wie stets nach einem Opfer, hinüber zu Merwan Ma.

Es war ein Blick, in dem der Diener nur wenig Zuneigung zu erkennen vermochte. Er war bei vielen Yatols nicht sonderlich beliebt; vor allem nicht bei denen, die ihre persönlichen Eifersüchteleien wichtiger nahmen als ihre Hingabe an die Religion und ihren Gott. Schließlich war er kein Yatol, kein Priester, und doch würde Merwan Ma, wenn der Chezru-Häuptling dereinst das Zeitliche segnete, in allen praktischen Belangen zum mächtigsten Mann im ganzen Reich der Chezru werden. Ihm würde es obliegen, die neue Stimme Gottes auszuwählen, und er besäße volles Stimmrecht in der sich daran anschließenden bestätigenden Versammlung. Im Anschluss daran würde er das erwählte Kind während seiner ersten Lebensjahre beaufsichtigen, und obwohl er bei der offiziellen Politik der Yatols kein Stimmrecht besäße, würde es seine Stimme sein, die die nächste auserwählte Stimme Gottes am häufigsten zu hören bekäme.

Einige Yatols waren alles andere als glücklich mit dieser Regelung. Zwei besonders unangenehme Priester hatte Merwan Ma sogar hinter vorgehaltener Hand darüber tuscheln hören, in früheren Zeiten habe ein Yatol, und zwar der ranghöchste des Ordens unmittelbar nach dem Chezru-Häuptling, als Leibdiener gedient, und nicht ein einfacher Geistlicher.

Merwan Ma nahm dies alles völlig gelassen. Er war, aus welchem Grund auch immer, erwählt worden, und seine Pflichten waren eindeutig und unkompliziert. Durch kleinliche menschliche Schwächen und Gefühle durfte er sich nicht von seiner Pflicht abhalten lassen. Er fühlte sich berufen durch die Worte und Erlasse der Stimme Gottes, seines geliebten Chezru-Häuptlings, und weder stand es ihm zu, dies in Frage zu stellen, noch durfte er – ermahnte er sich in diesem Moment – die Blicke, die ihm der Aufsicht führende Yatol jetzt zuwarf, einfach akzeptieren oder sich zu sehr zu Herzen nehmen. Aus dem Blick des Mannes sprach eine Schwäche, die Merwan Ma nicht mit ihm zu teilen bereit war.

Er geleitete die Gruppe aus dem Vorzimmer, dann kehrte er, ein geweihtes Tuch in der Hand, in den heiligen Raum zurück und reinigte ehrfürchtig den Rand des Chezru-Pokals, zufrieden, dass sowohl der Kelch als auch das Wohl der Kirche durch das Blutopfer am heutigen Tag für einen weiteren Monat gesichert waren.

3. Das Ziel vor Augen

Nach ihrem Kampf mit der Goblin-Horde ritten Brynn und Juraviel einige Tage lang mehr oder weniger schweigend nebeneinander her; weder Juraviels bissige Bemerkungen noch seine vernünftigen Erklärungsversuche vermochten Brynn von ihrem Zorn darüber abzubringen, was er ihr angetan, ihr abverlangt hatte. Denn er hatte sie gezwungen zu töten, war mit ihr einen Umweg geritten, damit sie das Gefühl kennen lernte, wie sich ihre Klinge in das Herz des Feindes bohrt, und begriff, was es hieß, eigenhändig zu töten, und zwar auf eine bislang ungekannte, Grauen erregende Weise. Während ihrer Jugend in Togai, kurz nach dem Überfall der Behreneser, hatte Brynn Dharielle den Tod oft miterlebt; mit eigenen Augen hatte sie zusehen müssen, wie ihre Eltern ermordet wurden – von weitem zwar, aber immer noch nahe genug, um ihre Schreie zu hören, ein Erlebnis, das entsetzlicher nicht hätte sein können.

Ihre jüngste Erfahrung war dagegen auf ganz andere Weise erschreckend und Besorgnis erregend.

Diesmal war sie in die Rolle der Mörderin gezwungen worden; Blutgeruch und Schreie waren Folgen ihres eigenen Tuns, mit dem ein beträchtliches Maß an Schuld verbunden war.

Angetan hatte ihr das Belli'mar Juraviel, dessen Rechtfertigungen in Brynns Ohren einen hohlen Beiklang hatten, als sie sich einen Weg über die Pfade im Süden des Landes bahnten. Seit über einer Woche gingen sie jetzt ihren täglichen Verrichtungen nach, praktisch ohne ein Wort miteinander zu wechseln. Beide wussten, was sie zu tun hatten, wenn es darum ging, das Lager aufzuschlagen, Mahlzeiten zuzubereiten und des Nachts Wache zu halten. Juraviel ließ sich ab und an zu einer freundlichen Bemerkung hinreißen, die Brynn aber gewöhnlich mit einem mürrischen Brummen oder einem nicht ganz ernst gemeinten Lachen an sich abperlen ließ.

Erst in der zweiten Woche begann die Atmosphäre zwischen ihnen wieder etwas freundlicher zu werden. Gab Juraviel jetzt eine sarkastische oder neckische Bemerkung zum Besten, ging auch Brynn allmählich wieder dazu über, es ihm mit gleicher Münze heimzuzahlen, und gegen Ende der zweiten Woche tauschten die beiden sogar wieder Äußerungen aus, die länger waren als einzelne Sätze.

»Der Große Gürtel«, sagte Juraviel am Ende der dritten Woche nach dem Kampf gegen die Goblins, als Brynn Diredusk neben ihn lenkte. Sie standen auf einem Gebirgskamm, der oberhalb der Baumgrenze allmählich immer weiter angestiegen war, jetzt aber vor ihnen jäh in die Tiefe stürzte. Tief unter ihnen erstreckte sich ein weites, dichtes Waldgebiet, und ganz im Süden konnten sie die schroffe Silhouette eines fernen Gebirges erkennen.

Eines sehr fernen Gebirges, weswegen Juraviel sich beeilte, dem Anflug von Hoffnung, der Brynn überkam, sofort einen Dämpfer aufzusetzen. »Lass dich nicht täuschen. Die Gipfel dieser Berge sind gewaltiger als alles, was du dir vorstellen kannst.«

»Ich habe sie schon einmal durchquert«, erinnerte sie ihn. »Und bin an ihrem Südrand schon auf Wanderschaft gewesen.«

»Mag sein, aber damals warst du noch ein kleines Kind; das ist mittlerweile so lange her, dass du dich wohl kaum noch daran erinnern wirst, wie ungeheuer weitläufig sie sind.«

»Ich hatte sie als Kind täglich vor Augen, und zwar aus sehr viel größerer Nähe als von diesem Aussichtspunkt!«

»Richtig«, erwiderte Juraviel. »Aus erheblich größerer Nähe. Jetzt sehen wir sie in ihrer Gesamtheit vor uns, und mit jedem Tag werden sie uns ein wenig größer erscheinen. Und wenn wir sie schließlich erreicht haben, werden sie so hoch in den Himmel ragen, dass sie sogar das Sonnenlicht aussperren. Wir sind längst noch nicht am Ziel.«

Brynn schaute auf den Elfen hinab, der dastand und den Blick unverwandt gen Süden richtete. Überraschenderweise war ihre Verärgerung über Juraviels Bemerkung nicht von Dauer. Im Gegenteil, im Augenblick schätzte sie Juraviel durchaus, vielleicht sogar mehr als je zuvor seit ihrer Abreise aus Andur'Blough Inninness. Erst hier, in diesem Moment, das Ziel scheinbar vor Augen und immer noch endlos weit davon entfernt, begriff sie, welches Opfer ihr Freund und Ratgeber für sie brachte. Er war im Begriff, viele Monate, vielleicht sogar Jahre fern seiner Heimat und seiner Lieben zu verbringen, und wofür? Jedenfalls nicht, soweit Brynn erkennen konnte, seines persönlichen Vorteils wegen, sosehr Lady Dasslerond auch den To-gai-ru gegenüber den Behrenesern den Vorzug geben mochte. Wenn Juraviel in seine Heimat nach Andur'Blough Inninness zurückkehrte – vorausgesetzt, er überlebte den Krieg und kam überhaupt wieder nach Hause –, würde Brynns Erfolg oder Misserfolg in To-gai wohl kaum Einfluss auf seinen Alltag, seine täglichen Freuden und Kümmernisse haben. Was, genau genommen, scherte es Juraviel und die Touel'alfar überhaupt, ob To-gai-ru oder Behreneser über die winddurchtosten Steppen dieses fernen Landes herrschten?

Und doch war er hier und führte sie ihrem Ziel entgegen.

Brynn beugte sich ein Stück vor und legte ihren Arm um Juraviels schmale Schultern. Als er sich daraufhin, einen fragenden Ausdruck im Gesicht, zu ihr umwandte, lächelte sie und gab ihm einen Kuss auf die Wange. Und als er ihr Lächeln daraufhin erwiderte, nickte sie – wortloses Bekenntnis ihrer Wertschätzung für ihn sowie das überfällige Eingeständnis, dass sie die Reise ohne ihn unmöglich hätte machen können – und wusste, dass er sie verstand.

Das war die Wahrheit, die Brynn an jenem warmen Nachmittag erkannte, als sie dort stand und den von Süden kommenden Wind in ihrem dunklen, seidenweichen Haar spürte. War sie am Tag ihrer erschreckenden Erkenntnis innerlich gewachsen, als sie hatte lernen müssen, was es hieß zu töten, dann traf dies ihrer Überzeugung nach noch viel stärker auf diesen Tag zu, den Tag ihrer zweiten Offenbarung und der zweiten Stufe ihres Reifungsprozesses auf dem Weg zu ihrer Bestimmung.

Ein guter Anführer kannte seine Feinde.

Und ein besserer kannte seine Verbündeten und wusste sie zu schätzen.

Ein Tag ging nahtlos in den nächsten über; dennoch bemerkte Brynn jedes Mal, wenn es morgens dämmerte, dass die Berge tatsächlich größer schienen, wenn auch nur ein winziges Stück. Sie versuchte, den Gedanken aus ihrem Kopf zu verbannen, denn mittlerweile hatte ihre innere Anspannung so zugenommen, als wären diese Berge nicht bloß die Markierung, die sie zu ihrem Land führen würde, sondern bereits die ersten Vorboten der Steppen To-gais.

Eines Tages, Brynn ritt angespannt vornübergebeugt und ihre ganze Körpersprache verriet deutlich, dass sie ihr Ziel bereits in Sichtweite, ja geradezu greifbar nahe wähnte, bespritzte Belli'mar Juraviel sie mit ein wenig kaltem Wasser.

»Es trifft sich gut, dass wir die Ausläufer des Großen Gürtels voraussichtlich noch vor der Sommersonnenwende erreichen werden«, sagte er beiläufig. »Dann haben wir wenigstens eine Chance, noch vor Einsetzen der winterlichen Schneefälle einen Weg über die Wasserscheide zu finden.«

Als sich Brynn daraufhin umdrehte, um ihn anzusehen, standen ihr Verwunderung und Verwirrung ins Gesicht geschrieben.

»Dort oben auf den Pässen des Hochgebirges wird es sehr früh Winter«, erklärte Juraviel. »Ich bezweifle allerdings, dass es hier unten, unterhalb der Baumgrenze und so tief im Süden, viel Schnee geben wird, falls es überhaupt jemals schneit. Dir wird nicht entgangen sein, dass die Gipfel der Berge noch immer schneebedeckt sind, obwohl der Höhepunkt des Sommers naht. Vermutlich werden wir nicht hoch hinaufsteigen müssen, um festzustellen, dass die Pässe gänzlich unpassierbar sind. Immer vorausgesetzt natürlich, wir finden überhaupt einen Pass«, schloss er mit einer gewissen Bitterkeit.

Der letzte Satz ließ Brynn viel sagend die Augen aufreißen. »Du kennst den Weg durch die Berge gar nicht?«, fragte sie fast ein wenig erschrocken. »Aber du warst doch schon dort – oder zumindest dein Volk –, und das vor gerade mal zehn Jahren! Als ihr mich vor den Chezru gerettet habt! Die Touel'alfar können den Weg doch unmöglich schon vergessen haben!«

»Gerettet hat dich Lady Dasslerond«, erwiderte Juraviel trocken. »Dank ihrer Steine kann sie in kürzester Zeit sehr große Strecken zurücklegen. Wahrscheinlich erinnerst du dich nicht mehr daran, aber als sie dich im Schlepptau hatte, hat sie dich, gemeinsam mit ihren Helfern, in einen Schlummer versetzt und sich anschließend der magischen Kräfte des Smaragds bedient, sodass die Strecke von einhundert Meilen zu einem kurzen Spaziergang wurde.«

»Und wieso hat sie das Gleiche nicht auch jetzt getan?«, ereiferte sich Brynn. »Wir hätten uns mehrere Wochen Reisezeit ersparen können! Außerdem wäre das Gebirge kein Hindernis für uns. Stattdessen sitzt du einfach da und erklärst mir, dass wir womöglich nicht mal einen Pass hindurch finden werden!«

»Der Weg dient als Vorbereitung auf die Prüfungen an seinem Ziel.«

Brynn schnaubte verächtlich; das Argument vermochte sie offensichtlich nicht zu überzeugen. »Und was tun wir, wenn wir es nicht schaffen, einen Weg durch die Berge zu finden? Bleiben wir dann in ihren Schatten hocken und geben uns gemeinsam irgendwelchen unerfüllbaren Träumen hin? Oder kehren wir am Ende gar zurück nach Caer'alfar und bitten Lady Dasslerond, das zu tun, was sie längst hätte tun sollen?«

Die letzte Bemerkung trug ihr einen missbilligenden Blick ein, der die junge Hüterin daran erinnerte, dass es in Bezug auf die Touel'alfar gewisse Grenzen gab, die sie besser nicht überschritt.

Sie ließ sich trotzdem nicht beirren und versuchte, wenn auch in gemäßigterem Tonfall, ihre Empörung zu erklären. »Mein Volk lebt in Sklaverei; jeder Tag des Zauderns bedeutet für die To-gai-ru einen weiteren Tag im Elend. Die Revolution könnte längst begonnen haben.«

Belli'mar Juraviel schüttelte amüsiert den Kopf. Brynn glaubte, er mache sich über sie lustig, und ihre braunen Augen verengten sich zu schmalen Schlitzen.

»Glaubst du etwa, wenn Lady Dasslerond die Kräfte des Smaragds beschworen und dich mitten in einem Dorf der To-gai-ru-Enklave abgesetzt hätte, hättest du einfach vortreten und das Heft in die Hand nehmen können?«, fragte der Elf. »Aufgrund welcher Erklärung hätte man dich zur Heldin und Anführerin ernennen sollen?«

»Aufgrund derselben, die ich vermutlich werde benutzen müssen, wenn wir eines fernen Tages endlich in To-gai angekommen sind«, folgte prompt die sarkastische Erwiderung. Kaum hörbar fügte Brynn hinzu: »Wenn es überhaupt jemals dazu kommt.«

»Wenn wir keinen Weg durch das Gebirge finden, werden wir am Vorgebirge entlang in östlicher Richtung bis hinunter zur Küste und zur Stadt Entel reiten; dort dürften wir keine Schwierigkeiten haben, uns eine Schiffspassage nach Jacintha zu beschaffen.«

Der Name der zweiten Stadt, Jacintha, war Brynn bekannt, und plötzlich wurde ihr bewusst, wie ungeheuer weit die vor ihnen liegende Reise war.

»Jacintha«, wiederholte Juraviel. »Der Sitz der Macht in Behren und die Heimatstadt des über die Yatols herrschenden Chezru-Häuptlings.«

Wie zu erwarten, verfinsterte sich Brynns Gesicht zu einer Miene heftigen Zorns.

»Du bist in vielen Dingen ziemlich weltgewandt«, sagte Juraviel zu ihr, »in anderen Dingen dagegen eher naiv. Vielleicht ist das ja unsere Schuld, aber schließlich leben wir nicht freiwillig so zurückgezogen. Statt dich also über die Verzögerungen bei deiner Rückkehr aufzuregen, solltest du diese Reise sowie die andere in den fernen Osten, die uns womöglich auch noch bevorsteht, als Fortsetzung deiner Ausbildung betrachten und als Vorbereitung auf die Prüfungen, die dir schon bald bevorstehen werden.«

Brynn bedachte Juraviel mit einem langen, durchdringenden Blick, obwohl sie die Worte klar und deutlich verstanden hatte und die Erklärung bis zu einem gewissen Grad auch akzeptieren konnte. Sie ermahnte sich, dass die Touel'alfar sie schließlich vor einem Leben in sicherer Sklaverei bewahrt hatten, ein Dasein, das ihr ganz bestimmt nicht die Möglichkeiten eröffnet hätte, die ihr jetzt offen standen, und dass die Touel'alfar sie in den Kampfkünsten unterrichtet hatten, die sie beherrschen musste, wenn sie den Versuch wagen wollte, ihr Volk anzuführen. Angesichts dieser Vorgeschichte, ihrer Ausbildung und der Freundschaft, die man ihr entgegengebracht hatte, kamen ihr die Zweifel an Belli'mar Juraviel plötzlich ziemlich albern vor.

Selbstkritisch lachend schlug sie die Augen nieder und sagte schließlich: »Vielleicht war ich zu oft mit Aydrian zusammen.«

Nach diesen Worten sah sie wieder auf und merkte, dass ihre Bemerkung ein Lächeln auf das Gesicht des Elfen gelockt hatte.

»Aydrian wird seinen Weg machen, da bin ich ganz sicher«, erwiderte Juraviel. »Aber bei seinem Temperament wäre er für die Aufgabe, die dir jetzt bevorsteht, auf keinen Fall der Richtige gewesen. Du bist zwar eine Kriegerin, in erster Linie aber eine Diplomatin, die eher mit Worten als mit dem Schwert zu überzeugen weiß, ein Vorbild wegen deines Mutes und …«, der Elf zögerte und hob einen Finger, um die Bedeutung seines Arguments zu unterstreichen, »… und deiner Klugheit. Ohne diese zweite Eigenschaft würdest du dein Volk geradewegs in den Untergang führen. Mit Gewalt allein wird man To-gai nicht von der behrenesischen Herrschaft befreien können, meine junge Freundin. Dazu bedarf es außergewöhnlichen Mutes und ebensolchen Geschicks, sowie einer Anführerin von so edler Gesinnung, dass die Menschen bereitwillig und voller Dankbarkeit ihr Leben für sie geben würden. Ist dir die ganze Tragweite dieser Position überhaupt bewusst?«

Plötzlich hatte Brynn Mühe zu atmen.

»Ist dir wirklich klar, dass du eines Tages Kriegern befehlen wirst, in die Schlacht zu ziehen, in dem Bewusstsein, dass viele von ihnen auf dem Schlachtfeld umkommen werden?«

Das Atmen wurde nicht einfacher.

»Bist du dir darüber im Klaren, dass du gezwungen sein könntest, deine Armee aus einem schutzlosen Dorf abzuziehen, obwohl du ganz genau weißt, dass die Behreneser ihre Wut über deine Rebellion vermutlich an eben diesem wehrlosen Dorf auslassen werden? Dein Handeln könnte dazu führen, dass noch sehr viel mehr Kinder ihre Eltern sterben sehen – oder, noch grauenhafter, dass Eltern ihre Kinder sterben sehen. Bist du bereit, diese Verantwortung auf deine Schultern zu laden, Brynn Dharielle?«

Sie stand da wie versteinert und zitterte am ganzen Körper.

»Lohnt dieser mögliche Preis wirklich den Gewinn?«

Die letzte Frage brachte sie auf den Boden der Tatsachen zurück, drängte alle denkbaren Schreckensbilder in den Hintergrund und führte ihr deutlich vor Augen, dass der Sieg möglich war. Im Grunde hatte das Wort Sieg für die To-gai nur eine einzige Bedeutung, und diese eine Bedeutung wog für Brynn schwerer als alles Leid und alle Opfer.

»Freiheit«, stieß sie leise zwischen zusammengebissenen Zähnen hervor.

Belli'mar Juraviel musterte sie ein paar Augenblicke lang durchdringend, dann nickte er anerkennend.

Sie lernte wirklich schnell.

Lozan Duk beobachtete das merkwürdige Paar, das an jenem warmen Sommerabend an einem Lagerfeuer in den hügeligen Ausläufern des Großen Gürtels saß, jenes Gebirgszugs, der für Lozan Duks Volk das absolute Ende der Welt bedeutete. Die Frau bereitete Lozan Duk kein übermäßiges Kopfzerbrechen, denn trotz ihrer dunkleren Haut und ihrer etwas ungewöhnlichen Augenform schien sie sich nicht sonderlich von den anderen wichtigtuerischen Menschenwesen zu unterscheiden, die sich immer wieder einmal in diese Gegend verirrten.

Der andere jedoch, mit seinen kantigen Gesichtszügen und seinem winzigen Körper …

Anfangs hatten Lozan Duk und seine Begleiterin Cazzira das zweite Wesen für ein Menschenkind gehalten, bei näherem Hinsehen jedoch hatte sich diese Vermutung nicht halten lassen. Ein Kind war er ganz sicher nicht, zumal er sich wie ein Anführer gebärdete. Darüber hinaus wies er ein charakteristisches Merkmal auf, mit dem keiner der beiden Beobachter hatte rechnen können: ein nahezu durchsichtiges Flügelpaar.

Der Ast unmittelbar neben ihm zitterte leicht, als Lozan Duks Begleiterin zurückkehrte und sich mit der Gewandtheit eines Eichhörnchens zwischen den Zweigen hindurchzwängte. »Debankan«, erklärte sie nickend und bestätigte damit ihren gemeinsamen Verdacht, dass die Flügel denen eines Debankans, eines Schmetterlings, ähnelten.

Die beiden wechselten einen verwirrten Blick. In ihren Sagen und Legenden wurde nur eine einzige Art von Wesen erwähnt, die über einen derartigen Schmuck verfügten, die Tylwyn Tou, die Tag-Elfen.

Aber diese Wesen, die Tylwyn Tou, waren längst nur noch Bestandteil uralter Erinnerungen der Tylwyn Doc und hatten an Bedeutung verloren; für viele der Jüngeren waren sie längst nur noch Legende.

Handelte es sich hier also um eine zum Leben erweckte Legende? Denn das winzige Geschöpf dort unten am Lagerfeuer mit seinem täuschend zarten Wuchs und seinem kantigen Gesicht hatte zweifellos eine gewisse Ähnlichkeit mit dem Tylwyn Doc, nur hatte es blondes Haar, wohingegen das der Tylwyn Doc fast ausnahmslos schwarz war. Trotz ihres cremigen Teints schien seine Haut leicht sonnengebräunt zu sein, während die Haut der Tylwyn Doc, Geschöpfe, die sich nur selten, wenn überhaupt, unter dem nahezu undurchdringlichen Laubdach ihrer heimatlichen Wälder in Tymwyvenne hervorwagten, milchig-weiß war.

»Tylwyn Tou?«, sagte Cazzira, so als hätte sie Lozan Duks Gedanken erraten.

»Und was hat das zu bedeuten?«, fragte Lozan achselzuckend.

Normalerweise war die Vorgehensweise, mit der man auf Eindringlinge reagierte, ziemlich einfach und direkt und vom immer gleichen Interesse bestimmt: kein vernunftbegabtes Wesen, das sich in das Reich der Tylwyn Doc, der Doc'alfar, verirrte, durfte es je wieder lebend verlassen.

Eindringlinge wurden dem Torfmoor übergeben.

Lozan Duk nahm die beiden dort unten abermals in Augenschein, insbesondere das merkwürdige Wesen, das in vielerlei Hinsicht ein Ebenbild seiner selbst zu sein schien, und dachte nach.

4. Verwirrende Einzelheiten

Yakim Douan wurde ihrer ewigen Streiterei zunehmend überdrüssig.

»Die Piraten müssen mit größerer Zurückhaltung behandelt werden!«, ereiferte sich Yatol Peridan, der hochrangigste Priester im Südosten Behrens, des unter dem Namen Cosinnida bekannten Landstrichs, ein Mann, der dafür bekannt war, dass er mit vielen dieser berüchtigten Küstenfahrer gemeinsame Sache machte. Das Argument, das er derzeit in Jacintha vorbrachte – das urplötzlich verschärfte Vorgehen, das Yatol De Hamman entlang seines Küstenabschnitts angeordnet hatte, dem Gebiet nördlich von Peridans Territorium und unmittelbar im Süden von Jacintha gelegen, sei unvernünftig und stelle eine

Gefahr für die öffentliche Sicherheit dar –, hätte den Chezru-Häuptling um ein Haar laut auflachen lassen. Wie durchschaubar dieser Mann doch war! Peridans Scherze waren stets gut für einen Lacher; Yakim hatte den Mann nur deswegen zum Yatol ernannt, weil er sich beim Transport des wertvollen Marmors zum Palast in Jacintha während der jüngsten Ausbauarbeiten so vorzüglich hervorgetan hatte.

»Gegen die Piraten muss vorgegangen werden!«, konterte Yatol De Hamman wütend. »Lasst es dabei bewenden. Ihr verlangt doch nur deshalb mehr Zurückhaltung, weil Ihr um Euren eigenen Geldbeutel fürchtet!«

Der unverblümte Vorwurf bewog Yatol Peridan, empört die Augen aufzureißen, doch Yakim Douan hatte sein Augenmerk in erster Linie auf die anderen sieben Priester gerichtet, die sich zurückgelehnt hatten und den sich zuspitzenden Streit mit offenkundigem Vergnügen verfolgten. Der einzige Vergleich, der sich dem Chezru-Häuptling in diesem Augenblick anbot, war eine Gruppe von Halbstarken, die einen Kreis um zwei Streithähne gebildet hatten, um sie anzufeuern.

Das Ganze war allerdings mehr als ärgerlich. Yakim Douan wollte in die Phase der Transzendenz eintreten, wünschte sich einen neuen, jüngeren Körper. Aber wie konnte er die Gemeinde der Chezru in all ihrer Verwundbarkeit alleine lassen, wenn mitten unter ihnen ein solches Chaos herrschte und sogar die Yatols, angeblich ihre Oberhäupter, untereinander zerstritten waren? Das Wortgefecht zwischen Peridan und De Hamman spitzte sich weiterhin bedenklich zu, bis der Chezru-Häuptling schließlich mit der Faust auf den runden Weißholztisch schlug und sich so vehement erhob, dass der Stuhl unter ihm wegrutschte.

»Bedient Ihr Euch nun der Piraten, Yatol Peridan, oder nicht?«, rief er. Die Frage kam so unverblümt, dass sämtliche Anwesenden erschrocken zusammenfuhren. Es war eine Sache, wenn zwei Priester sich in einem Wortgefecht gegenseitig beschuldigten, etwas ganz anderes jedoch war es, wenn der Chezru-Häuptling, die Stimme Gottes aller Yatols, eine Frage von derartiger Bedeutung stellte.

»Stimme Gottes, wie könnt Ihr mir nur eine solche Frage stellen …«, stammelte Yatol Peridan unbeholfen.

»Exakt so, wie ich es soeben getan habe«, entgegnete Yakim Douan vollkommen ruhig und gelassen. »Bedient Ihr Euch der Piraten zu Eurem eigenen Vorteil oder dem der Kirche?«

Peridan, offensichtlich auf der Suche nach einer Ausrede, wand sich noch immer, doch Yakim fixierte ihn mit einem vernichtenden Blick, einem Blick, den er über die Jahrhunderte vervollkommnet hatte und der keinerlei Ausflüchte zuließ.

»Es ist wahr, Stimme Gottes, die Piraten haben Abgaben an meine Kirche gezahlt«, räumte er schließlich ein und schlug die Augen nieder. Die anderen Priester wechselten beunruhigte Blicke. Natürlich war Peridans Geständnis für sie nichts Neues, alle Anwesenden waren schließlich über die Beziehungen des Yatols zu einigen der berüchtigsten Schurken, die die Küste unsicher machten, bestens informiert, sein unverhohlenes Eingeständnis aber, noch dazu gegenüber dem Chezru-Häuptling persönlich, war schon ein ziemlich starkes Stück.

Yatol De Hamman lehnte sich zurück und verschränkte die Arme vor der Brust; er wirkte einigermaßen zufrieden mit sich selbst.

»Und diese … Abgabenzahlungen habt Ihr zum Wohl Eurer Kirche und Gemeinde verwendet?«, bohrte der Chezru-Häuptling weiter, woraufhin sich aller Augen in unverminderter Überraschung auf ihn richteten.

»Aber gewiss doch«, bestätigte Yatol Peridan geradezu überschwänglich, nachdem sich der erste Schock über die Frage gelegt hatte. »Außerdem habe ich mit vielen Piraten über ihr Tun gesprochen, Stimme Gottes. Ich möchte ihr Verhalten ändern und ihre Kräfte zum Wohl der Allgemeinheit auf andere Ziele lenken.«

»Diese Leute sind Mörder!«, entfuhr es Yatol De Hamman. »Mörder, alle miteinander.«

Er machte Anstalten, sich weiter zu ereifern, doch Yakim Douan hob die Hand, um dem Mann Einhalt zu gebieten. »Ihr habt vollkommen Recht, Yatol De Hamman«, erklärte er. »Abgesehen davon empfinde ich nur wenig Sympathien für die Piraten, die Eure Kriegsschiffe in die Tiefen der dunklen Fluten versenkt haben. Doch obgleich sie Mörder sind, sind sie auch unvermeidlich. Seit Jahrhunderten schon fliehen die Piraten mit ihren Katamaranen vor den behrenesischen Kriegsschiffen über die Korallenriffe; es hat sie immer gegeben, und daran wird sich auch in Zukunft nichts ändern. Wenn Ihr das als gegeben akzeptiert, werdet Ihr schließlich auch einsehen, dass der Profit, den Yatol Peridan durch die Aktivitäten der Piraten erzielt, letztendlich auch den Chezru zugute kommt.«

»Seid gesegnet, Stimme Gottes«, setzte Yatol Peridan an.

»Aber«, fuhr Yakim Douan unbarmherzig fort und deutete vorwurfsvoll mit erhobenem Finger in Peridans Richtung, »hütet Euch davor, gewisse Dinge durcheinander zu bringen. Ihr beschwert Euch, dass Yatol De Hamman Piratenschiffe versenkt und damit Euren Verdienst schmälert, aber damit beweist Ihr lediglich eine Missachtung der Bedürfnisse Yatol De Hammans. Wie soll er seiner Gemeinde erfolgreich vorstehen, wenn diese nicht darauf vertrauen kann, dass er sie beschützt? Kommt also nicht nach Jacintha, um Euch darüber zu beklagen, dass Eure Yatol-Kollegen die Gesetze hochhalten, Yatol Peridan. Kommt nicht nach Jacintha, um Euch darüber zu beschweren, Euer Tempel werde nicht vergoldet.«

Yatol Peridan schlug abermals die Augen nieder. »Jawohl, Stimme Gottes.«

»Und was die Übrigen von Euch anbelangt, kommt endlich zur Vernunft!«, fuhr Yakim Douan fort. »In jeder Gesellschaft gibt es unangenehme Unvermeidbarkeiten, wie man an den Piraten unmittelbar vor unserer Küste sieht. Wir sind gewiss bemüht, diese Unerfreulichkeiten zu verringern, aber es wäre bestimmt auch kein Fehler, von ihnen zu profitieren. Und was Euch betrifft, Yatol Grysh«, wandte er sich an den Yatol aus dem am weitesten nordwestlich gelegenen Gebiet Behrens, der im Schatten der mächtigen Berge und der Hochebene entlang des Grenzgebietes zu To-gai in der mächtigen behrenesischen Stadt Dharyan residierte. Grysh, ein kahlköpfiger, grobschlächtiger Mann mit schläfrigen Augen und auffallend wenig Kinn, fungierte praktisch als Yakim Douans oberster Verwaltungsbeamter über die eroberten To-gai-ru. Der eigentliche Eroberer, Yatol Tohen Bardoh, war mit solcher Brutalität vorgegangen, dass Douan gezwungen gewesen war, ihn aus der Steppe abzuziehen. Selbstverständlich lebten auch noch andere Yatol-Priester in To-gai, aber entweder handelte es sich dabei um schnell aufgestiegene, ehrgeizige junge Männer, die man vom Rang eines einfachen Geistlichen zum Yatol befördert und in die Steppe geschickt hatte, oder aber sie waren von to-gai-ruscher Abstammung und Verräter an ihrem eigenen Volk, denen der Chezru-Häuptling aus eben diesem Grund nicht trauen konnte. Blieb Grysh, ein gerissener und oft gefühllos agierender Mann, die perfekte Kombination, um die wilden To-gai-ru zu beherrschen.

»Wenn mich nicht alles täuscht, gibt es unmittelbar westlich Eures Einflussbereiches zahlreiche Banditen, die die Gegend unsicher machen?«, fragte Yakim den schwergewichtigen Mann.

Yatol Grysh zwinkerte schläfrig mit den Augen, lächelte und bestätigte dies mit einem Nicken.

»Findet Ihr etwa keinen Weg, deren ständig wachsende Einnahmequellen anzuzapfen?«, fragte Yakim Douan listig.

Yatol Grysh, ohne Zweifel der dreisteste und am meisten von sich selbst eingenommene aller Versammelten – mit Ausnahme Yakim Douans, versteht sich –, lächelte nur und nickte abermals, ein Verhalten, das den anderen am Tisch Sitzenden das eine oder andere amüsierte Lachen entlockte.

»Unvermeidbarkeiten«, sagte Yakim Douan an alle gerichtet. »In unserer Welt ist Perfektion unerreichbar. So lautet die Lehre Yatols. Perfektion kann nur in einem Dasein jenseits dieser Welt alles Sterblichen erlangt werden. Wir wissen das; deshalb dürfen wir ein solches Verhalten zwar nicht öffentlich billigen, denn damit würden wir einen Machtverlust riskieren, aber ich möchte jeden Yatol ausdrücklich beglückwünschen, der klug genug ist, diese Unerfreulichkeiten in einen Gewinn umzumünzen.«

Er schloss mit einem auffordernden Blick hinüber zu Yatol De Hamman.

»Ganz recht, Stimme Gottes«, beeilte sich der gedemütigte Priester zu erwidern, und obwohl er einen missbilligenden, sogar verärgerten Blick zu Yatol Peridan hinüberwarf, schlug er gehorsam die Augen nieder, sodass Yakim Douan hoffen konnte, die ärgerliche Angelegenheit sei damit erledigt.

Wie sehr war Douan darauf angewiesen! Wenn sich die Rivalität zwischen De Hamman und Peridan weiter zuspitzte, würde sie vermutlich genau dann ihren Höhepunkt erreichen, wenn der Rat der Yatols die Macht über die gesamte Kirche innehatte – und nicht Yakim Douan, denn der befände sich dann im Bauch einer Frau oder im Körper eines kleinen Kindes. De Hammans und Peridans Stimmen hätten in dieser Ratsversammlung zweifellos großes Gewicht, mehr als die aller anderen, und wenn die beiden sich bekriegten, würde in der Kirche, die Yakim Douan im Alter von zehn Jahren erbte, völliges Chaos herrschen.

Falls er dann überhaupt noch in der Lage wäre, die Kirche zu erben, denn diese Diadochenkämpfe konnten leicht das Ende jener Tradition bedeuten, die einen solchen Übergang erst möglich machte.

Kurz darauf verließ ein erschöpfter Yakim Douan die zerstrittene Versammlung, zufrieden, dass es ihm, wenigstens fürs Erste, gelungen war, die Bestie noch einmal in die Schranken zu weisen. Er würde die Lektion, die er den beiden aufmüpfigen Yatols erteilt hatte, noch etliche Male wiederholen müssen, dessen war er sicher. Wenn es ihm nicht gelang, einen zumindest nach außen hin verbindlichen Kompromiss zu finden, wäre er gezwungen, seine sterbliche Hülle vorerst zu behalten – und müsste auch weiterhin die allmorgendlichen Schmerzen ertragen, die wenig interessierten Blicke, mit denen ihn die Mädchen seines Harems bedachten, wenn sie glaubten, er sehe nicht hin.

Erst als der müde Chezru-Häuptling den jungen Merwan Ma durch den langen Flur auf ihn zustürzen sah, das Gesicht leuchtend vor Aufregung, wusste er, dass sein Tag noch sehr viel hektischer werden würde.

»Stimme Gottes«, keuchte Merwan Ma, als er abrupt vor Yakim stehen blieb.

Es gelang dem Chezru, seine Schultern zu straffen und dem jungen Mann geradewegs in die Augen zu sehen.

»Meister Mackaront aus Entel ist hier und wünscht Euch zu sprechen.«

Meister Mackaront war der persönliche Adjutant von Abt Olin aus St. Bondabruce, eines abellikanischen Mönches von großer Machtfülle und Yakim Douans wichtigste Verbindung zum nördlichen Königreich. Der Chezru-Häuptling war gut beraten, mit dem Anflug eines Lächelns und einem knappen Nicken zu reagieren und sich seine Besorgnis über die Nennung des Namens dieses unerwarteten Besuchers nicht anmerken zu lassen. Falls Mackaront mit weiteren schlechten Neuigkeiten nach Süden gekommen war – etwa über Abt Olins Ableben –, könnte dies einen weiteren Strich durch die so sorgsam durchdachten Pläne für seine Phase der Transzendenz bedeuten.

»Ich werde ihn im Arbeitszimmer des Sonnenuntergangs empfangen«, erklärte Yakim seinem Leibdiener, ließ ihn stehen und bog in den nächsten Flur ein.

Als er daraufhin Merwan Ma hastig über den Mosaikboden eilen hörte, hoffte er noch einmal, dass die Nachrichten aus dem Norden nichts Unangenehmes verhießen.

Meister Filladoro Mackaront war unzweifelhaft einer der hässlichsten Männer, denen Yakim Douan jemals begegnet war. Sein Gesicht war mit Narben und Pusteln übersät, und seine knollenartige Nase wirkte so schmerzhaft und wund, dass sie fast zu glühen schien. Unter seinen braunen Augen hingen schwere Tränensäcke, und seine Zähne waren völlig krumm und verstümmelt. Und als ob das alles noch nicht genügte, zierten mehrere gewaltige Warzen seinen Kopf und Hals, eine davon, ein rissiges, schwarzbraunes Mal, sogar die Mitte seiner Stirn.

»Es ist eine Freude, Euch wiederzusehen, Stimme Gottes aller Yatols«, begrüßte ihn Mackaront mit einer Verbeugung. Er sprach ein fließendes Mohdan, die im Osten Behrens am weitesten verbreitete Sprache.

Yakim Douan bedeutete ihm, in einem Sessel zu seiner Linken Platz zu nehmen; die beiden Sessel waren zum Fenster hin ausgerichtet, von dem aus man einen herrlichen Blick auf den Sonnenuntergang über den westlichen Ausläufern des Großen Gürtels hatte. Yakim Douan hatte sie absichtlich so platziert, bevor Merwan Ma und Mackaront sich zu ihm gesellt hatten, teils weil er sich gerne die prachtvollen Sonnenuntergänge ansah, hauptsächlich aber, damit er dem hässlichen Mann nicht genau gegenübersitzen musste. Im Grunde genommen war er Mackaront durchaus zugetan, auch wenn er es gewöhnlich vermied, ihm ins Gesicht zu sehen.

»Bitte berichtet mir, dass mein Freund, Abt Olin, wohlauf ist.«

»Das ist er tatsächlich, Stimme Gottes«, erwiderte Mackaront. »Abt Olin ist nach wie vor bei Kräften und gesund, und seine Augen sind klar.«

»Und sein Verstand scharf.«

»So ist es, Stimme Gottes!«

Schließlich drehte sich Yakim Douan doch um, um den hässlichen Meister aus St. Bondabruce zu betrachten; dabei fiel ihm auf, dass er wegen seines krummen Gebisses nicht einmal seinen Mund völlig schließen konnte. Nicht zum ersten Mal fragte er sich, ob diese äußerliche Hässlichkeit nicht vielleicht der entscheidende Grund für Filladoro Mackaronts Eintritt in den Abellikaner-Orden gewesen war. Schließlich war bei den Abellikanern jedwede Beziehung zwischen Ordensbrüdern und Frauen verpönt – hauptsächlich, weil die führenden Kräfte in der abellikanischen Kirche sicherstellen wollten, dass keine Witwen oder Nachkommen zurückblieben, die Anspruch auf die Ländereien und Besitztümer des Ordens hätten erheben können. Daher schien es durchaus einleuchtend, dass Mackaronts Ordensbeitritt ihm als Rechtfertigung für die kaum bestreitbare Tatsache diente, dass keine Frau das Bett mit ihm teilen wollte.

»Warum nennt Ihr mich so?«, fragte Yakim Douan den Abellikaner ziemlich unvermittelt. In seinem Rücken hörte er, wie Merwan Ma angespannt Luft holte.

Mackaront sah ihn fragend an.

»In Eurer Religion gelte ich doch wohl kaum als Stimme Gottes, oder?«, fragte der Chezru-Häuptling. »Schließlich verehren wir unterschiedliche Götter, nicht wahr? Und der Begriff der Größe hat für uns ganz unterschiedliche Bedeutungen, dennoch sprecht Ihr mich mit dem Titel an, der normalerweise meinen Leibdienern und durchreisenden Yatol-Priestern vorbehalten ist. Wollt Ihr etwa zur wahren Religion Yatols konvertieren, Meister Mackaront von den Abellikanern?«

Die Bemerkung ließ Mackaront die Augen aufreißen, und er begann den Kopf zu schütteln, während sich seine unförmigen Lippen stumm bewegten, so als versuche er, die passenden Worte für eine Erwiderung zu finden.

»Oder tut Ihr es einfach nur aus Höflichkeit?«, fuhr der Chezru-Häuptling schmunzelnd fort, sodass der arme Mackaront erleichtert aufatmen konnte.

»Stimme Gottes …«, begann Mackaront zögernd, bevor er sich rasch korrigierte, »Chezru Douan, ich wurde, in aller Bescheidenheit, von meinem Meister, Abt Olin von St. Bondabruce, geschickt.«

Yakim Douan unternahm nicht einmal den Versuch, sein Schmunzeln zu verbergen. Es gefiel ihm, wie Kriecher vom Zuschnitt Mackaronts immer dann auf standesübliche Förmlichkeiten zurückgriffen, wenn sie in die Enge getrieben wurden.

»Es war nicht meine Absicht, Euch zu beleidigen«, fuhr Mackaront fort. »Nicht im Entferntesten. Ich bringe Euch lediglich den Eurem Rang entsprechenden Respekt entgegen und benutze die Titel, die Ihr bei Eurem Volk verdient habt.«

»Verdient?«, erwiderte Yakim Douan amüsiert. »Ich bekleide dieses Amt kraft meiner Geburt. Verdienste haben damit nichts zu tun, schließlich wurde dies alles von Yatol, von Gott persönlich, so verfügt. Begreift Ihr das etwa nicht?«

Meister Mackaronts Gesichtsausdruck hätte kaum verblüffter sein können. Selbstverständlich war ihm diese Argumentation bekannt, schließlich war er ein versierter Kenner der Sitten und Gebräuche der Yatols. Was ihm in diesem Moment jedoch die Sprache verschlug, war die Hartnäckigkeit des Chezru, sein Ton und überhaupt die ganze Richtung dieser Fragerei – Yakim Douan musste doch wissen, dass er mit diesem Gespräch alle Grenzen überschritt.

»Ich bin nicht berechtigt, die jeweiligen Glaubensgrundsätze und Stärken unserer Religionen zu diskutieren, Chezru Douan«, entgegnete Meister Mackaront nach ein paar unbehaglichen Augenblicken.

Yakim Douans Lachen bewog ihn, sich abwehrend in seinen Sessel zurückzulehnen.

»Auf eine solche Debatte solltet Ihr Euch auch unter keinen

Umständen einlassen«, sagte er gut gelaunt. »Mir persönlich käme es niemals in den Sinn; dafür sind unsere Welten viel zu verschieden, Meister Mackaront. Abt Olin und ich wissen das bereits seit vielen Jahren, und diese Gewissheit bildet seit Jahrzehnten die Grundlage meiner Freundschaft zu ihm. Wir akzeptieren, mit Demut und Respekt, den Glauben des jeweils anderen, auch wenn ich weiß, dass er sich irrt – wie Ihr auch.«

Mackaront runzelte die Stirn, während Yakim Douan jede seiner Regungen verfolgte, um sich behutsam, Schritt für Schritt, auf diesem trügerischen Pfad voranzutasten. Er wusste selbst nicht genau, wieso er sich ausgerechnet heute zu diesem Kurs entschlossen hatte. Es war eine beinahe wortwörtliche Wiederholung des Gesprächs, das er mit dem jungen Abt Olin unmittelbar nach dessen Übernahme der Leitung von St. Bondabruce geführt hatte, eine notwendige Klarstellung, bevor die beiden Männer für eine aufrichtige Freundschaft bereit waren.

In diesem Moment dämmerte Yakim Douan, dass er ganz instinktiv reagierte. Als er von Mackaronts Besuch erfahren hatte, hatte er im ersten Augenblick geglaubt, Olin sei womöglich gestorben. Somit hatte er sich instinktiv zu diesem unerwarteten Gespräch verleiten lassen, ein Gespräch, das durchaus in eine Freundschaft mit Meister Mackaront, Abt Olins möglichem Nachfolger, münden konnte. Für Yakim Douan konnte es nur von Vorteil sein, wenn Meister Mackaront von St. Bondabruce zu einem besseren Verständnis und einer höheren Wertschätzung der Yatol-Religion gelangte.

»Ich weiß, dass Ihr irrt, weil ich die Stimme des Gottes Yatol bin«, erläuterte der Chezru-Häuptling. »Ebenso wie Euer ehrwürdiger Vater Agronguerre weiß, dass ich … dass wir«, dabei schloss er Merwan Ma mit einer Handbewegung ein, »in unserem Glauben irren«, fügte Yakim Douan achselzuckend hinzu, so als spiele all dies eigentlich keine Rolle. »Euer Abt Olin versteht das. Uns beiden ist klar geworden, dass wir uns – trotz aller Glaubensdifferenzen – in unseren Zielen gar nicht so sehr unterscheiden. Fromme Abellikaner stehen den Yatols sehr viel näher als die Straßenräuber Eurer Länder, ebenso wie fromme Yatols vor den Toren Eures Himmels willkommener sein sollten als die gesetzlosen Piraten, die die behrenesischen Küsten unsicher machen.«

Beim Sprechen sah sich Yakim Douan nach Merwan Ma um und bemerkte, wie der Mann große Augen bekam – was ihn aber keineswegs verwunderte. Hätte Yakim Douan nicht stillschweigend darauf vertraut, dass dieser das Gespräch vertraulich behandelte, hätte er niemals so mit seinem Besucher geredet. Denn sowohl die offiziellen als auch die öffentlichen Äußerungen der Yatol-Religion waren, was die Abellikaner betraf, recht unmissverständlich. Schon der Gebrauch ihrer Steine machte sie verdammenswert. In den Augen der Yatols waren die Steine das Werkzeug des geflügelten Dämons, und gemäß dieser Argumentation hätten »fromme« Abellikaner in der Schlange der auf Einlass in das von Yatol versprochene Paradies Wartenden ganz am Ende platziert werden müssen.

Während Merwan Ma sichtlich verwirrt und verblüfft reagierte, ließ sich Meister Mackaront offenbar ein wenig entspannter in seinen Sessel zurücksinken. In der Tat, registrierte Yakim Douan zufrieden, die Saat war offenbar auf fruchtbaren Boden gefallen.

»Genug der Philosophie«, verkündete der Chezru-Häuptling. »Ich bin sicher, Ihr seid nicht wegen eines solchen Gesprächs hergekommen, außerdem ist meine Zeit knapp bemessen. Was gibt es Neues von Abt Olin?«

Meister Mackaront brauchte einen kurzen Augenblick, um sich zu sammeln, räusperte sich und machte dabei ein paar unerfreuliche Geräusche in seiner Kehle. Yakim Douan versuchte, nicht weiter auf den Mann zu achten, und richtete seinen Blick wieder hinaus nach Westen und auf die schier endlose Gebirgskette.

»Abt Olin bat mich, nach Jacintha zu reisen und Euch davon zu unterrichten, dass sich Agronguerres Gesundheitszustand verschlechtert hat«, erklärte der Besucher aus Entel. »Er ist mittlerweile sehr alt und gebrechlich, und man erwartet innerhalb der nächsten ein, zwei Jahre ein Abtkollegium.«

»Und – erwartet Abt Olin, in das höchste Amt Eures Abtkollegiums aufzusteigen?«

»Allerdings, das tut er. Es gibt natürlich Konkurrenten ...«

»Aus eben diesem Grund liegen diese Dinge bei uns in Gottes Hand, und nicht in der eines sterblichen Mannes«, konnte sich Yakim Douan nicht enthalten einzuwerfen.

Etwas sträubte sich in Mackaront, er schaffte es aber, die Bemerkung mit einem Hüsteln zu übergehen. »Es gibt einen Meister in St. Mere-Abelle, der als sein schärfster Widersacher gilt, sowie noch einen zweiten, einen jüngeren Mann, der allerdings das Glück hatte, zum Kreis der Anhänger Bruder Avelyns zu gehören, dessen Wunder das Königreich von der Rotfleckenpest befreite. Selbstverständlich ist der Mann noch nicht so weit, aber die Wellen der Gefühle schlagen hoch, und zwar zu Gunsten des verstorbenen Bruders Avelyn.«

»Ja, richtig, das war doch dieser umherziehende Ketzer, der einen Berg in die Luft gesprengt und den Dämon besiegt hat«, erwiderte Yakim Douan mit einem leichten Anflug von Sarkasmus. »Der seinen toten Arm gen Himmel gereckt hat und die Macht Gottes herbeirief, um Euer Land von dieser verheerenden Pest zu kurieren.« Der Chezru-Häuptling widerstand der Versuchung, darauf hinzuweisen, dass diese angeblich von Gott beendete Epidemie logischerweise auch als von Gott gesandte Epidemie betrachtet werden müsste. Und wenn das zutraf, wieso hatte Gott dann eigentlich nicht Behren und die heidnischen Yatols mit dieser Katastrophe heimgesucht?

Einen normalen Sterblichen mochten solche Fragen in Erklärungsnot stürzen, für Yakim Douan aber, der bereits seit vielen Jahrhunderten lebte und beabsichtigte, dies bis in alle Ewigkeit fortzusetzen, waren solche Fragen lediglich der Stoff, aus dem er sein Vergnügen bezog.

Aber nicht jetzt, ermahnte sich der Chezru-Häuptling im Stillen. Nicht hier, und nicht gegenüber diesem Mann.

»Wie hoch schätzt Abt Olin die Gefahr durch den jüngeren Gefolgsmann Bruder Avelyns ein?«

Meister Mackaront zuckte mit den Achseln; offenbar hatte er gegen den Themenwechsel nichts einzuwenden. »Der junge Abt Braumin sollte keine allzu große Gefahr darstellen. Er selbst ist eigentlich gar nicht so sehr die treibende Kraft; vielmehr sind es seine Verbindungen zu den Jüngern Avelyns – von denen einer zum Märtyrer gemacht wurde und der andere höchste Wertschätzung im ganzen Land genießt, sowohl seitens des Staates als auch der Kirche –, die seinen Namen überhaupt erst ernsthaft ins Spiel gebracht haben. Eher macht Abt Olin da schon der andere Konkurrent Sorgen, ein mächtiger Meister aus St. Mere-Abelle und Agronguerres rechte Hand; er wird einen überzeugenden Wahlkampf führen müssen, wenn er den Mann besiegen will.«

Einen überzeugenden Wahlkampf führen, wiederholte Yakim Douan in Gedanken. Die Worte waren in der Tat aufschlussreich und verrieten eine Menge über Meister Mackaronts Besuch.

Abt Olin hatte ihn wegen eines Bittgesuchs geschickt.

»Abt Olin ist bereit für einen solchen Wahlkampf«, fuhr Mackaront mit großer Begeisterung fort. »Er ist sich des großen Gewinns für unsere beiden Völker bewusst, wenn er in das Amt des ehrwürdigen Vaters aufsteigen kann, solange man Euch, Yakim Douan, als Chezru-Häuptling Behrens verehrt. Vielleicht werden unsere jeweiligen Gemeinden dadurch endlich in die Lage versetzt, alte Wunden zu heilen, auf eine Weise, die sich die Könige und Gesandten niemals hätten träumen lassen. Möglicherweise werden die Bande zwischen Jacintha und Entel dadurch so weit gestärkt, dass niemand mehr auf den Gedanken käme, einen Krieg zwischen unseren beiden Völkern vom Zaun zu brechen!«

»Entel?«, fragte Yakim Douan skeptisch. »Nun, Meister Mackaront, sollte Euer Abt Olin tatsächlich aufsteigen, wird er dann nicht, dem allgemeinen Brauch entsprechend, nach Norden in die düsteren Gewölbe von St. Mere-Abelle umziehen müssen – weit weg von seinem geliebten Entel?«

»Mag sein«, erwiderte Mackaront vorsichtig. »Abt Olin sprach bereits davon, den Hauptsitz des Abellikaner-Ordens nach Entel zu verlegen.«

»Alte Traditionen haben für gewöhnlich ein überaus zähes Leben.«

»Oder aber er wird dafür sorgen, sollte er tatsächlich gezwungen sein, nach St. Mere-Abelle umzuziehen, dass St. Bondabruce und St. Rontlemore von Männern geleitet werden, die mit den sich entwickelnden Beziehungen zwischen unseren beiden Völkern bestens vertraut sind. Ich soll Euch in Abt Olins Namen versichern, dass seine Loyalität Euch als Freund gegenüber nicht enden wird mit –«

»Selbstverständlich nicht«, fiel ihm Yakim Douan ins Wort; er hatte bereits mehr als genug gehört. »Und bitte, versichert Eurem Meister bei Eurer Rückkehr nach Entel, dass meine Loyalität keineswegs geringer ist als seine. Aber vermutlich könntet Ihr Euch die Worte sparen, sobald Abt Olin Eure Ladung zu sehen bekommt.« Nachdem er geendet hatte, erhob er sich und wandte sich zur Tür, woraufhin ein geradezu übermütiger Meister Mackaront sich beeilte, den Wink aufzugreifen.

Mackaront verbeugte sich und wandte sich zum Gehen, während Merwan Ma ihm vorauseilte, um ihm die Tür zu öffnen.

»Kommt sofort zu mir zurück«, wies Yakim Douan seinen Diener an, bevor er sich wieder Mackaront zuwandte. »Ich werde dem guten Seelenhirten Ma jetzt genau erklären, wie Eure Wagen vorzubereiten sind.«

»Ihr seid überaus großzügig, Stimme Gottes«, erwiderte der

überwältigte Mackaront, begleitet von einer weiteren unbeholfenen Verbeugung.

Yakim Douan lächelte nur und geleitete ihn aus dem Zimmer, wobei er Merwan Ma zunickte, ein Wink, sich zu beeilen. Zufrieden, endlich allein zu sein, kehrte der Chezru-Häuptling in seinen Sessel und zu der prachtvollen Aussicht zurück, um diesen Augenblick der Ruhe, während er auf Merwan Mas Rückkehr wartete, zu nutzen und über all die Geschehnisse in seinem Umfeld nachzudenken, die vielen Umstände, die letztendlich ausschlaggebend waren, wann er seine verbrauchte sterbliche Hülle endlich würde ablegen können.

»Eins verstehe ich nicht ganz, Stimme Gottes«, erklang eine Weile darauf Merwan Mas Stimme hinter Yakim und schreckte ihn aus seinem angenehmen Schlummer. Er fuhr abrupt hoch, drehte sich um und sah Merwan Ma erbleichen, der soeben erkannte, dass er den Chezru-Häuptling geweckt hatte.

»Ich bitte um Vergebung …«, stammelte er und entfernte sich unter mehrfachen Verbeugungen Richtung Tür.

»Ich ziehe es vor, wenn meine Diener keine Speichel leckenden Idioten sind«, fuhr Yakim ihn an, woraufhin er augenblicklich stehen blieb. »Also benehmt Euch auch nicht wie einer, Merwan Ma. Das geziemt sich nicht für Euch.«

»Sehr wohl, Stimme Gottes.«

»Was sagtet Ihr, als Ihr hereinkamt?«

»Ich sagte, eins verstehe ich nicht ganz«, wiederholte Merwan Ma. »Meister Mackaront war bester Dinge, als er von hier fortging.«

»Das war auch meine Absicht.«

»Selbstverständlich.«

»Was gibt es dann nicht zu verstehen?«

»Alles, was …«, begann Merwan Ma, hielt dann aber inne und schüttelte nur verwirrt den Kopf.

»Ihr seid überrascht, dass ich bereit bin, Abt Olins Aufstieg finanziell zu unterstützen?«

»Das ist Sache der Abellikaner und sollte in seinen Auswirkungen an den Bergen enden, Stimme Gottes. Ich verstehe nicht, warum Ihr Euch überhaupt einmischt. Ich weiß, Abt Olin ist Euer Freund …«

»Mein Freund?« Yakims Gelächter kam aus tiefstem Herzen. »Nein, er ist nicht mein Freund. Zumindest würde ich ihn nicht als solchen bezeichnen – außer, natürlich, gegenüber denen, die auf derartige Beteuerungen angewiesen sind. Abt Olin und ich haben eine Vereinbarung getroffen.«

»Und die basiert auf gegenseitigem Respekt?«

»Er respektiert mich, wie es sich für ihn geziemt. Wir wissen um die Vorteile, die aus unserer Verbindung entstehen können. Er besitzt Dinge, die für Behren vorteilhaft sind, und ich besitze Dinge, die für das Bärenreich von Vorteil sind. Mein Reichtum, zum Beispiel, wenn Ihr versteht?«

»Ja, Stimme Gottes«, antwortete Merwan Ma wenig überzeugend.

Yakim Douan musste abermals lachen. »Ihr begreift doch sicherlich, wie vorteilhaft es für uns ist, einen Mann wie Abt Olin auf dem mächtigsten Posten des Abellikaner-Ordens sitzen zu haben? Entel ist eine bedeutende Schwesterstadt Jacinthas und bietet die Möglichkeit, mit Waren zu handeln, die südlich des Gebirges nur schwer erhältlich sind. Das meiste in Jacintha verwendete Bauholz, darunter die großen Masten unserer Flotte, wurde auf Schiffen aus Entel hierher transportiert, wie übrigens auch zahlreiche Köstlichkeiten, derer wir uns regelmäßig bei Tisch erfreuen.«

»Verstehe.« Wieder klang Merwan Ma nicht wirklich überzeugt und wirkte ein wenig verstört.

»Aber Ihr wisst auch, dass es nicht unsere Aufgabe ist, den abellikanischen Heiden zu helfen, und genau das beschäftigt Euch«, fügte der Chezru-Häuptling hinzu. Merwan Mas Gesichtsausdruck verriet, dass Yakim Douan mit seiner Vermutung genau ins Schwarze getroffen hatte.

»Wir werden Yatols Wort in aller Freundschaft und mit den Mitteln des Handels im Königreich des Nordens verbreiten«, erläuterte Yakim Douan. »Wir wissen, dass wir im Recht sind; wir wissen, dass unser Glaube stark und die Verehrung der Abellikaner für ihre Steine ein Irrtum ist. Und wir sind sicher, dass auch sie sich letztendlich von Yatol bekehren lassen werden. Je mehr sie von uns sehen, desto nachhaltiger wird unser aufrichtiger Glaube ihre erbärmliche Religion in den Augen der abellikanischen Gemeinde der Lächerlichkeit preisgeben.«

Merwan Ma hatte unterdessen eine aufrechtere Haltung angenommen und nickte eifrig; Yakim Douan wusste, dass damit die Angelegenheit ein für alle Mal erledigt war. Er selbst glaubte selbstverständlich kaum etwas von dem, was er da predigte; er wusste, dass jeder, der die Verwandlung vom Chezru-Häuptling zum nächsten auserwählten Knaben beobachtete, angesichts des »Wunders« bestürzt auf die Knie sinken würde. Aber er wusste auch, dass die gerissenen Abellikaner selbst recht gut im Erwirken von Wundern waren, und in Anbetracht der ganzen Aufregung um die himmelwärts gereckte Faust des toten Avelyn und der ihr zugeschriebenen Wunderheilung der Rotfleckenpest war Yakim Douan sich darüber im Klaren, dass es sehr, sehr lange dauern würde, bis ein Großteil der Abellikaner auch nur daran dachte, ihren spirituellen Kurs zu ändern.

Trotzdem wollte er Olins Aufstieg, wollte er Verbündete innerhalb des Königreichs im Norden, Männer, die Behren während der Phase der Transzendenz nicht unter Druck setzen würden, Männer, die ihm das Leben mit Hilfe von Geschenken und guten Handelsbeziehungen während seiner nächsten Inkarnation ein wenig angenehmer machen würden.

»Unsere Beziehungen zu den Abellikanern werden sich in der schon bald bevorstehenden entscheidenden Phase als überaus wichtig erweisen«, fuhr Yakim Douan fort, und als sich Merwan Mas Augen daraufhin leicht weiteten, merkte der

Chezru-Häuptling, dass sich eine gewisse Dringlichkeit in seine Stimme eingeschlichen hatte.

Der verängstigte Gesichtsausdruck seines Leibdieners verleitete ihn zu einem spöttischen Lachanfall. »Ihr kennt Eure Pflichten, und im Übrigen ist alles so, wie es sein sollte.«

»Habt Ihr keine Angst?«

Yakim Douan tat die Frage derart überzeugend ab, dass Merwan Mas Schultern nach unten sackten. »Wir drehen uns im Kreis, mein junger Freund; im Übrigen bin ich nicht gewillt, mir Eure ständige Skepsis noch länger anzuhören.«

Merwan Ma trat einen Schritt zurück und senkte den Blick; Yakim Douan war gerührt, weil der junge Geistliche so besorgt um ihn war.

Er ging zu Merwan Ma, legte ihm einen Arm um die Schultern und zog den jungen Mann ganz leicht an sich, um ihn wieder aufzurichten.

»Ich werde wiedergeboren, und Ihr werdet dabei zugegen sein, um ein Auge auf mich zu werfen, bis wir wieder vereint sind«, erklärte der ältere Priester. »Man darf Yatols Wort in diesem Fall ganz wörtlich nehmen; ich weiß das, weil ich bereits mehrfach wiedergeboren wurde, und deshalb, junger Freund: nein, ich habe keine Angst. Und wenn Ihr die Prozedur der großen Transzendenz erst einmal miterlebt und die ersten bewussten Worte aus dem Mund des Neugeborenen vernommen habt, werdet Ihr, ganz im Vertrauen darauf, dass Yatol jeden unserer Schritte überwacht, nachts auch wieder ruhiger schlafen.«

Er rang Merwan Ma mit seinen Worten noch ein Lächeln ab, dann drängte er den jungen Mann aus dem Zimmer. Mittlerweile war die Sonne hinter der sich Richtung Westen erstreckenden Silhouette des Großen Gürtels nahezu verschwunden, und Yakim Douan wollte den Sonnenuntergang alleine genießen.

Noch bevor die Dunkelheit sich über die Stadt legte, war er bereits wieder eingeschlafen.

5. Ein Interessenkonflikt

»Was gibt's?«, fragte Brynn Juraviel, denn der Elf war wieder einmal von seinem Platz an ihrem kleinen Feuer aufgestanden und lief unruhig auf der kleinen Lichtung auf und ab, die sie für diesen Abend zu ihrem Lagerplatz erkoren hatten.

Juraviel starrte einen Augenblick in den dunklen Wald hinein und schüttelte dann den Kopf. »Da ist etwas ...«, versuchte er zu erklären.

»Ich spüre es ebenfalls«, bestätigte Brynn. »Eine Witterung in der Luft ... wie der Tod.«

Belli'mar Juraviel drehte sich zu ihr um und ließ sich ihre Bemerkung durch den Kopf gehen. Irgendetwas hatte sich im Wald verändert, vielleicht war es eine Spur stiller geworden. Die scharfsichtige Brynn hatte versucht, es zu benennen, aber ganz richtig lag sie nicht.

»Nicht Tod«, verbesserte er. »Fäulnis. Ein Geruch von Fäulnis liegt in der Luft, wie von alten, auf dem Boden vermodernden Stämmen.«

»Hier liegen doch überall abgestorbene Baumstämme herum.«

Juraviel schüttelte abermals den Kopf. »Nein, das hier ist etwas anderes«, erklärte er, ohne recht zu wissen, wie er sich ausdrücken sollte. Es war, als läge eine Feuchtigkeit in der Luft, die den Geruch von Fäulnis noch verstärkte, dabei war es die ganze Woche über trocken gewesen, und in der Nähe gab es weder Bäche noch Sümpfe oder Tümpel, die als Erklärung für den Geruch hätten herhalten können.

Was konnte es nur sein?

»Es wird stärker«, sagte Brynn wenige Augenblicke später, stand auf und ging hinüber zu Juraviel, der noch immer am Rand des Lagerplatzes stand und in die Dunkelheit des Waldes starrte.

Er wurde tatsächlich stärker; Belli'mar Juraviel empfand es ganz genauso. Da kein Wind ging, konnte dies nur bedeuten, dass entweder die Quelle des Geruchs an Umfang zunahm oder aber näher kam. Kurz darauf musste Juraviel bereits die Nase rümpfen, so intensiv wurde der Gestank, und erst jetzt erkannte er, um was es sich handelte.

»Torf«, erklärte er. Das Wort hatte seine Lippen noch nicht ganz verlassen, als er sich bereits unterbrach und abrupt umdrehte; eine winzige Bewegung draußen im Wald hatte seine Aufmerksamkeit erregt.

»Torf?«, wiederholte Brynn erstaunt und kratzte sich am Kopf. Juraviel wurde klar, dass ihr nicht einmal das Wort geläufig war. Aber jetzt war keine Zeit für Erklärungen, denn da draußen in der Dunkelheit bewegte sich etwas.

Der Elf duckte sich noch tiefer und entfernte sich vorsichtig ein Stück vom Lichtschein, während er mit seinen scharfen Augen den Wald absuchte. Die nächste Bewegung lenkte sein Augenmerk hinüber zur Seite, eine weitere wieder zurück; den Verursacher der letzten konnte er sogar als Schattenriss erkennen. Zu groß für einen Elfen, Pauri oder Goblin, stellte er erleichtert fest. Dem Anschein nach schien er etwa die Größe eines männlichen Menschen zu haben, doch seine Körperhaltung war sehr aufrecht und sein Gang staksig, da er sowohl Oberkörper als auch Beine beim Gehen kaum anwinkelte.

»Geh zurück zum Feuer«, wies er Brynn an. Dem Gefühl nach hätte er ihr lieber geraten, das Feuer ganz zu löschen, erkannte aber, dass es dafür viel zu spät war; wer oder was immer dort draußen lauerte, hatte den Feuerschein ihres Lagers längst gesehen. »Leg reichlich Holz nach und halt deinen Bogen griffbereit.«

»Was siehst du?«

»Geh schon«, wiederholte der Elf, und als Brynn Anstalten machte sich zu entfernen, ging Juraviel hinter dem Gebüsch in Deckung. Wahrscheinlich waren es Menschen, Jäger aus dem

Grenzgebiet oder Fallensteller. Oder aber es waren Verbrecher, die man aus den besiedelten Gebieten vertrieben hatte. In beiden Fällen wäre es sowohl für Brynn als auch für Juraviel besser, wenn sich der Elf nicht blicken ließ.

Zurück am Lagerfeuer, bot Brynn ein Bild scheinbar völliger Gelassenheit; und tatsächlich verspürte die selbstsichere junge Frau kaum Nervosität. Sie war mittlerweile eine von den Elfen ausgebildete Hüterin, und was immer Juraviel dort draußen in der Dunkelheit gesehen haben mochte, sie war zuversichtlich, dass sie beide damit fertig werden würden. Ihre Hand schloss sich um das glatte, geschliffene Schwarzfarnholz ihres von Elfen gefertigten Bogens, dessen satte, dunkle Farbe von feinen Linien aus Silverel durchzogen war, das die hoch in den Himmel wachsenden Schwarzfarne aus dem Erdreich zogen.

Brynn war fest davon überzeugt, dass sie und Juraviel mit allem fertig werden würden, womit sie hier draußen rechnen mussten.

Aber was einen Moment später in den Lichtschein ihres Lagerfeuers trat, gehörte ganz gewiss nicht zu den Dingen, mit denen Brynn und Juraviel je gerechnet hätten.

Dem Aussehen nach schien es ein Mann zu sein, ein Jäger aus dem Bärenreich; die Gestalt war jedoch mit einer schlammähnlichen Substanz bedeckt, die Brynn an den fetten, modrigen Schlick erinnerte, den sie nach einem heftigen Frühlingsregen unter den Moosteppichen gesehen hatte. Mit seinem aufrechten, steifen Körper überragte der Fremde Brynn um mehr als einen Fuß. Seine Kleidung war ebenfalls schlammgetränkt und an mehreren Stellen eingerissen, und die Augen …

Richtig, diese Augen! Als Brynn in sie hineinblickte, lief ihr ein Frösteln über den Rücken. Sie sah, dass sich der Feuerschein in ihnen widerspiegelte, aber keineswegs als glänzendes Funkeln. Im Gegenteil, die Augen dieses Wesens hatten nichts Lebendiges, versprühten keinen inneren Funken.

Diese Augen waren tot.

»Was willst du?«, brachte Brynn hervor, sprang auf und hielt den Bogen vor ihren Körper, einen Pfeil in der anderen Hand. »Wer bist du?«

Der Mann, der Zombie, zeigte keinerlei Reaktion, sondern hielt unbeirrbar weiter auf sie zu. Mittlerweile wich Brynn zurück, um Abstand zu wahren. Als sie plötzlich hinter sich im Wald eine Bewegung hörte, wusste sie, dass ihr nicht mehr viel Platz zum Zurückweichen blieb.

»Bleib auf der Stelle stehen!«, warnte sie, legte den Pfeil an und hob den Bogen.

Der Eindringling kam lautlos näher.

»Ich warne dich zum letzten Mal!«, schrie Brynn, spannte ihren Bogen und nahm Maß für einen tödlichen Schuss.

»Das ist kein Mensch«, erklang Juraviels seelenruhige Beteuerung von oben. »Erschieß ihn einfach!«

Als das Monster kurz darauf einen weiteren Schritt nach vorn machte, wartete Brynn nicht länger; sie schoss, und ihr Pfeil bohrte sich dem Eindringling mit einem schmatzenden Geräusch genau zwischen die Augen.

Das Monster zuckte zusammen, torkelte zur Seite und hielt einen Augenblick inne, doch das war ausschließlich auf die Wucht des Geschosses zurückzuführen, wie Brynn zu ihrem Entsetzen erkennen musste, denn das offenbar unverletzte Wesen korrigierte kurz darauf bereits wieder seinen Kurs und kam seelenruhig weiter auf sie zu.

Im Nu hatte Brynn einen weiteren Pfeil angelegt; diesmal zielte sie tiefer – auf das Herz des Zombies. Der Pfeil durchschlug ihn glatt, trat an der anderen Seite wieder aus und hinterließ dabei ein Loch, aus dem eine milchig-grüne Flüssigkeit sickerte.

Inzwischen hatte der Eindringling die Feuerstelle erreicht, weshalb Brynn hastig zur Seite auswich und dabei einen weiteren Pfeil anlegte.

»Was ist das?«, schrie sie, doch niemand antwortete ihr. »Wer bist du?«, herrschte sie das Monster an, doch das Wesen setzte seine Verfolgung fort, indem es langsam und zielstrebig weiterging.

Sie schoss abermals und gleich darauf noch einmal, erzielte dabei Treffer, die jeden lebenden Mann umgeworfen hätten. Das Wesen ließ sich davon jedoch nicht beirren.

Schließlich erwog Brynn, die Flucht zu ergreifen, und drehte sich zu Diredusk um.

Der Anblick verschlug ihr den Atem und ließ sie auf der Stelle erstarren, denn das kleine Pony war von einer ganzen Schar dieser übel riechenden Ungeheuer umringt.

Aber ihr Pferd würden sie nicht bekommen, niemals! Mit einem wütenden Knurren und einer schnellen Bewegung ihres Handgelenks löste sie die Sehne von ihrem Bogen, wodurch sich das harte Holz streckte und in eine tödliche Keule verwandelte. Der Anblick ihres Pferdes in Gefahr, das wiehernd mit den Hufen trampelte und sogar nach einem der Monster trat, um es ins Gestrüpp zurückzutreiben, ließ Brynn schlagartig ihre eigene Angst vergessen. Mit kreisendem, wirbelndem Stock stürmte sie herbei, blieb unmittelbar vor einem sich umdrehenden Zombie stehen und ließ sich, als ihr Stock nach vorne schwang, auf ein Knie fallen, um den ganzen Schwung ihres Angriffs in diesen perfekt gezielten Schlag zu legen.

Der Stock prallte mit einem widerlich dumpfen Geräusch seitlich gegen den Kopf des Zombies und hinterließ dort eine riesige Delle. Das Wesen taumelte zur Seite, weigerte sich jedoch, zu Boden zu gehen, und ließ nicht mal erkennen, ob es Schmerzen verspürte. Dann griff es wieder an.

Brynn stieß einen Schrei aus und versetzte ihm einen zweiten, heftigen Schlag, der seinen weichen Schädel noch ein wenig mehr verformte; als das ebenfalls keine Wirkung erzielte, zog die Hüterin ihren Stock zurück und stieß ihn dem Wesen, das nicht den geringsten Abwehrversuch unternahm, mitten ins Gesicht.

Sein Kopf wurde nach hinten gestoßen, doch der Zombie bewegte sich unbeirrt weiter vorwärts.

Brynn traf ihn ein weiteres Mal im Gesicht, dann etwas tiefer an seinem ungeschützten Hals, bevor sie den Stock zurückzog, ihn hinter ihrem Rücken vorbeiführte und den Zombie erst von der einen, dann von der anderen Seite traf.

Der Kopf des Zombies baumelte hin und her, als hätte er jeden Halt verloren. Brynn sprang zur Seite, als sich das Monster, mit ausgestreckten Armen nach ihr tastend, weiter vorwärts bewegte, so als sei sie für das Wesen unsichtbar. Als es an ihr vorüberstapfte, packte sie den Stock mit beiden Händen und holte zu einem wuchtigen Schlag aus, der den Zombie am Hinterkopf traf und seinen Schädel mit einem Ruck nach vorne schleuderte.

Der Zombie machte Anstalten, sich zu ihr umzudrehen, brach stattdessen aber einfach auf dem Boden zusammen.

Brynn bekam seinen Sturz nicht einmal mehr mit, so schnell warf sie sich zwischen die beiden Monster, die Diredusk von der Seite bedrängten. Den Stock mit beiden Händen fest umklammert, landete sie zwischen ihnen, stieß einmal hart nach rechts und links, dann noch einmal, und erzielte zwei weitere harte Treffer.

Der völlig verängstigte Diredusk bockte und wieherte, trat mit beiden Hinterbeinen aus, zertrümmerte einem weiteren Zombie die Brust und schleuderte ihn in hohem Bogen zwischen die Bäume. Der kleine Hengst bockte abermals und drehte sich, seinen Kopf hin und her werfend, im Kreis.

Brynn folgte seiner Bewegung, bis sie an seiner Schulter und seinem Kopf vorbeilangen konnte und den Haltestrick zu fassen bekam, den sie hektisch löste.

»Lauf! So lauf schon!«, schrie sie Diredusk an, woraufhin der kleine Hengst mit zwei Zombies im Schlepptau im nächtlichen Wald verschwand.

Brynns Gesicht war tränenüberströmt, aber sie war froh, dass wenigstens Diredusk Gelegenheit hatte zu fliehen. Ihr selbst schien dieses Glück nicht vergönnt zu sein, denn mittlerweile bedrängten sie die Zombies in mehreren Reihen von allen Seiten. Sie verscheuchte ihre Angst mit einem wütenden Knurren und stürzte sich unter wuchtigen Stößen und Hieben ihres Stocks auf die am nächsten stehende Gruppe, die sie mit einem wahren Hagel von vernichtenden Treffern überhäufte. Immer wieder wegtauchend gelang es Brynn irgendwie, die Linie zu durchbrechen, und einen Augenblick lang glaubte sie, sie hätte es geschafft.

Doch dann stellten sich ihr immer mehr Zombies in den Weg, und einer von denen in ihrem Rücken, der bei ihrem Durchbruchsversuch zu Fall gekommen war, bekam mit übermenschlich kräftigem Griff ihren Knöchel zu fassen.

Brynn ächzte und geriet ins Straucheln, als sie unvermittelt festgehalten wurde, schaffte es aber, auf den Beinen zu bleiben. Sie drehte sich blitzschnell zu dem sie festhaltenden Zombie um und drosch wie von Sinnen auf seinen Schädel ein.

Die anderen umzingelten sie von allen Seiten.

Der Zombie auf dem Boden lag vollkommen still; er schien in das Totenreich zurückgekehrt zu sein, wo er hingehörte, hielt ihren Knöchel aber noch immer mit unverminderter Hartnäckigkeit umklammert. Sie warf sich herum und trat mit ihrem freien Fuß gegen sein Handgelenk.

Dann aber musste sie ihre Attacken gegen andere Ziele richten, als sich die übrigen Zombies über sie beugten.

Die Zombies waren noch nicht einmal bis zum Lagerplatz vorgedrungen, als Belli'mar Juraviel hoch oben in den Zweigen seinen Bogen zum Einsatz brachte; der Elf schoss Pfeil um Pfeil auf die Meute der Eindringlinge ab, die sie zu umzingeln drohte. Anders als Brynn hatte Juraviel das Wesen dieser Perversion, den untoten Zustand der Eindringlinge, sofort erkannt und keinen Augenblick gezögert, von seinem kleinen, für gewöhnlich aber sehr wirksamen Bogen Gebrauch zu machen.

Sein Köcher war bereits zur Hälfte leer, als ihm endlich dämmerte, dass seine Pfeile nicht die geringste Wirkung erzielten.

Mit einem verzweifelten Stöhnen ließ sich Juraviel flügelschlagend auf einem tieferen Ast nieder, unmittelbar über den Köpfen der Zombies. Die schauerlichen Kreaturen waren so sehr mit Brynn und Diredusk beschäftigt, dass sie ihn überhaupt nicht zu bemerken schienen, daher wartete der Elf noch, schwang sich lautlos von Ast zu Ast, bis er schließlich bei einem Monster anlangte, das sich ein wenig von seinen untoten Gefährten abgesondert hatte.

Blitzschnell senkte sich das kleine Schwert und hinterließ im Kopf des Zombies eine tiefe, klaffende Wunde.

Der Zombie blieb stehen und sah sich blöde um.

Juraviel brachte ihm eine weitere klaffende Wunde bei und, als er endlich den Kopf hob, auch noch eine dritte mitten im Gesicht.

Ohne zu zeigen, dass er Schmerzen hatte, langte er mit seinen ungelenken Armen nach oben, um den behänden Elfen zu packen. Juraviel vergeudete keine Zeit, schlug erst nach der einen, dann nach der anderen Hand und trennte einige Finger ab. Aus den Stummeln sickerte grünlicher Eiter; Juraviel roch sofort, um welche Krankheit es sich handelte. Als er daraufhin rasch ein paar Schritte zurückwich, schlang der Zombie, der offenbar eingesehen hatte, dass er ihn nicht packen konnte, beide Arme um den Ast und begann sich in den Baum zu ziehen.

Juraviel erkannte seine Chance und zögerte keine Sekunde. Mit einem Satz landete er auf dem Ast genau zwischen den beiden Armen des Zombies, packte sein Schwert mit beiden Händen, ließ es mit aller Kraft herabsausen und spaltete den Kopf des Zombies genau in der Mitte. Sofort zog er die Klinge wieder heraus, ließ sie links um seinen Kopf kreisen und versenkte sie kraftvoll seitlich im Schädel des Zombies, bis der Schnitt sich mit dem des senkrechten Hiebs traf.

Ein riesiges Stück löste sich aus dem Kopf, doch der Zombie zog sich noch immer hoch.

Die Augen ungläubig aufgerissen, schlug Juraviel hemmungslos auf ihn ein, bis das untote Monster abrutschte und sich nur noch mit einer Hand festhalten konnte.

Juraviel hackte sie ab.

Das Monster fiel zu Boden und versuchte sich wieder aufzurichten, kippte jedoch immer wieder um.

Als Juraviel sah, wie es sich abmühte, ohne jedoch endgültig zusammenzubrechen, wurde ihm klar, dass dieser Kampf nicht zu gewinnen war. Einzeln waren diese Kreaturen keine schweren Gegner; wegen des ungeheuren Ausmaßes an Verletzungen aber, das sie ohne weiteres wegzustecken vermochten, war es schier unmöglich, sich im Kampf gegen diese Meute längere Zeit zu behaupten.

»Wir müssen fliehen!«, rief Juraviel in Brynns Richtung, während er nach seiner Freundin suchend durchs Geäst streifte. Den entscheidenden Hinweis lieferte ihm schließlich Diredusks angsterfülltes Schnauben, und in diese Richtung bewegte er sich weiter, bis das Pferd und die Hüterin endlich in Sicht kamen.

Brynn lieferte sich einen geradezu begeisternden Kampf, der sowohl ihr als auch der Ausbildung durch die Touel'alfar zur Ehre gereichte. Juraviel sah, wie sie ihren Bogenstock mal hierhin, mal dorthin schwenkte, ihn plötzlich festhielt, um unvermittelt zuzustoßen, nur um ihn gleich darauf abermals zurückzuziehen und zu einem vernichtenden Hieb auszuholen. Zumindest hätte er das sein sollen – einen lebenden Gegner hätte er jedenfalls augenblicklich niedergestreckt.

Er sah, wie Brynn zu einer wirkungsvolleren Taktik überging und einen Zombie mit einer brillanten Kombination zu Fall brachte, sah, wie sie Diredusk losband und ihn verscheuchte, bis er in den nächtlichen Wald hineingaloppierte.

Das war das Allerwichtigste für sie, wusste Juraviel, daher erschien, trotz der schrecklichen Situation, ein verhaltenes Lächeln auf seinen Lippen. Das Verhältnis der To-gai-ru zu ihren Pferden war nicht hoch genug einzuschätzen; ein To-gai-ru würde bei dem Versuch, sein Pferd zu retten, glatt sein Leben aufs Spiel setzen.

Wieder wusste sich Brynn gegen die immer näher rückende Meute brillant zur Wehr zu setzen.

In diesem Augenblick dämmerte Juraviel, dass er nicht einfach hier im sicheren Schutz der Zweige ausharren und ihr zuschauen durfte; er sollte ihr zu Hilfe eilen.

Aber auch diese Erkenntnis veranlasste den Elfen nicht zu hektischer Aktivität; tatsächlich bewegte er sich nicht einen Schritt auf seine junge Freundin zu.

Denn Belli'mar Juraviel hatte die Situation durchschaut; er hatte erkannt, dass er und Brynn hier weder gewinnen noch entkommen konnten. Das heißt, zumindest seine junge Freundin hatte keine Chance zu entkommen.

Innerlich hin- und hergerissen, biss sich Juraviel auf die Unterlippe, während seine Hand sein Schwert so fest umklammerte, dass sich die Knöchel weiß verfärbten. Am liebsten wäre er zu Brynn hinuntergeeilt, um an ihrer Seite zu kämpfen und, sollte es darauf hinauslaufen, notfalls auch zu sterben. Tief in seinem Herzen wusste er, dass er es bestimmt getan hätte; für sie hätte er sein Leben bereitwillig geopfert.

Aber das durfte er nicht.

Denn diese grauenhaften Abscheulichkeiten waren Begleiterscheinungen einer Situation, die weit wichtiger war als sein Leben und das von Brynn Dharielle, sogar noch wichtiger als Brynns Rückkehr nach To-gai, wo sie ihr Volk in einer Revolte gegen die Behreneser anführen sollte. Dieses Grauen, diese Perversion allen Lebens, hatte Auswirkungen, die bis nach Caer'alfar, bis in Juraviels Volk hineinreichten. Ihm war auf Anhieb klar, was er zu tun hatte; und diese Entscheidung zerriss ihm das Herz. In diesem Augenblick galt seine Pflicht in erster Linie seinem Volk, nicht Brynn; er musste so schnell wie möglich zurück nach Caer'alfar, um Lady Dasslerond Bericht zu erstatten und die Touel'alfar vor dieser bizarren Armee zu warnen, die die Nächte des Südens unsicher machte.

Der Elf beobachtete, wie die sich bis zum bitteren Ende hartnäckig wehrende Brynn von der Zombiemeute zu Fall gebracht wurde.

Juraviel machte kehrt und begann sich zurückzuziehen; er entschied sich für einen Weg über die weiter oben gelegenen Zweige, der ihn so schnell wie möglich von diesem Ort des Schreckens wegbringen und nach Norden führen würde.

Er hatte noch keine drei Schritte gemacht, als ihm erste Bedenken kamen.

Nein, das konnte er unmöglich tun; trotz seiner Abstammung, trotz des Kodex der Touel'alfar, der seinem Volk Vorrang vor allen anderen einräumte und es weit über alle anderen Rassen erhob, Menschen und menschliche Hüter eingeschlossen, er konnte Brynn nicht ihrem Schicksal überlassen.

Und so tat Juraviel für sie, was sie für Diredusk getan hatte; er machte kehrt und bewegte sich halb fliegend, halb springend von Ast zu Ast, bis er schließlich auf dem Rücken eines Zombies landete, den er sofort aufs Heftigste mit seinem winzigen Schwert bearbeitete.

Es gelang ihm, dieses Monster zu zwingen, von der Frau abzulassen, ehe er sich gleich darauf auf zwei weitere stürzte, die er durch heftiges Umsichschlagen zurückdrängte und so der sich immer noch nach Leibeskräften wehrenden Brynn Gelegenheit gab, wieder auf die Beine zu kommen.

Den Stock waagerecht vor ihrem Körper, schlug sie mehrfach auf beiden Seiten zu und drängte zwei Zombies zurück, ehe sie mit einem wuchtigen Stoß nach rechts einem dritten das Gesicht zertrümmerte.

»Wir haben nicht die geringste Chance!«, schrie sie, als Belli'mar Juraviel hinter ihr auftauchte und Rücken an Rücken mit ihr stand.

»Dann wünsche ich dir einen guten Tod«, entgegnete der Elf gefasst.

Also versuchten sie genau das zu tun und ließen Schwert und Stock mit niemals nachlassender Wucht kreisen, während die Wand aus Zombies immer näher rückte.

Kurz darauf hatten sie mehrere der Monster niedergestreckt und sich den Weg zurück ins Lager und zum Feuer freigekämpft.

Juraviel erkannte die neue Waffe als Erster; er packte einen lichterloh brennenden Stock und stieß ihn dem nächstbesten Zombie ins Gesicht. Die kleine Rauchwolke, die dabei entstand, verbreitete einen scheußlichen Gestank, aber die Fackel hatte eine weitaus nachhaltigere Wirkung als Schwert oder Stock, denn sie setzte die Kreatur in Brand. Juraviel hatte alle Hände voll zu tun, sich deren brennende Arme vom Leib zu halten.

Der Zombie daneben fing ebenfalls Feuer.

»Eine Fackel! Nimm eine Fackel!«, schrie Juraviel mit neuer Hoffnung in der Stimme.

Brynn reagierte augenblicklich. Sie schleuderte dem nächsten Monster ihren Stock entgegen, um es aufzuhalten, drehte sich dann schnell herum zum Lagerfeuer und begann wie von Sinnen nach einer Fackel zu wühlen, verbrannte sich die Hand, als sie einen langen Ast zu packen versuchte, ignorierte den Schmerz und fuhr abermals blitzschnell herum, um einem Zombie das lichterloh brennende Ende genau ins Auge zu stoßen.

Damit wendete sich das Blatt vorübergehend, denn die Zombies wichen vor dem offenen Feuer zurück. Einer stürzte, lichterloh brennend, zu Boden, kurz darauf auch noch ein zweiter.

Trotzdem war sowohl Juraviel als Brynn klar, dass sie gegen

diese Überzahl niemals die Oberhand gewinnen konnten, zumal ihr Vorrat an brennenden Scheiten ziemlich begrenzt war und schon bald aufgebraucht sein würde.

»Durchbrich ihre Reihen und lauf weg!«, wies Juraviel sie an.

Brynn nickte und wollte sich gerade zu dem Elfen umdrehen, als sie unvermittelt innehielt; seitlich am Hals hatte sie einen glühend heißen Stich gespürt. Stirnrunzelnd fasste sie sich an die betreffende Stelle.

»Brynn?«, rief Juraviel besorgt.

Die Wut der Hüterin entlud sich in einem ungestümen Vorwärtsdrang; sie stieß einem Zombie ihren glühenden Scheit ins Gesicht und drängte ihn zurück.

Doch dann musste Juraviel mit ansehen, wie ihre Bewegungen ebenso unerwartet wie unerklärlich erlahmten und sie die Arme hängen ließ.

»Brynn!«, rief er erneut und schwenkte seine Fackel zur Seite, um gleich darauf zurückzuspringen, als der getroffene Zombie in Flammen aufging.

Er drehte sich gerade noch rechtzeitig um, um Brynn zu Boden gehen und die Zombies in einem wüsten Handgemenge über sie herfallen zu sehen.

Damit war sie für ihn unerreichbar; er konnte nichts mehr für sie tun.

Schlagartig wurde Juraviel klar, dass er unbedingt fliehen und mit diesen erschreckenden Neuigkeiten zurück nach Caer'alfar musste. Er drehte sich einmal um die eigene Achse, um die Horde mit ausgestreckter Fackel zurückzuscheuchen, schleuderte einem der Monster seine Fackel ins Gesicht, stieß sich dann senkrecht vom Boden ab und ließ sich von seinen heftig schlagenden Flügeln ins Geäst der Bäume tragen.

Um ein Haar hätte er es geschafft, doch dann bekam einer der Zombies seinen Knöchel zu fassen.

Juraviel wehrte sich, schlug wie von Sinnen mit seinen kleinen Flügeln, doch Elfenflügel waren für eine schnelle Flucht nicht geschaffen; sie dienten lediglich dazu, Sprünge zu verstärken und Stürze abzubremsen, und der Griff des Zombies war viel zu stark und unerbittlich.

Juraviel spürte, wie er zur Seite trudelte und plötzlich herumgeschleudert wurde.

Er sah den Baum, unmittelbar bevor der Zombie ihn dagegen schmetterte.

Als er kurz darauf benommen auf dem Boden lag, galten Juraviels Gedanken Brynn und seiner Entscheidung, zu ihr vorzudringen. Er hätte sich sofort auf den Weg nach Norden machen sollen – wie es seine Pflicht gegenüber den Touel'alfar verlangte.

Und seine Pflicht als Freund?

Es gelang ihm, einen kurzen Blick auf Brynn zu erhaschen, die von einem Zombie hochgehoben und dann mit voller Wucht zu Boden geschleudert wurde, während die anderen über sie herfielen, obwohl sie schon lange keinen Widerstand mehr leistete. Für Belli'mar sah es so aus, als sei sie bereits tot.

Er schlug um sich und versuchte sich loszureißen; als er den Griff endlich schwächer werden spürte, krabbelte er sofort auf allen vieren davon, bis er sich aufrappeln und ein, zwei schnelle Schritte machen konnte.

Doch dann warf sich jemand gegen seine Beine, und ein Faustschlag traf ihn im Gesicht; machtlos gegen den Hagel von Schlägen und nur noch halb bei Bewusstsein sah er ein weiteres, ganz in eine Flammenwolke gehülltes Monster auf sich zutaumeln.

In einem letzten Aufflackern seines Bewusstseins registrierte Juraviel mit einem Gefühl der Erleichterung, dass einer der anderen Zombies ihn mit einem wilden Schlag in die Dunkelheit beförderte, bevor die brennenden Flammen ihn erreichen konnten.

Dann schwanden seine Lebensgeister.

6. Die eiserne Hand Yatols

Die gewaltige Karawane bahnte sich einen Weg über den rissigen, braunen Lehm. Sie glich einem riesigen Tausendfüßler, dessen Körper aus einer endlosen Reihe von Lastkamelen und mit Planen abgedeckten Wagen bestand und dessen Beine die seitlich daneben reitenden Soldaten auf ihren hoch gewachsenen Pferden bildeten. Genau im Zentrum der mittleren Reihe, in einer prunkvoll verzierten Kutsche, saß Yatol Grysh zurückgelehnt in seinem gepolsterten Sitz und beklagte sich ohne Unterlass über die glühende Hitze, und das, obwohl er sich von mehreren Dienerinnen, ausnahmslos jungen, hübschen Mädchen, Luft zufächeln und die Stirn mit feuchten Tüchern abtupfen ließ.

»Wie mir das zuwider ist«, wiederholte er ein ums andere Mal. »Jetzt, da diese hündischen To-gai-ru ihr Unwesen treiben, lassen mir meine Pflichten überhaupt keine Verschnaufpause mehr.«

Die beiden seiner vier Dienerinnen, die mit ihrem weicheren und glatteren Haar und den mandelförmigen Augen erkennbar to-gaischer Abstammung waren, zuckten angesichts dieser Bemerkung nicht einmal mehr mit der Wimper; sie hatten sich längst an Gryshs herabwürdigendes Benehmen gewöhnt.

»Es wird die Vorpostensiedler beruhigen«, sagte Carwan Pestle, Gryshs geistlicher Berater und die sechste und letzte Person im Innern der geräumigen Kutsche. »Sie befürchten nämlich, die Diebe könnten mit jedem Tag dreister werden.«

Die Karawane hatte Jacintha kaum verlassen, um sich im Schatten südlich des Großen Gürtels ihren Weg nach Dharyan zu bahnen, der Stadt, die Yatol Grysh regierte, als Kuriere des Tempels von Yaminos in Dharyan zu ihnen gestoßen waren und sie darüber unterrichtet hatten, dass die Diebe aus der unmittelbar südwestlich von Yaminos gelegenen Corcorca-Region To-gais mittlerweile noch umtriebiger geworden waren. Das wiederum hatte unter den Vorpostensiedlern, jenen behrenesischen Auswanderern, die begonnen hatten, sich jenseits der alten Grenze zwischen Behren und To-gai niederzulassen, natürlich für Unruhe gesorgt.

Einst hatte Yatol Grysh für diese Siedlungen geworben, nicht nur in der behrenesischen Bevölkerung, sondern auch bei Chezru Douan, in der Annahme, es könnte seine Aufgabe nur erleichtern, wenn die behrenesischen Siedler nach und nach dazu übergingen, das wilde To-gai für die Zivilisation zugänglich zu machen. Mittlerweile jedoch drohte die erste Übergangsphase für den im Grunde eher faulen Mann zu einer echten Heimsuchung zu werden.

Daher hatte Grysh seine Karawane nach Süden umgelenkt und Dharyan links liegen gelassen, fest entschlossen, mit den zweihundert Soldaten seiner Eskorte in Corcorca einzurücken, ein Truppenkontingent, das auch eine Anzahl leidenschaftlicher Chezhou-Lei-Krieger umfasste. Er würde diesen Hunden eine Lektion erteilen. Obwohl die Entfernung zwischen Dharyan und dem Gebiet der To-gais, in Meilen gemessen, gar nicht so groß war, war die Reise überaus beschwerlich, denn die Wagen mussten bis zum Erreichen der höher gelegenen Regionen der to-gaischen Hochebene über eine schmale, steinige und steil ansteigende Karrenspur holpern. Die mehrere Tage währenden Unannehmlichkeiten behagten Yatol Grysh ganz und gar nicht.

Grysh lehnte sich zurück und blickte durch sein Fenster in die weite, vegetationslose Landschaft. Nach Norden hin konnte er in der Ferne die himmelwärts ragenden Gipfel jenes Gebirgszuges erkennen, die zeit seines Lebens die Kulisse seiner Heimat gebildet hatten. Er wünschte sich in diesem Moment in ihren kühlenden Schatten zurück, in den Tempel, der ihm als Palast diente, wo es Luxus gab und wohlschmeckende Speisen, ein sauberes Bad und schöne, gehorsame Frauen im Überfluss.

Nichtsdestotrotz war sich Yatol Grysh darüber im Klaren, dass es nur einen Weg gab, den Fortbestand und die Sicherheit seines wertvollen Palastes zu gewährleisten: die östlichen Gebiete To-gais mussten mit eiserner Hand regiert werden. Diese To-gai-ru mit ihren barbarischen Nomadensitten waren ihm zutiefst verhasst. Man konnte sie eigentlich kaum als Menschen ansehen.

Grysh betrachtete seine To-gai-ru-Dienerinnen mit einem lüsternen Grinsen. Ihre Frauen dagegen sagten ihm durchaus zu.

»Sind die Bewohner Douan Cals eigentlich bald mit der Errichtung ihrer Schutzmauer fertig?«, fragte er Carwan. Douan Cal, so benannt nach dem Chezru-Häuptling, war die größte und bedeutendste behrenesische Siedlung und zugleich die am häufigsten von den umherziehenden Banditen der To-gai-ru heimgesuchte.

»Sie arbeiten unermüdlich daran, Yatol«, antwortete Carwan. »Aber ihr Leben ist alles andere als einfach; Wasser muss von weit her herbeigeschafft werden, und das Getreide bedarf ständiger Pflege. Ihre Jäger sind noch nicht mit den Verhaltensweisen des dort vorkommenden Wildes vertraut und kehren deshalb oftmals ohne Beute zurück. Sie sind nicht gerade zahlreich, trotzdem tun sie, wann immer sie Zeit dafür finden, alles in ihrer Macht Stehende, um die Gesteinsquader für die Umfassungsmauer zurechtzuschneiden.«

»Haben sie nicht genug To-gai-ru-Diener, um die Arbeiten endlich zum Abschluss zu bringen?«

»Viele haben die Siedlung wieder verlassen, Yatol. Den Sommer über ziehen die To-gai-ru traditionell in die Ausläufer des Hochgebirges.«

»Offenbar ziehen sich auch viele gern in die nahe Wüste zurück, um bei jeder sich bietenden Gelegenheit wieder daraus hervorgekrochen zu kommen und unser Volk zu bestehlen.«

Carwan nickte. »Das Leben dort ist hart«, sagte er betrübt.

Grysh lehnte sich wieder zurück, starrte aus dem Fenster und dachte über die Verpflichtungen nach, die ihm mit der Entscheidung des Chezru-Häuptlings Yakim Douan zugefallen waren, es sei für Behren an der Zeit, seine ehemalige Provinz To-gai »zurückzufordern«. Gewiss, die Unterjochung der To-gai-ru hatte Behren eine große Zahl von Sklaven eingebracht und darüber hinaus einen scheinbar unerschöpflichen Nachschub an jenen prächtigen und nützlichen kleinen Pferden, die bei den Männern aus dem Bärenreich so beliebt waren; dennoch fragte sich Grysh, der nahezu täglich mit den Schwierigkeiten bei der Bändigung des wilden Steppenvolkes konfrontiert wurde, ob die Eroberung klug gewesen war und der Gewinn den ganzen Ärger lohnte.

Yatol Grysh war nämlich klug genug zu erkennen, dass sein Volk – die Behreneser – für die Widrigkeiten der eisigen Winde und grasbewachsenen Steppen des oft unmenschlich harten To-gai nicht gerade geschaffen war. Wie viele Jahre würde es wohl dauern, bis die Vorpostensiedler sich angepasst hätten? Wie viel Zeit würden sie noch benötigen, um endlich das Verhalten der Wüstentiere zu verstehen, der Riesenhasen und des flinken Rotwildes sowie des gewaltigen und kräftigen Chochunga-Büffels?

Denn exakt so lautete sein Auftrag aus Jacintha: er sollte auch in Zukunft neue, sich immer weiter nach Westen erstreckende Siedlungen errichten, eine aus kleinen Ortschaften bestehende Nachschubstrecke quer durch die winddurchtoste Weite des Graslandes, die das Kernland To-gais von Behren trennte, damit die Assimilierung der unzivilisierten To-gai-ru endlich ernsthaft beginnen konnte. Yatol Grysh war eher ein praktisch als religiös denkender Mensch, doch von welcher Warte er das Problem auch betrachtete, es erschien ihm klug, die Anordnungen des Chezru-Häuptlings buchstabengetreu zu befolgen.

Später am Nachmittag, die Sommersonne begann bereits

hinter der Gebirgssilhouette zu verschwinden, hatte ihn die Nachricht erreicht, die vorausgeschickten Späher hätten die östliche Ummauerung von Douan Cal gesichtet.

»Wir werden also auch bei Dunkelheit weiterziehen«, ordnete Yatol Grysh an. »Lasst einen schnellen Reiter vorausreiten, der den Vorpostensiedlern befehlen soll, Leuchtfeuer auf der höchsten Stelle der Ostmauer anzuzünden.«

»Es könnte gefährlich sein, nach Einbruch der Dunkelheit weiterzureiten«, gab Carwan zu bedenken, doch ein strenger Blick Gryshs ließ ihn verstummen.

»Dann zieht die Karawane eben zusammen und lasst die Wagen in Dreierreihen nebeneinander Aufstellung nehmen«, ordnete er an, bevor er sich an seinen militärischen Oberbefehlshaber, Chezhou-Lei Wan Atenn, wandte, der ihm die Nachricht von der Sichtung persönlich überbracht hatte. »Ihr werdet uns doch sicher vor den Banditen der To-gai-ru beschützen, oder irre ich mich da?«

Der ebenso stolze wie ergebene Chezhou-Lei nahm auf seinem hoch gewachsenen Pferd Haltung an und erwiderte den Blick seines Yatols mit einem unnachgiebigen und entschlossenen Ausdruck im Gesicht.

»Das dachte ich mir«, sagte Yatol Grysh und schloss den Laden vor dem Kutschenfenster, da die Luft hier draußen in der Steppe zu Gryshs stetem Erstaunen selbst im Sommer rasch abkühlte und die sengende Hitze des Tages einer angenehmen Kühle wich.

Kurz darauf verscheuchte Grysh die fächelnden Mädchen und bedeutete ihnen, sich eng an seinen voluminösen Körper zu schmiegen. Er beabsichtigte, sie als lebende Decken zu benutzen.

Gewiss, am liebsten wäre er jetzt zu Hause gewesen, andererseits war Yatol Grysh ein Mann, der jede sich bietende Annehmlichkeit zu nutzen verstand. Die nächtliche Fahrt würde gewiss nicht ganz so unangenehm werden.

Die Geschichten, die Yatol Grysh im Siedlerlager Douan Cal zu hören bekam, waren abzusehen gewesen. Banden von To-gai-Banditen hatten mehrfach die Ortschaft überfallen, das Vieh geraubt und dabei einen Hagel aus Wurfgeschossen und Verwünschungen auf sie herabprasseln lassen. Bislang war keiner der behrenesischen Siedler ums Leben gekommen, es hatte jedoch mehrere Verletzte gegeben, unter ihnen eine alte Frau, die von einem Stein am Kopf getroffen worden war.

»Wie stark würdet Ihr unsere Feinde einschätzen?«, erkundigte sich Yatol Grysh später bei Carwan, als sie wieder allein waren – allein insofern, als niemand mehr anwesend war, der zählte, denn Yatol Gryshs Meinung von den jungen Mädchen, die ihn bedienten, war nicht hoch genug, um seine Worte in ihrer Gegenwart sorgsam abzuwägen.

»Es sind junge Männer«, erwiderte Carwan nach kurzem Nachdenken. »Wahrscheinlich sind sie in der Regel nicht mal zwanzig. Die älteren To-gai-ru wären bei ihren Angriffen zielstrebiger und mit größerer Brutalität vorgegangen.«

»Weil es den älteren To-gai-ru um mehr als nur das Vieh gegangen wäre«, sagte Yatol Grysh, was Carwan eifrig nickend bestätigte.

»Mit ihrem kämpferischen Fanatismus haben die Älteren früher in ganz To-gai ziemlich großes Unheil angerichtet«, fuhr Carwan fort. »Sie haben ganze Dörfer hingemetzelt, ohne Rücksicht auf Frauen und Kinder.«

»Weil die älteren Banditen – Yatol sei Dank, dass nur noch wenige von ihnen leben – mit den Namen ihrer Götter auf den Lippen in den Kampf gezogen sind«, erklärte Yatol Grysh. »Sie waren überzeugt, ihre Schlachten und Morde würden ihnen den Weg zu jenem Ort ebnen, wo sie ihr Paradies vermuten. Männer, die mit ihrer Einstellung kämpfen, sind stets die gefährlichsten Gegner, mein junger Schüler.«

»So wie die Chezhou-Lei bei uns?«, wagte Carwan einzuwerfen.

»Und stets die besten Verbündeten«, erwiderte Yatol Grysh mit einem durchtriebenen Lächeln. »Verratet mir eins, wie sollen wir gegen die Plünderer vorgehen? Glaubt Ihr, wir werden sie in der offenen Steppe überhaupt finden?«

Carwan lehnte sich zurück und dachte über das Problem nach. Wenn man ihren Prahlereien Glauben schenken konnte, dann waren die Vorpostensiedler, was die Orientierung in diesem Teil der Wüste betraf, mittlerweile recht bewandert; trotzdem kannte niemand das Gebiet so gut wie die To-gai-ru. Hier, inmitten der zerklüfteten Landschaft von Corcorca, taten sich unerwartet ganze Täler vor den eigenen Füßen auf, und steil aufragende Tafelberge verbanden sich zu einer Schwindel erregenden Vielfalt aus untereinander verbundenen Schluchten. Eine Verfolgung der Plünderer in diesem Gelände, ihrer angestammten Heimat, schien ein aussichtsloses Unterfangen.

»Wir könnten sie nicht einmal dann aufspüren, wenn wir sie den ganzen Sommer über verfolgten«, fuhr Yatol Grysh fort, nachdem Carwans Gesichtsausdruck jeden Zweifel in dieser Frage ausgeräumt hatte. »Zumal sie zweifellos bei jeder sich bietenden Gelegenheit hinter unserem Rücken zuschlagen würden, wenn auch eher, um uns in Verlegenheit zu bringen als um ernsthaft Schaden anzurichten. Nichtsdestotrotz birgt diese unvermeidliche Peinlichkeit auch eine gewisse Gefahr. Seht Ihr sie auch? Wir würden eine Bande jugendlicher Diebe zu lebenden Legenden machen«, beantwortete er die Frage nach einer kurzen Pause selbst. »Und diese Legenden würden die To-gai-ru aus der Gegend in ihrer Hoffnung bestärken, der Einfluss Behrens auf ihr Land könnte wieder zurückgedrängt werden.«

»Was sollen wir also tun, Yatol?«

»Das jüngste Nomadenlager befindet sich nicht weit von hier«, erläuterte Yatol Grysh. »Ich denke, wir werden ihnen morgen früh einen Besuch abstatten und sehen, was sich in Erfahrung bringen lässt.«

Etwas am Tonfall seiner Bemerkung bewirkte, dass sich Carwans Nackenhaare sträubten. Sein ganzes Gebaren in diesem Augenblick, sein Mienenspiel, sein verhaltenes Lächeln vielleicht, eher aber noch diese Mischung aus Selbstgefälligkeit und Entschlossenheit, sagte Carwan, dass sein Herr beabsichtigte, dieses überaus heikle Problem auf eine äußerst effektive Weise anzugehen.

Was auch immer der Preis sein mochte.

Am nächsten Tag blieb der größte Teil der Karawane bei Douan Cal zurück; Gryshs Kutsche war der einzige Wagen, der den Ort wieder verließ. Allerdings war der Yatol von seiner gesamten Militäreskorte umgeben, ergänzt durch einige Männer aus Douan Cal, die sich ein wenig mit den in der Nähe lebenden To-gai-ru auskannten.

Auch Carwan Pestle begleitete Grysh. Anfangs hatte er noch mehrfach versucht, ein Gespräch anzufangen, aber dann dämmerte ihm allmählich, dass sein Herr an diesem Tag nervös und unruhig war und es vorzog, unbehelligt seinen eigenen Gedanken nachzuhängen. Carwan ahnte bereits, worauf das Ganze hinauslaufen würde, denn er hatte Grysh schon in ähnlicher Stimmung erlebt, und stets hatte dieser kurz darauf einen äußerst unangenehmen Befehl erteilt. Als Yatol von Dharyan bekleidete Grysh auch das Amt des Obersten Richters, weshalb es ihm oblag, die Hinrichtung verurteilter Schwerverbrecher anzuordnen. Es war offenbar keine Pflicht, die er gern verrichtete, er schreckte aber auch nicht davor zurück.

Kurz nach Mittag lehnte sich Carwan aus seinem Kutschenfenster und spähte angestrengt nach vorn, denn der Ruf hatte sie erreicht, das Lager der To-gai-ru sei bereits zu sehen. Carwan Pestle hatte noch nie eine Ansiedlung der To-gai-ru zu Gesicht bekommen und mittlerweile eine gesunde Neugier in Bezug auf diese fremdartigen, wilden Nomaden entwickelt.

Die Kutsche rollte über eine Bodenwelle, hinter der das Gelände bis zu einem breiten, seichten, sich durch die Lehmwüste schlängelnden Fluss stetig abfiel, an dessen zwangsläufig nur vorübergehend vorhandenen Ufern die allgegenwärtige Wüstenflora zu üppigem Leben erwacht war. In der Nähe einer Biegung war eine Gruppe von Zelten aufgeschlagen worden, über denen sich feiner, grauer Rauch von Kochfeuern träge in den blassblauen Himmel kräuselte. Soweit Carwan erkennen konnte, gab es innerhalb des Lagers keine angebundenen Ponys, allerdings lief eine recht große Herde frei umher. Die To-gai-ru waren vor allem berühmt für ihren Umgang mit Pferden, und Carwan konnte sich gut vorstellen, dass diese scheinbar wilde Herde alles andere als ungezähmt war.

Jedenfalls, solange ein Reiter der To-gai-ru die Kommandos gab.

Die Vorhut schwärmte nach links und rechts aus und bildete einen Halbkreis um das Lager, sodass der einzig offene Fluchtweg direkt in den Fluss führte. Im Anschluss trieb die zweite aus zwanzig Kriegern bestehende Reihe ihre Tiere zu einem donnernden Galopp und stürmte vor bis zum Rand des Lagers, wo sie einen bedrohlich wirkenden Ring bildete.

Zahlreiche Alarmrufe drangen bis an Carwan Pestles Ohr; ihm fiel auf, dass sie ausnahmslos von Frauen und jungen Kinderstimmen stammten.

Kurz darauf gab Wan Atenn das Zeichen, dass das Dorf gesichert sei, woraufhin der Fahrer seine Peitsche über den Zugtieren knallen ließ und Yatol Gryshs Kutsche in das Lager hinunterholperte.

Währenddessen verfolgte Carwan Pestle angestrengt, wie die anfangs noch winzigen Figuren immer deutlicher Gestalt annahmen, bis er sicher wusste, dass seine Vermutung richtig gewesen war: Im gesamten Lager schien es keinen einzigen erwachsenen Mann zu geben.

Wan Atenn schob sich neben das Wagenfenster. »Die Lage ist ruhig, Yatol«, berichtete er.

»Wurden keine Waffen gezogen?«

»Es befinden sich nur Kinder, alte Leute und Frauen im Lager«, erklärte Wan Atenn.

Carwan Pestle drehte sich mit einem neugierigen Ausdruck im Gesicht zu Grysh um. »Vielleicht sind die Männer auf der Jagd.«

»Mag sein«, erwiderte der Yatol. »Es ist allerdings bekannt, dass die To-gai-ru frühmorgens auf die Jagd gehen. Und zwar ausschließlich frühmorgens.«

»Aber –«

»Wenn sie also tatsächlich auf der Jagd sein sollten, mein junger Freund, auf was werden sie dann wohl Jagd machen?«

Carwan ließ sich zurücksinken und starrte den Yatol an. Allmählich beschlich ihn ein überaus ungutes Gefühl, zumal sein Magen keine Ruhe mehr geben wollte. Dann hielt die Kutsche unvermittelt an; sofort war Carwan an der Tür, stieß sie auf und sprang hinaus, drehte sich um und zog den einklappbaren Tritt für seinen Yatol heraus.

Grysh entstieg der Kutsche ganz gemächlich, um Wan Atenn Gelegenheit zu geben, seine Krieger rings um die kleine Treppe in Verteidigungshaltung antreten zu lassen. Auf jeder Stufe hielt der Yatol inne und schwenkte sein schweres Haupt, um alles in sich aufzunehmen: die zahlreichen Zelte sowie die vielen kleinen Kinder, die aus den Schatten der Zeltplanen hervorlugten.

»Diese Leute vermehren sich wie die Karnickel«, kicherte er und seufzte. »Findet heraus, wer in diesem jämmerlichen Lager das Sagen hat.«

Wan Atenn nahm zackig Haltung an, drehte sich schneidig um und bedeutete einem der Männer aus Douan Cal, ihn zu begleiten. Dann gingen sie gemeinsam von Zelt zu Zelt, während Wan Atenn auf den Siedler einredete und dieser seine Worte für die To-gai-ru übersetzte.

Als Antwort erntete er ausnahmslos Kopfschütteln, worauf

ein nachdrücklicheres Blaffen von Wan Atenn folgte sowie eine noch beharrlichere Wiederholung der Frage durch den Siedler.

Als offenbar auch das kein befriedigendes Ergebnis brachte, trat Wan Atenn einen Schritt vor und stieß den To-gai-ru mit einem simplen, wohl dosierten Schubs in den Staub, und die beiden gingen weiter.

»Sie haben Angst«, erklärte Yatol Grysh seinem geistlichen Begleiter. »Sie geben keine Auskunft, weil sie nicht wissen, was sie sagen sollen.«

»Euer Mann, Atenn, flößt ihnen Angst ein.«

»Nein«, entgegnete Yatol Grysh. »Sie wissen nicht, was sie antworten sollen, weil die Wahrheit ihr Verderben wäre. Die Dummköpfe haben sich keine Lügen zurechtgelegt, weil sie nicht erwartet haben, dass man mit einer solchen Streitmacht gegen sie vorgehen würde. Ihr Zögern sagt doch alles, seht Ihr das nicht?«

»Doch, Yatol.«

»Ach, tatsächlich?«, wiederholte Grysh seine Frage mit mehr Nachdruck und drehte sich zu Carwan um. »Und warum haben sie Angst?«, fragte er, als er Carwans ganze Aufmerksamkeit hatte.

Selbstverständlich kannte Carwan die Antwort, trotzdem druckste er ein paar Sekunden herum; aus Angst vor den Folgen hätte er sie am liebsten nicht einmal laut ausgesprochen. »Weil sie schuldig sind«, sagte er schließlich, woraufhin Yatol Grysh langsam und bedächtig nickte und sich, während seine Augen zu schmalen Schlitzen wurden, zu den To-gai-ru umdrehte.

Carwan vermochte nicht zu bestreiten, dass diese Behauptung folgerichtig war; schließlich stand auch für ihn fest, dass dieses Dorf zumindest von den Banditen wusste, wenn es nicht sogar gemeinsame Sache mit ihnen machte. Als er aber den Blick über die Menschenansammlung aus verängstigten Frauen und kleinen Kindern sowie ein paar alten, aus den Schatten hervorlugenden Männern schweifen ließ, schien es ihm einfach unpassend, in diesem Zusammenhang von Schuld zu sprechen.

Ein Gerangel ein Stück seitlich nahm seine Aufmerksamkeit gefangen; er drehte sich in die Richtung und sah einen behrenesischen Krieger aus einem Zelt kommen, vor sich einen jungen To-gai-ru, dem er die Arme ebenso schmerzhaft wie wirkungsvoll auf den Rücken gebogen hatte.

»Sie behaupten, die Männer seien alle auf der Jagd, Yatol«, berichtete Wan Atenn im selben Moment.

»Alle, bis auf einen, wie es scheint.«

Der Soldat mit dem Gefangenen trat zu Wan Atenn und warf ihn seinem Anführer vor die Füße. »Ein versteckter unterirdischer Gang im Innern des Zeltes«, erklärte er.

Wan Atenn nickte zwei Soldaten zu, die sofort zum Zelt hinüberliefen und ohne Zögern zwischen den Falten des Zelteingangs verschwanden.

»Wer ist das?«, wandte sich Yatol Grysh an Wan Atenn und den Dolmetscher, woraufhin sich der Siedler sofort zu der Frau umdrehte, mit der er gesprochen hatte, und sie mit einem Schwall von Fragen überhäufte. Zuerst war nur schwer etwas aus ihr herauszubekommen, bis der Siedler zu brüllen anfing und ihr immer wieder dieselbe Frage stellte.

Sie fing an zurückzubrüllen und antwortete mit derart übertriebener Bereitwilligkeit, dass ihre Lüge für jeden offensichtlich war, selbst für die, die kein To-gai-ru verstanden.

Dann brach das Gezeter völlig unvermittelt ab, und der Siedler und die Frau starrten einander hasserfüllt an.

»Wo sind die anderen?«, fragte Yatol Grysh ruhig. Sein Dolmetscher wiederholte die Frage im gleichen Tonfall.

»Keine anderen«, antwortete die Frau, und sowohl Carwan als auch Grysh verstanden die simple Wendung sofort, bevor ihr Helfer sich zu einer Erklärung herumdrehen konnte.

»Wo sind die anderen?«, wiederholte Grysh seine Frage im selben, ruhigen Ton, und wieder wurde sie präzise übersetzt.

Die Frau reagierte auf genau die gleiche Weise; als der Siedler sich daraufhin zu Grysh umdrehte, hob der Yatol abwehrend die Hand und wandte sich stattdessen an Wan Atenn.

»Hier gibt es nirgends Bäume, um den Gefangenen anständig aufzuhängen«, sagte er. »Bindet ihn am Boden fest und verbrennt ihn.«

Carwan riss vor Schreck die Augen auf. »Yatol ...«, begann er, doch der Blick, den Grysh ihm entgegenschleuderte, gab ihm unmissverständlich zu verstehen, dass er im Begriff war, seine Befugnisse zu überschreiten.

Wan Atenn begann Befehle zu bellen, und kurz darauf hatte man den Gefangenen zum Rand des Lagers geschleift, mit gespreizten Armen und Beinen auf den Boden gelegt und an Handgelenken und Knöcheln festgebunden. Jedes Mal, wenn er sich loszureißen versuchte, versetzte ihm ein behrenesischer Soldat einen Fußtritt in die Rippen.

Die versammelten To-gai-ru kreischten und versuchten nach vorn zu drängen, doch Gryshs Eskorte hatte wenig Mühe, sie in Schach zu halten.

Als wieder Ruhe eingekehrt war, nickte Grysh Wan Atenn abermals zu, woraufhin der grimmige Krieger, offenbar kein Anfänger in dieser Technik, dem Feuer, das seine Gefährten soeben vorbereiteten, eine brennende Fackel entnahm. Ein anderer Soldat kam pflichtschuldig herbeigerannt und reichte ihm einen prall gefüllten Wasserschlauch.

Der, das wusste Carwan, mit Lampenöl gefüllt war. Carwan war völlig verwirrt und hilflos, konnte kaum noch atmen, geschweige denn ein Wort des Protests hervorbringen. Sein unfehlbarer Herr und Gebieter hätte ohnehin nichts davon hören wollen.

»Fragt sie noch einmal, wo die anderen sein könnten«, wies Grysh den Dolmetscher an.

Die Frau, die Augen weit aufgerissen, zögerte lange, bevor sie mit exakt denselben Worten antwortete, wenn auch in weitaus gedämpfterem Tonfall.

Grysh nickte seinem grimmigen Chezhou-Lei-Krieger zu, der sofort damit begann, den Gefangenen von Kopf bis Fuß mit Lampenöl zu überschütten.

Schließlich wandte sich der Yatol, ein Lächeln im Gesicht, selbst an die Frau. »Und nun zum allerletzten Mal«, sagte er, fast ein wenig übermütig.

Die Frau wandte den Blick ab, was Carwan ebenfalls gern getan hätte, aber nicht konnte. Er war vom Anblick seines Herrn wie gelähmt, der Wan Atenn seelenruhig zunickte, und von dem Wan Atenns, der, ohne auch nur die geringste Regung zu zeigen, nach der Fackel griff und sie an den mit Öl übergossenen Gefangenen hielt.

Carwan wusste, dass der Mann schrie, er wusste, dass die versammelten To-gai-ru schrien, aber eigentlich hörte er das alles nicht wirklich. Das Bild direkt vor seinen Augen nahm ihn voll und ganz in Anspruch, lähmte ihn mit seiner Grauenhaftigkeit, seiner schieren Unfassbarkeit.

»Sofort«, hörte er schließlich jemanden neben sich sagen und merkte, dass Yatol Grysh, der ihm winkte, er solle ihm zur Kutsche folgen, ihn wahrscheinlich schon mehrfach gerufen hatte.

Carwan wandte sich blitzschnell ab, lief zu der kleinen Treppe, half seinem Herrn hinauf, klappte den Tritt ein und sprang in die Kutsche. Er konnte es kaum erwarten, die Tür vor diesem schauderhaften Anblick zu verschließen.

»Ihr könnt tun, was immer Euch beliebt«, rief Yatol Grysh zu Wan Atenn hinüber, bevor der dem Fahrer den Befehl gab loszufahren.

Dann verließen alle den Ort des Geschehens, mit Ausnahme der zwanzig Krieger und ihres grimmigen Chezhou-Lei-Anführers. Lange, sehr lange Zeit saß Carwan Pestle in der Stille der Kutsche, fest entschlossen, sich nicht umzudrehen. Schließlich aber riskierte er doch einen flüchtigen Blick.

Das Lager selbst war nicht mehr zu sehen, es war längst hinter der leicht abfallenden Hügelkuppe verschwunden; aber mehrere Rauchfahnen stiegen in den blassen Himmel. Kein dünner, grauer Rauch wie von den Lagerfeuern, sondern schwarze, sich kräuselnde Schwaden.

Ein Schauder überlief Carwan, als er sich in seinen Sitz zurückfallen ließ und nur unter größter Mühe verhindern konnte, sich zu übergeben.

7. Tymwyvenne

Belli'mar Juraviel war ziemlich überrascht, als er die Augen aufschlug und eine fremde, fast unnatürlich wirkende Landschaft vor sich sah. Über dem Boden lag dichter Nebel, aus dem vereinzelt dunkle, moosbewachsene Flecken und schlammige Erdhügel hervorschauten. Er befand sich in einem kleinen Gehölz, die Bäume jedoch waren ausnahmslos abgestorbene, laublose Gewächse mit schwarzem Geäst, deren knorrige Stämme sich dem letzten verzweifelten, händeringenden Flehen eines dem Untergang geweihten Mannes gleich in den Himmel reckten. Zunächst vermochte der Elf keinerlei Anzeichen von Leben zu entdecken, doch dann vernahm er ein leises Stöhnen und schaffte es unter größten Anstrengungen, sich herumzuwälzen.

Dort stand, oder besser hing, Brynn, die Arme hoch über dem Kopf, die Handgelenke an einem mächtigen, abgestorbenen Ast festgebunden. Ihr Kopf baumelte kraftlos zwischen ihren Schultern, während sie sich ein ums andere Mal aufzurichten versuchte, um ihre Arme von der schmerzhaften Last ihres Körpers zu befreien, wie Belli'mar vermutete. Doch ihre Beine versagten ihr den Dienst, sodass sie immer wieder in sich zusammensackte und stöhnte, sobald ihre Arme gestreckt wurden.

»Brynn«, rief Juraviel ihr leise zu. »Wach auf, Hüterin.«

Als sie nicht antwortete, wiederholte Juraviel seine Worte lauter und mit mehr Nachdruck.

Noch immer erfolgte keine Antwort.

Jedenfalls nicht von Brynn. Auf seinen zweiten Ruf hin zeichneten sich jedoch Umrisse im Nebel ab; ungeschlachte Gestalten, die sich lautlos aufrichteten und sich den beiden ohne jede Hast näherten.

Von dem grausigen Anblick aufgerüttelt, versuchte Belli'mar sich aufzurichten, nur um festzustellen, dass man ihn mit Hilfe einiger Seilschlaufen auf seinem provisorischen Nachtlager, einem ebenfalls abgestorbenen Baumstamm, festgebunden hatte.

»Brynn!«, rief er. »Wach endlich auf, Mädchen!«

Die Zombies gingen planmäßig vor; einer umfasste den Brustkorb der jungen Frau und hob sie scheinbar mühelos in die Höhe, während ein zweiter sie bei den Armen packte und senkrecht nach oben zog, um die Seilschlaufe von dem Pflock zu lösen, an dem sie gehangen hatte.

Als Brynn, mit einem Schlag hellwach, daraufhin erschrak, konnte sie sich mit ihrer ersten, unkontrollierten Bewegung aus dem Griff der Zombies befreien. Aber ihre Beine versagten ihr noch immer den Dienst; sie versank in der Nebelschicht, und als sie versuchte, auf allen vieren davonzukrabbeln, fielen die Zombies, sie begrabschend und auf sie einprügelnd, über sie her.

Belli'mar Juraviel rief sie mehrfach und warf sich hin und her, doch es hatte keinen Zweck. Wenige Augenblicke später hob einer der Zombies den erschlafften Körper vom Boden auf, indem er ihn unter den Kniekehlen und Schultern packte, und begann sich mit staksigen Schritten zu entfernen.

Überzeugt, die untoten Monster würden ihn als Nächstes holen, warf sich Juraviel weiter hin und her, aber zu seiner

Überraschung entfernten sie sich einer nach dem anderen in einer schaurigen, fast feierlichen Prozession.

Juraviel hatte beträchtliche Mühe, seine Abscheu zu überwinden und seine Gedanken zu ordnen. Was wurde hier eigentlich gespielt? Je mehr er sich beruhigte, desto klarer erkannte er, dass eine höhere Intelligenz als die der Zombies im Spiel sein musste; diese Kreaturen schienen des Denkens nicht fähig. Aber wieso hatte man sie dann beide gefesselt, sowohl ihn als auch Brynn? Wieso hatten diese Kreaturen sie nicht einfach brutal zusammengeschlagen und ins Reich der Toten befördert?

Das Ganze war für Juraviel vollkommen unbegreiflich, aber wie hätte es auch anders sein können? Weder hatte er jemals zuvor einen lebenden Leichnam gesehen noch je davon gehört.

Als die Zombies mit ihrer Gefangenen im Nebel verschwanden, hörte er Brynn einen Klagelaut ausstoßen, in dem sich ihre ganze Hilflosigkeit und Hoffnungslosigkeit offenbarte.

Der Elf ließ sich wieder auf den Rücken sinken und starrte in den düsteren Himmel. Zu seiner Verwunderung bemerkte er erst jetzt, dass man sein Lager recht bequem ausstaffiert hatte; unter ihm, zwischen seinem Rücken und dem knorrigen Ast, lag eine dicke Decke. Er reckte seinen Hals und versuchte irgendeinen Anhaltspunkt zu finden, aber das Einzige, was er sehen konnte, war der Saum eines lose herunterhängenden Stoffdreiecks; nichts, was ihm irgendwie hätte weiterhelfen können. Wieso behandelte man ihn mit so viel Rücksichtnahme, während man Brynn erbarmungslos an den Handgelenken aufgehängt hatte? Und wieso lag er noch immer hier, während man seine Freundin mit unbekanntem, grausigem Ziel wegschleppte?

Juraviel ahnte, dass er schon bald eine Antwort darauf bekommen würde, auch wenn er sie vermutlich nicht würde hören wollen, als plötzlich eine ungeschlachte Gestalt neben ihm auftauchte, die steifen Arme nach ihm ausgestreckt.

Der erste Anflug von Panik wich schon bald Verärgerung –

größtenteils über sich selbst, denn mittlerweile dämmerte dem Elfen, dass es ein Fehler gewesen war, Brynn zu helfen. Er hätte weglaufen sollen, um Lady Dasslerond diese Ungeheuerlichkeit zu berichten; wegen seines jämmerlichen Versagens war jetzt womöglich sein ganzes Volk in Gefahr.

»Hefle!«, erklang ein Ruf; das Wort kam Juraviel irgendwie bekannt vor. Als der Zombie daraufhin innehielt und die Arme sinken ließ, wurde dem Elfen die Bedeutung klarer, denn dem Klang nach schien es mit dem Elfenwort *hefele* verwandt zu sein, was so viel wie »aufhören« bedeutete.

Wieder reckte Juraviel den Hals, bemüht, herauszufinden, wer da gesprochen hatte; als er es schließlich sah, machte er große Augen. Denn auf einmal standen ganz in seiner Nähe zwei Geschöpfe, ein Mann und eine Frau, die ihm vom Körperbau her durchaus ähnlich waren. Ihr Haar war schwarz wie die Schwingen eines Raben; die Augen des Mannes erinnerten an einen tintenschwarzen Tümpel, während die seiner Begleiterin von einem überaus zarten Blau waren, das im krassen und verblüffenden Kontrast zu ihren schwarzen Haaren stand. Anders als die Touel'alfar besaßen sie keine Flügel, aber ihre Gesichtszüge waren ähnlich kantig und markant. Juraviels Haut war leicht sonnengebräunt, die beiden jedoch schienen sich noch nie dem Sonnenlicht ausgesetzt zu haben, denn ihre Haut war so kreidebleich, dass sie im grauen Nebel fast zu leuchten schien.

Die Frau begann hektisch auf Juraviel einzureden. Vermutlich bestürmte sie ihn mit Fragen oder Drohungen, aber das Wesen sprach viel zu schnell, als dass er deren Bedeutung hätte verstehen können.

Dann schnappte er aber doch ein Wort auf, »Eindringling«, und schließlich noch eins, »Dieb«, und war überrascht, als er nach kurzem Zögern feststellte, dass das Wesen in seiner eigenen Sprache auf ihn einplapperte – oder zumindest in einer der Touel'alfar ähnlichen Sprache.

Der Wortschwall der Frau wollte gar kein Ende nehmen,

mittlerweile jedoch konnten Juraviels Ohren ihrem Redefluss halbwegs folgen; der Elf begriff, dass die Gefahr längst noch nicht vorüber war und die beiden, wie offenbar auch ihre Sippe, alles andere als glücklich darüber waren, dass er und Brynn sich in ihre Gegend verirrt hatten. Das Wesen plapperte etwas von einer »überaus harten Bestrafung der Menschenfrau«, ließ aber durchblicken, dass man ihr dieses schlimmste Schicksal ersparen und stattdessen Juraviel töten könnte, vorausgesetzt, er zeige sich entsprechend kooperativ.

Endlich hatte Juraviel seine Gedanken wieder so weit beieinander, dass er dem unaufhörlich plappernden und aufgebrachten Wesen fest in die Augen sehen und die Worte einwerfen konnte: »Es war ein Versehen.«

Die beiden Wesen wichen erschrocken zurück und machten große Augen. Die Frau stammelte einige Brocken; dabei zitterte sie am ganzen Körper – aus Nervosität, Wut ... was auch immer.

»Wer seid Ihr, dass Ihr meine Sprache sprecht?«, fragte Juraviel, bemüht, sich einer ähnlichen Wortmelodie wie die Wesen zu bedienen, auch wenn er sich unüberhörbar eines deutlich weniger feindseligen Tonfalls befleißigte.

Die beiden sahen sich verwirrt an, so als hätten sie Mühe, die Frage zu verstehen. Mehrfach wiederholten beide kopfschüttelnd das Wort »Sprache«.

Juraviel zählte nacheinander mehrere sinnverwandte Ausdrücke auf, um den beiden zu erklären, was er meinte, und endlich ging den beiden ein Licht auf.

»Wer seid Ihr, dass Ihr unsere ... Sprache sprecht?«, fragte der Mann mit den dunklen Augen.

»Wer seid Ihr?«

»Nein, wer seid Ihr?«, herrschten ihn die beiden wie aus einem Munde an.

Belli'mar Juraviel ließ sich auf seinen Ast zurücksinken, schloss die Augen und versuchte, ein wenig Ordnung in das

Durcheinander zu bringen. Konnte es tatsächlich sein?, überlegte der Elf. War es möglich? Er atmete tief durch und antwortete, sich des gewaltigen Risikos bewusst, das er damit einging: »Ein Touel'alfar. Ich bin ein Touel'alfar.«

»Tylwyn Tou!«, rief die Frau und riss ihre strahlend blauen Augen auf; ihr Ton ließ keinen Zweifel daran, dass sie es als Vorwurf meinte.

Belli'mar Juraviel blickte ihr direkt ins Gesicht. Wenn es war, was er vermutete, dann hatte er ihre Bemerkung durchaus verstanden. Vor langer Zeit hatten die Touel'alfar und diese Wesen, die Doc'alfar, als ein Volk zusammengelebt, aber der entscheidende Unterschied zwischen den beiden Elfenvölkern, nämlich dass die einen Flügel besaßen und die anderen nicht, hatte innerhalb der Bevölkerung ständig für Zwist gesorgt. Hinzu kam, dass aus einem unerklärlichen Grund eine verheerende Epidemie die flügellosen Elfen befallen hatte, nicht jedoch ihre Vettern, woraufhin sich die Elfenvölker Koronas in die Touel und die Doc aufgespalten hatten.

Juraviel zuckte nicht mit der Wimper, legte aber auch nicht die Stirn in Falten und vermied auch sonst jede einschüchternde Geste. Er war sich darüber im Klaren, dass er einen äußerst schmalen Grat beschritt und jeder Fehltritt ihn das Leben sowie die Möglichkeit kosten konnte, Brynn zu retten – wenn sie überhaupt noch lebte.

»Doc'alfar«, wiederholte Juraviel leise, und noch während er das Wort mit den Lippen formte, wuchs sich zur endgültigen Gewissheit aus, dass er Brynn gleich zu Beginn des Kampfes ihrem Schicksal hätte überlassen sollen.

»Tylwyn Doc«, verbesserte der Elf ruhig, während seine Begleiterin den Eindruck erweckte, dass sie Juraviel am liebsten an die Gurgel gesprungen wäre.

»Na schön, Tylwyn Doc«, erwiderte Juraviel.

»Dann gehört Ihr also zu den Tylwyn Tou«, stellte die Elfe mit den strahlend hellen Augen nüchtern fest.

»Wir selbst bezeichnen uns als Touel'alfar, aber Tylwyn Tou lasse ich mir auch gefallen.«

»Gefallen lassen?«, entgegnete die Frau mit einem verächtlichen Schnauben. »Glaubt Ihr vielleicht, Ihr hättet die Wahl?«

Woraufhin Juraviel nur mit den Achseln zuckte oder es zumindest versuchte, denn für eine solche Bewegung saßen seine Fesseln viel zu fest.

»Wie heißt Ihr?«, herrschte der Elf ihn an.

»Belli'mar Juraviel«, antwortete er ohne Zögern.

»Und woher kommt Ihr gerade?«, fauchte die Frau ihn an.

Juraviel presste die Lippen aufeinander. »Mein Name ist Belli'mar Juraviel«, wiederholte er noch einmal an den Mann gewandt, der ihm der Vernünftigere der beiden zu sein schien.

Einen Moment lang musterte ihn der männliche Tylwyn Doc durchdringend; schließlich sagte er: »Ich bin Lozan Duk.« Dann hielt er inne und sah, wie Juraviel auch, zu seiner Begleiterin hinüber.

Die Tylwyn Doc mit den auffallend hellen Augen vermied es, ihren Begleiter anzusehen und hielt ihren Blick stattdessen weiter bedrohlich auf Juraviel gerichtet. »Cazzira«, sagte sie nach einer längeren Pause. »Das ist der Name, der Euer Verderben sein wird, Belli'mar Juraviel, merkt Euch das.«

Die Frage des Elfen klang vollkommen naiv. »Wieso?«

Cazziras helle Augen wurden zu schmalen Schlitzen, und ihr Gesicht nahm einen wütenden Ausdruck an.

»Weil Ihr in ein Gebiet vorgedrungen seid, in dem Ihr nichts verloren habt«, erklärte Lozan Duk. »Die Tylwyn Doc machen in dieser Hinsicht keine Ausnahme.«

Juraviel ließ sich das kurz durch den Kopf gehen. »Ihr exekutiert routinemäßig jeden, der zufällig auf Euer Gebiet gerät, obwohl Ihr keinerlei Hinweise aufgestellt habt, um etwaige Eindringlinge zu warnen?«

»Solche Warnhinweise würden aller Welt unseren Aufenthaltsort verraten, oder etwa nicht?«, entgegnete Cazzira mit beißendem Sarkasmus. »Vielleicht wollen wir ja nicht, dass die Welt von ihm erfährt.«

Juraviel ließ sich abermals zurücksinken, während er über ihre Bemerkung nachdachte und zu ergründen versuchte, was hier eigentlich gespielt wurde und was er tun oder sagen konnte, um der Situation ein wenig von ihrer Brisanz zu nehmen.

»Wo ist meine Begleiterin?«, fragte er. »Ihr Name lautet Brynn Dharielle; sie ist eine von den Touel'alfar ausgebildete Hüterin auf dem Rückweg in ihre Heimat jenseits der Berge. Sie stellt keinerlei Bedrohung für die Tylwyn Doc dar.«

»Sie wird soeben ins Torfmoor gebracht«, antwortete Lozan Duk trocken.

»Alle Menschen werden ins Torfmoor geworfen«, beeilte sich Cazzira genüsslich hinzuzufügen. »Wir schmeißen sie hinein, anschließend geben die Priester sie uns als Sklaven zurück.«

Als Juraviel sich Brynn als einen dieser Sklaven, als untotes, voll und ganz der Willkür dieser Wesen ausgeliefertes Ungeheuer vorzustellen versuchte, lief es ihm eiskalt über den Rücken.

»Wir haben nur von einem kleinen Teil des Landes Besitz ergriffen«, erläuterte Lozan Duk. »Aber was uns gehört, bewachen wir mit größter Sorgfalt.«

Eine Bemerkung, die für Belli'mar Juraviel durchaus überzeugend klang, denn sein eigenes Volk vertrat ganz ähnliche Ansichten. Die Touel'alfar hüteten Andur' Blough Inninness mit geradezu blindem Eifer, auch wenn es nur selten geschah, dass Eindringlinge getötet wurden, denn ihre Elfenmagie sowie Lady Dassleronds Smaragd ermöglichten es ihnen, dafür zu sorgen, dass alle, die sich in ihr Land verirrten, den Weg vergaßen. Bestand aber nur der geringste Zweifel – etwa, wenn der Eindringling bereits zu viel über die Touel'alfar erfahren hatte oder ein Hüter den Anforderungen der Ausbildung nicht genügte – dann, das wusste Juraviel, würde auch Dasslerond nicht zögern, diesen Menschen zu töten.

In diesem Moment musste Juraviel an Aydrian denken, denn

der junge Mann hatte sich lange Zeit auf einem äußerst schmalen Grat bewegt. Wieder überlief es ihn eiskalt.

»Das könnt Ihr unmöglich tun«, platzte Juraviel heraus, ohne vorher groß nachzudenken. Wieder reckte er den Kopf empor und musterte die beiden mit durchdringendem Blick. Lozan Duks Gesichtsausdruck schien so etwas wie Mitgefühl anzuzeigen, Cazziras verzerrtes Gesicht hingegen verriet nur wenig Verständnis.

»Möglicherweise wäre Folgendes eine Lösung«, fuhr Juraviel fort. »Wie viele Jahrhunderte ist es jetzt her, seit unsere beiden Völker voneinander getrennt wurden?«

»Ihr meint wohl, seit die Tylwyn Tou die Tylwyn Doc aus ihrem Land vertrieben haben«, warf Cazzira ein.

»Wer vermag schon zu sagen, was sich damals, vor so langer Zeit, wirklich zugetragen hat«, erwiderte Juraviel. »Aber vielleicht habt Ihr ja Recht – auf jeden Fall gab es damals eine Epidemie. Wie auch immer die Wahrheit aussehen mag – sollen unsere beiden Völker sich auf ewig zu ihrer Geisel machen?«

Cazzira machte Anstalten, etwas zu erwidern, doch Lozan Duk hob die Hand und brachte sie zum Schweigen. »Das zu entscheiden steht uns nicht zu«, erklärte er. »König Eltiraaz wird einiges zu Eurem Schicksal anzumerken haben, Belli'mar Juraviel.«

»Und was geschieht mit Brynn?«

»Sie ist für das Torfmoor bestimmt«, zischte Cazzira.

Juraviel schüttelte trotzig den Kopf. »Ihr macht einen Fehler. Einen Fehler, den die Touel'alfar nicht so schnell verzeihen werden.«

»Wollt Ihr uns etwa drohen?«, fragte die Frau verärgert.

»Ich spreche ganz offen und in der Hoffnung, dass dieses Zusammentreffen nicht in einer Tragödie enden muss. Brynn Dharielle –«

»Ist ein Mensch, und wir lassen nicht zu, dass ein Menschenwesen überlebt, das unaufgefordert unser Land betritt!«

»Brynn Dharielle ist eine Hüterin«, fuhr Juraviel unbeirrt fort. »Sie ist nicht wie die anderen ihrer Art. Sie wurde über viele Jahre in der Heimat der Touel'alfar ausgebildet und hat während dieser Zeit ein Verständnis für mein … für unser Volk übermittelt bekommen, das sie weit über ihre doch eher armseligen Mitmenschen erhebt. Mein Volk setzt großes Vertrauen in sie und ist überzeugt, dass sie verantwortungsbewusst handelt. Ich sage Euch das jetzt, damit Euch die unweigerlichen Folgen klar sind, falls Ihr so weitermacht. Ich möchte, dass in einem Punkt völlige Klarheit herrscht: Brynn Dharielle ist in allem außer ihrer Abstammung eine Touel'alfar, und wir beschützen unseresgleichen ebenso leidenschaftlich wie die Doc'alfar.«

Während dieses Vortrags hatten sich Cazziras Gesichtszüge zunehmend angespannt, und als Juraviel schließlich unter Verwendung des in seinem Volk gebräuchlichen Namens von ihren eigenen Leuten sprach, zuckte sie spürbar zusammen.

»Wollen wir voneinander lernen, oder wollt Ihr alle Chancen zu Freundschaft und Verbrüderung zunichte machen, bevor sie überhaupt geprüft wurden?«

Lozan Duk sah zu seiner Begleiterin hinüber und starrte sie unverwandt an, bis Cazzira ihre zornigen Augen endlich von Juraviel löste und seinen Blick erwiderte. Schließlich bedeutete er ihr mit einem knappen Blick auf Juraviel, ihn kurz zu begleiten, damit er sie unter vier Augen sprechen konnte.

Belli'mar Juraviel lehnte sich zurück und versuchte die erstaunliche Wendung zu begreifen, die die Geschehnisse an diesem Abend genommen hatten. War es möglicherweise ein Fehler gewesen, Brynn nach besten Kräften zu verteidigen? Vielleicht hätte es die Pflicht gegenüber seinem Volk verlangt, sich erst einmal selbst in Sicherheit zu bringen, ganz gleich wie hoch der Preis für Brynn sein mochte, sich anschließend nach Norden abzusetzen und Lady Dasslerond davon zu unterrichten, dass die Doc'alfar sehr wohl noch existierten und sich bester Gesundheit erfreuten.

Nein, entschied Juraviel. Er würde Brynn nicht opfern. Er war entschlossen, sich aus dieser misslichen Lage zu befreien, und Brynn würde dabei an seiner Seite sein.

Aber während er dort auf seinem Ast lag, umwickelt von einem unnachgiebigen Strick, einen mächtigen Zombie unmittelbar über sich, musste Juraviel sich eingestehen, dass Wunsch und Wirklichkeit zwei doch sehr verschiedene Dinge waren.

»Erklär den Priestern, sie sollen König Eltiraaz' Entscheidung abwarten«, wies Lozan Duk Cazzira an, nachdem sie sich ein Stück von ihrem Gefangenen entfernt hatten.

»Soweit es die Menschen betrifft, steht seine Entscheidung bereits seit vielen Jahrhunderten fest«, protestierte Cazzira.

Lozan Duk drehte sich kurz zu Juraviel um, ehe er Cazzira wieder ansah. »Er muss mit dem da sprechen, bevor er eine endgültige Entscheidung über die Hüterin fällt.«

Cazzira starrte ihn unnachgiebig an.

»Du weißt, dass ich in diesem Fall Recht habe«, sagte Lozan Duk. »König Eltiraaz wäre alles andere als erfreut, wenn wir nach allem, was dieser dort uns erzählt hat, einfach weitermachen wie zuvor.«

Cazzira sah sich nach ihrem Gefangenen um, bis ihr Blick sanfter wurde und sie schließlich ein wenig hilflos lachte. »Erstaunlich ist es schon«, gab sie zu. »Plötzlich taucht eine Legende mitten unter uns auf. Wer weiß, welche Folgen das für die Tylwyn Doc haben kann?«

»Und womöglich auch für die Tylwyn Tou«, fügte Lozan Duk nickend hinzu; und als er sich zu Cazzira umdrehte, sah er, dass diese ebenfalls nickte.

Die Möglichkeiten waren gar nicht abzusehen.

Obwohl jede noch so kleine Bewegung überaus schmerzhaft war, drehte Brynn ihren Kopf zur Seite und schlug die Augen auf.

Sie lag auf dem Bauch, auf einem weichen, übel riechenden Untergrund. Offenbar handelte es sich um eine Höhle, wie sie jetzt sah, als sie den Kopf ein wenig zur Seite drehte, um die Lampe zu betrachten, die an der erdigen Wand befestigt war. Ihr Blick verweilte lange darauf, denn eine so ungewöhnliche Lampe hatte sie noch nie gesehen. Sie bestand aus einem kurzen, hölzernen Griff mit einer leuchtenden, bläulich weißen Kugel am oberen Ende und brannte, soweit sie dies erkennen konnte, vollkommen ohne Flamme.

Sie ließ den Blick weiter umherschweifen, soweit es die Schmerzen in ihrem Nacken und Rücken zuließen. Wände und Decke waren voller kleiner, heraushängender Wurzelenden, sodass Brynn den Eindruck hatte, als sei der gesamte Höhlenraum, trotz seiner augenscheinlichen Größe, einfach aus dem Erdreich gerissen worden.

Als sie husten musste, fühlte sich ihr Brustkorb an, als wollte er unter der Anspannung zerbersten.

Zu müde und erschlagen, um auch nur zu schreien, drehte die junge Hüterin ihr Gesicht wieder zum Boden und ließ entmutigt den Kopf hängen. Sie schloss die Augen und hoffte, dass dies alles nur ein Alptraum war, auch wenn sie es besser wusste. Sie hatte versagt und würde niemals die Befreierin ihres unterdrückten Volkes werden.

Unruhige Träume erwarteten sie.

Als sie das nächste Mal die Augen aufschlug, lag sie, noch immer in dasselbe bläulich weiße Licht gehüllt und noch immer in der engen Erdhöhle, auf dem Rücken.

»Ich dachte, so wäre es vielleicht etwas bequemer für dich«, war plötzlich eine Stimme zu hören. Brynn schreckte hoch und stöhnte vor Schmerz. Nachdem der erste quälende Schock überwunden war, legte sich auch ihre Panik, denn sie hatte die Stimme eindeutig als die von Belli'mar Juraviel wiedererkannt. Langsam und unter beträchtlichen Mühen gelang es ihr, sich so weit herumzudrehen, dass sie einen flüchtigen Blick auf ihren Freund und Ratgeber erhaschen konnte, der, offenbar ungefesselt, an der Seitenwand der Höhle saß.

»Sie können zwar Tote zum Leben erwecken, aber in magischen Heilkräften sind sie nicht sonderlich bewandert«, sagte Juraviel nachdenklich. Brynn konnte sich des Eindrucks nicht erwehren, dass er mehr zu sich selbst sprach als mit ihr.

»Sie?«, stieß sie mühsam hervor; ihre Lippen waren so trocken und ausgedörrt, dass es wehtat, sie zu bewegen.

»Die Doc'alfar«, erklärte Juraviel, während er zu ihr herüberkam und ihr einen kleinen Wasserschlauch an die Lippen hielt. Brynn versuchte, das frische Nass runterzuschlucken, aber Juraviel setzte ihn sofort wieder ab.

»Nicht so hastig«, warnte er. »Du hast ziemlich lange geschlafen. Wenn du zu hastig trinkst, wäre das für deinen Körper ein Schock und würde überhaupt nichts nützen.«

»Wie lange denn?«

Juraviel sah sich achselzuckend um. »Mindestens drei Tage, würde ich schätzen, obwohl es hier nicht einfach ist, die Zeit im Blick zu behalten.«

Drei Tage, überlegte Brynn. Aber wie waren sie und Juraviel entkommen? Und wo waren ihre Verfolger, denn wie weit hätte sich der winzige Elf mit einer bewusstlosen Menschenfrau im Schlepptau fortbewegen können?

Diese Fragen schossen ihr kurz durch den Kopf, wo sie allmählich mit dem Grau verschmolzen, das alle ihre Gedanken zu durchdringen schien, ehe sie sie ganz langsam wieder in das Reich des Schlummers entführten.

Juraviel musste es ihr gar nicht sagen: sie wusste, dass schon wieder ein Tag verstrichen war. Brynn drehte sich auf die Seite und sah zu der Stelle hinüber, wo Juraviel gesessen hatte und noch immer saß.

»Ah, Brynn, du bist zu mir zurückgekehrt.« Während er das sagte, hob Juraviel den Wasserschlauch vom Boden auf, kam zu ihr und hielt ihn an ihre aufgeplatzten Lippen.

»Hilf mir, mich aufzurichten«, bat ihn die junge Hüterin, nachdem sie ein paar Schlucke getrunken und anschließend einige Male tief durchgeatmet hatte – was ihr sofort bewies, dass ihre Rippen längst noch nicht wieder verheilt waren.

Juraviel war im Nu neben ihr, beförderte sie behutsam in eine sitzende Stellung und half ihr anschließend, sich so zu drehen, dass sie ihren Rücken gegen die Wand lehnen konnte.

»Ich erinnere mich, dass ich getroffen wurde«, sagte sie nach einer längeren Pause. »Ich hab noch versucht, mich zu wehren, aber da kamen sie bereits von allen Seiten. Ich wollte noch …«

»Du hast dich tapfer geschlagen, aber es waren einfach zu viele; außerdem schienen die Monster gegen unsere Waffen nahezu immun zu sein.«

»Und wie sind wir entkommen?«

Juraviels Gesichtsausdruck belehrte sie eines Besseren, noch bevor sie den Satz zu Ende gesprochen hatte. Sie hatten gar nicht entkommen können und waren jetzt offenbar Gefangene.

»Was wollen die von uns? Wer sind diese Ungeheuer überhaupt?«

»Sie – unsere Angreifer – waren zum Leben erweckte Tote«, erläuterte der Elf. »Zombies, die von den Doc'alfar als Armee aufgestellt werden.«

»Von den Doc'alfar«, wiederholte Brynn mechanisch; irgendwie kam ihr der Name bekannt vor, auch wenn sie nicht wusste, wo sie ihn unterbringen sollte.

»Wir sind das alles schon einmal durchgegangen«, sagte Juraviel. »Ich erwarte allerdings nicht, dass du dich erinnerst.«

»Die Doc'alfar?«, wiederholte Brynn noch einmal, denn ihr war durchaus bewusst, dass der Name »das dunkelhäutige Volk« bedeutete, so wie Touel'alfar »das hellhäutige Volk« oder einfach »das Volk« bedeutete.

»Vor langer Zeit, einer Zeit, an die sich selbst die ältesten Elfen nicht mehr erinnern, gab es nur ein einziges Volk«, erklärte Juraviel ernst, den Kopf zur Seite gewandt, so als blicke er über viele Meilen und Jahrhunderte zurück in die Vergangenheit. »Die Touel'alfar oder Tylwyn Tou. Manche besaßen Flügel, andere nicht, und die meisten von denen, die Flügel besaßen, hatten blondes Haar und helle Augen, während die meisten Flügellosen dunkles Haar und dunkle Augen hatten.«

»Dann sind das also deine Vettern«, folgerte Brynn. Sie sah sich um. »Und das hier ist dann das Zuhause von ...?«

»Das hier ist ein Gefängnis und sonst gar nichts.«

»Aber sie gehören doch *zum Volk*. Ihr seid miteinander verwandt, gehört der gleichen Art an. Warum sollten sie dich behandeln wie einen –«

»Hab ich dir schon von der Vertreibung erzählt?«, unterbrach Juraviel sie, fast übertrieben beiläufig im Ton.

»Sie werden uns umbringen, hab ich Recht?«

Juraviel sah ihr offen ins Gesicht. »Dich, sehr wahrscheinlich«, bestätigte er. »Allem Anschein nach mögen sie Menschen nicht besonders.«

Brynn musste an die Horde Untoter denken, die sie überfallen hatte; es waren ausnahmslos menschliche Zombies gewesen.

»Mich dagegen könnten sie möglicherweise am Leben lassen«, fuhr Juraviel fort, »entweder, um mich auszufragen oder als Geisel, für den Fall, dass sie es jemals wagen sollten, nach Lady Dasslerond und Andur'Blough Inninness zu suchen.«

»Dann müssen wir unbedingt eine Möglichkeit finden, uns einen Weg nach draußen freizukämpfen.«

Juraviel deutete achselzuckend zur Seite, auf ein düsteres Loch im Fußboden, dem Anschein nach kaum groß genug, um hindurchzukriechen. »Es gibt einen Tunnel, durch den wir werden kriechen müssen, nur wird er am anderen Ende von einem Felsbrocken sowie einer ganzen Horde Zombies versperrt sein, ganz zu schweigen von irgendwelchen Doc'alfar, die sich womöglich auch noch in der Nähe herumtreiben. Im

Übrigen bin ich ziemlich sicher, dass meine ehemaligen Artgenossen ihre Geschicklichkeit im Kampf nicht verlernt haben.«

Brynn ließ entmutigt die Schultern hängen und senkte den Blick zu Boden. »Ich darf hier nicht sterben«, sagte sie. »Nicht jetzt. Mein Volk ist in Not, und ich werde es auf keinen Fall im Stich lassen!« Sie endete mit einem wütenden Knurren, aber eher aus Verzweiflung denn aus Entschlossenheit, wie sie selbst wusste. Was konnten sie und Juraviel schon groß tun? Sie waren ganz einfach hoffnungslos unterlegen, und zwar in einem Ausmaß, dass nicht die geringste Hoffnung zu bestehen schien.

Am liebsten hätte sie vor Wut mit der Faust gegen die Wand getrommelt, aber als sie sich umdrehte, um genau das zu tun, kam ihr eine Idee. Ihre Miene hellte sich auf, sie öffnete ihre bereits geballte Faust, bohrte sie stattdessen in die weiche Höhlenwand und brach ein ziemlich großes, wurzeldurchwachsenes Stück Erde heraus. Fest entschlossen, einen Tunnel in das weiche Erdreich zu graben, ignorierte Brynn die Schmerzen in Schultern und Brustkorb und drehte sich ganz herum.

»Nicht!« Juraviels eindringliche Warnung ließ sie innehalten, und sie drehte sich wieder zurück. Sie sah ihn fragend an.

»Dafür ist die Höhle nicht stabil genug«, erklärte Juraviel. »Unsere Häscher wussten schon, wie man ein zweckmäßiges Gefängnis baut. Sobald wir die Stabilität der Seitenwände untergraben, bricht das Ganze über unseren Köpfen zusammen.«

Brynn schloss die Augen, ihr Brustkorb schmerzte, als sie keuchend durchzuatmen versuchte und ihr Vorhaben noch einmal überdachte.

»Wir befinden uns ziemlich tief unter der Erde«, fügte Juraviel grimmig hinzu.

Brynn ließ sich nach hinten in eine sitzende Position fallen, sodass sie mit dem Rücken an der kühlen, muffig riechenden Wand lehnte. »Was sollen wir also tun? Herumsitzen und warten und auf das Wohlwollen unserer Häscher hoffen?«

»Ich wünschte, darauf wüsste ich eine Antwort.«

Und so blieb ihnen nichts anderes übrig, als genau das zu tun; untätig hockten sie herum und warteten, während Juraviel sich den Kopf darüber zerbrach, wie sich eine Verhandlungsstrategie zu ihrer beider Befreiung finden ließe, die er anwenden konnte, sobald sich eine Gelegenheit bot. Brynn hockte schweigend da und grübelte über ihr Versagen nach, über den Schaden für To-gai und die versklavten To-gai-ru. Es sah ganz so aus, als würde sie nicht zu ihrer Erlöserin werden.

Unweigerlich begannen ihre Gedanken um ihre eigene Vergänglichkeit zu kreisen. Was bedeutete es zu sterben? Würden ihre ermordeten Eltern am Ende eines dunklen Tunnels auf sie warten, wie die Schamanen der To-gai-ru behaupteten, um sie in den Ewigen Jagdgründen willkommen zu heißen? Oder erwartete sie dort das blanke Nichts, eine schwarze Leere und das Ende allen Seins?

Mehrfach versuchte sie gewaltsam, ihre Gedanken wieder auf ihre gegenwärtige Lage zu konzentrieren, versuchte, eine Lösung für das entsetzliche Dilemma zu finden, nur um immer wieder von den unausweichlichen Gedanken über das größte aller Rätsel eingeholt zu werden.

Die Zeit verging; Brynn hätte nicht zu sagen vermocht, ob es Minuten, Stunden oder Tage waren. Sie verspürte keinen Hunger, zumal der Versuch, etwas zu essen, vermutlich ohnehin sehr schmerzhaft für sie gewesen wäre. Sie hockte einfach da und wartete, schaute gelegentlich zu Juraviel, der mit übereinander geschlagenen Beinen dasaß, das Kinn in die Hände gestützt.

Die Zeit verging.

Stunden später rüttelte das Geräusch einer Bewegung im Tunnel Brynn aus ihrem tranceähnlichen Schlummer. Instinktiv versuchte sie augenblicklich, eine Abwehrhaltung einzunehmen, doch ein stechender Schmerz in ihrer Seite zwang sie, sich wieder hinzusetzen; keuchend rang sie nach Atem.

Juraviel dagegen zeigte fast überhaupt keine Reaktion; er drehte nur ganz leicht den Kopf und schaute in die Richtung, aus der das Geräusch kam. Der Grund dafür war weder Schmerz noch Schwäche, erkannte Brynn, sondern schlicht Resignation. Ihr Schicksal war besiegelt, und Juraviel hatte das bereits akzeptiert. Hätten ihre Häscher Juraviel an den Rand eines Abgrunds geführt, ihm die Flügel gestutzt und befohlen, sich in die Tiefe zu stürzen, hätte er ihnen vermutlich gehorcht, wahrscheinlich sogar ohne jeden Widerspruch!

Zuerst erschien ein Topf mit Deckel in dem dunklen Loch am Fuß der Brynn gegenüberliegenden Wand, gefolgt von zwei torfverschmierten Händen, die ihn mit steifen Fingern vorwärts schoben. Der Zombie dahinter, der sich eher wie ein Wurm denn wie ein Zweibeiner bewegte, schob sich auf allen vieren weiter in die Höhle, stellte den Topf ab, zog sich sofort wieder in das Loch zurück und begann, sich langsam rückwärts kriechend durch den Tunnel zu entfernen.

Die perfekte Art der Versorgung, erkannte Brynn; der Zombie würde im engen Tunnel wohl schwerlich in Panik geraten und konnte sich bei seinem gemächlichen Rückzug Zeit lassen.

»Was ist das?«, fragte Brynn, nachdem der scheußliche Zombie endlich wieder von der Bildfläche verschwunden war.

»Wasser und irgendwas Essbares«, erklärte Juraviel. »Fang an und nimm dir, so viel du willst. Deine letzte Mahlzeit liegt schon viel zu lange zurück.«

Den Schmerz in ihrem Brustkorb und die Übelkeit, die er in ihrem Magen verursacht hatte, noch deutlich vor Augen, starrte Brynn den Topf lange an. Am liebsten hätte sie ganz darauf verzichtet, aber sie wusste, dass sie unbedingt etwas essen musste.

Aber wieso eigentlich? Worin lag der Sinn, wenn man sie ohnehin hinrichten würde?

Brynn verbannte die finsteren Gedanken, bevor sie sich ihrer bemächtigen konnten, krabbelte auf Händen und Knien vorwärts und schob den Deckel vom Topf. Wegen des trüben Lichts konnte sie nicht viel erkennen, ihre Nase sagte ihr jedoch, dass es nichts weiter war als Brot – und zwar altes, entschied sie, nachdem sie es herausgenommen hatte – sowie eine kleine Wasserflasche. Es war ihre erste Mahlzeit seit vier Tagen, und eigentlich hatte sie viel zu große Schmerzen, um auch nur einen Bissen oder Schluck zu sich zu nehmen, aber Brynn begann trotzdem zu essen, entschlossen, sich nicht unterkriegen zu lassen; jeder Bissen war ein kleiner Sieg in ihrem Aufbegehren gegen ihre Häscher.

Juraviel verspeiste den Rest des kargen Mahls mit der gleichen Schicksalsergebenheit, mit der er den Zombie aufgenommen hatte, der ihnen das Essen brachte.

Brynn starrte ihn an und versuchte, einen letzten Rest von Kampfgeist bei ihm zu entdecken. Einen kurzen Moment lang kam ihr der Gedanke, dass Juraviel sich so passiv verhielt, um seine Chancen zu verbessern, lebend hier rauszukommen, auch wenn sein offenkundiger Entschluss, sich nicht zu wehren, einem Todesurteil für seine Begleiterin gleichkam.

Nein, sagte sich Brynn in aller Entschiedenheit. Seine Resignation rührte allein aus der Überzeugung, dass sie nicht den Hauch einer Chance hatten, sich ernsthaft gegen ihre Situation zur Wehr zu setzen.

Sie würde ihn eines Besseren belehren müssen.

Nach Brynns Schätzung ließ sich der Zombie erst nach Verstreichen eines ganzen Tages wieder blicken. Er stellte den neuen Topf ab, schnappte sich den alten, der mittlerweile als Nachttopf diente, und begann, sich wieder in das Loch zurückzuziehen.

Brynn wollte gerade zu einer Bewegung ansetzen, um dieses untote Monster umzubringen, solange es in der engen Höhlenöffnung verwundbar war, als ihr Gesichtsausdruck ihrem Gefährten ihren Plan verriet.

»Tu es nicht!«, herrschte Juraviel sie an; Brynn hielt inne und sah ihn verwundert an, dann drehte sie sich wieder zu dem Zombie um, der noch immer unbekümmert rückwärts krabbelte, blind gegen jede Gefahr.

»Wenn du ihn tötest, wird er im Tunnel liegen und verfaulen«, erklärte der Elf mit ruhiger, fast ausdrucksloser Stimme. »Und wir müssten auch noch den Verwesungsgeruch ertragen, und das möchte ich nun wirklich nicht.«

Brynn ließ sich mit einem tiefen Seufzer gegen die Wand sinken. »Sollen wir hier denn einfach tatenlos herumsitzen?«

»Das nicht, wir werden etwas essen«, erwiderte Juraviel. »Und zwar ab heute noch sparsamer, denn der Topf, den sie auf ihrer Runde mitnehmen, wird nicht immer gegen einen neuen ausgetauscht.«

Dieser Zyklus setzte sich Tag für Tag fort, und obwohl die Schmerzen in Brynns Brustkorb allmählich nachließen, wurde sie eher schwächer als kräftiger. Offenbar waren ihre Häscher keine Neulinge in diesem Geschäft, denn sie versorgten sie stets nur mit dem absolut Notwendigen an Wasser und Brot und brachen so ganz allmählich den Willen und den Widerstand ihrer Gefangenen.

Brynn hätte nicht zu sagen vermocht, wie viele Tage inzwischen vergangen waren; mittlerweile nahm sie kaum noch Notiz davon, wenn sich im Tunnel etwas regte. Sogar als der Doc'alfar aus dem Tunnel hervorkroch, brauchte sie mehrere Sekunden, um zu merken, dass dies nicht der Zombie, ihr üblicher Essenslieferant, war.

»Belli'mar Juraviel«, rief der Doc'alfar zur Begrüßung.

»Seid gegrüßt, Lozan Duk«, erwiderte Juraviel so herzlich, dass Brynn vor Überraschung große Augen machte.

»König Eltiraaz erwartet Euch.«

Juraviel nickte und wälzte sich mühsam auf die Knie; es dauerte eine Weile, bis er sich wieder auf den Beinen halten konnte. Als Brynn ebenfalls Anstalten machte, sich zu erheben, fixierte Juraviel sie mit einem durchdringenden Blick und bedeutete ihr, sich wieder hinzusetzen. Lozan Duk bedachte sie mit einem zornigen, drohenden Funkeln.

»Ihr werdet jetzt Gelegenheit erhalten, Euch meinem König gegenüber zu erklären«, wandte sich der Doc'alfar an Juraviel. »Dies ist Eure Verhandlung.«

»Werde ich ebenfalls vor Eurem König zu Wort kommen?«, erkundigte sich Brynn tapfer.

Lozan Duk drehte sich gemächlich zu ihr um und musterte sie. »Ich wüsste nicht, was Ihr zu sagen hättet, *N'Tylwyn Doc.*«

N'Tylwyn Doc. Der Begriff ging ihr nicht mehr aus dem Kopf; während ihres Aufenthalts bei den Touel'alfar hatte sie des Öfteren einen ganz ähnlichen Ausdruck gehört, vor allem zu Beginn, als sich ihre Ausbildung in den Sitten und Gebräuchen der Hüter und Elfen noch im Anfangsstadium befunden hatte. Die Touel'alfar hatten sie mehrfach als *N'Touel'alfar* bezeichnet, ein verächtlicher Ausdruck, der schlicht und einfach bedeutete, dass sie nicht dem *Volk* angehörte, nicht zu den Wichtigen gehörte, den einzigen Wesen, die wirklich zählten. Der Umstand, dass der Doc'alfar Juraviel nicht auf die gleiche Weise angeredet hatte, gab Anlass zu einer gewissen Hoffnung. Indem er die Wendung gegenüber Brynn als Erklärung angeführt hatte, warum sie die beiden nicht begleiten durfte, hatte er Juraviel gewissermaßen seinem Clan zugerechnet.

Eine Hoffnung, die Brynn aber nicht recht teilen konnte, als sie sich wieder gegen die Wand sinken ließ, denn die verächtliche Bezeichnung *N'Tylwyn Doc* klang in ihren Ohren wie der Ruf des Henkers.

Die beiden Elfen verließen die Höhle, und zwar erheblich müheloser und eleganter als zuvor der Zombie, der ihnen das Essen gebracht hatte. Brynn spielte wieder mit dem Gedanken, von ihrem Platz aufzuspringen, aber nicht etwa, um den beiden zu folgen, sondern um sich auf ihren Gefängniswärter zu stürzen; und das, obwohl ihr eigentlich klar war, dass sie in ihrem geschwächten Zustand wohl kaum eine Chance gegen einen Elfen hätte. Das Einzige, was sie zurückhielt, waren die Folgen, die dies für Belli'mar Juraviel haben würde. Brynns Schicksal war besiegelt, wie Juraviel selbst zugegeben hatte, aber vielleicht konnte ihr Freund noch einen Ausweg finden.

Also lehnte sie sich wieder an die kühle Wand und wartete, während die Minuten sich zu ereignislosen Stunden aneinander reihten.

Juraviel folgte Lozan Duk hinunter in einen kleineren Hohlraum in der Nähe des, soweit er erkennen konnte, nach wie vor verschlossenen Erdtunnels, wo Cazzira sie bereits erwartete. Kommentarlos, ohne ein Wort des Protests von Juraviel, trat die Doc'alfar auf ihn zu, legte ihm einen breiten Gürtel um die Hüfte und zog diesen so fest an, dass seine Flügel auf den Rücken geschnallt wurden, bevor er mit einem Verschlussmechanismus an der Vorderseite verriegelt wurde.

»Ihr werdet uns bestimmt nicht davonfliegen, kleiner Vogel«, bemerkte Cazzira, als sie den Verschluss einrasten ließ; Juraviel fiel auf, dass das Wort der Doc'alfar für »Vogel« genau das gleiche war wie in seiner Sprache: *marrawee.*

»Glaubt Ihr etwa, ich wollte davonfliegen?«, erwiderte er. »Vielleicht ist dies das längst überfällige Zusammentreffen der Alfar, und das Schicksal hat mich aus einem ganz bestimmten Grund zu Euch geführt.«

»Vielleicht«, sagte Lozan Duk.

»Vielleicht war es aber auch nur Pech für Euch«, beeilte Cazzira sich hinzuzufügen. Juraviel schaffte es, seine unbekümmerte Miene zu bewahren, bis die Frau schließlich hinzufügte: »Und ein noch viel schlimmeres Pech für Eure Begleiterin von den *N'Tylwyn Doc.*«

»Kommt jetzt«, wies Lozan Duk ihn an; er war offenbar ebenso erpicht darauf wie Juraviel, diese spezielle Art von Gespräch zu beenden. Der Doc'alfar krabbelte in den ansteigenden Tunnel, unmittelbar dahinter folgten Juraviel und Cazzira.

Wenig später krabbelte Juraviel aus dem Tunnel heraus, allerdings nicht ins Helle, obwohl er sich im Freien befand und die Sonne hoch am Himmel stand.

Nicht hier. Mittlerweile war der Nebel noch dichter geworden als auf dem Baumfriedhof bei der Torfgrube und tauchte die Gegend in ein feuchtes, immer währendes Dämmerlicht.

»König Eltiraaz hat Eurer Bitte stattgegeben, ihn sprechen zu dürfen«, erläuterte Lozan Duk. »Ihr solltet Euch geehrt fühlen.«

»Das tue ich auch«, erwiderte Juraviel; es war vollkommen ernst gemeint, auch wenn ihm bei der Antwort ein gewisses Schuldgefühl beschlich, sobald er an Brynn und ihr voraussichtliches Schicksal dachte. Trotzdem konnte Juraviel seine Aufregung angesichts seiner beiden hellhäutigen und flügellosen Vettern nicht verhehlen. Für die Touel'alfar war dies eine ungeheure Sensation und mindestens ebenso bedeutend wie alles, was Brynn vielleicht in To-gai erreichen konnte. Trotz seiner inneren Zerrissenheit und Unruhe konnte er nicht bestreiten, dass ihn die Gelegenheit, sein Volk vor dem König der Doc'alfar zu vertreten, in Aufregung, ja Begeisterung versetzte.

»Ich fürchte allerdings, ich bin für eine Audienz bei Eurem König nicht passend angezogen«, fügte Juraviel hinzu.

»Was Ihr anhabt, ist völlig ausreichend«, erwiderte Cazzira. »Die von Wind und Wetter abgenutzte Kleidung eines Reisenden oder vielleicht sogar eines Diebes.«

Juraviel ließ die Bemerkung ohne äußere Regung über sich ergehen; er glaubte sogar, wenn nicht aus ihrer Wortwahl, so doch aus ihrem Ton, etwas Versöhnlicheres herauszuhören.

Lozan Duk bedeutete Juraviel, ihm zu folgen und führte ihn über einen verschlungenen Pfad zu einem großen, ausgehöhlten Baumstumpf. Im Innern fand Juraviel zwei Vertiefungen vor, eine gefüllt mit seifigem Öl, die andere mit klarem Regenwasser.

Welch eine Wohltat, sich endlich wieder waschen zu können!

Als er fertig war, drehte er sich um – gerade noch rechtzeitig, um das Handtuch aufzufangen, das Cazzira ihm zuwarf –, dann waren sie schon wieder unterwegs und liefen über die gewundenen, nebelverhangenen Pfade, zwischen kahlen, schwarzen Bäumen hindurch, die alle gleich aussahen. Juraviel bezweifelte, dass er den Rückweg alleine finden würde; vermutlich machten seine beiden Führer absichtlich so viele Umwege, um den eigentlichen Weg noch unkenntlicher zu machen, als er ohnehin schon war. Nachdenklich stellte er fest, dass sie den Touel'alfar doch sehr ähnlich waren.

Nahezu ohne Vorwarnung fand sich Juraviel plötzlich auf einem schmalen Weg zwischen steil aufragenden Bergflanken wieder, auf einem schmalen, dem Grund einer Schlucht folgenden Pfad, der bis vor eine riesige Höhle führte. Unmittelbar hinter dem Höhleneingang nahmen die beiden Doc'alfar eigentümlich schimmernde Lampen zur Hand, blieben stehen und wandten sich ihrem Gefangenen zu.

Juraviel sah sich nach allen Seiten um, obwohl die anderen Höhlenwände weit außerhalb der Reichweite des Lichtscheins lagen. Als sein Blick schließlich auf Lozan Duk und Cazzira zur Ruhe kam, sah er Lozan Duk auf sich zukommen, eine schwarze Kapuze in der Hand.

Er protestierte nicht, als sie sie ihm über den Kopf stülpten und eine rund um die Öffnung eingenähte Zugschnur zusammenzogen, um sie fester zu verschließen. Lozan Duk fasste ihn beim Arm und ging voraus; sie begaben sich auf einen langen und kurvenreichen Weg, mal durch Gänge, die Juraviel beinahe zu erdrücken schienen, dann wieder durch Höhlen, deren ungeheure Weite er deutlich zu spüren glaubte.

Einige Zeit später machten sie abermals Halt; zu Juraviels Überraschung nahm Cazzira ihm die Kapuze ab und musterte ihn durchdringend aus ihren kalten, blauen Augen. Sie befanden sich in einer geräumigen Höhle. Eigentlich hatte Juraviel das Gefühl, sich wieder im Freien zu befinden, vielleicht in einem verdeckten Einschnitt im Berg.

Ungeduldig wanderten seine Augen suchend nach oben, doch dann drehte er sich um, und die Höhle war mit einem Schlag vergessen, denn unmittelbar vor ihm ragten die prachtvollen Tore der Stadt der Doc'alfar in die Höhe.

»Tymwyvenne«, erklärte Lozan Duk. »Ihr seid seit vielen Jahrhunderten der erste Nicht-Doc'alfar, der die Tore Tymwyvennes zu sehen bekommt.«

»Ich fühle mich geehrt«, erwiderte Juraviel wiederum durchaus ernst, fast schon ein wenig ehrfürchtig, denn das Einfallstor nach Tymwyvenne entsprach durchaus seinen Erwartungen von den Vettern der Touel'alfar, übertraf sie sogar. Die offen stehenden Tore, gewaltige Türflügel, breit wie zehn Elfen nebeneinander, waren aus einem goldfarbenen Holz und wurden von zwei mächtigen runden Säulen aus demselben Material flankiert, die man vor eine Wand aus grauschwarzem Mauerwerk gesetzt hatte. Quer über diesen beiden lag waagrecht über der Türöffnung ein aus demselben Holz gefertigter Stützbalken, verziert mit einer schier unendlichen Vielfalt von in den unterschiedlichsten Farben schillernden Ornamenten. Bei näherem Hinsehen erkannte Juraviel, dass der Querbalken mit zahlreichen Edelsteinen besetzt war – ein wahrer Königsschatz. Zu seiner großen Freude sah er, dass man hier, wie auch in Caer'alfar, die schönen Dinge zu schätzen wusste, auch wenn das Schönheitsideal seines Volkes sich eher in der Vervollkommnung der Natur zeigte. Dies ließ in Juraviels Augen oft auch ein gewisses Verständnis für die höheren Dinge und Werte des Lebens vermuten, Barmherzigkeit eingeschlossen.

Das Trio gelangte durch das Tor in eine gewaltige Höhle, einen Ort sanften, gleichbleibenden Lichts, wo der Nebel nicht ganz so undurchdringlich war. Rings um sie wurden aus poliertem Holz von unterschiedlicher Farbe und Beschaffenheit errichtete Konstruktionen sichtbar. Einen einheitlichen, vorherrschenden Baustil gab es nicht, dafür war jedes einzelne Wohnhaus, denn darum handelte es sich offenbar, ein ganz eigenes, keinen bestimmten Regeln unterworfenes Kunstwerk.

Zahlreiche andere Doc'alfar waren unterwegs. Verständlicherweise wollte jeder einen Blick auf den gefangenen Tylwyn Tou erhaschen, und er beobachtete die unterschiedlichsten Regungen, von Neugier über einige fast überschwänglich freundliche Gesichter, bis hin zu ernsten, sorgenvollen Mienen.

Insgesamt verströmte der Ort in Juraviels Augen eine gewisse Schwermut; alles wirkte gedrückt, wenn auch nicht gerade deprimierend. Es fiel ihm nicht schwer, sich das Ziel auszumalen, auf das seine beiden Begleiter beim Überqueren einer großen, zentral gelegenen Freifläche zusteuerten. Die vor ihnen liegende Höhlenrückwand war in ein Wirrwarr aus kreuz und quer verlaufenden Terrassen unterteilt, die bis weit über die eigentliche Stadt reichten, und dort, auf einer weiter oben gelegenen Ebene, stand das prächtigste Haus von allen, zweifellos der Palast von König Eltiraaz.

Belli'mar Juraviel heftete seinen Blick auf dieses von unzähligen Treppenabsätzen, kunstvoll verzierten Geländern und Balustraden umgebene Haus und versuchte, vom architektonischen Geschmack Rückschlüsse auf seine Bewohner zu ziehen. Normalerweise fiel das den Alfar leichter als den Menschen, da Elfenhäuser in den seltensten Fällen vererbt wurden; letztlich waren sie das Ergebnis eines jahrhundertelangen Prozesses voller Entscheidungen und Eingebungen, sowie der schöpferischen Energie eines einzigen dominierenden Verstandes und Geschmacks.

Das Haus machte einen durchaus einladenden Eindruck, es war offensichtlich ein Ort, an dem man viele Gäste und Bewunderer erwartete.

Selbstverständlich wurde der Eindruck von zwei Wachen der Doc'alfar getrübt. Bekleidet waren sie mit seltsamen Tierfellen und einem hölzernen Brustharnisch, in den Händen hielten sie ziemlich scheußlich aussehende, mit Widerhaken versehene Prügel, und unter ihren das Gesicht ganz umschließenden Helmen lugten nur die dunklen Augen hervor, denen nicht im Entferntesten zu entnehmen war, welche Gefühle sie diesem merkwürdigen Neuling entgegenbrachten.

Das Trio betrat eine großzügige Eingangshalle, bog anschließend in einen Seitenflur ein, dem es um einige Ecken folgte, bis es schließlich in einen weiten geräumigen Saal mit zwei Reihen kunstvoll verzierter Säulen sowie einem dunkelgrünen, durch den gesamten Raum verlaufenden Teppich gelangte. Das einzige Möbelstück war ein Thron aus vergoldetem Holz unweit der Rückwand, hinter dem, in einem riesigen Kamin, ein Feuer loderte und auf dem ein Doc'alfar mit langem schwarzem Haar und dunklen Augen saß. Seine Haut war, wie bei seinen Artgenossen, milchig-weiß. Weitaus bemerkenswerter aber war seine Kleidung. Bisher waren die meisten Doc'alfar, die Juraviel gesehen hatte, entweder mit eigenartigen Rüstungen bekleidet gewesen, oder aber sie waren von ihrer äußeren Erscheinung her eher schlicht. Lozan Duk und Cazzira trugen beide dunkelbraune Gewänder, die, vermutete Juraviel, wohl für die Jagd auf Nebelmonster gedacht waren.

Der Mann vor ihm dagegen – auch ohne förmliche Vorstellung war Juraviel sofort klar, dass es sich um König Eltiraaz handeln musste – trug helle, mit zahlreichen Edelsteinen besetzte Beinkleider sowie ein prächtiges, purpurrotes Hemd. Um seine Schultern lag ein wunderbarer Umhang, der sich hinter ihm auf dem Thron bauschte. Seine Weste war mit Stickmotiven übersät, in einem Faden, der Juraviel fast metallisch erschien. Er trug eine Krone aus grünen, sich um ein silbriges Band rankenden Reben, ein Metall, das er sofort als Silverel identifizierte. Die Beobachtung war überaus aufschlussreich, denn außer den Touel'alfar verfügte seines Wissens kein anderes Volk über die nötigen Kenntnisse, um das exotische Metall aus dem Boden zu gewinnen. Die Krone war für ihn der Beweis, dass die Doc'alfar dieses Geheimnis entweder über die vielen Jahrhunderte der Trennung bewahrt hatten, oder aber dass diese eine Krone noch ein Relikt aus jenen Zeiten war, da die beiden Völker noch derselben Art angehörten. Vermutlich Letzteres, denn er hatte nirgends Schwarzfarne gesehen und auch sonst kein Silverel. Wenn die Doc'alfar tatsächlich über die nötigen Kenntnisse und Möglichkeiten verfügen würden, dieses erstaunliche Metall abzubauen, würden sie ihre Soldaten gewiss nicht mit primitiven Holzprügeln herumlaufen lassen.

Es sei denn, natürlich, das Holz dieser Prügel, eine Juraviel unbekannte Sorte, besaß selbst ein paar außergewöhnliche Eigenschaften.

Flankiert von Lozan Duk und Cazzira schritt Juraviel über den Teppich, bis er schließlich vor Eltiraaz anlangte.

Der König von Tymwyvenne saß sehr aufrecht auf seinem Thron und musterte Juraviel mit durchdringendem Blick; seine Miene war ebenso königlich wie streng, seine Körperhaltung tadellos. Seine Hände lagen im Schoß und hielten ein mit Edelsteinen besetztes Zepter, das aus dem gleichen seltsamen Holz gefertigt war.

»Belli'mar Juraviel, Ihr werdet König Eltiraaz nun Eure Geschichte erzählen, und zwar vom Beginn der Reise an, die Euch in unser Land geführt hat«, verkündete Lozan Duk. »Des Weiteren werdet Ihr erklären, wieso Ihr in Begleitung einer lebenden Menschenfrau über die Wege unseres Landes wandert.«

Die letzte Bemerkung ließ Juraviel innerlich leicht zusammenzucken, war sie doch eine weitere Bestätigung der nahezu grenzenlosen Verachtung der Doc'alfar für die Menschen. Er tat dennoch, wie ihm geheißen, indem er seine Geschichte erzählte, angefangen beim Kampf mit den Goblins südöstlich von Andur'Blough Inninness – dessen Lage er nicht die Absicht hatte preiszugeben – bis hin zum Abend seiner und Brynns Gefangennahme.

König Eltiraaz lauschte aufmerksam jedem seiner Worte, neigte gelegentlich den Kopf zur Seite, als wollte er eine Frage einwerfen, verhielt sich ansonsten aber vollkommen still und sprach kein einziges Wort.

»Wir wissen schon seit langem, dass unsere Verwandten, die Tylwyn Tou, im Nordland geblieben sind«, sagte Eltiraaz, nachdem Juraviel geendet hatte. Seine melodische Stimme klang einem König angemessen, ein mächtiger Bariton, der Juraviel aus dem Munde eines so zierlichen Wesens allerdings etwas seltsam vorkam. »Gleichwohl überrascht es uns zu sehen, dass einer von ihnen – Ihr – in unser Land eindringt. Ihr seid der Erste aus unserem vergessenen Brudervolk, der Tymwyvenne zu Gesicht bekommt.«

»Ich fühle mich aufrichtig geehrt, König Eltiraaz.« Der feierliche Augenblick ließ es Juraviel angebracht erscheinen, sich zu verbeugen.

Der König der Doc'alfar nickte, dann sah er zu Lozan Duk hinüber.

»König Eltiraaz würde gerne erfahren, wieso Ihr in Begleitung eines Menschen wart«, sagte Lozan Duk.

Juraviels Blick wanderte vom König zu dem anderen Mann; er wunderte sich, wieso Eltiraaz ihn nicht einfach selbst gefragt hatte. »Brynn Dharielle ist eine Hüterin«, erklärte er. »Ausgebildet von den Touel'alfar – eine Praxis, die bereits seit Jahrhunderten bei uns üblich ist. Wir nehmen menschliche Waisen auf, die uns viel versprechend erscheinen und unterrichten sie in den Sitten und Gebräuchen der Touel'alfar, damit sie unserer Herrscherin, Lady Dasslerond, als Augen und Ohren in der Welt der Menschen dienen können.«

»Wieso tötet Ihr nicht einfach jedes menschliche Wesen, das sich in Euer Territorium verirrt?«, wollte Cazzira wissen, und zwar allen Ernstes, wie Juraviel sofort spürte. »Schließlich handelt es sich um minderwertige Geschöpfe, die ausgemerzt werden sollten, sobald sie irgendwie gefährlich werden.«

»Vielleicht haben wir ja eine etwas höhere Meinung von ihnen als Ihr«, erwiderte er, weiterhin um Höflichkeit bemüht, schließlich stand womöglich Brynns Leben auf dem Spiel. »Mittlerweile betrachten wir die Menschen manchmal als recht nützliche Verbündete, obwohl sie bisweilen ein wenig lästig sind.«

»Mehr als lästig«, sagte Cazzira.

»Hüter unterscheiden sich stark von ihren Artgenossen«, stellte Juraviel fest und blickte wieder König Eltiraaz an. »Sie sind sehr viel weltgewandter als ihre eher unbeholfenen Verwandten. Sie sind hervorragende Krieger und aufgrund ihres Temperaments und der ihnen antrainierten Disziplin auch in der Lage, ihr überlegenes Können im Kampf nutzbringend einzusetzen. Sie sind Freunde der Natur und des Volkes der Touel'alfar; dass ein Hüter jemals eine Bedrohung oder gar ein Feind der Doc'alfar sein könnte, ist völlig ausgeschlossen.«

»Woher nehmt Ihr diese Gewissheit?«, fragte Eltiraaz.

Juraviel wollte die Frage bereits verwundert wiederholen, verstand jedoch, wie sie gemeint war, und antwortete: »Hütern, die nicht die geeigneten Charaktereigenschaften erkennen lassen, ist es nicht gestattet, in die Außenwelt zurückzukehren.«

»Dann hat Eure Begleiterin diese Prüfungen also bestanden?«, fragte Eltiraaz.

»Brynn ist eine der vortrefflichsten Hüterinnen, die je aus Andur'Blough Inninness und Caer'alfar hervorgegangen ist.«

»Wozu braucht sie dann Euch als Begleitung?«

Belli'mar Juraviel atmete tief durch, während er sich die Frage durch den Kopf gehen ließ und überlegte, wie weit er sich gegenüber Eltiraaz und den anderen offenbaren sollte. Er hatte bereits den Namen seines Tals, seiner Herrscherin und seiner Heimatstadt genannt und spürte, dass er seinen Verwandten ein wenig Vertrauen entgegenbringen sollte; die Frage war nur, wie sie auf ein Menschenwesen reagieren würden, das ihr Gebiet durchquerte, um einen Krieg vom Zaun zu brechen.

»Brynn Dharielle wurde aus dem Volk der in den Steppen südlich des großen Gebirges lebenden To-gai-ru ausgewählt«, erläuterte er.

»Von den To-gai-ru haben wir bereits gehört«, erwiderte Eltiraaz.

»Dann ist Euch sicher auch bekannt, dass sie sich stark von ihren Artgenossen unterscheiden«, sagte Juraviel. »Sie leben in größerer Harmonie mit dem Land und mit –«

»Einige unserer Soldaten sind to-gai-ruscher Abstammung«, warf Cazzira ein; die Schroffheit ihres Tons erinnerte Juraviel sofort an die Sorte von Soldat, auf die sie sich offenbar bezog. Als er sie daraufhin ansah und sich fragte, wie weit ihre Feindseligkeit tatsächlich reichte, verschlang sie ihn abermals mit ihren exotischen Augen, diesen glänzenden, eisblauen Augen.

Er überwand seine Abscheu und konzentrierte sich stattdessen auf die viel interessantere Frage, wie die To-gai-ru in das Land der Doc'alfar hatten gelangen können. Woher wussten die Doc'alfar überhaupt von Brynns Volk? Sicher, die To-gai-ru siedelten in einem nur einhundert Meilen südlich dieses Gebietes gelegenen Land, allerdings jenseits eines angeblich unüberwindbaren Gebirges. War es am Ende doch nicht ganz so unpassierbar?

Aber wie sollte er das Gespräch auf dieses Thema bringen, damit er sich wenigstens vorsichtige Hoffnungen machen konnte, man werde ihn und Brynn ziehen lassen und ihnen vielleicht sogar einen Weg durch das Gebirge zeigen?

Er musste es riskieren. »Haben die To-gai-ru nichts an sich, das Euch ein wenig nachsichtiger stimmen könnte?«, fragte er. »Oder habt Ihr von ihnen eine genauso schlechte Meinung wie von den übrigen Menschen?«

»Sollen wir das etwa überprüfen, Belli'mar Juraviel?«, entgegnete Eltiraaz. »Soll das heißen, wir haben Euer Wort darauf, dass unser Volk den To-gai-ru größeres Vertrauen entgegenbringen kann? Am Ende glaubt Ihr gar, unser hartes Urteil über sie beruhe auf einem Irrtum?«

Juraviel sah die mögliche Falle, die sich vor allem hinter der letzten Frage verbarg, wusste aber auch, dass er seinen Prinzipien treu bleiben musste, nicht nur seinem Gewissen zuliebe, sondern auch, um sich keine Gelegenheit zu verscherzen, sollte es ihm doch noch gelingen, seine Verwandten zu überzeugen. »Ich denke, wenn es Euer Wunsch ist, solltet Ihr es überprüfen«, erwiderte er. »Ihr habt mein Wort darauf, dass die To-gai-ru den Sitten und Gebräuchen der Tylwyn Tou und der Tylwyn Doc aufgeschlossen gegenüberstehen, immer vorausgesetzt natürlich, die Tylwyn Doc sind den damaligen Sitten unseres Volkes treu geblieben.«

»Mehr vielleicht als die Tylwyn Tou, Belli'mar Juraviel«, erwiderte König Eltiraaz, »wenn sie sich jetzt schon mit den Menschen anfreunden.«

In dem Punkt gab Juraviel ihm widerspruchslos Recht, denn in den alten Zeiten, als die Elfenvölker noch vereint gewesen waren, hatten sie tatsächlich mit niemandem Kontakt gepflegt, der nicht *dem Volk* angehörte.

»Ich würde nicht behaupten, dass Eure Einschätzung auf einem Irrtum beruht, König Eltiraaz. Ein solches Urteil stünde mir auch gar nicht zu. In meiner Heimat verteidigen wir unser Leben im Verborgenen mit der gleichen Hartnäckigkeit. Ein Mensch, dem man nicht trauen kann, erfährt genau die gleiche Behandlung wie ein Goblin, der sich in unser Land verirrt. Nun ja, vielleicht nicht ganz – den Menschen würden wir sicher etwas schneller und schmerzloser töten …

Aber keinen To-gai-ru«, beeilte er sich hinzuzufügen, obwohl er nicht die leiseste Ahnung hatte, ob das auch wirklich zutraf, denn bislang hatte sich noch kein einziger To-gai-ru in die Nähe von Andur'Blough Inninness verirrt, außer denen natürlich, die man selbst aufgenommen hatte, um sie zum Hüter auszubilden. Er fand seine Argumentation trotzdem schlüssig und erklärte: »Unsere Herrscherin, Lady Dasslerond, würde mit der Hinrichtung eines To-gai-ru warten, bis die Absicht des Eindringlings festgestellt werden kann.«

»Dann ist es oft schon zu spät«, warf Cazzira ein.

»Zu spät? Wofür? Wir fürchten niemanden, solange uns nicht gerade eine ganze Armee erobern will.«

Juraviel merkte, dass dies die drei Doc'alfar ein wenig stutzen ließ.

»Mag sein, dass Euer Clan etwas zahlreicher ist als der unsere«, sagte König Eltiraaz nach einer kurzen Schrecksekunde sowie einem flüchtigen Blick auf seine beiden Artgenossen. »Wir jedenfalls sind nicht so viele und daher gezwungen, jede Bedrohung unseres Landes ernst zu nehmen.«

»Vielleicht empfindet Ihr ein Eindringen auch nur als bedrohlich«, wagte Juraviel einzuwerfen, woraufhin die neben ihm stehende Cazzira empört schnaubte. Juraviel wollte seine Bemerkung bereits abschwächen, damit sie nicht so vorwurfsvoll klang, ließ es dann aber sein, um König Eltiraaz Gelegenheit zu geben, seine Worte sorgfältig abzuwägen.

»Vielleicht haben wir gar keine andere Wahl«, antwortete dieser kurz darauf. »Im Übrigen hege ich nicht den geringsten Zweifel, dass wir an unseren Sitten festhalten werden, Belli'mar Juraviel. Sie haben uns jahrhundertelang gute Dienste geleistet und Tymwyvenne am Leben erhalten. Diese unbeholfenen, arroganten Menschenwesen sind mir nicht wichtig genug, um auch nur das Leben eines einzigen Tylwyn Doc zu gefährden; und wenn ich die gesamte menschliche Rasse ausrotten müsste, um mein Volk zu beschützen, würde ich es ohne zu zögern tun.«

»Und was ist mit einem Tylwyn Tou, der sich aus Versehen in Euer Land verirrt hat, König Eltiraaz? Würde man diesen unglücklichen – oder glücklichen – entfernten Vetter ebenfalls hinrichten, oder ist der König der Doc'alfar vielleicht davon zu überzeugen, dass der Erhalt des Lebens eines Anverwandten die Gefahr für sein Volk lohnte?«

König Eltiraaz erhob sich von seinem Thron, den Blick streng und unerbittlich auf Juraviel gerichtet. »Ist mein Volk denn in Gefahr, Belli'mar Juraviel?«

Juraviel straffte die Schultern und erwiderte unerschrocken den bohrenden Blick des Königs. »Nein.«

Es folgte eine lang anhaltende Stille, während der die beiden einfach dastanden – Eltiraaz eine Stufe über Juraviel, weshalb er auf ihn herabblickte. Tatsächlich aber hatte dieser Höhenunterschied keinen Einfluss auf Juraviels Entschlossenheit, in diesem Kräftemessen nicht nachzugeben.

Nachdem die beiden sich mehrere Minuten lang in die Augen gestarrt hatten, wandte sich Eltiraaz schließlich an die beiden anderen und erklärte: »Es ist nicht in Gefahr.«

Juraviel behielt seinen starren Blick und die entsprechende Körperhaltung bei, obwohl er in Wahrheit am liebsten einen langen, tiefen Seufzer der Erleichterung ausgestoßen hätte. Nach Lage der Dinge würde er also nicht hier sterben.

Aber das genügte ihm noch nicht.

»Und Brynn Dharielle?«, fragte er. »Sie ist eine To-gai-ru, und mehr noch, sie ist eine von meinem Volk in den Sitten und Gebräuchen der Tylwyn Tou ausgebildete Hüterin. Sie sieht die Welt mit den Augen einer Tylwyn Tou und steht meinem Volk in jeder Hinsicht sehr viel näher als ihrem eigenen.«

»Das sagt Ihr«, warf Lozan Duk ein.

Als Juraviel ihn daraufhin ansah, zuckte er lediglich mit den Achseln, so als wäre seine Bemerkung ganz aufrichtig und unschuldig gemeint gewesen.

»Ganz recht, das sage ich«, erwiderte Juraviel und drehte sich um, damit er Eltiraaz ins Gesicht sehen konnte. »Brynn Dharielle stellt weder für Euch noch für Euer Volk eine Gefahr dar. Sie ist vielmehr eine Freundin Tymwyvennes, oder wäre es zumindest gern, sofern Ihr es erlaubt.«

»Ich kann auf Menschen als Freunde verzichten, Belli'mar Juraviel.«

Juraviel nickte; dem mochte er nicht widersprechen. »Aber ich bin mit ihr befreundet«, sagte er dann betrübt. »Ich bitte Euch, König Eltiraaz, um die Erlaubnis, zusammen mit meiner Freundin fortgehen zu dürfen. Mein Wort darauf, sie ist keine Gefahr.«

»Ich habe noch mit keinem Wort davon gesprochen, dass Ihr gehen könnt«, erinnerte ihn der König der Tylwyn Doc.

Juraviel seufzte tief und nickte.

Kurz darauf befand er sich wieder zusammen mit Brynn in der engen Torfhöhle und saß schweigend im trüben Schein der leuchtenden Fackel. Brynn hatte sofort nach seiner Rückkehr versucht, ihn über seinen Besuch beim König auszufragen, aber Juraviel hatte einfach abgewinkt; ihm war nicht nach einer Diskussion darüber zumute. Zum allerersten Mal in seinem langen Leben sah Belli'mar Juraviel sich der Fähigkeit beraubt, sein Schicksal selbst in die Hand zu nehmen, und dieses Gefühl behagte ihm ganz und gar nicht.

Der Rest des Tages verging, schließlich auch der nächste, und ihr einziger Kontakt zur Außenwelt war der Zombie, der ihnen das Essen brachte.

Am zweiten Tag nach seiner Audienz bei Eltiraaz wurde Juraviel erneut aus der Torfhöhle geholt, und wieder waren es Lozan Duk und Cazzira, die ihn in den Thronsaal begleiteten, wo ihn König Eltiraaz bereits erwartete.

»Ich habe mir Eure Worte durch den Kopf gehen lassen, Belli'mar Juraviel«, begrüßte ihn der König. »Und bin zu dem Ergebnis gekommen, dass ich Euch glaube.«

Juraviel, etwas unsicher, was genau damit gemeint war, verzichtete auf eine Erwiderung und zeigte auch sonst keine Regung.

»Ich verlange Euer Wort darauf, dass Ihr nach Eurem Fortgang von hier die Lage Tymwyvennes nicht verratet.«

»Das habt Ihr.«

»Des Weiteren verlange ich von Euch die Position Caer'alfars«, fuhr König Eltiraaz fort.

Juraviel stutzte und biss sich auf die Unterlippe, während er über die Forderung nachdachte. »Ich bin durch einen ganz ähnlichen Eid Lady Dasslerond zu Geheimhaltung verpflichtet, König Eltiraaz«, antwortete er.

Cazzira und Lozan Duk neben ihm nahmen eine drohende Haltung an.

»Das wäre aber ungerecht«, erwiderte König Eltiraaz. »Jetzt wisst Ihr, ein Angehöriger des Volkes der Tylwyn Tou, wo Tymwyvenne liegt, aber von uns kennt keiner die Lage Caer'alfars.«

»Würde sich jemand aus Eurem Volk in unser Land verirren und dabei gefangen genommen werden, würdet Ihr gewiss weder erwarten noch akzeptieren, dass Euer Untertan die Lage Tymwyvennes verrät, nicht einmal um den Preis des eigenen Lebens.«

»Und Ihr seid bereit, die gleichen Konsequenzen für Euch selbst und Brynn zu akzeptieren?«, konterte der König und hob dabei die Stimme mehr, als Juraviel dies zuvor bei ihm beobachtet hatte.

»Ja, sofern dies Eure Entscheidung ist«, erwiderte Juraviel. »Solltet Ihr Euch tatsächlich so entscheiden, würde ich das Schicksal und nicht König Eltiraaz oder sein Volk dafür verantwortlich machen. Trotzdem möchte ich entschieden von einer solchen Vorgehensweise abraten. Schließlich könnte dieses Aufeinandertreffen zur Wiedervereinigung unserer beiden Völker führen, oder doch zumindest zu einem besseren Verständnis füreinander, vielleicht auch zu einem längst überfälligen Bündnis.«

König Eltiraaz musterte ihn eine Zeit lang mit strenger Miene, bis er schließlich schallend zu lachen begann und damit alle Anspannung löste. »Ihr wärt bereit zu sterben, noch dazu ohne formelles Urteil?«

»Ja, das wäre ich!«

»Diese Aufrichtigkeit macht Euch in meinen Augen noch glaubwürdiger, Belli'mar Juraviel, Freund von Tymwyvenne. Nein, wir werden Euch weder töten noch länger gefangen halten. Es wäre mir allerdings eine Freude, wenn Ihr noch eine Weile mein Gast wärt.«

»Mit dem größten Vergnügen, König Eltiraaz von Tymwyvenne«, erwiderte Juraviel mit einer förmlichen Verbeugung. »Aber nicht alleine, nicht, solange meine Freundin im Gefängnis sitzt, in dieser Torfgrube. Ihr sagt, Ihr glaubt mir, und das trifft gewiss auch zu. Aber ich kann keine Geschenke von Euch annehmen – weder meine Freiheit noch Eure Einladung –, solange Brynn Dharielle nicht frei und an meiner Seite ist.«

»Und wenn wir sie töteten? Wären wir dann Feinde?«

Juraviel atmete tief durch. »Ja, das wären wir wohl«, erwiderte er; er konnte die Worte selbst kaum glauben, als sie ihm über die Lippen kamen. Wie konnte er ein solches Wagnis eingehen, wo so viel für die Touel'alfar auf dem Spiel stand? Dieses Freundschaftsangebot konnte sich für sein Volk zu einer wunderbaren Sache entwickeln. Somit handelte er im besten Interesse Caer'alfars; hatte er überhaupt das Recht, anders zu handeln, indem er sich so entschieden für Brynn einsetzte?

Er wusste es wirklich nicht und spürte, dass es ihn eigentlich auch gar nicht interessierte.

»Geht und bringt die Menschenfrau her«, wies König Eltiraaz Cazzira und Lozan Duk an. »Erlaubt ihr, ein Bad zu nehmen, und gebt ihr reichlich zu essen. Vielleicht haben wir am heutigen Tag gleich zwei neue Freunde gewonnen.«

Belli'mar Juraviel musste seine ganze Willenskraft aufbieten, um in diesem wunderbaren Augenblick keine weichen Knie zu bekommen.

»Ihr seid keineswegs das erste Menschenwesen, dem wir erlauben, unser Land zu durchqueren«, begrüßte König Eltiraaz Brynn, als sie und Juraviel – frisch gebadet und mit gereinigten Kleidern – etwas später am gleichen Tag mit dem König von Tymwyvenne zusammentrafen.

»Bevor Ihr weitersprecht, muss ich unbedingt wissen, was aus Diredusk geworden ist«, sagte die junge Hüterin forsch.

König Eltiraaz stutzte; sein Gesicht wurde ernst, und seine Augen verengten sich zu schmalen Schlitzen, aus denen er Brynn scharf musterte. Juraviel legte ihr die Hand auf den Arm, um sie zum Schweigen zu bringen.

»Sie spricht von ihrem Pferd, König Eltiraaz«, erklärte er. »Als wir gefangen genommen wurden, hatte Brynn ihr Pferd dabei, ein prächtiges Tier übrigens.«

Als Eltiraaz sich daraufhin sichtlich entspannte, ließ auch Juraviels Nervosität nach.

»Was ist mit ihm passiert?«, fragte Brynn stur, woraufhin Juraviel den Druck auf ihren Arm erhöhte; er befürchtete, seine Begleiterin könnte alles verderben, wenn sie in einer Situation, in der sie offenkundig keine Forderungen stellen konnten, den Bogen überspannte.

Doch wie auch schon zuvor, nahm Eltiraaz' Gesicht einen versöhnlicheren Zug an. »Ihr seid so besorgt um dieses Tier – um diesen Diredusk –, dass Ihr es wagt, so mit mir zu sprechen?«

»Allerdings.« Aus Brynns Stimme sprach nichts als unerschütterliche Entschlossenheit.

»Und wenn Ihr mit Eurem anmaßenden Gebaren meine Nachsicht überstrapaziert?«

»Wenn Ihr Diredusk etwas angetan habt, dann pfeife ich auf Eure Nachsicht, König Eltiraaz. Wenn Ihr Diredusk etwas angetan habt, dann –«

Eltiraaz hob die Hand, doch es war eher sein amüsiertes Lächeln, das sie innehalten ließ, als diese Geste. »Es entspricht nicht den Gepflogenheiten der Tylwyn Doc, unseren Mitgeschöpfen, den Ga'na'Tyl, ein Leid zuzufügen. Euer Pferd Diredusk läuft auf den Feldern östlich von hier inmitten seiner Artgenossen frei herum. Ich wiederhole: frei, und zwar dort, wo er hingehört.«

Brynn atmete erleichtert auf; Juraviel nicht minder.

»Wollt Ihr nicht, dass er eingefangen wird?«, erkundigte sich Eltiraaz.

Brynn sah zu ihm hoch; ganz offensichtlich wollte der König sie mit der Frage auf die Probe stellen. »Meine Sorge galt allein Diredusk, nicht mir«, antwortete sie. »Wenn er herumlaufen kann und in Sicherheit ist, bin ich zufrieden.«

König Eltiraaz lächelte freundlich. »Vor vielen Jahren kam einmal ein Mann von Norden her durch unser Land; damals entschied König Tez'nezin, ihn nicht daran zu hindern«, fuhr er mit der Geschichte fort, die Brynn unterbrochen hatte. »Gerüchten zufolge traf sich König Tez'nezin, mein Vorgänger auf dem Thron, an einem geheimen Ort mit ihm; aber zu welchen Einsichten er dabei gelangte, die es ihm ermöglichten, seine Politik – eine seit langem bewährte Politik der Tylwyn Doc gegenüber den Menschen – zu ändern, vermag ich nicht zu sagen. Wie Brynn Dharielle war dieser Mensch ein To-gai-ru, der einen Weg in seine Heimat über die Berge oder unter ihnen hindurch suchte. Ob es ihm aber gelang, in sein Land südlich des Gebirges zurückzukehren, vermag ich nicht zu sagen.«

»Wie war sein Name?«, fragte Belli'mar Juraviel, plötzlich hellhörig geworden. »Und wann genau war das? Vor ungefähr einhundert Jahren?«

»Sein Name ist mir nicht bekannt, und im Übrigen liegt die Geschichte viel länger zurück. Mindestens drei, vielleicht sogar vier Jahrhunderte. Die Jahre und Jahrzehnte gleichen einander so sehr.«

Juraviel lehnte sich zurück und dachte über seine Worte nach. Ein To-gai-ru, der von Norden kommend dieses Gebiet durchwandert, wäre in der Tat eine Seltenheit, erst recht vor mehreren Jahrhunderten, als das Bärenreich und Behren noch erklärte Feinde waren und die Menschen nördlich des Gebirges noch keine Kenntnis von einem Land namens To-gai hatten. Im Laufe der Jahrhunderte hatte es aber mehrere andere to-gai-rusche Hüter gegeben, und von ihnen hatte vor Brynn keiner Andur'Blough Inninness in Begleitung eines Elfen verlassen, obwohl sie alle den Auftrag hatten, in ihre angestammte Heimat zurückzukehren. War es möglich, dass der Mensch, von dem Eltiraaz jetzt sprach, einer dieser to-gai-ruschen Hüter war? Emhem Dal vielleicht oder Salman Anick Zo?

Neugierig geworden strich sich Juraviel mit der Hand übers Kinn.

»Hat er denn wenigstens einen Weg über das Gebirge gefunden?«, erkundigte sich Brynn soeben. »Oder hat er sich einfach für irgendeinen Weg entschieden, von dem er hoffte, er werde ihn nach Hause führen?«

»Nein«, erwiderte König Eltiraaz. Brynns hoffnungsvolles Lächeln erlosch, nur um sich gleich wieder aufzuhellen, als der König von Tymwyvenne fortfuhr. »Nicht über das Gebirge. Man brachte diesen Menschen zu einem Pfad, der bei den Tylwyn Doc unter dem Namen Pfad der sternenlosen Nacht bekannt ist.«

»Und der unter den Bergen hindurchführt«, folgerte Juraviel. König Eltiraaz nickte.

»Bringt Ihr mich und Juraviel jetzt auch zum Eingang dieses Pfades der sternenlosen Nacht?«, fragte Brynn begierig; scheinbar war sie völlig blind für den missbilligenden Ausdruck im Gesicht des Königs der Doc'alfar.

Juraviel dagegen war dieser Blick nicht entgangen; er begriff sofort, dass dieser unterirdische Gang mit dem unheilvollen Namen seinem finsteren Ruf wahrscheinlich alle Ehre machte.

»Was meint Ihr, Belli'mar Juraviel? Wollt Ihr es wirklich über diesen Pfad versuchen, der wahrlich ein Weg in die Finsternis ist?«

Juraviel sah hinüber zu Brynn und ließ sich von ihrer Ungeduld zu einem Entschluss verleiten, den er, so stand zu befürchten, noch bereuen würde. »Ja, das wollen wir. Wenn dieser Pfad der sternenlosen Nacht uns den Umweg nach Osten bis zum Meer erspart, ist er möglicherweise einen Versuch wert.«

König Eltiraaz lehnte sich zurück und nickte mit ernster Miene. »Vielleicht nimmt das meinem Volk ein wenig von der Sorge, Ihr könntet uns an die Tylwyn Tou verraten.«

Juraviel sah abermals hinüber zu Brynn, aber ihre Miene verlor nichts von ihrer Entschlossenheit.

»Und was wird Belli'mar Juraviel seiner Herrscherin Lady Dasslerond über uns berichten?«, fuhr König Eltiraaz fort. »Was werdet Ihr erzählen, wenn Ihr endlich wieder heimatlichen Boden betretet?«

»Ich werde erzählen, dass ich einer lebenden Legende begegnet bin«, antwortete Juraviel. »Aber vielleicht erzähle ich auch gar nichts. Die Entscheidung, König von Tymwyvenne, liegt dank Eurer Barmherzigkeit und Großzügigkeit ganz bei Euch. Das ist das Mindeste, was ich Euch für mein Leben und das von Brynn schuldig bin. Wenn es Euer Wunsch ist, diese ganze Episode in das Reich meiner Träume zu verbannen, dann soll es so sein.«

Eltiraaz ließ sich lange Zeit, um darüber nachzudenken. Er blickte zu seinen Gefährten vom Volk der Doc'alfar hinüber, zu Lozan Duk, Cazzira und mehreren anderen, die er zu dem heutigen Treffen hinzugebeten hatte, und versuchte ihr Schweigen auf dieses Versprechen einzuschätzen.

»Nein«, sagte er schließlich. »Ihr werdet Eurer Lady Dasslerond berichten, dass Ihr Tymwyvenne gesehen habt und Euren lange verschollenen Vettern begegnet seid. Ihr werdet ihr ausrichten, dass sie von König Eltiraaz herzlich eingeladen ist, uns zu besuchen, damit wir zusammen herausfinden können, ob unsere Völker, die Doc und die Tou, endlich wieder einen gemeinsamen Weg beschreiten können.«

Juraviel wagte seinen Ohren kaum zu trauen, und er fühlte sich in diesem Moment innerlich fürchterlich zerrissen. Eigentlich wäre es seine erste Pflicht gewesen, Brynn sicher nach Togai zu bringen. Oder etwa nicht? War eine mögliche Wiedervereinigung am Ende wichtiger? Sollte er Brynn hier zurücklassen, um auf dem schnellsten Weg in den Norden zurückzukehren? Vielleicht konnte er Brynn mitnehmen und ihre Mission in ihrer Heimat auf einen späteren Zeitpunkt verschieben.

Doch dann nahm Eltiraaz ihm die Entscheidung ab. »Aber das liegt noch in weiter Ferne«, sagte der König. »Erst einmal wird und muss Euch Euer Weg in den Süden führen. Wir werden Euch den Pfad der sternenlosen Nacht zeigen und Euch über die Gefahren unterrichten, die im Innern des Gebirges lauern. Danach könnt Ihr selbst entscheiden, ob Ihr diesen Weg oder den Umweg nach Osten nehmen wollt. In den Norden werdet Ihr vorerst jedenfalls nicht gehen. Mein Volk ist für dieses Aufeinandertreffen noch nicht bereit, und ich möchte es ihm nicht mit Gewalt aufzwingen.«

Juraviel nickte; er war einverstanden.

»Und was ist, wenn Juraviel nicht mehr aus dem Süden zurückkehrt?«, warf Lozan Duk ein. »Was geschieht, wenn er am Ende des Pfades der sternenlosen Nacht nicht wieder ins Sonnenlicht hinaustritt? Soll unser aller Hoffnung auf eine Wiedervereinigung dann mit ihm sterben?«

Als er geendet hatte, schaute Lozan Duk zu König Eltiraaz hinüber, und Juraviel sah, dass ihm die Frage vermutlich nicht erst jetzt eingefallen war.

»Ich würde Euch gern unter vier Augen sprechen«, bat Juraviel den König, woraufhin Eltiraaz den Saal mit einem Wink räumte, bis nur noch er selbst und Juraviel zurückblieben.

»Wenn Euch so sehr an diesem Zusammentreffen gelegen ist und ich an der Rückkehr gehindert sein sollte, dann schickt doch ein, zwei vertrauenswürdige Kuriere in den Norden, in die drei Wochen von hier entfernte Bergregion; sie sollen sich westlich der von Menschen bewohnten Gebiete halten. Dort angekommen, sollen sie jeden Abend zu jeder vollen Stunde Lady Dasslerонds Namen in den Nachtwind rufen. Sie wird Eure Kuriere ganz sicher finden, und die Touel'alfar werden mit ihnen reden, bevor sie sich ein vorschnelles Urteil bilden. Sagt ihnen, sie sollen die Geschichte von Belli'mar Juraviel und Brynn Dharielle erzählen, und wie sie in das Land der Touel'alfar gelangt sind.«

»Man wird ihnen nichts antun?«

Juraviel stieß einen tiefen Seufzer aus. »Absolut festlegen kann ich mich nicht«, räumte er ein. »Mein Volk lebt nicht weniger zurückgezogen als Eures – wie es scheint, ist das Teil unseres gemeinsamen Erbes. Die Herrscherin Caer'alfars ist eine strenge, aber auch mit der Weisheit der Jahrhunderte gesegnete Frau. Ich bin sicher, sie wird die richtige Entscheidung treffen.«

»Ihr habt nicht so viel zu verlieren.«

»Wohl wahr«, gab Juraviel zu. »Aber das ist das beste Angebot, das ich Euch machen kann, König Eltiraaz von Tymwyvenne, und ich fürchte, bereits mehr, als ich eigentlich hätte versprechen dürfen.«

»Aber nicht mehr, als wir selbst hätten in Erfahrung bringen können«, erwiderte Eltiraaz lachend und reichte Juraviel die Hand, die der Touel'alfar dankbar ergriff.

»Bleibt doch noch einige Wochen hier bei uns«, bot Eltiraaz an, »und lernt die Sitten und Gebräuche meines Volkes kennen. Ihr könntet Euch völlig ungehindert in Tymwyvenne bewegen.«

»Und Brynn?«

»Für sie gilt das gleiche Angebot! Macht sie zur glücklichsten aller Menschenfrauen, weil sie sowohl Caer'alfar als auch Tymwyvenne gesehen hat. Sobald Ihr bereit seid, werden wir Euch zum Pfad der sternenlosen Nacht begleiten, und dort könnt Ihr dann selbst entscheiden, wie Ihr weiter vorgehen wollt. Wir werden Euch Licht und Vorräte mitgeben, so viel Ihr tragen könnt.« Er hielt inne, nahm eine nachdenkliche Haltung ein und machte ein leicht spöttisches Gesicht. »Vielleicht sogar ein wenig mehr.«

Juraviel sah ein, dass er sich im Augenblick mit dieser rätselhaften Bemerkung zufrieden geben und nicht weiter nachhaken sollte. Das Angebot war ohnehin viel großzügiger, als er je zu hoffen gewagt hätte.

»Auf dem Pfad der sternenlosen Nacht sind die Jahreszeiten nahezu bedeutungslos«, fuhr Eltiraaz fort. »Trotzdem werden die lichtlosen unterirdischen Gänge umso passierbarer sein, je länger Ihr bis zum Wintereinbruch wartet, denn bis dahin wird das Frühlingsschmelzwasser endgültig abgeflossen sein. Um die frischen Schneefälle während der Tage, die Ihr für die Unterquerung benötigt, braucht Ihr Euch ebenfalls nicht zu sorgen; wegen der großen Kälte in den Höhenlagen der Berge wird der Schnee gefroren bleiben.«

Es war eine Einladung, die Belli'mar Juraviel nicht ausschlagen konnte und der wohl auch Brynn bereitwillig zustimmen würde – nicht zuletzt wegen des letzten Arguments, das ihrer Ungeduld bestimmt einen Dämpfer aufsetzte. Der längere Aufenthalt in Tymwyvenne würde ihre Reise in den Süden möglicherweise nicht mehr verzögern als der Weg um das Gebirge herum, aber im Grunde war es gar nicht so sehr der mögliche Zeitverlust, der Juraviel davon abhielt, sich für den Umweg zu entscheiden. Er hatte nur wenig Lust, die von Menschen bewohnten Gebiete des Bärenreichs zu durchqueren, und noch weniger, sich einen Weg durch das feindliche Behren bahnen zu müssen. Brynn würde dort im Ansehen kaum höher stehen als ein Schwein auf der Suche nach einem Sklavenschinder, und er selbst würde, sollte seine Identität als Touel'alfar je ans Licht kommen, als Opfer an Gott Yatol eines schnellen Todes sterben.

Doch, die Ruhepause wäre höchst willkommen, vielleicht nicht für mehrere Wochen, aber wenigstens für eine kurze Zeit.

»Glaubst du ihm?«, fragte Brynn Juraviel noch am selben Abend, als die beiden die wichtigen Geschehnisse des Tages noch einmal besprachen. Wie rasch hatte sich ihr Schicksal doch gewendet – und wie unerwartet!

»Wenn König Eltiraaz uns Böses wollte, warum hätte er sich dann so viel Mühe machen sollen?«, erwiderte der Elf. »Er hatte bereits sämtliche Informationen über Andur'Blough Inninness aus uns beiden herausbekommen und war sich dessen auch bewusst. Nein, sein Vorschlag ist durchaus ernst gemeint.« Als er endete, ein Lächeln auf den Lippen, fiel ihm auf, dass Brynn noch immer ein verdrießliches Gesicht machte. Er sah sie fragend an und forderte sie wortlos auf, sich zu erklären.

»Ich meinte, was Diredusk betrifft.«

»Angeblich lässt man ihn zusammen mit anderen Pferden frei herumlaufen.«

»Aber hat er das nicht nur gesagt, um mich zu beruhigen?«, fragte die junge Frau. »Vielleicht haben sie uns sowieso bloß erzählt, was wir hören wollten?«

Belli'mar lehnte sich zurück. »Nein«, erwiderte er mit der Ruhe absoluter Gewissheit. »Hast du nicht gesehen, wie sie für uns aufgetischt haben, die köstlichen Speisen, die sie uns vorgesetzt haben?«

Brynn neigte den Kopf zur Seite und sah ihn durchdringend an; sie war noch nicht zu den Schlussfolgerungen gelangt, die er offenbar längst gezogen hatte.

»Sie essen, was in der Erde wächst, die Gaben von Ga'na' Tynne. Sie essen Obst und Gemüse sowie die Pilze aus den unterirdischen Gängen, aber keine Tiere. König Eltiraaz war durchaus aufrichtig, als er sagte, sein Volk halte die Geschöpfe von Ga'na'Tyl in höchsten Ehren und würde ihnen nie auch nur ein Haar krümmen. Diredusk läuft frei und unbehelligt herum, da bin ich ganz sicher.«

»Sie krümmen keinem Geschöpf Ga'na'Tyls ein Haar«, wiederholte Brynn mit einem sarkastischen Lachen. »Außer den Menschen.«

»Die ihrer Meinung nach ihren Zorn zu Recht verdient haben«, beeilte sich Juraviel klarzustellen. »Bedenk doch, mit welchen Mitgliedern deiner Art sie Kontakt hatten. Mit Fallenstellern und Jägern, Holzfällern und aus seinen Heimatländern vertriebenem Gesindel. Menschen, die Wälder kahl schlagen und Tiere abschlachten, oft nur wegen ihres Fells, das sich drüben im Osten verkaufen lässt. Mit Menschen, deren Fallen ihre Opfer grausam quälen und die sich nicht im Mindesten um die Tiere scheren. Wie sollten da die Doc'alfar, die sich mit den Tieren verwandt fühlen, über manche Methoden, die die Fallensteller und Jäger deines Volkes anwenden, nicht in Rage geraten?«

Brynn schüttelte nur achselzuckend den Kopf; das Argument, die Doc'alfar hätten ein irgendwie geartetes Recht darauf, versehentlich in ihr Gebiet eingedrungene Menschen auf grauenhafte Weise hinzurichten, schien sie nicht recht zu überzeugen.

Juraviel versuchte daher auch gar nicht erst, sie vom Gegenteil zu überzeugen, zumal er nicht sicher war, dass sie ihn wirklich verstehen würde. Sie war zwar von den Touel'alfar ausgebildet worden und eine To-gai-ru, aber sie war trotzdem ein Mensch und glaubte, gewisse Dinge könne man ihrer Art einfach nicht übel nehmen. Juraviel verstand das durchaus, doch da er die Welt mit den Augen eines Touel'alfar betrachtete, lag ihm die Sicht der Doc'alfar natürlich näher. In mancher Hinsicht erschienen ihm diese fernen Verwandten sogar ehrlicher zu sein als sein eigenes Volk, das in Andur'Blough Inninness Jagd auf Rehe, Wildschweine, Vögel und Kaninchen machte. Die Doc'alfar dagegen fügten nur jenen Geschöpfen Leid zu, die sie ihres Zorns für würdig erachteten. Eltiraaz käme nie auf den Gedanken, ein edles Reh zu töten, nur um seine Tafel mit Wildsteaks zu bestücken. Kein Doc'alfar käme auf die Idee, ein

Nahrung suchendes Tier zu töten, das sich zufällig in seinen Garten verirrt hatte. Aber Menschen waren nicht wie Tiere, sie waren vernunftbegabte Wesen.

Nach der Denkweise der Doc'alfar machten sie sich gerade wegen dieser Vernunft des Verstoßes gegen die Lebensgrundsätze der Doc'alfar schuldig.

Juraviel schauderte beim Gedanken an die abscheulichen Zombies; so ganz vermochte er sich mit den Methoden der Doc'alfar wirklich nicht anzufreunden. Dennoch ließ sich nicht bestreiten, dass ihrer Haltung eine gewisse Folgerichtigkeit eigen war, die zudem nicht völlig ungerechtfertigt schien.

Er sah hinüber zu Brynn, die sich zurückgelehnt hatte und offenbar jeden Moment einschlafen würde, und hakte nicht weiter nach.

Wann immer die beiden während der nächsten Woche durch Tymwyvenne schlenderten, bekamen sie die meist nur neugierigen, gelegentlich aber auch recht argwöhnischen Blicke zu spüren. Man ließ ihnen praktisch freie Hand; sie durften lediglich die Stadt nicht verlassen, da König Eltiraaz nicht mehr als unbedingt nötig über ihre genaue Lage verraten wollte.

Trotz allem war es ein angenehmes und zweifellos interessantes Erlebnis. Wieder fühlte sich Brynn in eine völlig neue Welt versetzt, die ihren ohnehin schon weiten Horizont noch erweiterte, und für Belli'mar Juraviel war es wie ein Einblick in einen anderen Zweig seiner eigenen Vergangenheit. Viele Gebräuche der Doc'alfar waren ihm vertraut, und die Melodien ihrer Lieder waren denen aus Caer'alfar so ähnlich, dass er gelegentlich sogar mitsingen konnte. Ansonsten aber war vieles anders und gerade in seiner Fremdheit faszinierend. Sein eigenes Volk lebte in Harmonie mit allem, was lebendig war, mit den Riesenbäumen und den Blumen, und ging auf in der Tier- und Pflanzenwelt von Andur'Blough Inninness. Die Doc'alfar dagegen zogen den Umgang mit bereits Abgestorbenem und Totem vor, mit gefällten Stämmen und Zombie-Sklaven. Ihre Künstler versahen die Mauern sämtlicher Gebäude mit Meisterwerken der Steinmetzkunst, ihre Waffenmeister verwandelten simple Holzstücke in fantastische Schilde und Harnische, indem sie sie mit einem dicken, moosartigen Futter auskleideten, das ihnen Sammler brachten. Manchmal erschien Juraviel ihre gleichermaßen um Zerstörung und Neuschöpfung kreisende Kultur ein wenig grobschlächtiger, im Grunde aber überwog die Faszination des Fremden und ihre ebenfalls stark ausgeprägte Harmonie mit der Natur, die jedoch weniger verspielt wirkte.

Ihre Führer während dieser Tage waren wiederum Lozan Duk und überraschenderweise auch Cazzira. Die weibliche Doc'alfar wirkte nach König Eltiraaz' Erklärung gegenüber Juraviel und Brynn wie verwandelt, fast schien es, als wollte sie so viel wie möglich von den Fremden lernen. Ob das eher dem Wunsch nach aufrichtiger Freundschaft entsprang oder sie auf Informationen aus war, die ihr einen Vorteil gegenüber dem Feind verschafften, vermochten weder Juraviel noch Brynn zu sagen. Während Cazzira die beiden unablässig mit Fragen löcherte, ergriff Lozan Duk die Initiative und zeigte ihnen die Wahrzeichen der Stadt und besonders interessante Kunstwerke. Trotzdem war es Cazzira und nicht Lozan Duk, die Brynn eines Tages beiseite nahm und in ein Gebäude hineinzog, in dem die Frauen Tymwyvennes ihrer Schönheit mit allerlei Farben und Ölen nachhalfen und sich die Haare frisierten.

Gegen Ende der Woche waren Cazzira und Brynn beinahe unzertrennlich; Cazzira konnte gar nicht genug bekommen von Brynns Geschichten, denen sie stets gespannt lauschte, sobald die junge Hüterin zu erzählen anfing. Juraviel hielt ein ebenso strenges wie interessiertes Auge auf die beiden, da er befürchtete, Cazzira könnte versuchen, Brynn wertvolle Informationen zu entlocken, verzichtete aber darauf, Brynn vor übertriebener Offenheit zu warnen. Sie waren den Doc'alfar hier gänzlich ausgeliefert, und Juraviel und Brynn blieb nichts anderes übrig, als ihnen zu vertrauen.

Trotz aller Vorsicht glaubte Juraviel zu spüren – vielleicht war es auch nur eine kühne Hoffnung –, dass diese unerwartete Begegnung sich positiv entwickeln würde.

»Belli'mar Juraviel hatte ganz Recht mit seiner Einschätzung, dass diese Hüterin nichts mit den anderen Menschen gemein hat«, berichtete Cazzira eines Abends König Eltiraaz, nachdem sie sich Brynns Geschichte ein weiteres Mal von Anfang bis Ende angehört hatte. »Wenn die Menschen tatsächlich über diese Talente verfügen, sollten wir vielleicht keine vorschnellen –«

Eltiraaz hob die Hand, um den unbequemen Gedanken sofort zu unterbinden. »Unser Vorgehen basiert auf Besonnenheit und dient dem Fortbestand unseres Volkes«, erklärte er. »Es lässt sich nicht ohne weiteres ändern, ganz gleich, welche Ausnahmen wir für dieses ungewöhnliche Paar machen werden.«

Cazzira lehnte sich zurück und dachte über Eltiraaz' grimmige Entschlossenheit nach. Sie galt als einer der abgebrühtesten und härtesten Vertreter der Tylwyn Doc, was ihr jedoch nur durch die Errichtung eines emotionalen Schutzwalls gelang, eine Barrikade gegen jedes Schuldgefühl. Trotz ihrer oftmals harschen Worte war Cazzira das Morden zuwider, selbst wenn es minderwertige Geschöpfe wie die Menschen traf, die viel zu grobschlächtig und arrogant waren, als dass sie irgendetwas für sie hätte empfinden können.

»Aber vielleicht ist es ja an der Zeit, einige unserer Verhaltensweisen und Prinzipien zu überdenken«, räumte König Eltiraaz zur Überraschung seiner Untertanin ein.

Cazzira sah ihn fragend an und blinzelte mehrfach mit ihren blauen Augen.

»Vielleicht ist es an der Zeit, die Gebiete jenseits der Grenzen Tymwyvennes zu erkunden«, fuhr der König fort, nachdem Cazzira sich von ihrer Verwunderung erholt hatte.

»Im Norden oder im Süden?«, fragte sie, und ihre blauen Augen wurden zu schmalen Schlitzen, als sie Eltiraaz musterte und zu ergründen versuchte, was er damit gemeint haben könnte. Wollte er etwa, dass jemand in den Norden aufbrach, um Caer'alfar zu suchen, oder schlug er vor, ein Tylwyn Doc solle die beiden über den Pfad der sternenlosen Nacht zu den Steppen des Südens begleiten?

»Meiner Meinung nach wären wir schlecht beraten, wenn wir versuchen würden, uns diesem Land, Andur'Blough Inninness, von dem Belli'mar Juraviel uns erzählt hat, ohne seine Führung anzunähern«, fügte Eltiraaz erklärend hinzu. »Oder seiner Herrscherin, Lady Dasslerond, in einer offiziellen Empfehlung vorzuschlagen, sich doch bitte die Mühe zu machen, uns erst besser kennen zu lernen, ehe sie sich ein vorschnelles Urteil bildet.«

»Soll das heißen, Ihr bittet mich, über den Pfad der sternenlosen Nacht zu gehen?«

»Ich schlage lediglich vor, dass ein Tylwyn Doc Belli'mar Juraviel und Brynn Dharielle begleiten soll«, erwiderte Eltiraaz. Er lehnte sich auf seinem Thron zurück und hob abwehrend die Hände, so als wollte er sich vor einem von Cazziras berüchtigten Zornesausbrüchen schützen. »Habe ich Euch etwa darum gebeten? Nein, Cazzira, jedenfalls nicht in dem Sinne, dass ich Euch beschworen oder den Befehl gegeben hätte. Ich bitte Euch lediglich insoweit, als ich es Euch zuerst anbiete, damit Ihr als Erste Verbindung zu diesen faszinierenden Fremden aufnehmen könnt.«

Cazzira lehnte sich zurück und versuchte, sich die Überraschung in ihrem hübschen Gesicht nicht anmerken zu lassen. Es geschah nicht oft, dass König Eltiraaz jemanden um etwas bat, anstatt es einfach zu befehlen; das entsprach einfach nicht seiner Stellung in der Gesellschaft der Tylwyn Doc. Als König war er verpflichtet, Entscheidungen zu fällen, die nach seinem Dafürhalten für das gesamte Volk der Tylwyn Doc von Vorteil waren, unabhängig davon, welche Opfer der Einzelne dafür zu bringen hatte. Und jetzt ließ er sich tatsächlich dazu hinreißen, Cazzira den Auftrag *anzubieten*, die beiden zu begleiten. In ihren Augen lediglich ein weiterer Anhaltspunkt dafür, als wie wichtig und gefährlich sich dieser Auftrag entpuppen konnte. Schließlich würden sie gezwungen sein, über den Pfad der sternenlosen Nacht zu gehen, und obschon einzelne Tylwyn Doc sowie kleinere Gruppen diese lichtlosen unterirdischen Gänge bereits durchwandert und Menschen vom Volk der Togai-ru sie am Nordrand des Gebirges auch wieder verlassen hatten, hatte man von den meisten, die diese finsteren Pfade betreten hatten, nie wieder etwas gehört.

»Haltet Ihr es für eine gute Idee, wenn einer aus unserem Volk sie begleitet?«, erkundigte sich König Eltiraaz und überraschte Cazzira damit gleich noch einmal.

»Allerdings«, platzte sie heraus, noch bevor sie sich eine durchdachtere und erhellendere Erwiderung zurechtlegen konnte.

Eltiraaz lehnte sich zurück, um ihr die Möglichkeit zu geben, ihre Gedanken zu ordnen.

»Wir sollten die Gelegenheit nicht ungenutzt verstreichen lassen«, fuhr Cazzira nach einem kurzen Moment fort. »Anfangs, nachdem ich ihn das erste Mal gesehen und mit ihm gesprochen hatte, wollte ich Juraviel nicht glauben. Ich hielt ihn sogar für schlimmer und gefährlicher als die menschlichen Eindringlinge, die manchmal durch unser Land reisen. Als unser Verwandter ist er diesen Menschen überlegen und hatte es womöglich sogar in der Hand, uns vollständig zu vernichten. Wir dürfen ihn auf keinen Fall unbeobachtet ziehen lassen.«

»Und doch ist mir mittlerweile klar geworden, dass diese Art von Bösartigkeit überhaupt nicht zu Belli'mar Juraviel passt, und wenn die anderen aus seinem Volk ganz ähnlich über die *Doc'alfar* denken« – König Eltiraaz geriet bei dem Touel'alfar-Wort leicht ins Stolpern, als er versuchte, Juraviels

Sprachmelodie so genau wie möglich nachzuahmen –, »dann wäre es gewiss klug von uns, Verbindung mit unseren verschollenen Verwandten aufzunehmen.«

»Vielleicht ist das nur Wunschdenken.«

König Eltiraaz' Seufzer kam aus tiefstem Herzen. »Vielleicht. Ich glaube eine gewisse Aufrichtigkeit in Belli'mar Juraviels freundschaftlichen Worten zu spüren, trotzdem ist mir nicht ganz wohl dabei«, räumte König Eltiraaz ein. »Mit der Entscheidung, ihn und Brynn Dharielle ziehen zu lassen, bringe ich womöglich ganz Tymwyvenne in Gefahr.«

»Das tut Ihr bereits, indem Ihr Belli'mar Juraviel und Brynn Dharielle am Leben lasst«, entgegnete Cazzira. »Trotzdem rate ich Euch nicht, sie auf der Stelle umzubringen – übrigens auch sonst niemand. Mit der Entscheidung, Brynn ins Torf zu verbannen und Juraviel hinzurichten oder einzusperren, würdet Ihr schweigenden, vielleicht sogar offenen Widerspruch provozieren.«

»Von Eurer Seite?«

»Nein.«

Ihre Ehrlichkeit entlockte König Eltiraaz ein herzhaftes Lachen. Cazzira hatte kein Blatt vor den Mund genommen, und sogar Eltiraaz hatte das Gefühl, dass sie dem derzeitigen Verhalten gegenüber den beiden Fremden den Vorzug gab. Andererseits ließ sich die leidenschaftliche Cazzira in ihrer Klugheit nie von Mitgefühl blenden. »Ich bin trotzdem nicht bereit, offen auf Lady Dasslerond zuzugehen«, räumte er ein. »Ich bin noch nicht so weit, mich der Vergangenheit unserer beiden Völker zu stellen. Ich vertraue auf meinen ersten Eindruck von Belli'mar Juraviel und seiner jungen Begleiterin, aber mehr als ein erster Eindruck ist es nicht. Um die Alfar wieder zu vereinen, wird mehr als das nötig sein.«

Cazzira nickte bei jedem Wort; sie verstand ihren König nur zu gut. »Jedenfalls ist es vollkommen richtig, dass einer von uns Belli'mar Juraviel in den Süden begleiten sollte – und auch wieder zurück, falls er sich für diesen Weg entscheidet. Und ebenso richtig ist es, dass ich diejenige sein sollte. Schließlich habe ich die beiden zuerst gesehen.«

»Aber es war Lozan Duks Vorschlag, die beiden gefangen zu nehmen, statt sie zu töten«, erinnerte sie Eltiraaz.

»Qui'mielle Duk bekommt ein Kind«, spielte Cazzira ohne das geringste Zögern auf Lozan Duks Frau an, die in der Tat schwanger war – die erste Schwangerschaft in Tymwyvenne seit nahezu vierzig Jahren. »Lozan Duk sollte nicht gehen.«

König Eltiraaz blickte lange und durchdringend in Cazziras eisblaue Augen und versuchte auszuloten, wie entschlossen sie tatsächlich war.

Auf Cazziras Geheiß nahmen Juraviel und Brynn ihre Kapuzen ab und blinzelten in das gleißend helle Licht der spätsommerlichen Sonne. Obwohl Juraviel sich ursprünglich gegen einen längeren Aufenthalt ausgesprochen hatte, hatten sie mehrere Wochen in dem völlig sonnenlosen Tymwyvenne verbracht, sodass die strahlende Wärme ihnen jetzt wie die reinste Wohltat erschien.

Das Gefühl war so überwältigend, dass Juraviel eine ganze Weile brauchte, um zu merken, dass er, Cazzira und Brynn allein waren und der aus mehr als einem Dutzend Doc'alfar bestehende Trupp, der sie zur Stadt hinaus begleitet hatte, wie vom Erdboden verschwunden war.

Sie befanden sich in den Ausläufern des gewaltigen Gebirgsmassivs, waren den Bergen aber noch immer so nah, dass Juraviel sofort begriff, dass dieses Gebiet unmittelbar nördlich der Wasserscheide schon in wenigen Wochen, wenn die Sonne am südlichen Himmel tiefer stünde, bereits um diese Tageszeit im Schatten liegen würde.

»Wo sind wir?«, fragte Brynn. »Und wo sind Eure Begleiter?«

»Wir sind genau dort, wo Ihr Eurem eigenen Bekunden nach

hinwolltet«, antwortete Cazzira. »Oder zumindest ganz in der Nähe. Aber warum sollten die Tylwyn Doc Euch zum Pfad der sternenlosen Nacht begleiten wollen, einem Ort, den wir nur höchst ungern freiwillig aufsuchen?«

»Und warum seid Ihr dann hier?«

Juraviel sah Cazzira durchdringend an, als Brynn die Frage stellte, und versuchte ihre Gedanken zu ergründen. »Weil es Euer persönlicher Wunsch war, uns zu begleiten«, schloss er, und als sie nicht sofort widersprach, fuhr er fort: »Wir haben uns für diesen Weg entschieden, weil uns das Schicksal und die Not keine andere Wahl ließen. Es gibt keinen Grund –«

»Mein König ist sehr wohl der Meinung, dass es einen Grund gibt«, fiel Cazzira ihm ins Wort. »Ihr habt unaufgefordert unser Land betreten, Belli'mar Juraviel. Tut also bitte nicht so, als sei Eure Anwesenheit in Tymwyvenne für die Tylwyn Doc und die Tylwyn Tou vollkommen bedeutungslos. Diese Bedeutung mag sich nicht auf den ersten Blick erschließen, aber jetzt haben die beiden Völker wieder von der Existenz des jeweils anderen erfahren, und einmal geöffnet, kann diese Tür um nichts auf der Welt wieder geschlossen werden.«

»Es sei denn, ich komme unten im Süden oder auf dem Weg dorthin ums Leben.«

»Trotzdem wüssten wir noch immer von Eurer Existenz, von Caer'alfar und Andur'Blough Inninness, weshalb König Eltiraaz auch weitere Informationen einholen würde – ganz gemächlich und sobald die Zeit reif ist. Er würde Euch gern noch viele Monate, vielleicht sogar Jahre in Tymwyvenne behalten, um zu erfahren, was Ihr wirklich denkt, aber das kann er guten Gewissens – und gegen meinen ausdrücklichen Rat – natürlich nicht tun, schließlich müsst Ihr dringend in den Süden weiterreisen.«

»Wir sind König Eltiraaz für sein Verständnis sehr dankbar.«

»Und er möchte, dass Ihr ihm Eure Dankbarkeit mit Freundschaft vergeltet«, erwiderte Cazzira. »Er hofft, dass aus unserem zufälligen Zusammentreffen mehr entsteht – sehr viel mehr –, weshalb er seine Erkundung Eures Innenlebens fortsetzen muss, und zwar mit meiner Hilfe; ich diene ihm gewissermaßen als Augen und Ohren.«

»Und was ist mit mir?«, fragte Brynn; ihr Ton verriet, dass sie sich ein wenig ausgeschlossen fühlte.

»Ihr seid noch immer am Leben und unterwegs zu Eurem Ziel«, erwiderte Cazzira kühl, ohne auch nur die Augen von Juraviel abzuwenden. »Ihr solltet froh darüber sein, Brynn Dharielle, denn das ist mehr, als die meisten Menschen von sich behaupten können, die sich in das Land der Tylwyn Doc verirren!«

Brynn seufzte und hielt es für klüger, das Thema nicht weiter zu vertiefen.

»Dann werdet Ihr König Eltiraaz also bis zum Eingang des Pfades der sternenlosen Nacht als Augen und Ohren dienen?«, fragte Juraviel.

Cazzira lachte auf, drehte sich um und deutete mit ausgestrecktem Arm auf einen dunklen Schatten am Fuß eines nahen Felsvorsprungs. »Wir stehen bereits unmittelbar davor«, erklärte sie, während sie ihren Rucksack von den Schultern gleiten ließ. Sie entknotete die Schnur, öffnete ihn, entnahm ihm drei der bläulich weiß leuchtenden Fackeln und warf jedem ihrer Begleiter eine davon zu, während sie die dritte für sich selbst behielt. »Dort, wo Euer Weg sich fortsetzt, fängt meiner erst an.«

Cazzira machte Anstalten, auf die dunkle Öffnung zuzugehen, doch Juraviel packte sie beim Arm und hielt sie zurück. Sie drehte sich um, und die beiden starrten einander abermals in die Augen.

»Das ist nicht Eure Angelegenheit«, sagte Juraviel.

»Eure etwa?«

»Allerdings, und zwar, weil Lady Dasslerond es so entschieden hat.«

»Und es ist meine, weil König Eltiraaz es so entschieden hat«, erwiderte Cazzira. »Mag sein, dass die Tylwyn Doc in den Gedanken der Tylwyn Tou, in denen der To-gai-ru oder überhaupt aller Menschen keinen Platz haben. Davon abgesehen wissen wir nicht, ob wir Euch wirklich trauen können. Genau das haben wir vor herauszufinden. Wenn es nicht anders geht, betrachtet meine Anwesenheit als Preis für Eure Freiheit, gewissermaßen als Gegenleistung Eurerseits.«

Juraviel starrte Cazzira noch eine ganze Weile in die Augen, bevor er von ihr abließ und sich mit einem etwas hilflosen Lachen geschlagen gab. Wie hätte er ihre Begleitung auch ablehnen können, nach dem überwältigenden Vertrauen, das die Doc'alfar ihm und Brynn entgegengebracht hatten?

Gleichzeitig fragte sich ein anderer Teil von ihm, warum er den Wunsch, sie zurückzuweisen, überhaupt verspürte. Müsste es nicht viel angenehmer für ihn sein, von jemandem begleitet zu werden, der seine Sicht der Welt, die der Elfen, teilte? Brynn war eine vortreffliche Begleiterin, aber sie war ein Mensch und würde bald unter ihresgleichen und bis über beide Ohren in ihre Politik und ihre Verhältnisse verstrickt sein, und während dieser Übergangsphase wäre Juraviel gewiss kaum mehr als ein unbeteiligter Beobachter. Vielleicht wären diese Tage in Begleitung einer Person, die mehr mit ihm gemeinsam hatte, erheblich leichter zu ertragen.

Außerdem hatte Cazzira etwas überaus Anziehendes an sich, trotz ihres stets verdrießlichen Gesichts – oder vielleicht gerade deswegen. Ihre oft leidenschaftliche und aufbrausende Art erinnerte ihn an eine andere Frau aus früheren Zeiten, eine Touel'alfar namens Tuntun, mit der er damals sehr innig befreundet gewesen war. Sogar äußerlich ähnelte Cazzira ihr ein wenig.

»Dann übernehmt die Führung«, sagte er, was sie auch tat. Kurz darauf betraten Cazzira, Juraviel und Brynn einen schmalen unterirdischen Gang, der sich zu einer größeren und luftigen Höhle weitete. An der Rückwand der Höhle führten zwei Gänge tiefer ins Berginnere; Cazzira fasste beide kurz ins Auge, ehe sie sich schließlich mit einem Nicken für den Linken entschied.

Kurz darauf hatten sie das letzte Tageslicht hinter sich gelassen, und die drei betraten ein so undurchdringliches Dunkel, dass sie ohne die seltsamen Fackeln nicht einmal mehr die eigene Hand vor Augen hätten sehen können.

8. Eine Versuchung des Glaubens

»Das Kind wird bereits über ein voll entwickeltes Bewusstsein verfügen«, erklärte Yakim Douan seiner jüngsten Versammlung von Yatols, die meisten von ihnen aus der unmittelbar landeinwärts von Jacintha gelegenen Region. Der Chezru-Häuptling hatte die Einladungslisten für seine Treffen mit äußerstem Bedacht zusammengestellt und sehr ungleiche, oftmals gerade miteinander verfeindete Priester geladen, denn er wollte auf jeden Fall vermeiden, dass sich Geheimbünde bildeten, in denen es ausgerechnet während der Zeit seiner größten Verwundbarkeit zu gären begann. Aus diesem Grund brachte er bei den kleinen Versammlungen, anlässlich derer er gewöhnlich seine traditionelle »Transzendenz-Ansprache« hielt, gegnerische Yatols wie Peridan und De Hamman zusammen, die einander niemals weit genug über den Weg trauen würden, um sich zu einem umstürzlerischen Bündnis zusammenzutun.

»Aber was bedeutet das denn nun wirklich, Stimme Gottes?«, fragte Yatol Bohl, Oberhaupt einer Gemeinde in der großen Oase Dahdah, neun Tagesreisen westlich von Jacintha. »Wird das Kind bereits Wörter oder gar schon ganze Sätze sprechen können?«

Yakim musterte Bohl sorgfältig. Mit seinen dreißig Jahren gehörte er zu den jüngsten und ganz gewiss zu den körperlich kräftigsten Yatol-Priestern. Er regierte Dahdah mit eiserner Hand und verlangte von jeder Karawane, die von Westen her nach Jacintha zog – oder von der Hauptstadt in die umgekehrte Richtung –, für Unterkunft und Verpflegung einen geradezu unverschämten Wegezoll. Yatol Grysh hatte bei dem unvermeidlichen Halt auf seinem Rückweg nach Dharyan mit Sicherheit tief in die Tasche greifen müssen.

»Ein voll entwickeltes Bewusstsein«, wiederholte Yakim. »Das Kind, obschon kaum älter als ein Jahr, wird sich ebenso fließend ausdrücken können wie Ihr oder ich. Das Kind wird mit unseren Sitten und Gebräuchen vertraut sein, es wird über mich, seinen Vorgänger, Bescheid wissen, und es wird wissen, welches Schicksal ihm bestimmt ist.«

»Eine einfache Bauersfrau, die darauf aus ist, ihrer Familie eine höhere gesellschaftliche Stellung zu verschaffen, könnte doch gewiss –«

»Das Kind wird weit mehr über Yatol und die Chezru-Religion wissen, als ein Bauer auch nur zu ahnen vermag«, fiel Yakim dem stets verdrießlichen Bohl ins Wort. »Ihr werdet sehen, Ihr werdet verstehen, und Ihr werdet glauben.«

»Haltet mich bitte nicht für einen Zweifler, Stimme Gottes«, erwiderte Yatol Bohl mit ausgebreiteten Händen, einer Geste reinster Unschuld.

Yakim Douan fand die Gebärde schlicht lächerlich. Er wusste natürlich ganz genau, dass Bohl und alle anderen, abgesehen vielleicht von den allerfrömmsten wie diesem armen Trottel Merwan Ma, schwerwiegende Bedenken bezüglich der Prozedur der Transzendenz hegten, der symbolischen Machtübergabe an den nachfolgenden Chezru-Häuptling. Natürlich hatten sie die – wie auch nicht? Zu glauben, dass ein kleines Kind – ein Neugeborenes – erscheinen würde, fließender Sprache mächtig und im Besitz sämtlicher Geheimnisse der weisesten Priester ihrer Religion, war eine Glaubensprüfung, eine Überforderung jeglicher Vernunft, und widersprach jeder Lebenserfahrung.

Wie gut konnte Yakim Douan diese Zweifel nachempfinden! Er erinnerte sich noch sehr gut an die Zeit vor vielen hundert Jahren, als er zum ersten Mal von der Prozedur der Transzendenz erfahren hatte. Da wurden die Dinge noch ganz anders gehandhabt, denn es war nicht etwa der Chezru-Häuptling selbst, der diese Rede hielt. Nein, damals starb der Chezru-Häuptling oft ganz unerwartet, woraufhin die Führer der Chezru-Religion die Suche in Gang setzten.

Damals, vor all den Jahrhunderten, als er noch selbst an der Suche teilgenommen hatte, war Yakim Douan nur unwesentlich älter gewesen als Bohl jetzt. Er erinnerte sich noch sehr gut, wie ihn der Gedanke, schon bald Zeuge eines Wunders zu werden, mit Ungeduld und einer geradezu überschäumenden Freude erfüllt hatte; er hatte darin eine Bestätigung seines Glaubens gesehen, nach der sich jeder sehnt, ob er es nun zugibt oder nicht. Wenig später hatte man das gesegnete Kind gefunden, und Yakim Douan war voller Vorfreude und in Erwartung äußerster Glückseligkeit eingetreten, um das Wunderkind in Augenschein zu nehmen.

Vorgefunden hatte er einen Säugling – nicht etwa einen gesegneten Säugling oder ein Yatols Wort verkündendes Wunderkind, sondern ein ganz normales Baby.

Die Oberhäupter der Chezru, deren Namen ihm längst entfallen waren, hatten ihm und den anderen Yatols damals von den »Wundern« berichtet, die sie das Kind hatten vollbringen sehen, von den Worten, die sie diesen plappernden Säugling hatten sprechen hören, und nicht wenige der anderen Yatols hatten diese Erklärung als hinreichenden Beweis dafür akzeptiert, dass dies tatsächlich das ersehnte Wunderkind war, die neue Stimme des Gottes Yatol.

Aber Yakim Douan hatte sich nicht täuschen lassen. Instinktiv hatte er begriffen, dass dieser Säugling nichts weiter war als eine Marionette, mit deren Hilfe sich die Oberhäupter der Yatol-Priester die Herrschaft über die Religion und damit über ganz Behren bis ans Ende ihrer Tage sichern konnten.

Er hatte es einfach gewusst.

Deshalb waren ihm auch die Zweifel und Ängste, die Yatols wie Bohl jetzt, in der Zeit der nahenden Krise, gewiss verspürten, nur zu geläufig. Wenn es ihm gelänge, sie lange genug auf die Folter zu spannen und sie bis nach der Geburt in Schach zu halten, bis der unumstößliche Beweis sichtbar vor ihnen lag, dass ihr Glaube begründet und dieses auserwählte Kind tatsächlich die Stimme Gottes war, dann könnten Männer wie Bohl für seine nächste Inkarnation zu sehr wertvollen Verbündeten werden.

»Als ich auserwählt wurde, wusste ich genauso viel über die Wahrheit Yatols wie heute«, erklärte er der versammelten Priesterschar. »Ich konnte die Verse der Schicklichkeit ebenso gut aufsagen wie jetzt ...« Er lachte kurz auf. »Nein, sogar besser, denn mein körperlicher Verfall hatte noch nicht eingesetzt, und mein Erinnerungsvermögen pflegte noch nicht auszusetzen, wie es das jetzt gelegentlich tut.«

Die für den Chezru-Häuptling völlig untypischen Anwandlungen von Humor verleiteten die versammelten zehn Yatols zu amüsiertem Gelächter – mit Ausnahme Yatol Bohls, der dasaß, Douan mit seinen Blicken durchbohrte und sich offenkundig ein sehr genaues Bild von ihm zu machen versuchte.

Yakim widerstand der Versuchung, ihn wegen dieses Blicks zu rügen, und beschränkte sich darauf, ihn entwaffnend anzulächeln.

»Als Menschen und vernunftbegabte Wesen habt Ihr selbstverständlich Zweifel«, fuhr er fort, und als sich daraufhin ein allgemeines Gemurmel des Protests erhob, wandte Yakim nur den Blick ab und hob abwehrend die Hände. »Eine vollkommen verständliche Reaktion, meine Lieben, denn der Glaube lässt sich mit Vernunft nicht fassen. Wer von Euch hier hat das Paradies im künftigen Leben gesehen?« Er wartete einen Augenblick, um den versammelten Yatols Gelegenheit zu geben, einander fragend anzusehen. »Nein, die Seele kann man weder sehen noch hören. In Eurem gegenwärtigen Seinszustand bleibt Euch nach dem Tod nur eine leere, leblose Hülle, weshalb Euch die Vernunft sagt, dass der Tod das Ende allen Bewusstseins ist.

Aber ich weiß es besser, und ich sage Euch, diese Phase der Transzendenz wird auch Euch die Augen dafür öffnen, dass sich hinter dieser Existenz mehr verbirgt, als uns die Sinne unseres Körpers offenbaren können. Wenn Ihr die wiedergeborene Stimme Gottes vor Euch seht, wenn Ihr sie die Worte der Wahrheit sprechen hört, werdet Ihr verstehen, und Ihr werdet zufrieden sein.

Fürchtet die Zweifel nicht, die Euch beschäftigen«, fuhr Yakim fort, bemüht, die leidenschaftliche Schärfe seiner Stimme aufrechtzuerhalten und nicht in den üblichen Vortragston dieser Ansprache zu verfallen, die er über die Jahrhunderte schon so oft gehalten hatte. »Fürchtet nicht, enttäuscht zu werden, und fürchtet nicht, Eure Zweifel könnten Euch Yatol gegenüber irgendwie als weniger treu brandmarken. Zu zweifeln und in Frage zu stellen ist Eure Pflicht! Wie könntet Ihr sonst sicher sein, das richtige Kind erwählt zu haben? Hinterfragt und bezweifelt alles! Wenn Ihr aber die neue Stimme Gottes gefunden habt, werden Euch die Fragen im Halse stecken bleiben, und die Zweifel werden so restlos ausgeräumt sein, dass nichts zurückbleibt als Verwirrung darüber, dass Ihr sie jemals hattet. Dann erst, meine Freunde, werdet Ihr den wahren Frieden kennen lernen, denn in diesem Moment werdet Ihr Euren Glauben in seiner ganzen Wahrhaftigkeit begreifen. Zeuge eines Wunders zu werden nimmt einem die Angst vor dem Tod. Schaut Euch doch die wenigen Yatols an, die sich noch an die letzte Phase der Transzendenz erinnern! Seht die Zufriedenheit in ihren Augen, meine Freunde, und seid frohen Mutes, dass auch Ihr eines Tages in den Genuss dieser höchsten Freude kommen werdet.«

Es war nicht einmal gelogen. Nur drei Yatols lebten noch, die sich noch an die letzte Phase der Transzendenz erinnerten, als man Yakim Douan als nächste Stimme des Gottes Yatol identifiziert hatte, und diese drei galten als die glücklichsten aller Yatol-Priester. Glücklich deswegen, weil sie Zeugen eines Wunders geworden waren und wussten, dass der Himmel sie erwartete, glücklich, weil sie den Wert ihres Lebens im Dienste Yatols erkannt hatten.

Und weil Yakim Douan sie nach Strich und Faden hinters Licht geführt hatte.

Als sich die Versammlung wenig später auflöste, verließen die meisten Yatols den Audienzsaal mit einem glücklichen Lächeln auf den Lippen und vertieft in angeregte Unterhaltung über die bevorstehende Phase der Transzendenz – mit zwei bemerkenswerten Ausnahmen, die Yakim Douans Blick und Aufmerksamkeit auf sich zogen, als dieser der nach draußen strömenden Schar nachschaute. Merwan Ma hatte sich im Schatten neben dem Podium niedergelassen und betrachtete ihn mit entgeisterter Miene. Yakims erwarteter und herbeigesehnter Tod beunruhigte ihn zutiefst, das wusste der Chezru-Häuptling, ebenso wie sein Unvermögen, diese Tatsache zu akzeptieren und die daraus folgende Angst und Traurigkeit über den Verlust eines Mannes zu überwinden, den er als seinen Mentor und als Freund betrachtete.

Seine Einstellung und Ängste bereiteten Yakim Douan aber keine ernsthaften Sorgen, denn er wusste, Merwan Ma würde geradezu entzückt sein, sobald die neue Stimme Gottes erst gefunden war. In diesem Augenblick beschloss der Chezru-Häuptling, dem armen Merwan Ma in einer seiner ersten mündlichen Offenbarungen kundzutun, dass er ihm immer noch zur Seite stand, über ihn wachte und es ihn mit Stolz erfüllte, dass sein Schüler seine überaus wichtigen Pflichten so hervorragend versah.

Die zweite Ausnahme im allgemeinen Freudentaumel bereitete Yakim Douan erheblich größere Sorge, denn Yatol Bohl verließ den Audienzsaal weder lächelnd noch in ein angeregtes Gespräch vertieft. Sein Gesicht wirkte finster und verschlossen und war zu einer Maske tiefster Nachdenklichkeit erstarrt.

Der Mann könnte sich als gefährlich entpuppen, das wusste Yakim Douan. Er war jung und willensstark, voller Eifer und Ungeduld, und obendrein noch ehrgeizig – zu ehrgeizig vielleicht, um ein Kind als geistiges Oberhaupt zu akzeptieren. Die einzige echte Sorge, die Yakim Douan durch all die Jahrhunderte verfolgte, war die Schwäche echter Spiritualität gegenüber menschlichen Gefühlen. Dem Aufstieg eines Yatol-Priesters waren, ganz egal wie fromm oder heldenhaft er in den Augen der Kirche auch sein mochte, stets Grenzen gesetzt; niemals konnte er höher steigen als bis ins zweite Glied der Hierarchie. Wenn Bohl das auserwählte Kind vor sich sah, die Stimme Gottes, die ihm die Lehren Yatols ebenso gut aufzählen konnte wie jeder hochgebildete Priester, würde er gewiss überzeugt sein und seinen irdischen Begierden und menschlichen Schwächen abschwören.

Aber würde Yatol Bohl die nötige Geduld aufbringen? Würde er die nahezu zwei Jahre warten, die es dauerte, den neuen Chezru nach Yakim Douans Tod auch nur zu finden? Oder schmiedete er bereits ein Komplott mit dem Ziel, auf viel direkterem Weg ein neues Oberhaupt der Yatols einzusetzen?

Ein durchtriebenes Lächeln erschien auf Yakim Douans Gesicht. Die gleiche Magie, die ihm den Schwindel der Transzendenz ermöglichte, würde ihm bald nützliche Informationen liefern.

»Wir sollen jahrelang warten, nur um am Ende enttäuscht zu werden?«, fragte Yatol Bohl ungläubig seinen Gast, Yatol

Thei'a'hu. »Ihr könnt dieses Gewäsch über einen des Sprechens unfähigen Säugling doch unmöglich glauben.«

»Chezru-Häuptling Douan hat uns gebeten, auf unseren Glauben zu vertrauen, und was wäre Glaube ohne Vertrauen?«, erwiderte der andere Yatol, der mehr als ein Jahrzehnt älter war als Bohl und der mit seinen müden Augen, dem arg zur Kahlheit neigenden Schädel und seinem unablässig zitternden Kiefer – eine Krankheit, die er sich vor vielen Jahren zugezogen hatte – ausgemergelt und erschöpft wirkte. »Wie sollen wir an das Paradies glauben, wenn wir es nicht einmal schaffen, an dieses vergleichsweise unbedeutende Wunder zu glauben?«

»Unbedeutend?«, wiederholte Bohl mit derselben unnachgiebigen Skepsis in der Stimme. »Ein Säugling, der die Lehren Yatols herunterbetet? Ein Säugling? Habt Ihr je auch nur einen Säugling erlebt, der in vollständigen Sätzen gesprochen hätte, ganz zu schweigen so, dass es irgendeinen Sinn ergab?«

»Ganz recht, unbedeutend«, beharrte Thei'a'hu. »Wenn Yatol das Paradies erschaffen und den Tod überwinden kann, wie könnt Ihr dann daran zweifeln?«

Bohl lehnte sich in seinem bequemen Sessel zurück, einem vergleichsweise unförmigen, voll gestopften Sack, und nahm einen tiefen Zug aus dem Schlauch, der zu einem mit Wasser gefüllten Zylinder neben ihm führte. »Aber Ihr zweifelt doch selbst daran, trotz all der Argumente, die Ihr anführt. Warum, mein Freund, wärt Ihr sonst hier?«

Yatol Thei'a'hu ließ sich in seinem formlosen Sessel in ähnlicher Manier nach hinten sinken und betrachtete sein Gegenüber. Bohls Worte entsprachen durchaus der Wahrheit, wie er sich eingestehen musste. Er hatte kein gutes Gefühl bei der bevorstehenden Phase der Transzendenz, und das war seinem Gesicht und seiner Körperhaltung deutlich anzusehen. In Wahrheit hatte Thei'a'hu Yakim Douan nie sonderlich gemocht; insgeheim war er oft anderer Meinung gewesen als er. Obwohl er die unangefochtene Führerschaft des Chezru-

Häuptlings akzeptierte und Douans Anordnungen buchstabengetreu befolgte, hatte Douan mehrfach überaus schädliche Entscheidungen gefällt, die Thei'a'hus zwei Wochenreisen südwestlich von Jacintha gelegene Provinz Eh'thu betrafen. Zehn Jahre zuvor hatte Douan das am weitesten nördlich gelegene Gebiet von Thei'a'hus Provinz einfach abgetrennt und Yatol Presh übereignet, der mit den Nomaden der Tossionas-Wüste umherzog, um die oft unbequemen Nomadenkrieger auf diese Weise sesshaft zu machen. Dem Schachzug war nur mäßiger Erfolg beschieden gewesen, denn die Tossionas-Nomaden machten weiterhin genauso viel Ärger wie zuvor, Thei'a'hu aber hatte die Verschiebung der Provinzgrenzen eine wichtige Oase gekostet. Trotz seines ansonsten unerschütterlichen Glaubens hielt es Yatol Thei'a'hu für ziemlich unglaubhaft, dass Douans Entscheidung auf einer göttlichen Eingebung beruhte – denn wie hätte Yatol ein so offensichtlicher Fehler unterlaufen sollen? Dies war das schmerzlichste Beispiel, es gab aber auch noch andere, die an der Vernunft des ansonsten recht einsichtigen Thei'a'hu nagten.

»Jahrhundertelang haben wir uns in die Transzendenz Yatols gefügt«, begann Thei'a'hu. »Mit dem Tod des Chezru beginnt die Suche nach der nächsten Stimme Gottes, und diese Stimme Gottes wird durch das Wunder frühreifen Wissens und Sprechvermögens identifiziert. So ist es bei uns Brauch, weshalb Chezru Douan uns auch auf die nächste Transzendenz vorbereitet. Was sollen wir Eurer Ansicht nach tun, Yatol Bohl? Sollen wir uns den Titel selbst aneignen? Glaubt Ihr wirklich, die übrigen zweihundert Yatols von Behren würden einer religiösen Palastrevolte tatenlos zusehen?«

»Ich habe nichts dergleichen vorgeschlagen!«, erwiderte Bohl scharf.

»Was also dann?«

»Wir müssen aufmerksam und wachsam sein«, erklärte der junge Yatol voller Leidenschaft. »Und die Suche unbemerkt selbst in die Hand nehmen, bis wir ein Kind gefunden haben, das unseren Bedürfnissen und Wünschen wohlwollend gegenübersteht.«

»Glaubt Ihr im Ernst, so etwas bei einem Säugling erkennen zu können? Glaubt Ihr, Ihr könnt ein Kind auftreiben, das von den anderen Yatols akzeptiert wird, obwohl es nicht in der von Chezru Douan angekündigten Weise spricht?«

»Glaubt Ihr denn, ein solches Kind, unverkennbar die Stimme Gottes, existiert tatsächlich, das im Stande wäre, die Lehren Yatols ebenso flüssig aufzusagen wie unser derzeitiger Chezru-Häuptling?«

Die unverblümten und fast schon an Ketzerei grenzenden Erklärungen Yatol Bohls bewogen Thei'a'hu, noch tiefer in seinem Sessel zu versinken. Genau das war ja wohl die Frage. Entweder sie glaubten daran, dass ein solches Geschöpf mitten unter ihnen geboren werden würde, und zwar buchstäblich so, wie von Chezru Douan angekündigt, oder eben nicht. Und wenn nicht, dann täten sie vermutlich gut daran, ein Kind ausfindig zu machen, dessen Mutter Bohl und Thei'a'hu wohl gesonnen war.

»Falls ein solches Kind gefunden wird, mein Freund, sollten wir vielleicht von unserer Suche Abstand nehmen und uns den anderen anschließen«, fuhr Bohl fort. »Und falls nicht, was hätten wir dann verloren?«

»Sollten wir tatsächlich ein intelligentes und geeignetes Kind finden, bleibt immer noch das Problem, dass Chezru Douan Merwan Ma als Mentor für das Kind ausersehen hat«, erinnerte ihn Yatol Thei'a'hu. »Es wird in allererster Linie Merwan Ma sein, der maßgeblichen Anteil an der Formung des nächsten Chezru hat, und sein Denken und Empfinden dürfte dem von Douan ziemlich ähnlich sein, sonst wäre er wohl kaum auserwählt worden. Und dieses Empfinden steht Eh'thu gewiss nicht gerade wohlwollend gegenüber.«

»Merwan Ma ist ohne jede Bedeutung«, betonte Yatol Bohl.

»Er wird in der Zukunft nur eine untergeordnete Rolle spielen.«

»Nicht, wenn es nach Chezru Douan geht.«

»Der zu diesem Zeitpunkt längst tot und begraben sein wird«, erinnerte ihn sein Gegenüber.

Die unverhüllte Drohung ließ Yatol Thei'a'hus Augen zu schmalen Schlitzen werden, zumal Bohls Tonfall keinen Zweifel daran ließ, dass er überzeugt war, Merwan Ma bei Bedarf jederzeit ausschalten zu können, und auch nicht zögern würde, es zu tun.

Yakim Douan verfolgte dies alles mit nicht unbeträchtlichem Vergnügen, denn er befand sich ebenfalls in jenem verschwiegenen Zimmer im luxuriösen Viertel im Norden Jacinthas. Nicht körperlich – körperlich befand sich Yakim Douan in Chom Deiru, dem Palast des Chezru in Jacintha, und dort in seinem Meditationssaal, wo niemand es wagen würde, ihn bei seiner persönlichen Vereinigung mit Yatol zu stören. Sie ahnten nicht einmal, dass seine eigentliche Vereinigung an diesem Tag, wie an so vielen anderen, einem bestimmten Hämatit galt, einem magischen Seelenstein. Dessen Magie erlaubte es Yakim, seinen Körper zu verlassen, seinen Geist lautlos durch die Straßen streifen zu lassen und diesem unangenehmen Yatol Bohl bis in sein provisorisches Quartier im Norden der Stadt zu folgen.

Wie praktisch, dass sich Bohl ausgerechnet diesen Tag ausgesucht hatte, den Tag der Transzendenz-Ansprache, um seine ruchlose Intrige mit Yatol Thei'a'hu voranzutreiben.

Es betrübte Yakim Douan, dass Thei'a'hu an Bohls Verschwörung beteiligt war. Im Grunde hatte er den Mann immer gemocht, und obwohl ihm natürlich bekannt war, dass Thei'a'hu wegen des Verlustes seiner nördlichen Gebiete einen gewissen Groll gegen ihn hegte, hätte Yakim nie geglaubt, dass sein damaliger Entschluss den Mann so weit in die Arme des gefährlichen Bohl treiben würde.

Bohls letzte Bemerkung, seine Andeutung, Merwan Ma könne ausgeschaltet werden, hatte ihn dagegen nicht im Mindesten überrascht. Er verstand Bohl nur zu gut, war er doch über die Jahrhunderte vielen ähnlich ungeduldigen und glaubensschwachen Männern begegnet. Im Grunde war er sogar selbst einer von ihnen.

Wie hätte er auch nicht gewisse Sympathien für Bohl empfinden sollen? Der Mann, offenkundig nicht überzeugt von der Idee des Yatol-Paradieses, handelte einfach ganz pragmatisch, genau wie der desillusionierte Yakim Douan all die Jahrhunderte zuvor pragmatisch gehandelt hatte, als er hinter das Geheimnis seiner Unsterblichkeit gekommen war, eine Entdeckung, die ihm nur logisch erschien.

Hätte er sich in diesem Augenblick in seinem Körper befunden, er hätte sich mit einem Seufzer verraten. Während er Bohl betrachtete, so unverkennbar eine jüngere Ausgabe seiner eigenen ersten Inkarnation, ging Yakim Douan nicht zum ersten, ja nicht einmal zum hundertsten Mal durch den Kopf, dass er die Macht besäße, auch anderen wahre Unsterblichkeit zu verleihen, vielleicht nur einigen wenigen Auserwählten, Freunden oder Liebhaberinnen, die sich an seiner Seite durch die Jahrhunderte treiben lassen konnten. Dabei führte er nicht unbedingt ein einsames Dasein, denn in jeder Inkarnation als Chezru-Häuptling konnte er sich mit Freunden umgeben, und an der sinnenfrohen Gesellschaft zahlloser Frauen mangelte es dem Chezru-Häuptling ohnehin nicht.

Aber was für ein Gefühl mochte es sein, mit jemandem gemeinsam die Jahrhunderte zu durchwandern? Mit Bohl vielleicht oder mit Merwan Ma?

Wie stets war das ein nur flüchtiger Gedanke. Ein solcher Lebenswandel barg zweifellos gewaltige Risiken. Ein Begleiter, der die Wahrheit über den Hämatit und die Transzendenz kannte, könnte sich einem Freund offenbaren oder gar auf die Idee kommen, sich zu verlieben und eine weitere Person auf die Wanderschaft durch die Jahrhunderte mitzunehmen. Oder noch schlimmer, er könnte den Ehrgeiz entwickeln, selbst Stimme Gottes zu werden, und würde damit Yakim Douans Stellung gefährden, die er sicher nicht bereit war preiszugeben.

Wen könnte Yakim Douan denn schon überreden, ihn auf seiner ewigen Reise zu begleiten, wenn nicht einen pragmatisch denkenden, nicht übermäßig spirituellen Menschen? Nur jemand wie er selbst in jungen Jahren oder eben Bohl, ein Mann, der tiefste Zweifel an Yatol hegte, würde überhaupt den Wunsch nach einer solchen Reise verspüren, und einem solchen Mann, das wusste Yakim Douan aus eigener Erfahrung, konnte man nicht wirklich trauen. Ein Mann, der nicht aufrichtig an das Paradies glaubte und der Yatol daher nicht wirklich fürchtete, würde stets versuchen, sich bereits in diesem Leben sein Paradies zu schaffen.

Um welchen Preis auch immer.

Wäre er dort gewesen, hätte sein Körper abermals geseufzt, als Yakim Douan klar wurde, was er zu tun hatte, um diese neueste Bedrohung in Gestalt Yatol Bohls auszuschalten.

Und natürlich auch Yatol Thei'a'hu, wie ihm jetzt ebenfalls klar wurde.

Wie ließe sich das vollbringen, ohne eine Spaltung der gesamten Kirche zu bewirken, eine Erschütterung, die sie bis in die Fundamente erzittern ließe, für deren Errichtung er so hart gekämpft hatte? Ginge es nur um einen einzelnen Mann oder eine einzelne Karawane, könnte er seinen Chezru-Lei-Kriegern den Befehl geben, als Banditen verkleidet auszurücken. Selbst wenn ein Überlebender der Karawane die großartigen Krieger wiedererkennen sollte, würde niemand einem einfachen Soldaten des Geleitschutzes Glauben schenken. Aber zwei Yatol-Priester und zwei Karawanen?

Die Sache musste mit größter Sorgfalt und viel Zeit vorbereitet werden.

Viel Zeit. Verzweifelt biss Yakim Douan sich auf die Lippe, als er nach seiner Rückkehr in den Palast in seine körperliche Hülle zurückschlüpfte. Er verspürte nicht die geringste Lust, die Lösung seines jüngsten Problems aufzuschieben und die kommenden Wochen oder sogar Monate mit der Beseitigung dieser verdienstvollen Yatols zu verbringen und anschließend die Ergebnisse abzuwarten.

»Aber wie könnte …«, setzte er an, hielt dann aber unvermittelt inne, als sein Mund sich zu einem bösartigen Grinsen verzog.

Umgehend kehrte er wieder in seine geistige Gestalt zurück, stürzte durch die Pforte des Hämatits und schwebte anschließend quer über die Stadt zu dem Haus, das Yatol Thei'a'hu bewohnte. Er fand den Mann in einem Wannenbad liegend vor, umgeben von hübschen, spärlich bekleideten jungen Dienern beiderlei Geschlechts. Yakim betrachtete die Szene mit einer Mischung aus Mitleid und Amüsement. Es war allgemein bekannt, dass Thei'a'hu seine Fähigkeit zu sexueller Betätigung längst eingebüßt hatte, daher hatte das Gerücht die Runde gemacht, er käme nur noch durch die Lust anderer auf seine Kosten.

Der arme Kerl.

Ohne die den Yatol Umstehenden weiter zu beachten, schwebte Yakim Douans Geist direkt auf den Liegenden zu und schlüpfte in dessen Körper.

Yatol Thei'a'hu riss die Augen auf und gab ein Kreischen von sich, das alle im Raum Anwesenden veranlasste, sich zu ihm umzudrehen. Einige der Zuschauer machten Anstalten, ihm zu Hilfe zu eilen, nur um gleich darauf mit erschrocken aufgerissenen Augen zurückzuweichen, als Thei'a'hu in seiner Wanne um sich zu schlagen und das Seifenwasser im ganzen Raum zu verspritzen begann.

Sein Mund klappte auf und verzog sich, als versuchte er irgendwelche Worte oder Hilferufe auszustoßen. Was er auch tat, nur hatte er jede Kontrolle über seinen Körper verloren, da

Yakim Douan ihm diesen streitig machte und mittlerweile zwei Seelen und zwei Willen um die Kontrolle über seinen Körper rangen. Muskeln verhärteten und verdrehten sich aufgrund der widersprüchlichen Impulse. Seine Lippen quollen hervor, sein verzerrter Mund biss wahllos auf Lippen und Zunge.

Weißt du, wer ich bin, Yatol Thei'a'hu?, herrschte ihn Yakim Douans Geist telepathisch an.

Der Körper stellte sein Hin- und Hergewerfe ein und verharrte vollkommen reglos in den Resten des Badewassers.

Sieh mich an!, fuhr Yakim Douan fort. *Frag dein Gewissen, wer dir einen Besuch abstattet!*

Chezru-Häuptling Douan?, erkundigte sich Yatol Thei'a'hus Verstand stumm.

Das ist nur eine von unzähligen Inkarnationen, kam die quälend dunkle Antwort.

Die anderen im Raum Anwesenden, einige hatten gerade wieder genug Mut gefasst, um sich dem Mann erneut zu nähern, fuhren erschrocken zurück, als Yatol Thei'a'hus Körper vor Überraschung zuckte.

Yatol! Yatol! Yatol!, kreischte Yatol Thei'a'hus Verstand.

Ihr seid ein Ungläubiger!, beschuldigte ihn Yakim Douan. *Ihr enttäuscht mich, Yatol Thei'a'hu. Ihr macht gemeinsame Sache mit Ketzern, die die Existenz Yatols in Abrede stellen!*

Als Yatol Thei'a'hu daraufhin, physisch wie auch telepathisch, unablässig um Gnade zu flehen begann, war sein Gewinsel unterlegt von einem leisen Wimmern.

Nehmt Euren Frevel zurück, Yatol Thei'a'hu. Noch heute Abend! Sofort! Ihr bekommt nur diese eine Chance, wenn Ihr jemals wieder den Weg ins Paradies betreten wollt! Zu guter Letzt führte er ihm noch einmal in aller Deutlichkeit vor Augen, was er zu tun hatte, dann verließ Yakim Douan Thei'a'hus leibliche Hülle und schwebte als Geist unter die Decke, um das weitere Geschehen zu verfolgen. Trotz seiner Unsichtbarkeit und obwohl er keinen Laut von sich gab, schienen die anderen im Raum Anwesenden den Geist oder doch zumindest irgendetwas zu spüren. Der Anblick ihrer verwirrten und verängstigten Mienen amüsierte ihn, es machte ihm Spaß zu sehen, wie sich ihre Nackenhaare sträubten und die Frauen die Arme um den Körper schlangen, als sei ihnen auf einmal kalt. Der Chezru-Häuptling machte sich einen Spaß daraus, noch einmal mitten unter sie zu fahren, ein eisiger, gespenstischer Hauch, der ihre Angst noch vergrößerte. Mehr als ein Bediensteter stürzte schreiend aus dem Raum.

Dabei hatte das eigentliche Schauspiel noch nicht einmal begonnen, also schaute er weiter zu und amüsierte sich köstlich, als Yatol Thei'a'hu dem Bad entstieg und jeden zur Seite stieß, der ihm zu Hilfe eilen oder ihm wenigstens einen Bademantel um seine nackten Schultern zu legen versuchte.

Als er schließlich das Haus verließ, hatte er sich, mehr als Schutz gegen die Kälte denn aus Schamgefühl, zumindest in eine Decke gehüllt. Keiner, der ihn sah, Yakim Douans Geist eingeschlossen, hatte auch nur den geringsten Zweifel, dass ihn plötzlich eine Besessenheit ergriffen hatte und er nur noch einen einzigen Gedanken kannte.

Praktischerweise verhüllte die Decke auch jenen Gegenstand, den Yatol Thei'a'hu benötigen würde, um wieder auf den Pfad ins Paradies zurückzufinden.

Man hatte sämtliche Yatols, die auf Besuch in der Stadt weilten, im selben Viertel untergebracht, sodass Thei'a'hu nicht weit zu gehen brauchte, um bis zu Yatol Bohls Haus zu gelangen; dort angekommen, stieß er die beiden Soldaten, die vor der Tür Wache standen, brüsk zur Seite und hämmerte geräuschvoll an die Tür. Als sie von einem weiteren Soldaten geöffnet wurde, vergeudete Yatol Thei'a'hu keine Zeit mit umständlichen Erklärungen, sondern bahnte sich, lautstark nach Yatol Bohl verlangend, gewaltsam einen Weg ins Haus.

Als dieser wenige Augenblicke später die geschwungene

Treppe im hinteren Bereich der Eingangshalle herunterkam, war er noch immer exakt so gekleidet wie drei Stunden zuvor, als Yatol Thei'a'hu ihn verlassen hatte.

»Thei'a'hu«, rief er, sichtlich verblüfft über das Erscheinen des Mannes. »Was gibt es denn?«

Thei'a'hu stürmte auf Bohl zu, der die Arme ausbreitete, einen ungläubigen Ausdruck im Gesicht.

Ungläubigkeit schlug um in fassungsloses Entsetzen, als Thei'a'hu ihm sein Messer in den Leib rammte.

»Ketzer! Ungläubiger!«, kreischte Thei'a'hu, während er ein ums andere Mal mit der unbändigen Kraft eines Besessenen und der Entschiedenheit eines Mannes zustieß, der überzeugt war, dass sein Seelenheil auf dem Spiel stand.

Als Bohls völlig verdutzte Soldaten den Eindringling endlich überwältigen konnten, lag Yatol Bohl bereits zusammengekrümmt auf dem Boden, in einer immer größer werdenden Blutlache, die schon mehr als die Hälfte der Eingangshalle bedeckte.

All dies beobachtete Yakim Douans Geist von seinem Platz über der Eingangstür aus; er genoss das Schauspiel sehr, trotz eines milden Bedauerns. Bei näherer Betrachtung aber überkam ihn wegen seines Voyeurismus ein leichtes Schuldgefühl; er fragte sich, ob er wirklich besser war als Thei'a'hu, der nur beim Zusehen Lust verspürte.

Aber all das war ganz unerheblich, entschied er und zog sich wieder in seine körperliche Hülle zurück. Er musste sich vorbereiten, denn schon bald würde man ihm Yatol Thei'a'hu vorführen, der sich für sein Verbrechen würde verantworten müssen.

Yakim Douan beschloss, die Angelegenheit überaus taktvoll und unter größtmöglicher Nichtbeachtung aller Personen in seiner unmittelbaren Umgebung anzugehen. Er würde sich Thei'a'hus Geschichte anhören und sich anschließend kurz mit seinen Yatols zur Beratung zurückziehen; dann würde er zurückkehren und Thei'a'hu zum Helden Yatols ausrufen.

Der alte Chezru-Häuptling schmunzelte noch immer amüsiert über die köstliche Ironie der Geschichte, als Merwan Ma in sein Meditationszimmer stürmte, um ihm mitzuteilen, er werde umgehend im Audienzsaal gebraucht.

9. Bedrückende Einsamkeit

Die Finsternis auf dem Pfad der sternenlosen Nacht stellte alles in den Schatten, was Brynn bisher erlebt hatte, sogar die Dunkelheit in der Torfhöhle. Nach einer Weile jedoch begann sich auf dem Weg durch die unterirdischen Gänge und während des Abstiegs unter das Gebirge eine zweite Facette dieser Dunkelheit abzuzeichnen, ein nur schwer fassbares Gefühl so intensiver Stille, dass Brynn die Ohren klangen und sie auf sich selbst zurückgeworfen wurde. Sie versuchte, an das vor ihr liegende Ziel zu denken, versuchte, Kraft und Entschlossenheit aus der Erkenntnis zu schöpfen, dass dieser düstere Pfad das Ende ihrer Rückkehr in die Heimat markierte; sobald sie den Pfad der sternenlosen Nacht verließen, würden sie To-gai vor sich sehen, die grasbewachsenen Steppen ihres Heimatlandes.

In dieser dröhnenden Stille aber, der etwas Erstickendes, fast schon Gieriges anhaftete, entglitt ihr der Gedanke ein ums andere Mal.

Selbstverständlich hatten sie Lampen mitgenommen, jene eigentümlichen Konstruktionen aus Glas und Holz, in denen es bläulich weiß schimmerte. Doch selbst das Licht wirkte hier matt und irgendwie fehl am Platz und schien sich hier unten unwohl zu fühlen. Wenn man den äußerst eingeschränkten Lichtkreis bedachte, überlegte Brynn, hatten ihre Lampen eher die Funktion, irgendwelchen Raubtieren ihre Gegenwart anzukündigen als umgekehrt.

Die Luft war stickig und vollkommen still – so still, dass sie sich einer schweren Decke gleich um ihre Körper legte und ihnen das Gehen erschwerte. Der unterirdische Gang war zerklüftet und uneben, und selbst sie – zwei Elfen und eine von Elfen ausgebildete Hüterin – mussten bei jedem Schritt darauf achten, nicht ins Stolpern zu geraten und zu stürzen. Die Seitenwände waren ähnlich zerklüftet; überall ragten Gesteinszacken hervor, die im trüben Licht unheimliche Schatten warfen.

»Im flackernden Schein einer brennenden Fackel wirken diese Schatten noch viel unheimlicher«, sagte Cazzira plötzlich; ihre Stimme zerriss die Stille auf derart brutale Weise, dass Brynn und Juraviel erschrocken zusammenfuhren. »Mit jedem Flackern scheinen die Schatten zum Leben zu erwachen«, fuhr Cazzira fort. »Früher, bevor wir das Geheimnis der Leuchtkokons gelüftet hatten, sind viele hier unten ums Leben gekommen. Wer diese Pfade benutzte, war vom ständigen Tanzen der Schatten derart abgestumpft, dass ihn das Auftreten einer tatsächlichen Gefahr völlig überrumpelte.«

Brynn betrachtete ihren leuchtenden Stab mit dem geschnitzten Holzgriff und der Milchglaskugel am Ende. Das Licht brannte nahezu gleichmäßig hell, bei genauerem Hinsehen aber bemerkte sie einige Partikel, die im Innern der milchigen Kugel zu schweben schienen.

»Leuchtkokons?«, fragte Juraviel, so als hätte er Brynns Gedanken erraten.

»Winzige Tausendfüßler, die in den Tiefen des Torfmoors leben«, erläuterte Cazzira. »Von ihnen stammt das Licht; an der Luft verflüchtigt es sich normalerweise wie ein zart leuchtender Nebel. Eingesperrt in eine luftleere Glaskugel dagegen leuchten sie mehrere Wochen lang. Ohne sie wäre es nahezu unmöglich, das Gebirge zu unterqueren, da wir kaum ausreichend Holz mitnehmen könnten, und ich bezweifle, dass wir hier unten etwas finden würden.«

Nach dieser Bemerkung brach das Gespräch ab, und die drei setzten ihren Weg schweigend fort. Immer wieder stießen sie auf Weggabelungen und Abzweigungen, und mehrfach durchwanderten sie geräumige Höhlen, manche davon mit unzähligen Ausgängen. Doch Cazzira, ihres Weges offenbar ziemlich sicher, lief unbeirrt weiter; es dauerte eine ganze Weile, bis Brynn endlich hinter ihr Geheimnis kam: alle Stellen, an denen man sich entscheiden musste, waren kaum erkennbar in der geschwungenen Elfenschrift markiert, die jemand mit zarter Hand in die Seitenwände geritzt hatte.

»Eure eigenen Leute scheinen ziemlich oft hierher zu kommen«, sagte sie und zuckte erschrocken zusammen, denn es hatte beinahe wie ein Vorwurf geklungen.

Cazzira warf ihr einen durchdringenden Blick zu; Juraviel ebenfalls, der ihr damit wortlos signalisierte, bei diesem Thema besondere Vorsicht walten zu lassen.

»Ich wollte damit sagen, Ihr kennt den Weg, weil die Gänge von den Tylwyn Doc markiert worden sind«, stammelte Brynn, sehr darum bemüht, jede Feindseligkeit im Tonfall zu vermeiden. »Ich könnte mir denken, dass der Pfad der sternenlosen Nacht Euren Leuten bestens vertraut ist.«

»Früher kamen wir recht oft hierher«, erwiderte Cazzira nach langem Zögern. »Ganz früher, vor vielen Jahrhunderten, bestand Tymwyvenne aus zwei Siedlungen, der einen, die Ihr auf Euren Spaziergängen erkundet habt, und einer zweiten hier unten.«

»Wieso hat man die zweite Siedlung aufgegeben?« Juraviel kam Brynn mit seiner Frage zuvor; offenbar hatte der Elf alle Bedenken abgelegt, das Thema anzuschneiden.

»Dafür gibt es viele Gründe, die Wahrheit ist aber, dass uns dieser Ort gar nicht gehört. Die Gänge hier unten werden von ziemlich üblem Getier bevölkert; verbringt erst einmal ein paar Tage länger hier unten, dann werdet Ihr verstehen, warum wir dem Leben an der frischen Luft den Vorzug geben.«

»Das ist mir jetzt schon klar«, warf Brynn ein, und Juraviel pflichtete ihr lachend bei.

Den Rest des Tages verbrachten sie damit weiterzuwandern, bis sie schließlich in einer kleinen Seitenhöhle ihr Lager aufschlugen und ihre sanft schimmernden Lampen so draußen im Gang platzierten, dass sie jeden erkennen konnten, der sich ihnen in böser Absicht näherte, bevor dieser sie bemerkte.

Der nächste Tag verlief nach dem gleichen Muster; die lautlose Finsternis wurde immer wieder von kurzen Gesprächen unterbrochen. Cazzira zeigte ihnen einige genießbare Moose und Pilze sowie ein paar andere Schwämme, die man besser mied. Unermüdlich gingen sie weiter und mussten gelegentlich auf allen vieren durch Gänge kriechen, die sogar für die beiden Elfen zu niedrig waren, bis sie schließlich erneut ihr Nachtlager errichteten.

Der nächste Tag verlief ähnlich, ebenso wie der darauf folgende und der danach, dessen einziger Höhepunkt in der Entdeckung eines kleinen Wasserlaufs bestand, in dem sie ihre Wasserschläuche füllen und sogar ein bescheidenes Bad nehmen konnten. Vor allem Brynn war froh darüber, sehr froh sogar, aber trotz des klaren Wassers wurden Schmutz und Körpergeruch mit jedem Tag ein wenig schlimmer.

So ging es unablässig weiter; die Pfade waren derart verschlungen, schwenkten so oft in weitem Bogen zu beiden Seiten ab, dass sie sich schon fragten, ob sie sich überhaupt noch weiter Richtung Süden bewegten. Manchmal stieg der Pfad vor ihnen so steil an, dass sie hinaufklettern mussten und Mühe hatten, einen Halt für Zehen und Fingerspitzen zu finden. Dann wieder stürzte der Pfad so jählings in die Tiefe, dass sie die feinen Seidenstricke hervorholen mussten, die Cazziras Artgenossen ihnen mitgegeben hatten, um sich an ihnen hinunterzuhangeln.

Gleichwohl beklagte sich niemand; sie setzten einfach unermüdlich einen Fuß vor den anderen.

In den darauf folgenden Tagen boten sich Brynn, Juraviel und Cazzira eine Unmenge geradezu märchenhafter Anblicke:

ein großer unterirdischer See, dessen Fluten sanft gegen das Ufer plätscherten, als irgendwo weit draußen in der Dunkelheit etwas Unsichtbares, Unbekanntes sie in Bewegung versetzte: ein unterirdischer Wasserfall, der geräuschvoll in die Tiefe stürzte und dessen Echo einem musikalischen Crescendo gleich durch sämtliche Höhlen und Gänge in der Nähe hallte; seltsame und schöne aus dem Gestein herausgepresste Kristallformationen, die sich im Laufe der Äonen zu exotischen, funkelnden Formen ausgewachsen hatten.

Die drei befanden sich gerade auf dem Weg durch ein weiteres phantastisch anmutendes Gebiet, ein aus drei Terrassen bestehendes Plateau voller Riesenpilze, deren mehr als eichendicke Stämme Brynn um das Dreifache ihrer Körpergröße überragten, als sie auf den ersten Beweis dafür stießen, dass sie nicht alleine waren.

Dieser Beweis offenbarte sich in der flüchtigen, kaum wahrnehmbaren Bewegung eines dunkleren Schattens am äußersten Rand von Brynns Gesichtsfeld. Es gelang ihr nicht, den Stab hochzureißen, um das Wesen aufzuhalten, als es an ihr vorüberhuschte, aber wenigstens schaffte sie es, einen Warnschrei auszustoßen.

Die kampferprobten Muskeln aufs Äußerste gespannt, warf Belli'mar Juraviel sich augenblicklich zur Seite. Als er sich wieder aufrichtete, gewahrte er die blinkenden Konturen einer breiten Klinge, die die Luft exakt an jener Stelle zerteilte, an der er eben noch gestanden hatte. Gerade wollte er Cazzira warnen, als er sah, dass die Doc'alfar bereits blitzschnell reagierte.

Die Arme ausgebreitet, ihren kleinen Goldholzknüppel in der ausgestreckten Hand, wirbelte sie auf den Zehenspitzen herum. Zwar verfehlte sie den rätselhaften Angreifer um ein gutes Stück, doch das sirrende Geräusch genügte, um das Wesen einen Augenblick innehalten zu lassen.

Darauf hatte Brynn gewartet. Als sich das Wesen ruckartig

wieder aufrichtete, sprang sie vor und stieß ihm den Bogenstock zwischen die gespreizten Beine, packte das vordere Ende mit ihrer freien Hand und riss ihn beidhändig nach oben, sodass er das Wesen, das etwas kleiner war als sie selbst, fast in der Mitte teilte, bevor er es endgültig aus dem Gleichgewicht brachte.

Es schlug krachend auf den Boden.

Bevor Brynn nachsetzen konnte, bemerkte sie ringsum weitere huschende Gestalten; sie konnte sich gerade noch rechtzeitig aufrichten, um den zweiten Angreifer gebührend in Empfang zu nehmen.

»Goblins!«, brüllte Juraviel, als ein Lichtschein kurz auf zwei der Kreaturen fiel, sodass man ihre hässlichen Fratzen deutlich erkennen konnte. Sofort warf sich der Elf in Richtung Brynn und wich zur Seite aus, um dem Stoß der beiden Speere zu entgehen.

Im nächsten Moment stand er zwischen Brynn und Cazzira. Die Bewegungen der Doc'alfar waren in jeder Hinsicht so fließend, elegant und schön wie der *Bi'nelle dasada,* der Schwerttanz der Elfen. Sie sprang, trat um sich und wirbelte auf ihrem gestreckten Zeh im Kreis, ihren kleinen Prügel, eine Verlängerung ihres perfekt beherrschten Körpers, unablässig von einer Hand in die andere wechselnd.

Dann schien sie sich eine Blöße zu geben, woraufhin sich ein Goblin, Speer voran, sofort von hinten auf sie stürzte.

Aber Cazzira wich mit einer Körperdrehung aus, sodass der Speer ihren Rücken verfehlte und der Goblin ihr zu nahe und damit in die Reichweite ihres Prügels kam.

Der Knall war derart scharf, dass Juraviel und Brynn sofort dachten, der Prügel der Doc'alfar müsse entzweigebrochen sein; als Cazzira aber unmittelbar nach dem Hieb weitertanzte, die völlig unbeschädigte Waffe noch immer in der Hand, brach der Goblin auf dem Boden zusammen und blieb regungslos mit zertrümmertem Schädel liegen.

Cazziras Prügel verfehlte einen weiteren Goblin, der sich durch ein Zurückreißen seines Oberkörpers außer Reichweite gebracht hatte, um gleich darauf erneut anzugreifen, da die zierliche Cazzira scheinbar das Gleichgewicht verloren hatte.

Nichts hätte weiter von der Wahrheit entfernt sein können. Der Prügel verfehlte sein Ziel, aber gleich darauf wechselte die Doc'alfar ihn blitzschnell in ihre linke Hand und ließ ihn nach vorne schnellen. Schließlich schob sie den Prügel abermals nach rechts und packte ihn am dicken Ende.

Blitzschnell stieß die Rechte vor und rammte ihn ihrem Angreifer mit seinem dünneren Ende ins Gesicht, wodurch ihm sein Angriffsschwung sehr zum Nachteil gereichte.

Zwei Goblins waren erledigt, aber der Tanz war noch lange nicht vorbei.

Um ein Haar wäre Juraviel seine Begeisterung über Cazziras kunstvollen Tanz teuer zu stehen gekommen, denn in diesem Moment stürzten sich zwei Goblins auf ihn.

Der Elf konnte das Schwert gerade noch vor seinen Körper reißen, um einen Speer zu parieren und den Besitzer des zweiten zu zwingen, seinen Stoß zu verzögern.

Dann war Brynn zur Stelle; sie tauchte unmittelbar hinter den beiden Angreifern auf, den Bogenstock waagrecht in ihren ausgebreiteten Händen. Ein kräftiger Stoß nach rechts und links traf die beiden Goblins mit voller Wucht, einen am Hinterkopf, den anderen an der Schulter, sodass sie nach vorne torkelten.

Wo sie bereits Juraviels scharfe Schwertspitze erwartete; er streckte sie mit einer geschickten Zweierkombination nieder.

Der Elf wirbelte herum; augenblicklich war Brynn neben ihm, doch die übrigen Goblins hatten längst unter lautem Kreischen und Gebrüll Reißaus genommen und waren als dunkle Schatten mit der Finsternis verschmolzen.

Brynn und Juraviel drehten sich um, um nach Cazzira zu sehen. Sie stand da wie angewurzelt, einer Statue gleich, die einer Tänzerinnenpose nachempfunden schien, einen Arm über den Kopf erhoben, die Waffe senkrecht vor dem Gesicht, den anderen wie eine Zielvorrichtung ausgestreckt vor ihrem Körper. Sie stand auf einem Bein – auf einem Zeh, um genau zu sein – und hatte den anderen Fuß um das Standbein geschlungen, was ihre perfekte Balance noch unterstrich.

Kein Goblin traute sich mehr heran, und abgesehen von denen, die rings umher am Boden lagen, waren auch keine mehr zu sehen.

»Wir müssen sofort von hier verschwinden«, sagte Juraviel, »und einen engeren Gang suchen, wo uns die Goblins nicht aus der Dunkelheit heraus mit Speeren bewerfen können.«

»Ein paar von ihnen sind verwundet«, warf Brynn ein, doch falls das für die beiden Elfen irgendeine Bedeutung hatte, ließen sie es sich nicht anmerken.

»Fort! Wir müssen fort!«, drängte Juraviel noch einmal, und die drei liefen los, vorbei an den hoch aufragenden Pilzen und heraus aus der gewaltigen Höhle, bis sie schließlich in einen engen Gang hineinstürzten.

Unmittelbar hinter der ersten Biegung stieß der vorauslaufende Juraviel auf einen weiteren Goblin; seine ekelhaften Augen waren vor Überraschung weit aufgerissen.

Er bohrte ihm sein Schwert in den Leib, ehe hinter Juraviels Schulter ein Prügel hervorschnellte und dem Goblin einen krachenden Schlag ins Gesicht versetzte.

Noch während er nach hinten sank, trampelten die drei über ihn hinweg.

Kurz darauf vernahmen sie das laute Patschen übergroßer Goblin-Füße, die ihnen auf den Fersen waren.

Brynn reichte Juraviel ihre Lampe und spannte im Laufen den Bogen; als das Geräusch hinter ihrem Rücken näher kam, drehte sie sich unvermittelt um und schoss; ihr Pfeil verschwand in der Dunkelheit. Sie wusste nicht, ob sie etwas getroffen hatte, aber einen Augenblick lang setzten die Geräusche ihrer Verfolger aus, und die drei liefen hastig weiter.

Sie durchquerten einen riesigen Hohlraum, wo sie sich dicht an der Seitenwand hielten, und wollten gerade in den ersten Gang einbiegen, als sie abermals Goblins hörten, und zwar in großer Zahl.

Sie ließen diese sowie eine zweite und dritte Öffnung links liegen und stürzten sich, auf nichts als eine simple Vermutung vertrauend, in die nächstbeste, die sich ihnen bot. Cazzira, die die Führung übernommen hatte, wäre im trüben Schein ihrer Lampe beinahe über den Rand eines Abgrunds gestürzt; sie konnte sich gerade noch auf die Knie fallen lassen und entsetzt zusehen, wie ein paar lose Geröllbrocken vor ihr in die Tiefe stürzten und im dunklen Nichts verschwanden.

Erst Sekunden später vernahmen die drei das Echo der über die tiefer liegenden Felsen polternden Steine.

»Zurück!«, schrie Juraviel. »Rasch, bevor die Goblins uns den Weg abschneiden!«

»Das haben sie längst getan!«, rief Brynn.

»Dort drüben ist ein Weg«, sagte Cazzira und deutete nach rechts, an der Felsenklippe vorbei.

Als sie in das Dunkel unmittelbar jenseits des Lichtscheins spähte, bemerkte Brynn einen steinigen, steil abfallenden Pfad, der mit lockerem Geröll übersät zu sein schien. Sie wollte gerade auf die Gefahr hinweisen, als Juraviel und Cazzira beschlossen, nicht länger zu warten; die Doc'alfar sprang auf und setzte zu einer kontrollierten Rutschpartie an, während Juraviel ihr mit großen Sprüngen folgte und dabei heftig mit den Flügeln schlug, um den instabilen Abhang so wenig wie möglich mit seinem Körpergewicht zu belasten.

Brynn drehte sich um und schoss noch ein paar Pfeile ab; die beiden sollten bereits weit unter ihr sein, bevor sie den Abhang mit ihrem größeren Gewicht in Angriff nahm. Schließlich machte auch sie sich auf den Weg, legte sich auf die Seite und benutzte ihren Bogen als Seitenruder, während sie sich immer tiefer in die undurchdringliche Finsternis hinuntergleiten ließ.

An einer Stelle, an der es scheinbar nicht mehr weiterging, holte sie Juraviel und Cazzira schließlich ein; ein Ausläufer des Felsgesteins erhob sich dort über einem jähen Abgrund.

Die beiden waren in hektische Betriebsamkeit verfallen – um irgendwelche Maßnahmen zu ihrem Schutz zu treffen, wie Brynn zunächst vermutete –, dann aber verfolgte sie gespannt, wie sie den dünnen Seidenstrick auspackten, wobei Cazzira das eine Ende festhielt, bevor sie Juraviel das restliche Knäuel reichte.

Auf ein gemeinsames Nicken hin sprang der Touel'alfar unter heftigem Flügelschlagen hinaus in die Dunkelheit und war kurz darauf nicht mehr zu sehen; der Umstand, dass das Seil nicht spannte, ließ Brynn jedoch hoffen, dass sein Sturz wenigstens halbwegs kontrolliert verlief.

»Er hat eine Stelle gefunden, wo er stehen kann«, sagte Cazzira kurz darauf zu Brynn.

Brynn drehte sich zu Cazzira um und sah, wie diese mit Hilfe einer ihrer Gleitschlingen das Seil um einen Stalagmitenstumpf abspulte. Das Seil mit beiden Händen gepackt, stemmte die Doc'alfar ihre Füße gegen den Kalksteinzacken und zog mit aller Kraft, um das schlaff herabhängende Seil so gut es ging zu spannen.

»Nehmt Euren Gürtel«, rief sie Brynn zu, dann schlang sie ihren um das Seil, stieß sich ab und verschwand gleitend in der Finsternis.

Und ließ Brynn, die Juraviel ihre Lampe überlassen hatte, in völliger Dunkelheit zurück, während die Goblins scheinbar immer näher kamen.

Mit hektischen Bewegungen löste sie ihren Gürtel, ließ sich auf die Knie fallen und tastete sich auf allen vieren vor bis zu dem Stalagmitenstumpf und dem mittlerweile straff gespannten Seil. Sie hatte weder Zeit, darüber nachzudenken, was sie zu tun im Begriff war, noch Cazzira hinterherzurufen, ob alles gut gegangen sei und sie nachkommen solle. Sie schlang ihren Gürtel um das Seil, packte ihren kostbaren Bogen und ließ sich, die Beine schützend an den Körper gezogen, über den Rand in einen bodenlosen Abgrund gleiten.

Inzwischen hatten Juraviel und Cazzira am unteren Ende Lampen aufgestellt, die ihr den Weg wiesen; die beiden standen auf einem Felsvorsprung, hinter sich einen dunklen Gang. Brynn war kaum gelandet, als Cazzira einmal kräftig an dem Seil riss und es so auf der gesamten Länge löste.

Sie holten es ein und liefen los; dank der Schlucht, die hinter ihnen den Weg versperrte, blieb das Getrappel sie verfolgender Goblins diesmal aus. An einer Stelle, die sich halbwegs gut verteidigen ließ, schlugen sie ihr Lager auf, teilten Wachen ein und fielen, trotz ihrer inneren Unruhe, in einen tiefen Schlaf.

Am nächsten Tag zogen sie so schnell wie möglich durch den einzigen Gang, der ihnen offen stand, weiter; Cazzira musste allerdings gestehen, dass sie nur eine sehr vage Vorstellung von ihrem gegenwärtigen Aufenthaltsort hatte.

»Es gibt in Tymwyvenne ein Sprichwort, nach dem die meisten Toten auf dem Pfad der sternenlosen Nacht an Altersschwäche sterben«, sagte sie mit einem etwas aufgesetzt wirkenden Lächeln. Falls sie die Absicht gehabt hatte, komisch zu sein, kam ihr Scherz bei den beiden anderen nicht recht an.

Wenn ihr Instinkt sie nicht trog, hatten sie im Großen und Ganzen die richtige Richtung, nämlich nach Süden, eingeschlagen; bedenklicher jedoch war, dass sie immer tiefer hinabstiegen, statt endlich wieder nach oben zu gelangen. Mit jeder verstreichenden Stunde wurde die Luft wärmer und stickiger.

Die nächste Veränderung stellte sich so allmählich ein, dass es einige Zeit brauchte, bis sie sie überhaupt bemerkten.

Schließlich blieb Juraviel stehen, woraufhin die beiden sich nach ihm umsahen; der merkwürdige Ausdruck in seinem Gesicht ließ sie ebenfalls anhalten. »Diese Tunnel sind nicht natürlichen Ursprungs«, erklärte er. »Sondern wurden künstlich angelegt.«

Cazzira und Brynn traten an die Seitenwand des Ganges, um Wände und Decken mit ihren hochgehaltenen Lampen zu untersuchen. Und tatsächlich: sowohl an den Wänden als auch an der Decke entdeckten sie künstlich geschaffene Stützkonstruktionen sowie von Hand behauene Steinquader, mit denen das überraschend ebene Gefälle ausgelegt war.

Naturgemäß wandten sich Brynn und Juraviel mit der Bitte um eine Erklärung an Cazzira, aber die Doc'alfar hatte keine. »Soweit den Tylwyn Doc bekannt, gibt es hier unten, in dieser Tiefe, weder Städte noch irgendwelche andere Siedlungen«, sagte sie. »Es sei denn, die Goblins haben diese Gänge angelegt.«

Sie hatte den letzten, unheilvollen Gedanken kaum ausgesprochen, als Juraviel bereits den Kopf schüttelte. »Goblins können nur zerstören, sie sind nicht in der Lage, irgendetwas zu erschaffen.«

»Die Welt ist unermesslich groß, Belli'mar Juraviel«, erinnerte ihn Cazzira. »Ihr habt selbst gesagt, dass die Menschen nicht alle gleich und die Bewohner des Königreichs nördlich der Berge den To-gai-ru nicht sehr ähnlich sind. Vielleicht lässt sich das Gleiche auch von den Goblins sagen.«

Juraviel ließ sich ihre Bemerkung kurz durch den Kopf gehen und schüttelte dann erneut den Kopf. Goblins kamen hierfür nicht in Frage.

»Wir werden es noch früh genug erfahren«, warf Brynn ein und machte sich wieder auf den Weg, und die beiden anderen folgten ihr.

Der künstlich angelegte Gang erstreckte sich über einen Fußmarsch von mehr als einer Stunde, bis er sich schließlich zu einer breiten Höhle weitete, die mit Zwischenwänden aus gemauerten Steinen unterteilt war; die Mauern verliefen von den Seitenwänden aus zur Mitte, wo sich eine schmale Türöffnung befand. Vorsichtig, jederzeit bereit zu fliehen oder sich zu verteidigen, schlichen die drei an die Tür heran und stellten fest, dass sie nicht vollständig verschlossen war, sondern sich an ihren alten, verrosteten Angeln aufstoßen ließ.

Juraviel übernahm die Führung, drückte die Tür behutsam auf, untersuchte das unmittelbar dahinter liegende Mauerwerk, dann sprang er vor und schaute kurz nach links, ehe er blitzschnell herumfuhr und einen Blick hinter die Tür riskierte.

Achselzuckend drehte er sich zu seinen Gefährten um.

Das Trio wandte sich nach links und tastete sich durch einen gemauerten Gang von sechs bis sieben Fuß Höhe bis zur Felswand vor, nur um festzustellen, dass es sich um eine Sackgasse handelte, die keine erkennbaren Türen oder Öffnungen aufwies.

Juraviel sah seine Gefährten erneut achselzuckend an, dann ließ er sich von seinen Flügeln zum oberen Rand der Mauer tragen. Anschließend stieg er zu einem kurzen Rundflug auf, um sich, soweit seine Lichtquelle dies erlaubte, einen Überblick über die gesamte Höhle zu verschaffen. Da er dort oben mit Sicherheit ein gutes Ziel bot, ließ sich der Elf fast augenblicklich wieder fallen.

»Ein gemauerter Irrgarten«, erklärte er. »In den Seitenwänden scheinen sich Öffnungen zu befinden, allerdings immer nur abwechselnd am Ende jedes zweiten Ganges.«

»Eine Verteidigungsanlage«, sagte Cazzira. »Sie zwingt einen Feind, sich Hunderte von Fuß weit durch enge Korridore zu kämpfen, nur um diese eine Höhle zu durchqueren.«

»Dann wollen wir hoffen, dass sie zurzeit niemand verteidigt«, erwiderte Juraviel und ging hinüber zur anderen Höhlenseite, wo sie eine Öffnung entdeckten, die nach einer scharfen Kehrtwende in den zweiten Mauergang führte. Ganz am anderen Ende schließlich fanden sie den Durchbruch zum dritten Mauergang.

Sie hatten ihn gerade betreten, als Brynn an der Mauer hinaufsprang und sich hochzog, bis sie sich auf den oberen Rand setzen konnte. »Mir tun die Füße weh von der vielen Lauferei«, erklärte sie und reichte Cazzira die Hand. Die Doc'alfar ergriff sie, sodass Brynn sie mühelos über die Mauer ziehen konnte, während Juraviel die Mauer überflog und sich den beiden wieder anschloss.

So durchquerten sie die Höhle Mauer für Mauer, arbeiteten sich allmählich bis zur Mitte vor, bis sie schließlich auch die letzte der dreißig Barrieren überklettert hatten, hinter der sie eine Flucht aus in den Fels gehauenen Stufen entdeckten, die zwischen vier mit phantastischen Verzierungen versehenen Säulen hindurch zu einer gewaltigen Eisentür in der Höhlenrückwand führten.

Die Schnitzereien in den Steinsäulen waren überaus aufschlussreich.

»Pauris«, stieß Juraviel tonlos hervor, nachdem er die abgegriffenen Reliefs untersucht hatte. Er sah hinüber zu Cazzira, die nicht zu verstehen schien. »Rotkappen. Zwerge.«

Aber selbst nachdem die Doc'alfar Juraviel zur Seite geschoben und die ziemlich naturgetreue, in die Säule gemeißelte Darstellung eines dieser widerwärtigen Pauris betrachtet hatte, schüttelte sie nur achselzuckend den Kopf. Das Relief zeigte den Pauri treffend in einer Drohgebärde, mit griffbereitem Krummschwert und in voller Kampfmontur.

»Wenn uns hinter dieser Tür eine ganze Stadt voller Pauris erwartet, ist unser Schicksal auf jeden Fall besiegelt«, erklärte Juraviel.

Cazzira sah ihn mit einem wissenden Grinsen im Gesicht an. »Trotzdem wollt Ihr sie ebenso gerne öffnen wie ich.«

Brynn überkam ein merkwürdiges Gefühl, als sie die beiden

Elfen ein Lächeln austauschen sah; irgendetwas sagte ihr plötzlich, dass sich zwischen den beiden eine tiefer gehende Beziehung entwickelte. Sie vermied es jedoch, das Thema anzusprechen, sondern folgte den beiden einfach, den Bogen schussbereit in der Hand, als sie vor die hohe Eisentür traten, sie einen Augenblick lang untersuchten und sie schließlich unter dem Quietschen ihrer verrosteten Angeln aufstießen.

Ein zarter, leuchtender Nebel schlug ihnen entgegen.

»Leuchtkokons«, sagte Cazzira. Unmittelbar hinter der Tür befand sich ein Treppenabsatz, eine Galerie, von der aus man in eine gewaltige Höhle mit einer Reihe von terrassenartig ins Innere des Gebirges abfallenden Plateaus blickte. Auf diesen Plateaus, die untereinander über in den Fels gehauene Treppenstufen verbunden waren, befanden sich Hunderte von Gebäuden, sowohl Wohnhäuser als auch öffentliche Bauten, alle in gedämpftes, milchig weißes Licht getaucht. Dann erblickten sie die Nester der Leuchtkokons, Dutzende und Aberdutzende riesiger lebendiger Lampen, von denen jede Einzelne nach Cazziras Schätzung Millionen von Kokons enthielt. Es waren solche Unmengen, dass kaum ein Winkel der Plateaus im Schatten blieb, obwohl die sich über unzählige Terrassen zu ihren Füßen erstreckende Stadt riesengroß war.

Beim Abstieg über die Treppe von der Galerie auf die nächstniedrigere Ebene mussten sie jedoch feststellen, dass sie schon seit geraumer Zeit dem Verfall überlassen worden war. Bei genauerem Hinsehen zeigte sich, dass das Mauerwerk verschiedener Gebäude bereits zu bröckeln begonnen hatte, der Mörtel in Auflösung begriffen war. Die wenigen Gebrauchsgegenstände, die sie in den unzähligen Häusern fanden, Töpfe und Tongefäße, Werkzeuge und steinernes Mobiliar, waren zerbrochen und staubig und ließen durch nichts erkennen, dass diese Gesellschaft überlebt hatte.

Sie setzten ihren Weg fort, stiegen eine weitere Treppenflucht hinunter und überquerten eine schmale Steinbrücke in ein Viertel, in dem augenscheinlich großzügigere Wohnhäuser vorherrschten.

»Zurück!«, warnte Cazzira, kaum dass sie die Brücke verlassen hatte, woraufhin die beiden auf der Stelle erstarrten.

Als sie ihrem Blick folgten, sahen sie, worin die Gefahr bestand: zwei unterirdische Riesenechsen schoben sich über eine mit Steintrümmern übersäte Fläche. Die beiden Tiere mit ihren sich faszinierend schlängelnden Körpern und den vorschnellenden Zungen setzten ihren Weg ungerührt fort.

»Offenbar die neuen Bewohner«, raunte Cazzira.

»Und was ist aus den alten geworden?«, fragte Brynn; um dies herauszufinden, stiegen die drei eine weitere Ebene hinunter, von dort aus noch eine und schließlich auch noch eine dritte.

Im offenbar am tiefsten gelegenen Teil der Stadt, wo sie sogar auf die verrotteten Überreste eines Katapults stießen, fanden sie schließlich die Antwort auf ihre Frage.

Die Höhle war mit Skeletten übersät, die sich vor jedem Eingangsportal stapelten.

»Kleinwüchsig und untersetzt«, erklärte Juraviel, nachdem er einen gebrochenen Oberschenkelknochen vom Boden aufgehoben hatte. »Es sind ohne Zweifel Pauri-Knochen.« Ungläubig den Kopf schüttelnd setzte er seine Suche fort, denn die meist zertrümmerten und zerkratzten Knochen lagen wüst durcheinander. »Wer könnte das einer ganzen Kolonie hartgesottener Pauris angetan haben?«, fragte er, eine Bemerkung, deren Bedeutung die beiden anderen nicht recht einzuordnen wussten, da sie über keinerlei Erfahrung mit den mächtigen Zwergen verfügten.

Sie schlenderten von einem Skelettberg zum nächsten, bis sie schließlich in eine geräumige Vorhalle gelangten, wo sie auf weitere Knochen stießen, die jedoch gänzlich andere Verletzungen aufwiesen.

Brynn bückte sich, hob einen Knochen auf und zeigte ihn

den beiden anderen. Er war auf einer Seite schwarz verkohlt, so als wäre er der ungeheuren Wucht eines überaus heißen Feuersturms ausgesetzt gewesen. Eine Wand des Vorraums war ebenfalls geschwärzt und zerborsten.

»Welche Kriegsmaschine könnte eine derartige Verwüstung angerichtet haben?«, fragte Juraviel.

»Ein Lindwurm«, antwortete Cazzira kurz darauf mit leiser Stimme, und als die beiden anderen sie daraufhin fragend ansahen, fügte sie hinzu: »Ein Drache.«

»Ein Drache?«, wiederholte Brynn und sah, einen zweifelnden Ausdruck im Gesicht, hinüber zu Juraviel.

Aber Juraviels Miene zerstreute alle ihre Zweifel, denn er pflichtete Cazzira nickend bei.

»Vielleicht haben sie zu tief gegraben«, erklärte Cazzira lakonisch, »und dabei etwas zutage gefördert, das besser unentdeckt geblieben wäre.«

»Habt Ihr nicht gemerkt, dass etwas fehlt?«, fragte Juraviel. Die beiden sahen ihn fragend an.

»Die Waffen«, erläuterte er. »Ihre Rüstungen, ihre ganzen Schätze. Nach allem, was wir bislang gesehen haben, ist die Stadt völlig ausgeplündert worden.«

»Diese Plünderer hätten dazu viele Jahrhunderte Zeit gehabt«, sagte Cazzira; dabei beließen sie es und machten sich wieder auf die Suche.

An der Tunnelöffnung zu der Vorhöhle stieß Brynn auf die nächste Überraschung. »Der gehörte aber keinem Pauri«, rief sie und hielt einen längeren und schmaleren Oberschenkelknochen in die Höhe, der ebenfalls auf einer Seite verkohlt war. Er lag inmitten einer Ansammlung anderer, größerer Knochen, die, teils verbrannt, teils zersplittert, offenbar von einem Menschen stammten.

»Hier unten sollen Menschen und Pauris sich eine Schlacht geliefert haben?«, fragte Cazzira.

»Aber warum hätten sie die Überreste eines menschlichen

Skeletts zurücklassen sollen?«, fragte Brynn. »Vielleicht gehörten sie einem Verräter, der seinen Clan an die Zwerge ausgeliefert hat?«

»Ihr stellt zu viele Vermutungen an«, wollte Cazzira sie zurechtweisen, als sie von einem überraschten Ausruf Juraviels jäh unterbrochen wurde, der die Vorhöhle bereits wieder verlassen hatte, um den Beginn des dahinter liegenden unterirdischen Ganges zu erkunden. Als er aus der völligen Dunkelheit, die dort herrschte, wieder hervorkam, hielt er ein etwa armlanges Holzstück in der Hand.

»Was ist das?«, fragte Cazzira.

»Schwarzfarn«, antwortete Brynn, nachdem sie das Holz untersucht und die feinen Silverel-Adern entdeckt hatte, die sich darum rankten. »Dieses Stück hier hat zu einem Bogen gehört, einem Bogen der Touel'alfar.«

Juraviel drehte es um, sodass man eine winzige Signatur erkennen konnte. »Er trägt das Siegel Joycenevials, meines Vaters«, erklärte er. »Dieser Bogen hat einem Hüter gehört – und zwar diesem dort«, sagte er, auf die menschlichen Überreste deutend. Er betrachtete das Siegel und durchforstete sein Erinnerungsvermögen bis in die entlegensten Winkel.

»Emhem Dal«, entschied er wenige Augenblicke später. »Neige dein Haupt, Brynn Dharielle, denn hier vor dir liegt die letzte Ruhestätte Emhem Dals, ausgebildet vor mehr als dreihundert Jahren von den Touel'alfar, um in seine Heimat To-gai zurückzukehren.«

»Und was heißt das?«

»Das heißt, dass er es nicht bis zurück in seine Heimat geschafft hat«, sagte Cazzira.

»Und dass sein Schwert, Flammentänzer, ebenfalls irgendwo hier verloren gegangen sein muss«, fügte Juraviel hinzu. Als er dabei Brynn ansah, verengten sich seine goldenen Augen zu schmalen, entschlossenen Schlitzen. »Bist du bereit, dir dein Hüterinnenschwert zu verdienen, Brynn Dharielle?«

Sie erwiderte fest seinen Blick, dann nickte sie wild entschlossen.

»Wenn es der Lindwurm hat, werdet Ihr es höchstwahrscheinlich nicht wiederfinden«, beeilte sich Cazzira einzuwerfen. »Seht doch nur, welche Verwüstungen diese Bestie angerichtet hat.« Dabei deutete sie mit ausladender Geste auf die Berge verkohlter und zersplitterter Knochen. »Seht doch selbst, welches Schicksal den letzten Hüter ereilt hat, als er dem Drachen gegenüberstand!«

»Das war vor sehr langer Zeit«, wandte Brynn ein. »Ist es überhaupt möglich, dass der Drache noch lebt?«

»Das werden wir herausfinden«, lautete Juraviels Antwort; sein Ton war ernster und aufgewühlter, als Brynn es je bei ihm erlebt hatte. Der Anblick der sterblichen Überreste Emhem Dals hatte ihn sichtlich mitgenommen.

Cazzira machte den Vorschlag, in die Stadt zurückzukehren und nach weiteren Hinweisen zu suchen, doch Juraviel zog es mit energischen Schritten tiefer in den Gang hinein.

Sich ganz auf ihre Instinkte verlassend, folgten sie zuerst der Wärme, deren gleichmäßige Zu- und Abnahme sie deutlich unter ihren Füßen spürten, anschließend dem Rauch, der von heißen Aufwinden durch die Spalten im Boden nach oben gedrückt wurde.

Nach drei langen, nur von kurzen Ruhepausen unterbrochenen Märschen gelangten sie in eine gewaltige trümmerübersäte Höhle mit einer zerstörten Steinbrücke, die einst eine tiefe Schlucht überspannt hatte. Tief unten erblickten sie einen orangefarbenen Feuerschein, dessen gewaltige Hitze ihnen das Blut ins Gesicht trieb.

»Wenn der Drache noch existiert, dann befindet er sich dort unten«, sagte Juraviel. »Und wenn das Schwert noch existiert, liegt es ebenfalls dort unten.«

»Das könnt Ihr doch gar nicht wissen«, wandte Cazzira ein.

»Ich fühle es«, erhielt sie zur Antwort.

Juraviel richtete sich zu seiner vollen Größe auf und spähte zur anderen Seite hinüber. »Wir könnten uns bis zum Eingang dieses unterirdischen Ganges dort vorarbeiten.«

»Oder wir steigen gleich hier hinunter«, sagte Brynn. Sie starrte lange in die Schlucht, bevor sie wieder zu Juraviel hochschaute, dessen Blick sie bewog, Cazzira anzusehen.

Die bohrenden Blicke der beiden schienen die Doc'alfar eher zu amüsieren. »Was wäre das Leben ohne Abenteuer?«, sagte sie nach einer kurzen Pause.

Also stiegen sie noch tiefer hinunter, so tief, dass sie ihr einhundert Fuß langes Seil mehrmals neu befestigen mussten. Brynn brannte der Schweiß in den Augen, als sie sich mit den Händen an Seil und Steinen hinunterließ, bis sie schließlich auf einer ebenen Fläche landete, die den Grund der Schlucht zu bilden schien.

Umgeben von rauchgeschwängerter Luft gingen sie weiter. Schon bald war der Widerschein der Flammen so hell, dass sie auf ihre Lampen verzichten konnten, und als sie um eine Ecke des Ganges bogen, standen sie plötzlich vor der Quelle des Lichts und der Hitze: einer breiten, unregelmäßig geformten Höhle, die scheinbar mit Wasser gefüllt war – nur dass dieses Wasser an manchen Stellen in Flammen zu stehen schien.

»Von irgendwoher muss Öl auf das Wasser sickern«, dachte Juraviel laut nach.

»Aber woran sollte es sich entzündet haben?«, erwiderte Cazzira.

»Finden wir es doch heraus«, sagte Brynn und trat vom Ufer auf einen Stein, und von dort auf den nächsten. Dann blieb sie stehen, bückte sich und tauchte ihre Hand ganz vorsichtig ins Wasser. »Es ist heiß, aber verbrühen tut man sich nicht.«

»Lasst Euch das einen Trost sein, falls Ihr hineinfallt«, sagte Cazzira. »Ein letzter wohliger Gedanke, bevor einen der Lindwurm verspeist.«

Viele Minuten lang tasteten sie sich über den einzigen Pfad

voran, der sich ihnen bot; es war ein beschwerlicher Weg über schmale Felssimse und Trittsteine, zwischen lodernden Flammen hindurch und über eine endlos weite Wasserfläche.

»Woher wollen wir denn überhaupt wissen, dass der Drache noch lebt?«, fragte Brynn. »Dreihundert Jahre sind schließlich eine lange Zeit.«

»Nur in der Zeitrechnung der Menschen«, erwiderte Juraviel, »aber nicht in der Erinnerung der Tylwyn Tou oder Tylwyn Doc, und ganz gewiss nicht im Bewusstsein eines Riesendrachen, des langlebigsten Lebewesens in ganz Korona.«

»Was wisst Ihr eigentlich über Drachen?«, fragte Cazzira.

»Nur das, was Ihr auch wisst, nehme ich an«, antwortete Juraviel. »Immerhin dürften sich unsere Sagen ziemlich ähnlich sein.«

Brynn wollte sich gerade in das Gespräch einschalten, als sie unvermittelt stehen blieb – so plötzlich, dass die beiden anderen sich nach ihr umsahen.

Sie stand auf einem Trittstein und starrte in das orangefarben schimmernde Wasser; als ihre beiden Gefährten daraufhin den Sockel ihres Trittsteins ebenfalls musterten, erkannten sie die mögliche Ursache des Problems, denn das Wasser plätscherte sanft gegen den Stein, als hätte etwas es in Bewegung versetzt.

»Geht weiter, schnell«, wies Cazzira sie an. »Ich habe wenig Lust, hier draußen einem Lindwurm zu begegnen.«

Brynn hastete so schnell wie möglich weiter, sprang von Stein zu Stein, rannte über die Felssimse, tauchte unter Stalaktiten hinweg, sobald sie so tief herabreichten, dass sie ihr den Weg versperrten, und entschied sich, wann immer sie an eine Weggabelung gelangten, für eine beliebige Richtung. Mehr als einmal mussten sie umkehren, mehrfach mussten sie mit ansehen, wie sich das Wasser kräuselnd auf sie zubewegte, obwohl sie die Ursache dafür nie zu Gesicht bekamen.

Schließlich entdeckten sie eine Öffnung in der Seitenwand

und dahinter einen weiteren dunklen Gang; und obwohl sie springen und sogar eine kleine Strecke schwimmen mussten, um dorthin zu gelangen, stürzten sie ohne groß nachzudenken weiter, nur froh, den brennenden See endlich hinter sich zu lassen.

Der Gang führte nur ein kurzes Stück weiter, bis er sich zu einer geräumigen Höhle weitete, einem Schacht, der dank eines größeren Hohlraums weiter oben von einer unsichtbaren Lichtquelle in ein trübes Licht getaucht wurde. Aufgrund seiner Flügel bereitete der Aufstieg Juraviel keine große Mühe, deshalb machte er sich widerspruchslos auf den Weg nach oben, bis er weit über seinen beiden Gefährten auf der Kante saß und staunend in die größere Höhle hineinblickte.

»Was ist?«, rief Cazzira leise zu ihm hinauf.

»Juraviel?«, entfuhr es Brynn besorgt, als der Elf keine Anstalten machte zu antworten.

»Die Mühe hat sich gelohnt«, sagte er schließlich und bedeutete ihnen, sie sollten zu ihm heraufklettern.

Die Felswand hatte eine Höhe von nahezu fünfzig Fuß, bestand aber aus rissigem, bröckeligem Felsgestein. Cazzira sprang sie förmlich hinauf, und selbst die behände Brynn fiel nicht weit zurück, und als die beiden sich schließlich nacheinander über den Rand der größeren Höhle zogen, machten sie ein ebenso verblüfftes Gesicht wie zuvor Belli'mar Juraviel.

Vor ihnen lagen Berge von Schätzen, Gold- und Silbermünzen sowie funkelnde Edelsteine, Rüstungsteile und Möbelstücke, Skulpturen und Dutzende von Waffen aus Metall.

»Jetzt wissen wir also, was aus den Pauris geworden ist«, lautete Brynns trockener Kommentar.

»Wäre es nicht viel wichtiger herauszufinden, was aus denen wurde, die diesen Schatz zusammengetragen haben?«, fragte Cazzira.

Juraviel deutete neben dem größten Berg aus Gold und Silber auf einen verblichenen Rippenknochen, der so gigantisch war, dass selbst ein ausgewachsener Mensch, ohne sich zu bücken, darunter hätte hindurchgehen können.

»Das bedeutet, dass der Lindwurm nicht mehr lebt«, sagte Cazzira. »Und der Schatz hier jetzt unbewacht herumliegt.«

»Das bedeutet, dass einer der Lindwürmer nicht mehr lebt«, wurde sie augenblicklich verbessert, von einer Stimme, die weder einem Menschen noch Elfen gehörte.

Der Berg aus Gold und Silber geriet in Bewegung und fiel in sich zusammen, und aus seinem Innern kroch ein Lindwurm hervor, ein Riesendrache mit rotgoldenen Schuppen und Zacken, die glühenden Augen katzengleich zu schmalen Schlitzen geformt, und feinem Rauch vor seinen großen Nüstern. Drei Augenpaare weiteten sich vor Schreck und Verblüffung, drei Münder klappten auf in schlichter Ehrfurcht vor der schaurigen Pracht dieser Bestie.

»Seid gegrüßt, Schatzdiebe.«

»Aber ... das stimmt doch gar nicht ...«, begann Juraviel, bei jedem Wort stockend und stammelnd, hielt dann aber inne und warf sich zur Seite, als der riesige Vorderfuß ihn zu zermalmen versuchte, stattdessen aber krachend inmitten der Edelsteine und Münzen landete, dort, wo er eben noch gestanden hatte, und den felsigen Boden spaltete.

Mit einem Satz war Cazzira neben dem Vorderfuß, holte kraftvoll aus und drosch mit ihrem hölzernen Prügel auf das schuppenbesetzte Körperteil ein.

Ebenso gut hätte sie auf einen Felsen aus Granit einschlagen können.

»Nichts wie weg hier!«, rief Juraviel, woraufhin die drei sofort auseinander sprengten und hinter den Schatzbergen Deckung vor der Bestie suchten. Eine peitschende Bewegung des Drachenschwanzes ließ einen wahren Hagel aus Münzen, Edelsteinen und Schmuckstücken im Raum niedergehen, unter den die arme Brynn geriet, die kurz darauf über einen kleinen Haufen aus Speeren und anderen Waffen stolperte. Sie fiel hin und drehte sich sofort um, aus Angst, der Lindwurm sei bereits über ihr.

Doch der Drache hatte sich in die andere Richtung gewandt; offenbar hatte er es auf Cazzira abgesehen. Die Doc'alfar hatte sich hinter einen Berg aus Münzen geworfen, den der Drache einfach gesenkten Kopfes durchpflügte.

Cazzira schien dieses Manöver erwartet zu haben, denn sie machte augenblicklich auf demselben Weg wieder kehrt, erklomm einen anderen Schatzhaufen gleich daneben und setzte mit einer Rolle über dessen Spitze hinweg, um sich auf der anderen Seite hinuntergleiten zu lassen.

»Nur zu!«, blaffte der Drache. Seine Stimme hallte dröhnend von der Felswand wider, als wollte er selbst das tragende Gestein der Höhle zum Einsturz bringen. »Mach es mir nur nicht zu einfach – umso mehr kann ich es später genießen!«

Nicht einmal in ihren ärgsten Alpträumen hätte Brynn Dharielle sich etwas so Gewaltiges und Grässliches wie diesen Drachen vorzustellen gewagt. Er schien sie allein mit seiner Stimme töten zu können; jedes Wort, das er hervorstieß, wurde von einem kleinen Feuerstoß begleitet. Brynn hatte nur noch einen einzigen Gedanken: sie wollte fort, sich wieder hinunter in den Schacht stürzen und über den brennenden See fliehen. Obwohl ihre beiden Gefährten sich in einer überaus misslichen Lage befanden, schlug die junge Hüterin tatsächlich diesen Weg ein – bis plötzlich etwas anderes ihre Aufmerksamkeit erregte.

Unmittelbar neben dem Waffenstapel, über den sie soeben gestolpert war, schwebte eine gespenstische Erscheinung, der Geist eines Mannes, eines To-gai-ru.

»Emhem Dal«, entfuhr es ihr leise, obwohl sie nicht die geringste Ahnung hatte, woher sie die Identität des Geistes wusste.

Die gespenstische Erscheinung hob ihren durchscheinenden Arm und deutete zur Seite; sofort verspürte Brynn einen Befehl, dem sie sich nicht widersetzen konnte. Sie verdrängte das anhaltende Dröhnen des Lindwurms, Juraviels und Cazziras panische Schreie und das Scharren der Drachenkrallen auf dem Fels, stürzte, dem Befehl der Erscheinung folgend, zur Seite hinüber, zu einem aus den unterschiedlichsten Wertgegenständen bestehenden Haufen. Dort angekommen, fing sie sofort an zu wühlen, ohne auch nur die geringste Ahnung zu haben, wonach sie eigentlich suchte, denn für derartige Überlegungen hatte sie gar keine Zeit.

Sie wühlte einfach hektisch drauflos, schleuderte Kelche und Schmuck, seltsam geformte, mit dem Gesicht eines Zwergs versehene Münzen und sogar einen Helm mitsamt Schwert zur Seite. Dann noch ein Schwert …

Um ein Haar hätte sie das zweite ebenfalls achtlos zur Seite geworfen, doch dann, ihre Hand schloss sich bereits um das wunderbar gearbeitete Heft, überkam sie die Erkenntnis wie eine Woge. Das Heft war einer tanzenden Elfe nachempfunden, deren im Tanz ausgestreckte Arme den Handschutz bildeten, während ihr aus einem hellen Rubin gestalteter Kopf als Verbindungsstück zwischen der schlanken Klinge und dem Knauf diente.

Die Klinge selbst war nicht minder prunkvoll; sie war rasiermesserscharf und auf beiden Seiten über die gesamte Länge mit feinen Ziselierungen versehen. Schon eine schnelle Bewegung ihres Handgelenks ließ die Klinge erzittern; davon abgesehen spürte sie sofort, welch ungeheure Kraft in ihm steckte.

Als sie begriffen hatte, was es mit diesem Schwert, dem Schwert eines Hüters, auf sich hatte, drehte sich Brynn zu dem Geist um … doch die Erscheinung war bereits wieder verschwunden.

Endlich erwachte sie aus ihrer Verwirrung und sah Juraviel, den Bogen in der Hand, über einen Haufen hinwegfliegen und eine ganze Serie von Pfeilen auf den ihn verfolgenden Drachen abschießen.

Erschrocken sog sie die Luft ein, als sie mit ansehen musste, wie Juraviel auf den nächsten Schatzhaufen zuraste, der ihm den Weg versperrte, sodass der Drache ihn vermutlich einholen würde.

Der Elf ließ sich jedoch kurz vorher fallen, sodass der Drache ins Leere biss und gegen den Berg aus Münzen und Edelsteinen prallte, die kurz darauf in der gesamten Höhle niederprasselten.

»Lauft weg!«, schrie Juraviel erneut. »Jeder in eine andere Richtung, und sucht euch einen Weg nach draußen!«

»Von hier aus gibt es kein Entrinnen«, versicherte der Drache.

»Für mich vielleicht nicht«, sagte Brynn leise, ehe sie sich mit einem Aufschrei und hocherhobenem Schwert an dem überraschten, noch immer fliehenden Juraviel vorbei auf den Lindwurm stürzte.

»Jetzt kriegst du mein Schwert zu spüren!«, brüllte die Hüterin, rollte sich an dem schlängelnden Kopf vorbei, um schließlich zwischen den gigantischen Vorderbeinen wieder auf die Füße zu kommen. Nach sorgfältiger Wahl ihres Ziels, die Kerbe in der Brust, legte sie ihren ganzen Schwung in den kraftvollen Stoß und stach das mächtige Hüterschwert mit aller Kraft und Leidenschaft in Richtung Drachenherz.

Es gereichte dem Schwert zur Ehre, dass es nicht brach.

Und es gereichte Brynn zur Ehre, dass sie es schaffte, den Schuppenpanzer ihres Opfers wenigstens leicht anzukratzen.

»Brynn!«, brüllte Juraviel.

Als die junge Hüterin den Kratzer in der Schuppenhaut betrachtete, dämmerte ihr, dass sie mindestens noch hundert weitere Versuche benötigen würde, um diesen Panzer zu durchdringen – wenn überhaupt. Sie seufzte, hob den Blick und sah, dass der Lindwurm den Kopf zurückgezogen hatte und sie aus seinen entsetzlich katzenhaften Augen anfunkelte.

Und eines seiner Vorderbeine hob.

Brynn warf sich zur Seite.

Der Drache stampfte mit solcher Wucht auf, dass das Gestein splitterte und die Erschütterung Brynn von den Füßen riss. Der Vorderfuß versank im Höhlenboden, der Lindwurm verlor das Gleichgewicht und taumelte seitlich gegen einen weiteren Schatzhaufen, den er so durcheinander warf, dass er in den offenen Felsspalt zu rieseln begann. Der Strom aus Gold und Geschmeide war bei weitem nicht stark genug, um den Drachen zu Fall zu bringen, aber er riss die arme Brynn mit, die daraufhin von einem Fluss aus Kostbarkeiten aus der Höhle gespült wurde und einen felsigen Abhang hinunterpurzelte, wobei sie sich Kopf und Körper aufschlug und die Kleider zerriss.

Sie ahnte nicht einmal, wie tief sie fiel, denn als sie weit unterhalb der Drachenhöhle aufschlug, hatte sie längst das Bewusstsein verloren.

Cazzira unternahm nicht einmal den Versuch, den Drachen anzugreifen. Kaum hatte sich die Bestie bemerkbar gemacht, nahm die Elfe Reißaus und hätte es auch fast bis in einen Seitengang geschafft. Aber nur fast, denn im selben Augenblick, als sie dort ankam, legte sich ein Echsenschwanz wuchtig vor dessen Öffnung.

Sie stolperte gegen den Schwanz, fand augenblicklich ihr Gleichgewicht wieder und wollte zur Seite ausweichen, als sie von einer wischenden Bewegung des Riesenschwanzes getroffen und fortgeschleudert wurde.

Sie prallte gegen einen Schatzhaufen, dessen mangelnde Stabilität sie vor einer ernsthaften Verletzung bewahrte, denn der Haufen gab erst unter ihr nach, ehe er endgültig über ihr zusammenstürzte, sodass sie von einer Lawine aus Münzen und Schmuck mitgerissen wurde, die sie unter sich begrub, als sie bewusstlos am Boden liegen blieb.

Der Drache beachtete sie nicht einmal. Die Menschenfrau war ins Loch gestürzt, also hatte die Bestie ihren schlängelnden

Kopf in die Öffnung geschoben, um der fallenden Frau und dem herabrieselnden Schatz nachzusetzen. Doch der schmale Schacht wurde zu schnell enger, als dass der Drache sie hätte weiter verfolgen oder gar einholen können, weshalb der riesige Kopf unter dem wütenden Gebrüll der Bestie ziemlich rasch wieder zum Vorschein kam.

Fast augenblicklich richtete sich sein Zorn auf ein anderes Opfer, auf Belli'mar Juraviel, der mit hastigen Schritten auf das Loch im Boden zuhielt.

Eine Riesenkralle landete krachend vor dem Elfen und versperrte ihm den Weg – scheinbar zumindest, denn der Elf erhob sich unter heftigem Flügelschlagen in die Luft und konnte so das Hindernis überwinden, ehe er sich wie ein Stein in das Loch fallen ließ.

Ein zweites Mal ließ sich der Drache nicht übertölpeln. Mit beängstigender Geschwindigkeit, schnell wie eine zuschnappende Schlange, verschwand der Kopf im Loch.

Als er wieder zum Vorschein kam, lugten die zappelnden Beine des Elfen zwischen den riesigen Fangzähnen des Drachen hervor.

Brynn Dharielle schlug die Augen, oder besser, ein Auge auf, denn das andere war verklebt mit getrocknetem Blut. Sie lag nicht völlig im Dunkeln, denn ihre Glühlampe war neben sie gefallen; trotzdem war ihr sofort klar, dass die Kugel einen Sprung bekommen haben musste, denn statt des klaren Lichts verströmte sie jetzt nur einen matten Schimmer und war umgeben von einem hellen, phosphoreszierenden Dunst.

Sie musste an Cazziras Bemerkung über die Lampen denken und hatte Angst, schon bald endgültig im Dunkeln zu sitzen.

Der Gedanke war ihr Ansporn genug, sich auf die Seite zu wälzen und sich zu überwinden, eine sitzende Position einzunehmen. Anfangs wanderten ihre Gedanken sofort wieder zurück zur Höhle hoch über ihrem Kopf, zu dem Lindwurm und ihrem tiefen Sturz, zu ihren Freunden und dem unbarmherzigen Schicksal, dass die beiden beim Zusammenstoß mit der Bestie höchstwahrscheinlich ereilt hatte. Nicht lange aber, und Brynn bemerkte die unzähligen funkelnden Gegenstände, von denen sie umgeben war: Edelsteine und Juwelen, sowie ihr eben erst gefundenes Schwert, das Schwert eines Hüters.

Brynn nahm es ehrfürchtig in die Hand und hätte es beinahe gleich darauf verärgert wieder fortgeworfen; sie empfand sein Unvermögen, auch nur die Schuppenhaut des Monsters zu durchdringen, geradezu als Verrat.

Dann besann sie sich jedoch eines Besseren und besah es sich genauer. »Flammentänzer«, wiederholte sie den Namen, den Juraviel gebraucht hatte. Sie untersuchte die unfassbar detailreiche Ziselierung auf der langen, schlanken Klinge, während sie mit den Augen und ihrer freien Hand daran entlang wanderte, um das kühle Metall, das kunstvoll gestaltete Heft und den weiblichen Elfenkörper mit dem Kopf aus einem Rubin zu befühlen.

Schließlich erhob sich Brynn und schob sich das Schwert mit einem entschlossenen Nicken in den Gürtel. Als sie den unterirdischen Gang hoch über ihrem Kopf einer genaueren Betrachtung unterzog, musste sie sich eingestehen, dass sie wohl kaum denselben Weg zurück zum Nest des Drachen würde nehmen können.

Aber das hatte sie auch gar nicht vor. Sie schloss die Augen in einem stummen Gruß an Belli'mar Juraviel und Cazzira, die in den Tagen ihrer gemeinsamen Wanderung über den Pfad der sternenlosen Nacht beinahe so etwas wie eine Freundin geworden war. Entweder, sagte sie sich, waren sie jetzt tot, oder sie waren ebenfalls entkommen und es erging ihnen besser als ihr hier unten in diesen finsteren, unterirdischen Gängen. Wie auch immer, Brynn war sich bewusst, dass sie jetzt stark sein und Juraviel und Cazzira aus ihren Gedanken verbannen musste, um sich ganz darauf konzentrieren zu können, einen Ausweg aus diesen lichtlosen Gängen zu finden und in ihre Heimat zurückzukehren, damit sie To-gai-ru in die Freiheit führen und so Belli'mar Juraviel und allen Elfen zur Ehre gereichen konnte, die sie für diese Aufgabe ausgebildet hatten.

Und so durchsuchte sie, ohne die Schmuckstücke und Münzen weiter zu beachten, den herabgestürzten Schatz nach einer Lichtquelle oder etwas anderem, das ihr unterwegs von Nutzen sein konnte.

Der erste interessante Gegenstand, auf den sie stieß, war ein Barett von leuchtend roter Farbe, selbst in diesem trüben Licht. Sie hob es auf und streifte es über, mehr, um zu verhindern, dass ihre blutverschmierten, klebrigen Haare ihr ins Gesicht fielen, als aus anderen Erwägungen.

Beinahe augenblicklich begann sie sich besser zu fühlen, auch wenn die Veränderung nahezu unmerklich war und sie sie zunächst gar nicht mit dem Barett in Verbindung brachte.

Nicht weit entfernt lag ein mit Edelsteinen besetzter Armschutz. Der Anblick ihres linken Handgelenks, das beim Sturz Schnittwunden und Prellungen davongetragen hatte, bewog sie, ihn aufzuheben und sich umzuschnallen. Im Anschluss tauschte sie ihr zerrissenes Hemd gegen einen elegant aussehenden Überwurf ein, in den Metallschlaufen eingenäht waren und der von einer roten Schärpe zusammengehalten wurde, in der ihr Schwert perfekt saß.

Schließlich hob sie ihre zerbrochene Lampe vom Boden auf und machte sich, entschlossen einen Fuß vor den anderen setzend, auf den Weg durch die muffigen, düsteren Gänge. Mit dem Verstreichen der Stunden ließen auch ihre Schmerzen nach, und sie machte sich, wie Cazzira es ihr beigebracht hatte, auf die Suche nach etwas Essbarem.

In einer Seitennische richtete sie ihr Nachtlager ein und verbrachte eine Weile vergeblich damit, ihre Lampe zu reparieren. Anschließend fiel sie in einen unruhigen Schlaf und musste in schauderhaften Träumen immer wieder an ihre Freunde denken, bis sie schließlich in kalten Schweiß gebadet aufwachte.

Sie rappelte sich trotzdem auf und schleppe sich weiter, einen Schritt nach dem anderen, Tag für Tag.

Am vierten Tag ihrer Wanderung, sie hatte bereits unzählige Meilen in verschlungenen unterirdischen Gängen zurückgelegt, wurde ihre Lichtquelle immer schwächer, bis sie schließlich ganz erlosch und sie in absoluter Dunkelheit zurückließ. Völlig überwältigt von der plötzlichen Finsternis, deren Undurchdringlichkeit alles bis dahin Erlebte übertraf, ging die Hüterin in die Hocke, zog ihr Schwert und betete um Licht, irgendein Licht, woher auch immer.

In diesem Moment brach die magische Klinge lichterloh in Flammen aus, vor lauter Überraschung entfuhr Brynn ein schrilles Kreischen. Sie ließ die Klinge auf den felsigen Boden fallen, wo sie einen Augenblick lang brannte, bis die Flammen erloschen.

Nachdem sie sich vom ersten Schrecken erholt hatte, ließ sich Brynn auf die Knie fallen und tastete den Boden ab, bis sie die Klinge wiedergefunden hatte. Sie erhob sich, hielt die Klinge vor ihren Körper und befahl ihr, noch einmal in Flammen aufzugehen.

Sie tat es, heller als jede Fackel. Da sie nicht wusste, wie lange das Feuer anhalten würde, machte sie sich augenblicklich auf den Weg; sie hatte neue Hoffnung geschöpft.

Tage vergingen. Brynn durchwanderte ein Schattenreich, kletterte durch pechschwarze Kamine und durchquerte das eiskalte Wasser eines unterirdischen Flusses. Manchmal verfolgten sie die Geräusche anderer Lebewesen, Raubtiere wahrscheinlich, die überall ringsum in den Schatten lauerten, dann wieder wanderte sie in völliger Stille. Die ganze Zeit über dachte sie an nichts anderes als ihr Ziel, wo immer es liegen mochte, und versuchte Cazziras Bemerkung zu verdrängen, dass die meisten Opfer des Pfades der sternenlosen Nacht an Altersschwäche starben.

Unermüdlich lief sie weiter, stundenlang, tagelang; obwohl ihre Fackel nicht auf einen sich erschöpfenden Brennstoff angewiesen schien, da ihr Licht zu keinem Zeitpunkt schwächer wurde, gab es zahllose Augenblicke, in denen sie am liebsten aufgegeben hätte.

Aber nur beinahe. Denn Brynn war eine von Elfen ausgebildete Hüterin, und sie war eine To-gai-ru. Ihr Volk brauchte sie, sie durfte auf keinen Fall versagen. So einfach war das.

Eines Morgens – es kann auch abends gewesen sein – zwängte sich Brynn durch einen schmalen Spalt in eine breitere, im weiteren Verlauf ansteigende Höhle. Es folgte eine kurze, ermüdende Kriecherei, weshalb sie an einer etwas breiteren Stelle Pause machte, um zu verschnaufen.

Plötzlich spürte sie einen Luftzug.

Nicht etwa die heißen Aufwinde eines Lavastroms, sondern eine echte, frische Brise.

Gestärkt von dem Gedanken, ihre harte Prüfung könnte endlich ein Ende haben, arbeitete sich Brynn hastig weiter durch den Tunnel voran. Aber als aus den Minuten eine Stunde wurde und schließlich eine zweite, musste sie abermals Halt machen, um sich auszuruhen.

Nach einem kurzen Nickerchen schleppte sie sich weiter, bis die Luft rings um sie leichter schien und die Brise, wenn auch kaum merklich, kräftiger zu werden begann.

Dann sah sie es, weit vor sich: einen winzigen Punkt aus Licht, aus richtigem Tageslicht!

Brynn löschte ihr flammendes Schwert, stand still da und betrachtete benommen den fahlen Schimmer.

Und dann rannte sie los, so schnell ihre Füße sie trugen.

An der Flanke eines Berges verließ sie den unterirdischen Gang, wenn auch in nicht sehr großer Höhe. Tief unter ihr erstreckten sich die windigen, bräunlich grünen Weiden ihrer Heimat To-gai.

Brynn Dharielle war endlich nach Hause gekommen.

Teil Zwei

To-gai

Meiner festen Überzeugung nach hat der Ort, an dem wir leben, einen sehr großen Einfluss darauf, wer wir sind und mit welchen Augen wir die Welt betrachten. Die Bevölkerung Behrens denkt ganz anders als die To-gai-ru, und beide wiederum unterscheiden sich stark von den Menschen aus dem Königreich im Norden der Berge, die ich selbst kennen gelernt habe, Aydrian Wyndon eingeschlossen. Die wilden Barbaren Alpinadors wiederum können sich in jeder Hinsicht bestenfalls als entfernte Verwandte dieser drei Menschenvölker bezeichnen.

Viele jedoch werfen einiges durcheinander, wenn es um die eigentliche Bedeutung dieser Unterschiede geht, denn im Grunde teilen wir alle dieselben Hoffnungen: auf die Entwicklung unserer Persönlichkeit und der Gemeinschaft, auf eine bessere Welt für unsere Kinder, auf den Fortbestand unserer Kultur. Oft werden die meist nur mit Äußerlichkeiten belegten Unterschiede dieser vier Kulturen dazu missbraucht, ein anderes Volk schlecht zu machen und sich selbst dadurch in ein besseres Licht zu rücken. Genau das muss ich zu vermeiden versuchen, trotz meines abgrundtiefen Hasses auf die behrenesischen Yatols, die meine Heimat erobert haben. Ich muss versuchen anzuerkennen, dass ihr Glaube eine Folge ganz anderer Erfahrungen ist, gemacht in einem völlig anderen Land. Gesellschaften und Individuen entwickeln sich im Wechsel-

spiel mit ihrer Umgebung, mit den Gegebenheiten von Klima und Umwelt, den Gefahren und Freuden, denen sie dort begegnen. Für das Volk der To-gai-ru bevorzuge ich daher die althergebrachten Sitten, jene Kultur, die sich aus den besonderen Lebensumständen in der Steppe entwickelt hat. Ich bin zutiefst davon überzeugt, dass diese althergebrachte Lebensweise die beste ist – jedenfalls für uns.

Denn wir sind ein Erzeugnis unserer Kultur, und diese ist in weiten Teilen ein Produkt des Landes, in dem wir leben. Die Menschen in To-gai sind Nomaden, denn unser Überleben hängt vor allem von den großen Herden ab; die Bewohner Behrens dagegen sind sesshaft und leben größtenteils in befestigten Städten. Oft liegen zwischen ihren Städten endlose Meilen öder, windumtoster Sandwüste, eine menschenfeindliche Umgebung, die sie in ihrer Beweglichkeit einschränkt. Viele charakteristische Eigenschaften, die diese beiden Völker, die To-gai-ru und die Behreneser, ausmachen, lassen sich auf diese unterschiedlichen Lebensweisen zurückführen. Die To-gai-ru sind Reiter, die besten der Welt, die auf ihren kräftigen und schnellen Ponys auf die Jagd gehen; unterwegs sind sie für uns wie liebe Reisegefährten. Die To-gai-ru sind Bogenschützen, die besten der Welt, die mit ihren großen Bogen aus dem Sattel heraus die Tiere erlegen, die uns mit Obdach und Nahrung versorgen. Weil unsere Lebensweise so eng mit den Früchten der Steppe verflochten ist, stehen diese Tiere bei uns in höchstem Ansehen; wir sind ihnen dankbar für das, was sie uns geben. Wir sind mit den Feinheiten des Landes bestens vertraut, auf dem wir leben, mit dem Gleichgewicht, das nicht gestört werden darf, wenn unsere Kultur und unser Volk überleben sollen.

Die Behreneser dagegen bevorzugen in der Regel schwerfällige Kamele, die sie über die endlosen Dünen der Sandwüsten tragen. Sie sind eher Bauern als Jäger, da ihr Land nur wenig Wild hervorbringt. Die Waffen, die sie herstellen, sind für den Krieg gemacht, nicht für die Jagd. Ich denke, eine auf Landwirtschaft basierende Kultur erfordert eine völlig andere Denkweise. Die Behreneser betreiben eine Ernte- und Vorratswirtschaft, sie leben nicht, wie mein Volk, von der Hand in den Mund. Sie sind auf eine Mehrung ihrer Erträge und ihres Reichtums bedacht, statt sich an den einfachen Dingen des Lebens zu erfreuen. Je enger sie sich in ihren Städten und auf ihren Farmen zusammendrängen, je umfassender sie das Land ihren Bedürfnissen entsprechend umgestalten, desto mehr geht ihnen der Blick für die Welt als Ganzes verloren, in der vor allem Vielfalt zählt.

Mit ihrer Vorratshaltung wecken sie neue Begehrlichkeiten, und Habgier entwickelt eine ganz eigene Dynamik. Sie entfernen sich zusehends von der Schönheit und den Annehmlichkeiten der Natur und ersetzen diese natürlichen Freuden durch selbst geschaffene Bedürfnisse: dem Streben nach Reichtum und Macht. Die einzige Selbstrechtfertigung der behrenesischen Oberen, Yatols zumeist, besteht im Anhäufen nutzloser Reichtümer. Sie versuchen ihre Stellung im Jenseits allein mit dem Bau monumentaler Grabhügel voller Juwelen und Skulpturen zu sichern, errichtet auf dem Rücken geschundener und gebrochener Sklaven.

Dieser Weg führt in die Irre! Ein hochrangiger Yatol kann durchaus einen wahren Schatz an goldenen Kelchen besitzen, zu viele, um sie jemals auch nur anzuschauen oder in die Hand zu nehmen, während sein Volk vor den von Menschenhand geschaffenen Mauern seines Hauses in Not und Elend lebt – Mauern, die er wegen der übergroßen Armut seines Volkes zu seinem eigenen Schutz errichten muss.

Ein Häuptling der To-gai-ru dagegen, der solchen Reichtum hortete, würde von seinem Stamm vertrieben werden – wenn er Glück hat. Ein Nomade könnte einen solchen Schutzwall gar nicht errichten.

Die Hierarchie der behrenesischen Gesellschaft, vom Yatol bis zum einfachen Bauern, ist von alters her festgelegt, und der Reichtum des Landes wurde bereits vor langer Zeit unter seinen Oberen aufgeteilt, auch wenn der Versuch, die betreffenden Gesetze neu zu ordnen, ständig für Unfrieden sorgt. Insgesamt jedoch ist die Summe dieses Reichtums endlich, weshalb die Behreneser, als sie diesen mehren und sich einen besseren Stand verschaffen wollten, den Blick über ihre Grenzen richten mussten. Jetzt, da ihnen die To-gai-ru als Sklaven dienen, erhalten selbst die behrenesischen Bauern Auftrieb, und mit dem Verkauf der To-gai-Ponys kann das Königreich seinen Reichtum noch vergrößern.

Und damit wachsen auch ihre nutzlosen Schätze.

Und damit werden auch ihre Grabmäler immer größer und aufwändiger werden, werden mit immer mehr sinnlosem Geschmeide gefüllt und auf dem Rücken von immer mehr geschundenen Sklaven errichtet.

Für mich ist es eine schlichte Tatsache, dass ich die Behreneser hasse. Aber wie bereits gesagt, ich darf nicht dem Irrtum erliegen, die Gesellschaft mit ihren einzelnen Mitgliedern zu verwechseln. Ich verabscheue diese Kultur, die in dem Wüstenreich entstanden ist, die Kultur, der es offenbar ein Bedürfnis war, in mein Land einzufallen und mein Volk zu versklaven. Ich verabscheue die Yatols, die nicht von diesem mörderischen und fürchterlichen Weg ablassen konnten und ihn stattdessen als ihr religiöses Recht ansahen, als den einzig wahren Weg zu ihrem Gott. Habgier und Arroganz gehen scheinbar Hand in Hand.

Ich verabscheue sie, daher werde ich meinem Volk die Freiheit bringen oder bei dem Versuch ums Leben kommen.

Aber ich darf keinem Irrtum erliegen. Meine Abscheu gilt nicht den behrenesischen Untertanen, den mittellosen, vom Sturm yatolscher Raserei mitgerissenen Bauern.

Ich muss mir immer wieder aufs Neue in Erinnerung rufen, meinem Ziel auf jedem Schritt meines Weges treu zu bleiben. In jeder Schlacht, bei jeder Eroberung muss ich mir das immer wieder sagen, denn sonst zerreißt es mir das Herz, und mein Vorhaben würde sich in das verwandeln, was ich am meisten verachte.

Brynn Dharielle

10. Verwandte und Gleichgesinnte

Nahezu zwei Wochen irrte Brynn durch die Hügel und Täler am Südrand der Berge des Großen Gürtels, bevor sie einen Pass fand, der sie zu den grasbewachsenen Steppen hinunterführen würde. Dennoch war es kein beschwerlicher Weg, denn überall war reichlich Nahrung und kaltes, frisches Wasser zu finden, und weder Monster noch wilde Tiere gefährdeten ihr Vorankommen.

Der einzige Kampf, den sie in diesen Tagen und vor allem in den Nächten ausfocht, war der, der pausenlos in ihrem Herzen wütete. Sie hatte Belli'mar Juraviel verloren, ihren engsten und liebsten Freund der vergangenen zehn Jahre. Sie hatte fliehen können, er nicht; sie hatte Reißaus genommen, während der Drache ihn verbrannte, verspeiste oder einfach auf dem felsigen Boden zertrampelte.

Immerhin, die junge Hüterin wusste, dass sie keine Wahl gehabt hatte, dass Juraviel längst nicht mehr gelebt hatte, als sie tief unter dem Nest des Drachen wieder zu sich gekommen war. Gefühl und Verstand sagten ihr, dass ihr gegenwärtiger Weg der richtige war, der Weg, den Lady Dasslerond und Juraviel von ihr erwarteten. Es konnte nicht ihr Lebenszweck sein, ihren toten Freund zu rächen oder zu seinem Volk zurückzukehren, um es von seinem Tod zu unterrichten.

Ganz im Gegenteil, ihr Lebenszweck lag jetzt vor ihr, in Gestalt der endlosen Weite der grasbewachsenen Steppen To-gais.

Deshalb verfolgte sie ihren Weg auch mit gemischten Gefühlen, hin- und hergerissen zwischen sorgenschwerem Herzen und freudiger Erwartung, während rings um sie herum die Eindrücke und Gerüche ihres geliebten To-gai immer mannigfaltiger wurden.

Eines herrlichen Morgens erwachte die junge Hüterin durch ein rumpelndes Donnern, das jedoch nicht vom Himmel, sondern aus dem Boden unter ihr zu kommen schien. Neugierig geworden, krabbelte sie zum Rand des Felsplateaus, auf dem sie kampiert hatte, und schaute hinunter auf eine grasbewachsene, von felsigen Bergen umgebene Aue. Tief unter ihr galoppierte eine Herde braunweiß und schwarzweiß gescheckter Ponys aufgeregt über eine Weide.

Sie schaute sich um, konnte aber nichts erkennen, was auf die Anwesenheit von Raubtieren oder Menschen hingedeutet hätte. Als sie sich die Herde daraufhin genauer ansah, wurde ihr klar, dass die Stuten und Fohlen vor allem deshalb wild durcheinander liefen, weil sie einigen höchst aufgebrachten Hengsten nicht in die Quere kommen wollten.

Brynn nickte verständnisvoll. Vermutlich machte einer der jüngeren Hengste dem Leittier gerade seinen Rang streitig. Sie stützte sich auf die Ellbogen und betrachtete das Schauspiel, das sich vor ihren Augen entspann.

Es dauerte nicht lange, und sie erkannte, dass drei Hengste an der Keilerei beteiligt waren. Ein großes, altes männliches Tier, bereits von zahlreichen Bissen und Tritten gezeichnet, jagte abwechselnd zwei jüngeren Tieren hinterher und versuchte sie sich vom Leib zu halten. Es war das größte der drei und offenkundig der Leithengst. Eher braun als weiß, wies sein mächtiger Körper nur wenige Flecken auf, genau wie der zweite Junghengst, der sein Hauptherausforderer zu sein schien.

Aber es war vor allem das dritte Tier, das Brynns Aufmerksamkeit erregte. Sie hielt es für das jüngste der drei, zumal dieser Hengst mehr damit beschäftigt war, den anderen beiden aus dem Weg zu gehen, als dem Leithengst tatsächlich die Stirn zu bieten. Seine Fesseln waren weiß, seine Zeichnung dunkelbraun mit einem Rand in einer helleren Schattierung. Seine ebenfalls weiße Mähne hatte eine schwarze Spitze, und im Gegensatz zu den meisten anderen Tieren in der Herde besaß er nicht ein blaues Auge, sondern deren zwei.

In Brynns Augen schien er eine kleinere Ausgabe von Diredusk zu sein.

Brynn biss sich besorgt auf die Unterlippe; hoffentlich würde der mächtige Hengst bei dieser Auseinandersetzung nicht allzu schwer verletzt werden.

Der Leithengst schoss auf ihn zu, woraufhin er in einer Unterwerfungsgeste mit angelegten Ohren und gesenktem Kopf wegtauchte.

Zumindest sah es im ersten Augenblick danach aus; als der Leithengst jedoch abschwenkte, um sich wieder seinem sehr viel aggressiveren Herausforderer zu widmen, wirbelte der kleine Hengst herum und biss ihm fest in seine hintere Weiche; als dieser sich daraufhin umdrehte, um den Angriff zu erwidern, schoss das kleinere Tier an ihm vorbei und flitzte zwischen Leithengst und zweitem Herausforderer hindurch, was die beiden bewog, sich verwirrt aufzubäumen, sodass sie mit den Vorderläufen hart aneinander gerieten.

Daraufhin vollzog der kleine Hengst eine scharfe Kehrtwende, um sich erneut ins Getümmel zu stürzen, und Brynn hatte den Eindruck, als zögere er kurz, wie um zu entscheiden, welcher der beiden anderen Hengste wohl die Oberhand gewinnen würde. Schließlich griff er schnell und entschlossen an, trat aus und bedrängte den Leithengst, der eindeutig im Begriff war, den Herausforderer in die Knie zu zwingen; als das schmächtigste der drei Tiere am anderen Ende wieder zum Vorschein kam, waren die beiden Hengste wieder gleichauf.

Unmittelbar darauf griff das kleine Pony erneut an; diesmal stürzte es auf den Herausforderer zu, der in diesem Moment im Vorteil war, schließlich noch ein drittes Mal, wobei es beiden Tieren, deren Kampf in diesem Moment ausgeglichen stand, einen heftigen Tritt versetzte.

»Was für ein cleveres kleines Kerlchen«, murmelte Brynn

vergnügt. Sie wusste, das war nicht etwa Zufall; dieses Pony tat alles in seiner Macht Stehende, um den Kampf der beiden größeren Tiere in die Länge zu ziehen, um sie gleichmäßig zu zermürben und letztendlich selbst den Sieg davonzutragen.

Kurz darauf geschah genau das; das kleine Pony verscheuchte erst den Leithengst und schließlich auch dessen erschöpften und geschlagenen Herausforderer.

»Viel Spaß mit der Siegesbeute«, murmelte Brynn, als das Pony zu der Stute hinübertrabte, die der Auslöser des Ganzen gewesen war.

Noch immer amüsiert schmunzelnd packte die junge Hüterin ihre Sachen zusammen und brach zu ihrem Tagesmarsch auf, musste sich aber immer wieder nach dem cleveren kleinen Hengst umdrehen. Etwas an ihm – nicht bloß seine äußerliche Ähnlichkeit mit Diredusk – ließ sie eine gewisse Verbundenheit mit ihm spüren.

Selbst am nächsten Tag noch, sie befand sich auf dem Grund eines ausgedehnten Canyons, den sie auf einem Trampelpfad durchquerte, wollte ihr der kleine Hengst nicht aus dem Kopf gehen, als sie plötzlich das donnernde Hufgetrappel einer rennenden Herde hörte. Brynn drückte sich sofort an die Felswand und ging hinter einem Felsen in die Hocke.

Die Pferde drängten panisch hinter ihr in den Canyon; als kurz darauf ein tiefes, grollendes Gebrüll erklang, wurde ihr auch klar, warum.

Ein Berglöwe, noch dazu ganz in der Nähe.

Die Pferde donnerten vorüber; im Grunde waren sie nicht in großer Gefahr, solange das Gelände vor ihnen offen war und die große Raubkatze nicht bereits sprungbereit oberhalb von ihnen lauerte. Instinktiv zog die junge Hüterin den Kopf noch tiefer zwischen die Schultern und umklammerte das Heft ihres vortrefflichen Schwertes. Wenn die Raubkatze die Pferde nicht erwischen konnte, würde sie sich vielleicht mit ein wenig Menschenfleisch trösten wollen …

Dann sah sie sie, dicht an die Felswand gedrückt jagte sie der Herde hinterher und bewegte sich derart geschmeidig über den unebenen Fels, als trabe sie gemächlich über offenes Gelände. Obwohl der Abstand zur Herde zusehends größer wurde, setzte sie ihre Hatz hartnäckig fort, die Ohren flach an den Kopf gelegt, die kräftigen Läufe unermüdlich und perfekt dem unebenen Gelände angepasst.

Bis sie Brynn bemerkte.

Die Raubkatze erstarrte so schnell, so lautlos und vollkommen, dass sie mit der bräunlich grauen Felswand hinter ihr zu verschmelzen schien. Brynn verhielt sich vollkommen still und hielt den Blick starr geradeaus gerichtet, bis sie die kräftige Raubkatze wieder deutlich erkennen konnte. Sie war groß – Brynn schätzte ihre Schulterhöhe auf über vier Fuß, was bedeutete, dass sie mit einer Tatze ihr Gesicht mehr als bedecken konnte. Verglichen mit ihrem letzten Gegner, dem scheußlichen Drachen, mochte das vielleicht nicht sehr gewaltig erscheinen, doch Brynn waren die Gefahren bestens vertraut, die durch braune Berglöwen drohten; ihre eigenen Leute waren ihnen während der Sommermonate, wenn sie auf ihren Wanderungen bis in die nördlichen Ausläufer des Gebirges gelangten, des Öfteren begegnet, häufig mit katastrophalen Folgen. Diese Vorberge waren vielen To-gai-ru zum Grab geworden.

Aber Brynn war keine einfache To-gai-ru, und durch ihre Ausbildung war sie selbst den besten Kriegern ihres Volkes überlegen. Sie widerstand dem Drang, rasch wieder hinter dem Fels in Deckung zu gehen, denn sie wusste, jede schnelle Bewegung würde die Katze unweigerlich dazu verleiten, sich auf sie zu stürzen – und für einen einzigen mächtigen Satz war sie keineswegs zu weit entfernt.

Nein, sie musste die Raubkatze dazu verleiten, sich zuerst zu bewegen, und dann ganz auf ihr Geschick vertrauen.

Die nächsten Augenblicke kamen ihr unendlich lange vor, denn sie wagte nicht einmal zu atmen.

Die Katze starrte geduldig auf sie herab und musterte sie, bis Brynn schließlich eine kaum wahrnehmbare, dafür aber umso aufschlussreichere Bewegung gewahrte: die Raubkatze verlagerte ihr Gewicht von einem Hinterbein aufs andere, ein vorsichtiges Stampfen, um sich einen sichereren Stand zu verschaffen.

»Tu es nicht«, zischte Brynn mit leiser Stimme.

Sie hatte die Worte noch nicht ganz ausgesprochen, als die große Katze absprang und vom Felsvorsprung auf sie zugeflogen kam. Dank ihrer fast bis zur Vollkommenheit geschärften Reflexe konnte sich Brynn in eine Seitwärtsrolle werfen und hinter den Felsen ducken, sodass die Katze ihren Kurs nach der Landung nicht ohne weiteres wieder auf sie ausrichten konnte. Nur wenige Fuß entfernt kam Brynn in Verteidigungshaltung wieder auf die Beine; die Katze war mittlerweile auf dem Felsen gelandet und beäugte sie aus schmalen Augenschlitzen. Den Kopf gesenkt, die Hinterläufe in Vorbereitung auf die nächste Attacke fest auf dem Boden, stieß sie ein Gebrüll aus, das Brynn das Mark in den Knochen gefrieren ließ.

Sie ließ ihre Gedanken in ihr Schwert hineinströmen, bis eine Flamme entlang der Klinge aufloderte.

Unter neuerlichem Gebrüll wich die Raubkatze ein kleines Stück zurück, allerdings nur für einen winzigen Augenblick. Brynn sah sofort, dass sie ausgehungert und obendrein verärgert war.

Der Angriff erfolgte mit einer Plötzlichkeit, die nahezu jeden anderen Krieger überrumpelt hätte; er kam so schnell, dass die meisten bei dem Versuch, sich zu verteidigen, vermutlich nicht einmal ihr Schwert hätten hochreißen können. Doch Brynn war eine Hüterin und so auf Tiere eingestellt, dass sie den Sprung instinktiv erahnte, noch ehe er überhaupt erfolgte.

Sie drehte sich blitzschnell nach links, sodass ihr Schwert mit ihrer vollen Körperdrehung einen vollständigen Kreis beschrieb und die vorüberfliegende Katze beinahe am Rumpf traf.

Die Raubkatze wich aus, drehte sich sofort um und sprang ab; diesmal zielte sie höher, auf Brynns Kopf.

Diese warf sich nach vorne auf den Boden, und obgleich sie nicht genug Zeit hatte, das Schwert herumzudrehen und der über sie hinwegsegelnden Katze in den Leib zu stoßen, schaffte sie es, dem Tier den Knauf fest in den Bauch zu rammen und sich mit einem Schlag ihres neuen Armschutzes vor den tödlichen Hinterpfoten in Sicherheit zu bringen.

Sie hatte die Bewegung noch nicht ganz abgeschlossen, als sie überrascht die Augen aufriss, denn der Armschutz sandte ein pulsierendes, weißes und wie ein Schild gekrümmtes Licht aus. Als sie wieder sicher auf den Beinen stand, berührte sie es mit dem Schwert, und tatsächlich, es war eine Art Schutzschild aus glühender Energie. Sie hätte es sich gern näher angesehen, doch andere Probleme waren dringender.

»Hau endlich ab!«, brüllte sie die Bestie an, als diese sich erneut umdrehte und sie ihre übliche Verteidigungshaltung einnahm.

Diesmal kam die gerissene Katze vorsichtig herangeschlichen.

Brynn stieß mit dem Schwert in ihre Richtung, doch sie wich zurück, um gleich darauf abermals anzugreifen, indem sie sich auf die Hinterpfoten stellte und mit den Vorderpfoten nach ihr schlug.

Brynn bewegte ihr Schwert vor und zurück, schlug nach den Krallen und versengte die Katze mit den Flammen. Dann plötzlich sprang sie doch, und obwohl sich Brynn noch zur Seite werfen konnte, spürte sie einen glühend heißen Schmerz in ihrer Schulter, als sie dort eine Kralle streifte. In ihrer Bewegung gestoppt, blieb sie auf dem Rücken liegen und fasste sich instinktiv an die Wunde, musste jedoch sofort wieder loslassen und versuchen, ihr Schwert auf die große Katze zu richten und zuzustoßen, als diese sich in einem undurchschaubaren Knäuel aus Muskeln, reißenden Krallen und gebleckten Zähnen auf sie warf.

Sie wehrte sich nach Leibeskräften, presste schließlich die lodernde Klinge mit der flachen Seite gegen Hals und Kopf der Katze und hielt sie sich so auf Armeslänge vom Leib, um den mächtigen Krallen kein sicheres Ziel zu bieten, während sie gleichzeitig mit ihrem pulsierenden Lichtschild um sich schlug, um sie auch damit abzuwehren.

Als die Katze daraufhin unter protestierendem Geknurre zurückwich, kam Brynn leichtfüßig wieder auf die Beine.

Die Raubkatze, offenbar verunsichert und verletzt, schlich in einem rechten Bogen um sie herum.

Jetzt ergriff Brynn die Initiative; sie nutzte die Gelegenheit, um nach vorn zu stürzen und ihr Schwert senkrecht über ihren Kopf zu führen, damit die Flammen aufloderten und sie die Katze vielleicht auf diese Weise vertreiben konnte.

Und tatsächlich – sie scheute zurück und ließ sich, die Ohren fest angelegt und das Maul zu einem lautstarken Wut- und Protestgejaule weit aufgerissen, flach auf die Vorderläufe fallen.

Dann griff die Katze erneut an; Brynn sprang zurück und attackierte abermals, bis sich die Katze nach kurzem Zögern einen Schritt zurückzog und sich wieder zu ihr umwandte.

Keiner von beiden traute sich, mit seiner Attacke aufs Ganze zu gehen; dafür hatten sie viel zu großen Respekt vor den Furcht erregenden Waffen des anderen.

Brynn hatte keine Ahnung, wie die Sache ausgehen mochte. Weglaufen kam nicht in Frage, dafür war die Katze viel zu flink, und verscheuchen ließ sich die Bestie offenbar ebenso wenig …

Schon näherte sich die Katze erneut, noch energischer diesmal, sodass Brynn gezwungen war, sich Schritt für Schritt zurückzuziehen, obwohl ihr Schwert ständig in Bewegung war, um die zu allem entschlossene Raubkatze in Schach zu halten. Wegen ihres fortwährenden Gebrülls und der allgemeinen Hektik war Brynn völlig überrascht, als sich plötzlich eine weitere Gestalt, größer als sie beide, in den Kampf einmischte.

Der kleine scheckige Hengst schob sich gesenkten Kopfes zwischen die beiden Widersacher und trat mit den Vorderläufen nach dem verdutzten Berglöwen. Die Katze wich mit einem Sprung zur Seite aus, woraufhin das Pony sich aufbäumte und aus Leibeskräften wieherte.

Kaum war es wieder auf allen vieren gelandet, vergeudete Brynn keine Sekunde, packte, ohne lange zu überlegen, seine Mähne und schwang sich rittlings auf seinen kräftigen Rücken, und das Pony schoss davon.

Der Berglöwe setzte brüllend und mit weit ausgreifenden Sprüngen hinterher.

Brynn hatte noch nicht genügend Halt gefunden, um ihr Pferd zu lenken, aber darauf war das Pony auch gar nicht angewiesen. Den Kopf in vollem Lauf tief abgeduckt, schwenkte es erst nach links hinüber, dann nach rechts und gleich darauf erneut nach links, um einen kleinen Vorsprung vor der nachsetzenden Katze zu gewinnen und schließlich in fliegendem Galopp auf ein mit umgestürzten Stämmen und Steinschlag übersätes Gelände zuzuhalten. Instinktiv versuchte Brynn, das Pferd zur Seite hinüberzuziehen, doch das Pony ließ sich nicht beirren. Es stürmte weiter; Brynn fand gerade noch rechtzeitig ihr Gleichgewicht, ehe das Pony über den ersten Felsbrocken hinwegsetzte und zwei Zwischensprünge einlegte, um schließlich in weitem Bogen über einen Baumstamm hinwegzusegeln, dessen eines Ende auf Felsbrocken auflag. Das nächste Hindernis war jedoch keine zwei Sprünge weit entfernt, daher stellte sich das Pony gleich nach der Landung auf die Hinterläufe, nicht etwa, um zum nächsten erlösenden Sprung anzusetzen, sondern um mit ein, zwei kurzen Hüpfern seinen Fluchtweg frei zu machen.

Wie ein Kaninchen, dachte Brynn. Ein Blick nach hinten zeigte ihr, dass die Entscheidung des Ponys richtig gewesen war, denn der Berglöwe hatte den ersten Felsen umlaufen und anschließend bei dem Versuch, sich unter dem umgestürzten Baumstamm hindurchzuzwängen, weiter an Boden verloren. Als er jetzt hinter dem zweiten Hindernis zum Vorschein kam, schnellte er sofort nach vorn, doch das Pony hatte längst wieder Tempo aufgenommen und befand sich in vollem Lauf. Ein paar Sprünge weit konnte der Berglöwe noch Schritt halten, doch dann verließen ihn seine Kräfte.

In vollem Galopp gelangten Brynn und das Pony am anderen Ende der Schlucht ins Freie; als sie endlich Gelegenheit fand, sich umzusehen, sah sie den Berglöwen dort stehen und ihnen sichtlich frustriert hinterherstarren.

Die beiden ritten noch eine Zeit lang weiter, wobei Brynn nur das Nötigste tat, um den kleinen Hengst zu lenken. Sie saß ganz bequem, ohne mit den Schenkeln unnötig Druck auf seine kräftigen Weichen auszuüben, die Hände locker in seiner schneeweißen Mähne, denn instinktiv wusste sie, dass das Tier sie nicht abwerfen würde. Brynn hatte als Kind oft beim Einfangen und Zureiten von Pferden zugesehen, daher wusste sie durchaus einzuschätzen, wie außergewöhnlich diese Begegnung war. Erstaunlich genug, dass das Pony sich überhaupt noch einmal in die Nähe des Berglöwen gewagt hatte, aber dass es sogar stehen geblieben war, um Brynn aufsitzen zu lassen, war mehr als ungewöhnlich.

Immerhin, die Legenden der To-gai-ru, eines Volkes, das sich den prächtigen Steppenpferden sehr verbunden fühlte, waren voll von solchen Begegnungen, solchen spontanen Banden zwischen Mensch und Tier.

Als sie sicher sein konnte, dass sie den Berglöwen endgültig abgehängt hatten, verlagerte Brynn ihr Gewicht ganz leicht nach hinten, zog sachte an des Ponys Mähne und flüsterte ihm ein leises »Brr« ins Ohr.

Das Pony verlangsamte sein Tempo und blieb stehen; Brynn ließ sich von seinem Rücken gleiten, ging nach vorn und kraulte ihm das Gesicht. Ein Blick in seine sanften blauen Augen zeigte ihr die Klugheit dieses Tieres. »Danke«, sagte sie und gab ihm einen Kuss auf seine Nüstern. Als sie daraufhin ein kleines Stück zurücktrat, schüttelte der junge Hengst mehrfach den Kopf auf und ab.

Brynn kraulte ihm lächelnd noch einmal die Ohren. »Wo sind eigentlich deine Freunde?«, fragte sie ruhig. »Haben sie dich etwa zurückgeschickt, damit du ihnen Rückendeckung gibst?«

Das Pony antwortete mit einem leisen Wiehern, senkte den Kopf ins Gras und rupfte zufrieden daran. Es schien es tatsächlich nicht eilig zu haben, loszulaufen und sich wieder der Herde anzuschließen.

Brynn wusste, dass es unmöglich war, die noch junge Freundschaft mit Gewalt voranzutreiben, auch wenn sie von ganzem Herzen hoffte, das Pony werde bei ihr bleiben. Sie hatte keinen Strick, und selbst wenn, hätte sie ihn bei diesem Pony, das sie soeben aus einer höchst gefährlichen Situation gerettet hatte, nicht benutzt.

Nein, sie wollte, dass das Pony ihr Freund und Gefährte und nicht bloß ihr Reittier wurde – umso mehr, als sie sich dann nicht mehr ganz so allein fühlen würde, jetzt, da Belli'mar Juraviel und Cazzira nicht mehr bei ihr waren. Aber eine solche Freundschaft war nur in beiderseitigem Einverständnis möglich und damit allein dem Pony überlassen.

Brynn liebkoste das Tier noch ein paar Augenblicke, dann wandte sie sich seufzend ab und begann sich ganz bewusst, aber ohne Hast zu entfernen.

Sie konnte sich ein Schmunzeln nicht verkneifen, als sie merkte, dass das kleine Pony ihr folgte.

Eine Stunde später stieß Brynn auf eine kleine, geschützt zwischen Felsen und Bäumen liegende Weide und beschloss, da es in der Nähe reichlich Gras für das Pony gab, unter den Zweigen einiger mächtiger Fichten ihr Lager aufzuschlagen.

»Also, wie soll ich dich nennen?«, fragte sie. Das Pferd sah sie an, als hätte es jedes Wort verstanden. »So klug und solch ein Held, und ich dachte schon, du wärst das Nesthäkchen der ganzen Herde.«

Als sie geendet hatte, lächelte sie und blickte ihm verschmitzt in seine blauen Augen. Als sie noch klein war, hatte sie mit ihrer Mutter öfter Wortspiele gespielt, ganz harmlos und einfach so zum Spaß, und als sie jetzt das wunderschöne Tier betrachtete, kam ihr vor allem ein Lied wieder in den Sinn, ein kleiner Vers, den ihre Mutter und sie über ein etwas zu klein geratenes Pferd gedichtet hatten, das Nesthäkchen der Herde ihres Clans. Den ganzen Text wusste sie nicht mehr, wohl aber den Namen, den ihre Mutter sich für das Pferd ausgedacht und der sich so hübsch in das Gedicht eingefügt hatte.

»Also gut«, enthüllte sie dem Pony. »Dann werde ich dich Nesty nennen.«

Als das Pony daraufhin mehrmals den Kopf auf und ab bewegte, wusste Brynn, dass es verstanden hatte. Ihre Freude hätte größer nicht sein können.

Die nächsten Tage verbrachten die junge Hüterin und ihr Pony gemeinsam; manchmal ritten sie über die weiter unten am Hang gelegenen Pfade, häufiger jedoch ging Brynn einfach zu Fuß, wobei sie die Führung übernahm und Nesty offenbar zufrieden hinterhertrottete. Das Wetter blieb größtenteils klar und frisch; und obwohl sie sich auf einer geringeren Höhe durch die Ausläufer des Gebirges bewegten, war die Jahreszeit bereits weit vorangeschritten.

Die ganze Zeit über versuchte Brynn sich zu orientieren und hielt nach einem markanten Punkt Ausschau – nach einer schroffen, charakteristischen Bergflanke etwa oder einem verschlungenen Bachlauf –, der ihrer Erinnerung aus Kindertagen auf die Sprünge helfen und ihr eine Vorstellung davon vermitteln würde, wo die To-gai-ru ihr Winterlager bezogen haben könnten. Es wäre ungewöhnlich, wenn ein Stamm sich zu dieser fortgeschrittenen Jahreszeit noch so nah bei den Bergen aufhielte, daher war sie überaus erleichtert, als sie eine dünne Rauchsäule erspähte, ein untrügliches Zeichen, dass jemand dort sein Lager aufgeschlagen hatte.

Sie schwang sich auf Nestys kräftigen Rücken und trieb das willige Pony zu einem forschen Tempo an. Bei dem Gedanken, zum ersten Mal seit mehr als einem Jahrzehnt, zum ersten Mal, seit sie erwachsen geworden war, ihre eigenen Leute wiederzusehen, bildete sich eine Gänsehaut auf ihren nackten Armen, bekam sie einen trockenen Mund und feuchte Hände. Ihre Nervosität wuchs mit jedem Schritt, und sie musste sich immer wieder daran erinnern, dass sie auf dieses Treffen bestens vorbereitet war. Die Touel'alfar hatten sie in vielen Künsten ausgebildet, die in ihrem Volk hoch angesehen waren, hatten keine Mühen gescheut, sie nicht in ihrem eigenen Singsang, sondern in ihrer Muttersprache zu unterrichten.

Plötzlich fiel ihr ein, dass die Elfen Aydrian in puncto Sprachunterricht mitnichten ebenso behandelt hatten. Brynn konnte sich nicht entsinnen, dass Lady Dasslerond oder einer der anderen sich mit Aydrian in der bei der Bevölkerung des Bärenreichs gebräuchlichen Sprache unterhalten hätte; stets war nur die Elfensprache verwendet worden. Das erschien ihr merkwürdig und bewirkte aus einem für sie nicht recht nachvollziehbaren Grund, dass sich ihr die Nackenhaare sträubten. Aber für solche Überlegungen hatte sie im Augenblick keine Zeit. Aydrians endgültiger Abschied von Andur'Blough Inninness, glaubte sie, lag noch viele Jahre in der Zukunft – dass der junge Mann, eigentlich fast noch ein Knabe, sich just in diesem Augenblick auf hektischer Flucht aus Dassleronds Gefangenschaft befand, konnte sie nicht wissen –, während ihr Ziel unmittelbar vor ihr lag, vielleicht sogar dort unten, unter jener Säule aus grauem Rauch.

Sie beugte sich tiefer über Nestys Hals und spornte das Tier zu noch schnellerem Tempo an; kurz darauf erreichte sie den Grat einer Anhöhe und ließ das Pony anhalten; ein strahlendes Lächeln erschien auf ihrem Gesicht.

Und erlosch sogleich wieder. Denn dort unter ihr befand sich nicht etwa ein Lager der To-gai-ru, wie sie es aus der Erinnerung kannte, mit zu einem Kreis um eine große Feuerstelle angeordneten Rehhautzelten, frei auf den Weiden herumlaufenden Pferden, bewacht von in hoch gelegenen Ausgucken sitzenden Posten, die die für das Überleben der To-gai-ru so ungeheuer wichtigen Herden sicherten. Eigentlich hatte Brynn sogar damit gerechnet, hier oben auf dem nördlichen Grat auf den einen oder anderen Posten zu stoßen.

Doch die gab es nicht. So weit Brynns Augen reichten, gab es auch keine Pferde, die sich auf den Feldern tummelten, und erst recht keine Zelte. Die Siedlung unter ihr war kein provisorisches Lager der To-gai-ru, sondern eine richtige Siedlung mit festen Gebäuden und sogar einem Schutzwall mitsamt Graben und Befestigungsmauer, der sie ganz umschloss. Es gab aus Lehm und Holz errichtete Häuser mit Grasnarbendächern, die über freigeräumte Wege und Straßen miteinander verbunden waren und sich um einen Dorfplatz in der Mitte gruppierten. An diesem Platz stand, unmittelbar gegenüber von Brynn, das größte Bauwerk des Ortes, ein lang gezogenes, hohes Gebäude mit einem Schrägdach aus ineinander verschränkten Balken, die von der Stirn- bis zur Rückseite kleine Xe bildeten, sowie kleinen Türmen und Minaretten an allen vier Ecken.

Es war eine ziemlich auffällige Konstruktion, die Brynn in den nächsten Tagen noch sehr gut kennen und verachten lernen sollte.

Ihr Blick schweifte eine Weile über das Gebäude hinweg, wurde dann aber zur Seite hin abgelenkt, vom zweitgrößten

Gebäude der Ansiedlung, einem langen, breiten und gedrungenen Bau, der von mehreren eingezäunten Bereichen umgeben war. Ganz offenkundig ein Stall, denn in den Pferchen tummelten sich über ein Dutzend Pferde, und sogar noch aus dieser Entfernung konnte sie drinnen noch weitere wiehern hören.

Den Mund schockiert und wütend aufgerissen, konnte Brynn nur hilflos den Kopf schütteln.

Sie brauchte lange, um den Mut aufzubringen, Nesty den Hang hinunter zur Ansiedlung gehen zu lassen. Als sie sich dem Tor näherten, fiel Brynn auf, dass sich zahlreiche Behreneser mit ihren charakteristischen hellen Gewändern und Turbanen in der Nähe aufhielten, von denen nicht gerade wenige sich mit argwöhnischer Miene zu ihr umdrehten. Die To-gai-ru, die sie erblickten, musterten sie mit ähnlicher Neugier, auch wenn in ihren Blicken weniger Ablehnung zu erkennen war.

Brynn befürchtete, es könnte vielleicht ein Fehler gewesen sein, hier ihren Überwurf, ihren Armschutz und vor allem das Barett und das fantastische Schwert zu tragen, das an Nestys Seite hing. Vielleicht hätte sie die nicht ganz rechtmäßig erworbenen Gegenstände besser ablegen und verpacken und als einfache To-gai-ru auf Wanderschaft auftreten sollen.

»Dafür ist es jetzt zu spät«, seufzte sie schulterzuckend und ließ Nesty in gemächlichem, jede Bedrohlichkeit vermeidendem Tempo weitergehen.

»Halt!«, ertönte, wie nicht anders zu erwarten, der Ruf eines der vier Posten, die in der Nähe des Tores herumstanden.

Brynn lehnte sich zurück und zupfte leicht an der Mähne ihres Ponys.

Die vier Posten, allesamt Behreneser, unter ihnen eine Frau in der unverwechselbaren Rüstung aus überlappenden Panzerschuppen der Chezhou-Lei, traten vor. Die drei gewöhnlichen behrenesischen Soldaten wirkten anfangs ein wenig nervös, was sich aber in Gegenwart ihrer eindrucksvollen Gefährtin von den Chezhou-Lei rasch legte.

Die Kriegerin betrachtete Brynn mit ernster Miene, brummte dann einem ihrer Gefährten etwas zu.

»Wer seid Ihr?«, fragte der Mann sofort – und ziemlich dienstbeflissen, wie Brynn fand.

»Ich bin Brynn Dharielle«, antwortete sie wahrheitsgetreu, da ihr kein Grund einfiel, weshalb sie den Namen, unter dem sie am besten bekannt war, verschweigen sollte – auch wenn es nicht ihr richtiger war.

»Und woher kommt Ihr?«

Brynn zuckte mit den Achseln und blickte über die Schulter zu den Bergen hinüber. »Von dort, aus den Vorbergen.«

Der Wachtposten übersetzte es rasch der Chezhou-Lei, woraufhin die beeindruckende Kriegerin Brynn noch eindringlicher aus ihren zu schmalen Schlitzen verengten Augen musterte. Sie sagte etwas auf Behrenesisch, das Brynn nicht verstand.

»In welchem Dorf seid Ihr zu Hause?«, fragte sie der Dolmetscher. »Und bei welchem Stamm?«

»Früher war ich aus Kayleen Kek«, antwortete Brynn, wiederum wahrheitsgemäß. »Aber das ist viele Jahre her.«

»Und jetzt?«

»Jetzt bin ich eine Wandernde.«

Der Mann neigte seinen Kopf zur Seite, als hätte er nicht recht verstanden.

»Eine Wandernde«, wiederholte Brynn. »Zu dieser Jahreszeit und in dieser Gegend, so nahe bei den Bergen, seid Ihr doch gewiss schon To-gai-ru auf Wanderschaft begegnet.« Der Mann schien immer noch nicht recht zu verstehen, und Brynn hatte beträchtliche Mühe, ein Grinsen zu unterdrücken. Auch in Behren gab es Nomaden; meist waren es Wüstenbanditen, die von einer Oase zur nächsten zogen; in To-gai dagegen wurden solche Leute Wandernde genannt, weil sie noch weniger sesshaft waren als die Stämme. Im Grunde waren sie eine durchaus alltägliche Erscheinung und genossen seitens der Stämme größten Respekt. Die Wandernden waren es, die Informationen weitertrugen, den Stämmen Nachrichten aus den anderen Lagern überbrachten und oftmals Jäger in Gebiete führten, wo bessere Aussicht auf Beute bestand. Brynn erinnerte sich noch gut, wie aufgeregt ihre Freunde reagiert hatten, sobald ein Wanderer sich Kayleen Kek näherte.

»Ihr seid noch ziemlich jung.«

»So jung nun auch wieder nicht«, erwiderte sie. »Aber ich bin müde und hätte für heute Nacht gern ein warmes Bett und eine ordentliche warme Mahlzeit.«

Der Behreneser übersetzte dies der Chezhou-Lei, die lange zögerte, ehe sie dem Mann zunickte.

»Dee'dahk möchte Euch nicht wieder fortschicken, Brynn Dharielle«, erläuterte der Mann. »Wenn die Ru Euch haben wollen, tretet ein. Aber seid gewarnt«, fügte er mit einem stechenden Blick auf Brynn und in ziemlich unfreundlichem Ton hinzu, »Kriegerin Dee'dahk duldet keine Frechheiten und wird ein wachsames Auge auf Euch haben.«

Brynn ließ sich nichts anmerken, vermied überhaupt alles, was als Bedrohung oder Spott ausgelegt werden könnte, und ließ sich von Nestys Rücken gleiten; anschließend richtete sie ihre Kleider, bevor sie das Schwert vom Pferd losband und um ihre schlanke Hüfte schnallte. Sie wusste, dass Dee'dahk jede ihrer Bewegungen beobachtete, daher versuchte sie, sich zumindest den Anschein von Ungeschicklichkeit zu geben.

»Ihr könnt Euer Pferd im Stall unterstellen«, fuhr der behrenesische Soldat fort. »Den Preis könnt Ihr nach Belieben aushandeln. Was Eure Unterkunft betrifft, müsst Ihr Euch an die anderen Ru wenden, aber rechnet damit, dass mein Herr, Yatol Daek Gin Gin Yan, Euch sprechen möchte.«

Brynn musste die Namen und den Ton erst noch verdauen und versuchen, sich einen Reim auf die offenbar gewaltigen Veränderungen zu machen, die ihr Zuhause heimgesucht hatten. Es gab also einen Yatol hier, und eine Chezhou-Lei. Sah bei genauerem Hinsehen etwa jedes »Dorf« so aus wie dieses?

Sie wollte sich schon auf den Weg machen, dicht gefolgt von Nesty, blieb dann aber unvermittelt stehen und drehte sich noch einmal zu ihrem Pony um. Sie kraulte ihm Gesicht und Hals, zupfte an seinen Ohren und flüsterte beruhigend auf das Tier ein, dann ließ sie es wenden und gab ihm einen Klaps aufs Hinterteil, woraufhin Nesty lostrabte, den grünen Weiden entgegen.

Sofort brach Dee'dahk in einen aufgeregten Wortschwall aus.

»Das ist nicht gestattet!«, schrie der behrenesische Dolmetscher sie an. »Das Pferd muss ins Dorf gebracht werden!«

»Dieses Land gehört ihnen ebenso wie uns«, erklärte Brynn.

»Dieses Land gehört Yatol Daek Gin Gin Yan!«, kreischte der Mann. »Das Pferd muss ins Dorf gebracht werden!«

Brynn dachte einen Moment darüber nach und sagte sich, dass dies kaum der geeignete Augenblick für einen Streit war. Sie war sicher, dass der Behreneser Nesty kein Haar krümmen würde – dafür war ein so prächtiges To-gai-Pony wie dieses viel zu wertvoll. Auf einen kurzen Pfiff von ihr blieb das Pony stehen und sah sich nach ihr um. Ein zweiter Pfiff, und Nesty machte kehrt und kam gemächlichen Schrittes zurück.

»Unter diesen Umständen werde ich wohl nicht lange hier bleiben«, erklärte Brynn, als das Pony bei ihr angelangt war, und ging, dicht gefolgt von Nesty, auf das offene Tor zu. Sie machte sich nicht die Mühe, den funkelnden Blick zu erwidern, mit dem Dee'dahk sie bedachte.

Mehrfach musste sie sich ermahnen, dass ihre Pflicht gegenüber ihrem Volk in erster Linie darin bestand, Informationen zusammenzutragen und so viel wie möglich über die derzeitige Lage in To-gai in Erfahrung zu bringen.

Die Zeit zu kämpfen würde noch früh genug kommen, da war sie ganz sicher.

»Bist du nicht ein bisschen jung für eine richtige Wandernde?«, sagte eine alte Frau mit Namen Tsolona am selben Abend zu

Brynn. Wie die meisten Erwachsenen des Ortes hatte sie sich im Schankraum eingefunden, der etwas abseits des Platzes, aber voll im Blickfeld des riesigen Yatol-Tempels lag.

»So jung auch wieder nicht. Aber auf jeden Fall älter an Erfahrung als an Jahren.«

»Verstehe«, sagte Barachuk, offenbar der Lebensgefährte der Alten, ein runzliger, zäh aussehender alter Mann mit Augen, die noch immer so klar und scharf waren wie die eines Zwanzigjährigen. »Und in welcher Gegend bist du nun umhergewandert?«

Brynn lächelte, während sie überlegte, wie ausführlich sie darauf antworten sollte. Wäre es nach ihr gegangen, hätte das Gespräch einen völlig anderen Verlauf genommen – sie hätte ihre Fragen über To-gai gestellt, statt sich von den To-gai-ru ausfragen zu lassen. Eine Unterkunft zu finden hatte sich als unproblematisch erwiesen; mehrere To-gai-ru-Familien hatten angeboten, sie für den Preis von ein paar Geschichten bei sich aufzunehmen, woraufhin sie die Einladung dieses Paares angenommen hatte. Sogar ein Behreneser hatte angeboten, sie bei sich wohnen zu lassen, und aus der Überlegung heraus, als Vertraute eines ihrer Feinde eine Menge Informationen über diese sammeln zu können, hätte Brynn um ein Haar zugesagt. Ein Blick in seine Augen hatte ihr jedoch seine wahren Absichten verraten, dabei wohnte seine Frau unter demselben Dach.

»Meistens ganz in der Nähe des Gebirges«, antwortete Brynn zögernd; sie war sich unangenehm der Anwesenheit zweier behrenesischer Männer bewusst, die ganz in der Nähe an einem Tisch saßen und das Gespräch offenbar belauschten. Natürlich wusste sie, dass sie auf Schritt und Tritt beobachtet wurde, schließlich wollten die Oberen des Ortes so viel als möglich über diese fremde, ungewöhnlich gekleidete Frau in Erfahrung bringen. Brynn beobachtete die beiden aus dem Augenwinkel, als sie, laut genug, dass sie es hören konnten, hinzufügte: »Und auch darunter.«

Die beiden Alten wechselten einen überraschten Blick, eine Reaktion, die sie mit mehreren anderen teilten, die in dem großen Raum in der Nähe saßen. Fast augenblicklich setzte Getuschel ein, und bereits wenige Momente später sah sich Brynn von Dorfbewohnern umringt, größtenteils To-gai-ru, obschon auch ein paar Behreneser darunter waren, die ihre Geschichte hören wollten.

Also begann sie zu erzählen – jedenfalls den Teil unterhalb des Gebirges, ohne Juraviel und Cazzira auch nur mit einem Wort zu erwähnen. Sie erntete allenthalben verwirrte Blicke, als sie von der Zwergenstadt erzählte, denn Pauris waren sowohl den To-gai-ru als auch den Behrenesern nahezu unbekannt. Besonders große Augen machten sie, als Brynn ihnen die Geschichte von dem Drachen und seinem sagenhaften Schatz erzählte.

Sie machte sich ihr Staunen nach besten Kräften zunutze und schmückte ihre Erzählung aus, indem sie sich von ihrem Platz erhob und die Beschreibung ihres Zweikampfes sogar in einigen Szenen nachstellte. Als sie an einer Stelle rief: »Da schlug ich mit meinem neuen Schwert gegen das Bein der riesigen Bestie«, sich aber dabei zur Seite drehte und die Bewegung mit der bloßen Hand nachahmte, hatte sie, wie die meisten anderen auch, einen Riesenspaß, als einige ihrer Zuhörer mit einem erschrockenen Aufschrei zurückwichen.

Währenddessen hielt sie ständig ein Auge auf die beiden Behreneser, die nach wie vor an ihrem Tisch saßen und ziemlich erfolglos so taten, als sei ihnen die Fremde mitsamt ihrer Geschichte mehr oder weniger gleichgültig. Sie wusste, dass sie auf jedes ihrer Worte lauschten, sich alles genau merkten und Yatol Daek Gin Gin Yan wahrscheinlich noch vor ihrem für den nächsten Morgen anberaumten Treffen mit dem Mann Bericht erstatten würden.

»Es geht das Gerücht, du seist von den Kayleen Kek«, sagte ein etwas abseits stehender Mann.

»Das ist lange her«, erwiderte Brynn, die sich allein schon durch die Nennung des Stammesnamens an die sorglosen Tage ihrer Kindheit erinnert fühlte.

»Ein außerordentlicher Stamm«, sagte ein anderer, und von diesem Augenblick an, als viele der Umstehenden anerkennend nickten und ihm beipflichteten, wusste Brynn, dass sie wieder zu Hause war. Denn trotz der häufigen Zerwürfnisse und Kriege herrschte unter den Stämmen der To-gai-ru ein gegenseitiger Respekt sowie Übereinstimmung darüber, dass sie im größeren Zusammenhang des Weltgefüges eine Einheit bildeten, das stolze Volk der To-gai-ru.

Brynn sah nur ein einziges Gesicht, das sie ein wenig aus der Fassung brachte, und das gehörte Barachuk, der einen leicht verdutzten, geradezu misstrauischen Eindruck machte. Daher war sie auch nicht übermäßig verwundert, als der alte Mann sich – nachdem man sich noch lange gegenseitig Geschichten erzählt hatte – auf dem Nachhauseweg zu ihr umdrehte und sagte: »Ich kenne den Stamm der Kayleen Kek. Ich hab früher Handel mit ihnen getrieben und bin mit ihnen auf die Jagd gegangen. Aber eine Familie namens Dharielle ist mir dort nicht bekannt.«

Brynn war die Art Tsolonas, ihrem Mann sachte und doch bestimmt die Hand auf den Unterarm zu legen, so als wollte sie ihn daran erinnern, dass sie eine von ihnen war, nicht entgangen, trotzdem vermochte sie durchaus Verständnis für Barachuks Sorge aufzubringen. Mit dreihundert Personen aus gerade mal zwanzig verschiedenen Familien waren die Kayleen Kek damals zahlenmäßig kein großer Stamm gewesen. Abgesehen davon war heutzutage, unter der strengen Herrschaft Behrens, Misstrauen sehr wohl angebracht.

Brynn blieb, wie ihre beiden Begleiter auch, stehen und sah fest in Barachuks wache Augen. »Kennt Ihr die Familie Tsochuk?«

Einen Augenblick lang machte er ein nachdenkliches Gesicht, dann riss er erstaunt die Augen auf. »Keregu und Dha'lana«, begann er zögernd.

»Und ihre Tochter Dharielle, die man an jenem grauenhaften Morgen, als sie umgebracht wurden, verschonte, damit sie dieses Bild nie vergesse«, erklärte sie.

»Brynn Dharielle«, entfuhr es Tsolona leise.

»Und dieses kleine Mädchen bist du?«, fragte Barachuk und musterte sie genau. Dann nickte er. »Das Alter könnte stimmen.«

»Armes Mädchen«, murmelte Tsolona. Sie kam näher und legte Brynn die Hand auf den Arm, wie sie es kurz zuvor bei Barachuk getan hatte.

Brynn zuckte mit den Achseln. Sie war fest entschlossen, ihren unnachgiebigen Gesichtsausdruck und ihre aufrechte Haltung beizubehalten und diese grauenhaften Bilder nicht wieder hochkommen zu lassen. Dies war nicht der Ort, Schwäche zu zeigen, nicht der rechte Zeitpunkt, ihren Schmerz in etwas anderes als gärende Wut und Entschlossenheit umzuwandeln, Dinge, aus denen sie die Kraft für ihre Mission schöpfte.

»Ich bin gleich am nächsten Morgen allein aufgebrochen«, erklärte Brynn. »Ich weiß so gut wie nichts über diesen Stamm – zieht er noch immer durch die Steppe?«

»Ich könnte mir denken, dass sie mittlerweile in einem Dorf, ganz ähnlich dem unseren, leben«, sagte Tsolona.

»Kaum einer lebt noch nach den alten Sitten«, fügte Barachuk hinzu. »To-gai hat sich sehr verändert.«

»Es ist zivilisierter geworden«, erklärte Tsolona mit unverkennbarer Trauer in ihrer energischen Stimme.

Schweigend setzten sie ihren Weg fort und kamen kurz darauf bei ihrem kleinen und unauffälligen Haus an. Barachuk wartete, bis sie es sich bequem gemacht hatten, bevor er nachhakte. »Und wie hast du überlebt? Welcher Stamm hat dich aufgenommen? Wohnen diese Leute noch immer hoch oben in den Ausläufern des Gebirges?«

Der Tonfall seiner letzten Frage und das Funkeln in seinen dunklen Augen zeigten Brynn, wie empfindlich Barachuk auf dieses spezielle Thema reagierte; spätestens jetzt wusste sie, dass sie sich unter Verbündeten befand, unter To-gai-ru, die sich nach der alten Lebensweise aus der Zeit vor dem Erscheinen der verhassten Behreneser sehnten. Die Erkenntnis war gepaart mit einer gewissen Erleichterung; obwohl sich Brynn nicht recht vorstellen konnte, dass viele Menschen ihres Volkes in gerade mal zehn Jahren ihre Identität aufgegeben hatten, hatte sie genau das befürchtet.

»Ich habe bei gar keinem Stamm gelebt«, gestand Brynn. »Ich war nicht einmal in To-gai. Ich bin durch das Gebiet nördlich der Berge gewandert.«

Jetzt machten ihre Gastgeber erst recht große Augen. Die To-gai-ru waren zwar Nomaden, doch ihren Wanderungen waren klare Grenzen gesetzt, und eine davon bildete das Gebirge. Nur wenige To-gai-ru hatten es überquert, und noch viel weniger waren je zurückgekommen.

»Was du da sagst ...«, begann Barachuk, unterbrach sich dann aber und schüttelte nur den Kopf.

»Ist schwer zu glauben?«, beendete Brynn den Satz für ihn. »Eins könnt Ihr mir glauben, wenn Ihr meine ganze Geschichte wüsstet, würdet Ihr noch größere Augen machen.« Mit diesen Worten griff sie in ihre Tasche, holte das Barett der Pauris hervor und stülpte es sich über ihr schwarzes Haar. Die beiden sahen sie verwundert an; offenbar begriffen sie nicht.

Einen kurzen Augenblick lang spielte Brynn mit dem Gedanken, ihr Schwert zu ziehen und dessen Klinge in Flammen aufgehen zu lassen, verzichtete dann aber darauf, da sie es für klüger hielt, nicht zu viel von sich preiszugeben, nicht einmal gegenüber diesen beiden, denen sie im Stillen längst vertraute. Sehr wahrscheinlich würden sie es nicht für sich behalten können, zumindest nicht gegenüber ihren Freunden; zumal die Behreneser auf die Idee kommen könnten, Barachuk und

Tsolona zu belauschen, wie sie bereits ein Auge auf sie selber hatten.

»Es ist die beliebte Kopfbedeckung eines ebenso mächtigen wie üblen Volkes von Zwergen, die sich Pauris nennen«, erklärte Brynn. »Ich glaube, ein großer Teil der Rüstung, die ich trage, wurde ebenfalls von Pauris hergestellt.«

»Du hast dich mit Zwergen angefreundet?«, fragte Tsolona.

»Nein.«

»Dann hast du gegen sie gekämpft. Und das ist deine Kriegsbeute?«

»Nein, ich habe nicht einmal einen Pauri zu Gesicht bekommen. Die Sachen stammen aus dem Nest eines viel gefährlicheren Feindes, aus einer Höhle tief unter den Bergen. Von einem so mächtigen Geschöpf, dass es das ganze Land dem Erdboden gleichmachen könnte.«

Die beiden Alten sahen sich an, während ein überraschter Ausdruck auf ihren Gesichtern erschien, der jedoch rasch einem zweifelnden Grinsen wich.

»Und dieses Monster hast du getötet?«

»Nein, der Drache war doch ein bisschen zu groß für mich«, antwortete Brynn aufrichtig.

»Richtig, der Drache«, wiederholte Barachuk, alles andere als überzeugt.

Brynn nickte und behielt die Ruhe, obwohl die beiden offenkundig an ihren Äußerungen zweifelten. »Aber ich bin dem Drachen entkommen und konnte sogar einige seiner Schätze mitgehen lassen.«

»Mädchen, du wirst von Minute zu Minute rätselhafter«, sagte der alte Mann.

Brynn lächelte und ließ es dabei bewenden. Sie war müde, und außerdem hatte sie am nächsten Tag eine wichtige Verabredung.

11. Die Schärpe Aller Farben

Pagonel betrachtete die rote Schärpe, die an einem Haken neben der Tür seines kleinen, wenig bemerkenswerten Zimmers hing, ihre satten, an Blut erinnernden Farbtöne, das Lebenssymbol seines Ordens, des schon seit ewigen Zeiten existierenden Ordens der Jhesta Tu. Pagonel war eines von gerade mal vier Ordensmitgliedern – insgesamt waren sie hundertfünfzig Brüder und Schwestern –, die die Schärpe des Lebens erlangt hatten; trotzdem erfüllte es ihn keineswegs mit Stolz, wenn er sie von ihrem Haken nahm und sich um die Taille schlang, um seinen dunkelbraunen Waffenrock damit zu schließen.

Denn in diesem Fall wäre er der Schärpe nicht würdig gewesen.

Nein, Pagonel trug sie als Zeichen der Hoffnung, für sich selbst, aber auch für alle anderen Menschen auf der Welt. Er war ein Jhesta Tu, und deren Bestimmung war es, ein Leben jenseits des Alltäglichen zu führen, ein Leben der Meditation und der stillen Versuche zu verstehen, in der Hoffnung, dieses Verständnis von Leben, Tod und Sinnhaftigkeit werde ihm irgendwann einmal zu absoluter Erleuchtung verhelfen.

Die Jhesta Tu waren kein großer Orden; die Wolkenfeste, die sich hoch oben in das parallel zur Grenze im Süden verlaufende Vulkangebirge schmiegte, wo sowohl die behrenesische Wüste als auch die Steppen To-gais endeten, war ihr einziger Tempel, und zurzeit waren nur wenige Ordensbrüder auf den Straßen der weiten Welt unterwegs.

Sehr wenige sogar, denn bei den Yatols aus Behren waren die Jhesta Tu schlecht gelitten, und die To-gai-ru wussten kaum etwas mit ihnen anzufangen.

Die meisten Jhesta Tu waren behrenesischer Abstammung, und auf wen das nicht zutraf, wie bei Pagonel, der konnte seine Herkunft meist nach To-gai zurückverfolgen. Wer aber in der Wolkenfeste lebte, war schon in sehr jungen Jahren dort eingetreten, und nur wenige erinnerten sich noch an die Zeit vor ihrem Leben im Tempel. Ihre Eindrücke von der Außenwelt gewannen sie aus Büchern und Vorträgen, die in ihrem Heim in den Bergen gehalten wurden, das man in die senkrechte Stirnwand eines einsamen, in den Himmel ragenden Felsens gebaut hatte, fünftausend Stufen über dem geröllübersäten Grund dieser zutiefst zerrissenen Region.

Draußen vor dem kleinen Fenster seines nach Süden hin gelegenen Zimmers ertönte ein Knistern, gefolgt von einem gewaltigen Krachen, das den vierzigjährigen Mystiker jedoch keineswegs erschreckte, sondern bestenfalls zu amüsieren vermochte. Er wusste, dass einige der jüngeren Jhesta Tu in Vorbereitung auf die an diesem Abend stattfindende Feier anlässlich der herbstlichen Tagundnachtgleiche mit den Edelsteinen übten. An diesem Abend würde die stets nebelverhangene Schlucht jenseits der Brücke der Winde von Blitzen und Feuerbällen erhellt werden, ein Gedanke, der Pagonel schmunzeln ließ, da er diese ausgelassenen Feierlichkeiten stets genoss. Und auch sein Beitrag zu den Darbietungen, dessen war er gewiss, würde vielen der jungen Mystiker Freude bereiten. Nur wenige Bewohner der Wolkenfeste wussten mit den Edelsteinen so geschickt umzugehen wie er, dabei war nicht einmal er ein Meister ihrer Handhabung, gewiss nicht im Vergleich mit den mächtigen abellikanischen Mönchen aus dem im Norden gelegenen Bärenreich. Denn in den Augen der Jhesta Tu waren die Edelsteine nicht heilig – jedenfalls nicht mehr als das Gras und der Wind oder überhaupt alle natürlichen Dinge. Grundlage ihres Glaubens waren innerer Friede und Zufriedenheit sowie die Einheit von Geist, Körper und Außenwelt, die in vollkommener Harmonie und Ausgeglichenheit miteinander verschmolzen. Zwar wussten die Jhesta Tu die Kraft der Steine zu würdigen, insbesondere den Selbstfindungsprozess, der nötig war, wenn man sich ihrer bedienen wollte, aber sie betrachteten sie nicht als ein Geschenk Gottes.

Eine weitere Kombination aus Knistern und darauf folgendem Krachen riss Pagonel aus seinen stillen Betrachtungen; er trat ans Fenster, spähte hinaus und erblickte eine Gruppe junger Ordensbrüder, die sich auf der Brücke der Winde eingefunden hatte, vor sich die aus der Schlucht aufsteigenden Nebelschwaden. Die meisten von ihnen trugen den weißen Gürtel der Luft, die erste der Schärpen, deren Bedeutung weniger auf bereits erlangtes Wissen verwies als vielmehr auf die Bereitschaft zur Öffnung des eigenen Geistes, die wahre Erkenntnis überhaupt erst möglich machte. Es gab aber auch einige Träger des zweiten, gelben Gürtels, der den Übergang vom Stadium der Luft zum braunen Gürtel der Erde versinnbildlichte.

Pagonel entdeckte sogar eine Person im blauen Gürtel des Wassers, ein wirklich hoher Rang; diese Ordensschwester, eine Frau von ungefähr dreißig Jahren, war es auch, die für die prächtige Darbietung aus Licht und Blitzen verantwortlich war.

Wieder zuckte ein Blitz aus ihrer Hand hervor und zerteilte den nebligen Dunst, bis er schließlich knisternd in ein gewaltiges Krachen überging und die anderen auf der Brücke vor lauter Begeisterung in Jubelrufe und Applaus ausbrachen.

Pagonel teilte ihre Freude durchaus; sie wurde jedoch durch die plötzliche Erkenntnis, ja die sichere Gewissheit getrübt, dass er an den abendlichen Festlichkeiten nicht teilnehmen würde.

Die Erkenntnis verstörte den Mystiker so sehr, dass er vom Fenster zurücktrat.

Er würde nicht daran teilnehmen.

Er konnte und würde dieses Zimmer nicht verlassen, weder während des Tages noch am Abend.

Immer wieder sah er die Blitze und verfolgte ihre eigentümliche Spur in der nebelverhangenen Luft. Ein Strang reinster Energie.

Sein Atem ging in kurzen, flachen Stößen – eine Atmung, die von den Trägern des weißen Gürtels der Luft, die sich mit den Eigenschaften der verschiedenen Arten des Atmens befassten, korrigiert worden wäre –, als Pagonel sich ins Zimmerinnere und die Tiefen seiner Gedankenwelt zurückzog. Wieder sah er den Blitz vor sich, doch diesmal befand er sich in seinem Innern, ein Energiestrang, der vom Kopf bis in die Lenden reichte, ein Energieaustausch über eine Leitung im Innern seines Körpers.

Pagonel holte seinen Meditationsteppich hervor, eine prachtvolle Webarbeit aus Schafwolle, die er im Laufe zweier Jahre eigenhändig angefertigt hatte. Er setzte sich darauf, kreuzte die Beine, legte die Hände vor seiner schlanken, kräftigen Brust aneinander, bevor er sie langsam, mit den Innenflächen nach oben, auf seine Oberschenkel sinken ließ. Schließlich trat Pagonel ein in die Phase bewusster Entspannung, indem er sich jedes Körperteil einzeln vorstellte und es auf diese Weise veranlasste, in einen immer tieferen Zustand der Ruhe und Entspannung überzugehen. Ein Gefühl der Leere überkam ihn, als er schließlich alles Durcheinander aus Körper und Geist verbannt hatte.

Als Körper und Geist endlich ihre Ruhe gefunden hatten, rief er das Bild des Blitzes erneut vor sein geistiges Auge. Aber statt sich einfach vorzustellen, wie der Blitz erneut den Dunst zerteilte, ließ er ihn parallel zu einem Gefühl der Kraft in seinem Innern anwachsen, dem Strang seiner eigenen Lebensenergie, die für seine Person viel entscheidender war, als sein vergängliches Aussehen dies jemals sein konnte.

Er verlor jedes Gefühl für Raum und Zeit, verfiel in einen Zustand innerer Versenkung, vollkommener, als er es jemals für möglich gehalten hätte, und berührte zum allerersten Mal seine Lebensenergie mit seinem Bewusstsein.

Dort verweilte er. Zum ersten Mal überhaupt machte er die Erfahrung vollkommener Harmonie.

Pagonel schlug die Augen auf und starrte blinzelnd in die Dunkelheit seines Zimmers. Allmählich, ganz langsam, breitete der Ordensbruder die Hände zu den Seiten aus, ehe er sie vor seiner Brust aneinander legte. Ruhig und tief atmend bediente er sich jener Techniken, die er in den vielen Jahren der weißen Schärpe zu beherrschen gelernt hatte, bis er den Atem schließlich in seine Muskeln, in seine Arme und Beine strömen ließ.

Schließlich erhob sich Pagonel mit perfekt ausgewogenen Bewegungen, ohne seine Hände auch nur für einen winzigen Augenblick aus ihrer Position vor der Brust zu lösen.

Der Ordensbruder blinzelte erneut, sah sich um und versuchte, irgendeinen Hinweis darauf zu entdecken, wie viel Zeit verstrichen war. Er trat hinaus in den Flur und fand ihn menschenleer und alle Türen verschlossen vor. Schließlich ging er hinunter in den Lichtersaal, einen kreisrunden, von mehreren Kerzenreihen gesäumten Raum, in dem zahlreiche versetzte Spiegel und Felsenspringbrunnen so geschickt platziert waren, dass sich das eingefangene Licht in ihnen brach.

Als Pagonel in einem dieser Spiegel sein Ebenbild erblickte, reagierte er sehr erfreut auf den Ausdruck der Zufriedenheit, der sich in seinen braunen Augen widerspiegelte. Da wusste er, dass auf seinem Zimmer etwas Entscheidendes mit ihm passiert war.

»Drei Tage«, erklang eine Stimme hinter seinem Rücken.

Er drehte sich um und verneigte sich. »Meister Cheyes.« Es gab in der Wolkenfeste noch drei weitere Mystiker von Pagonels Rang, der Roten Schärpe des Lebens, und nur zwei, die die nächsthöhere Ebene erklommen hatten und die Schärpe Aller Farben, das Symbol der Erleuchtung, trugen: Meister Cheyes und seine Ehefrau, Meisterin Dasa. Obwohl der Orden bereits seit unzähligen Jahrhunderten existierte, war die Zahl derer, die diesen Gürtel erlangt hatten, noch immer äußerst klein, weniger als einhundert, und dass zwei dieser Meister gleichzeitig in der Wolkenfeste lebten, war so gut wie noch nie vorgekommen.

Und nun hatte Pagonel die Absicht zu verkünden, es werde noch ein dritter hinzukommen.

»Ich habe das Chi gesehen«, erklärte er ruhig.

Meister Cheyes nickte ernst. »Es ist, wie ich vermutete, nachdem du vor drei Tagen nicht zur Feier der Tagundnachtgleiche aus deinem Zimmer gekommen bist.«

Vor drei Tagen?, lachte Pagonel innerlich, irgendwie nicht wirklich überrascht.

»Ich hatte gehofft, du würdest es sehen«, fuhr Meister Cheyes fort. »Es ist gut, dass es geschehen ist, denn jetzt liegt dein Weg klar und deutlich vor dir.«

»Ich habe das Chi berührt«, erklärte Pagonel. »Ich habe es verstanden. Ich kenne es.«

Seine wortreichen Erklärungen ließen den alten, runzligen Meister stutzen. Nur wenige würden es wagen, eine solche Behauptung auszusprechen, und dass ein Mann im zarten Alter Pagonels das Chi berührt und sogar völlig verstanden hatte, war im Grunde überhaupt noch nie vorgekommen. Meister Cheyes Gemahlin, Dasa, hatte das Chi erst vor zwei Jahren gefunden, in ihrem achtundsiebzigsten Lebensjahr, dem fünfundsiebzigsten Jahr ihrer strengen Studien.

»Ich möchte den Weg Aller Farben beschreiten, Meister Cheyes«, verkündete der junge Mann selbstbewusst.

Meister Cheyes nickte, und obwohl ihm seine Zweifel an der Berechtigung dieses Anspruchs deutlich ins Gesicht geschrieben standen, sah Pagonel sich außer Stande, ihn darauf anzusprechen. Die Entdeckung des Chi, der höchsten Ebene der Erleuchtung, war eine sehr persönliche Angelegenheit, eine Behauptung, die sich Cheyes' Kontrolle und der jedes anderen Meisters entzog.

»Bist du dir über die Gefahren im Klaren?«, erkundigte sich Meister Cheyes schließlich, der Vorschrift entsprechend. »Und dir ist auch klar, dass keine Notwendigkeit besteht, den Weg Aller Farben zu beschreiten, weder jetzt noch zu irgendeinem anderen Zeitpunkt?«

»Damit zu warten wäre töricht, wo ich doch jetzt bereit bin«, versicherte ihm Pagonel.

»Es steht mir nicht zu, ein weiteres Wort über dieses Thema zu verlieren, Pagonel.« Meister Cheyes neigte respektvoll sein Haupt und gab damit zu verstehen, dass Pagonel nicht länger sein Schüler und Untergebener war. Beschritt er den Pfad mit Erfolg, würde ihn das augenblicklich auf eine Stufe mit Cheyes stellen. War ihm kein Erfolg beschieden, würde er ums Leben kommen. Dazwischen gab es nichts; mit dem Augenblick, da Pagonel seine Absicht öffentlich kundtat, endeten seine Tage als Schüler von Meister Cheyes und Meisterin Dasa. »Die Kammer ist bereit, wie immer.«

Cheyes entfernte sich gesenkten Hauptes.

Pagonel nickte; er war sich seiner Sache sicher. Er hatte das Chi gesehen, das Innere Leben, in dem Körper und Seele vereint waren, und diese Erkenntnis hatte alle Zweifel über den Ausgang des Beschreitens seines Pfades ausgeräumt. Er hielt auf ein wenig benutztes, im nördlichen Teil des Tempels gelegenes Treppenhaus zu, stieg drei Etagen tiefer auf das unterste der Allgemeinheit zugängliche Stockwerk und begab sich zu einer eisenbeschlagenen Tür, die nicht mehr geöffnet worden war, seit Meisterin Dasa diese Reise angetreten hatte. Er packte den Ring in der Türmitte und spürte die Wärme, die hinter dem Portal hervorströmte. Ein kräftiger Ruck ließ den Verschlussmechanismus ausrasten, die Tür öffnete sich einen Spaltbreit, und Pagonel schlug ein heißer Windhauch entgegen.

Er ging hindurch, gelangte auf einen Treppenabsatz und schloss die Tür hinter sich. Dann drehte er sich um und wartete eine Weile, um seinen Augen Gelegenheit zu geben, sich an das matte, orangefarbene Licht zu gewöhnen, ein Leuchten, das aus ungeheuer großer Tiefe zu ihm heraufschien.

Nachdem er die künstlich angelegten unterirdischen Gänge der Wolkenfeste hinter sich gelassen hatte, gelangte er in eine natürliche Höhle, deren abfallender Boden bis tief unter das Gebirge führte. Er brauchte fast eine halbe Stunde, um das Ende dieses Ganges zu erreichen, der in eine natürliche Felsenhöhle mit einer einzigen Tür an der gegenüberliegenden Wand mündete. Neben dieser Tür hingen zahlreiche rote Schärpen, identisch mit jener, die Pagonel im Augenblick trug.

Der Ordensbruder ging zur Wand hinüber und stellte mit einem anerkennenden Nicken fest, wie gut sich die Schärpen in all den Jahren gehalten hatten. Die meisten waren weit über einhundert Jahre alt, und die widerlich nach Schwefel stinkende Luft hier unten war überaus säurehaltig, was auf die meisten Stoffe verheerende Auswirkungen hatte.

Pagonel legte seinen Gürtel ab und hängte ihn an einen freien Haken; seine Hand verweilte noch eine ganze Zeit darauf, denn obwohl er ihn nur wenige Jahre getragen hatte, war er in dieser Zeit mehr für ihn geworden als einfach nur ein Symbol – er war eine ständige Erinnerung an seinen Lebensweg.

Schließlich riss er sich los, drückte rasch die Tür auf, trat hindurch und schloss sie hinter sich in dem Bewusstsein, weder die Schärpe selbst noch den Raum, in dem sie hing, jemals wiederzusehen.

Er befand sich jetzt in einer geräumigen, schlecht beleuchteten Kammer voller lebensgroßer Statuen in verschiedenen Kampfstellungen, einem Raum ganz ähnlich jenem, in dem er seine Schärpe des Lebens erlangt hatte.

Aber dies war nicht der Ort, an dem seine noch junge Erleuchtung auf die Probe gestellt werden sollte, vielmehr diente er als Vorsichtsmaßnahme gegen alle, die vor der Zeit hierher gelangten. Denn die Statuen waren auf einem so genannten »lebenden« Boden angebracht, einer Anzahl von Druckplatten, über die die Puppen in Bewegung versetzt werden konnten, und nur der, dessen Geschick bereits für den roten

Gürtel reichte, konnte diesen Raum passieren und den Fallen aus dem Weg gehen.

Sich seiner Sache vollkommen sicher, zögerte Pagonel gerade lange genug, um sich noch einmal zu ermahnen, sich ausschließlich auf den Augenblick zu konzentrieren, statt auf das, was ihn erwartete, dann streifte er seine weichen Lederschuhe ab und machte sich daran, den Raum zu durchqueren.

Beim Gehen spürte er die leisen Vibrationen unter seinen Sohlen. Körper und Geist bewegten sich in vollkommener Harmonie, als er den Oberkörper drehte, um einer herangleitenden Statue mit ausgestrecktem Speer auszuweichen und noch mit derselben Bewegung unter einer rotierenden Statue hinwegzutauchen, deren Gleve über seinem Kopf ins Leere schlug.

Er richtete sich sofort wieder auf und sprang in die Höhe, als er die Spieße, die genau unter ihm aus dem Fußboden schossen, eher ahnte als tatsächlich kommen sah. Er landete leicht seitlich, fing sich mühelos auf einem Bein stehend und setzte seinen Weg mit unvermindertem Selbstvertrauen fort.

Aus dem Schatten schoss ein Speer auf ihn zu.

Pagonels Oberkörper tauchte ab, während er gleichzeitig den Arm nach oben riss, um den Speer unmittelbar unterhalb der Spitze mit dem Unterarm nach oben und zur Seite abzulenken und unschädlich zu machen. Dann warf er sich in eine Vorwärtsrolle, um zwei schlagenden Schwertern auszuweichen, kam hoch und setzte über einen in seine Richtung zielenden Speer hinweg, bevor er unter ständigem Hin- und Herdrehen einer ganzen Serie von Hieben und Stichen ausweichen musste.

Dann endlich stand er vor der gegenüberliegenden Tür mit dem seitlich im Boden eingelassenen Hebel. Er packte ihn fest mit beiden Händen, legte ihn um und ließ ihn einrasten. Anschließend wartete er, bis alle Gegengewichte sich wieder mit Sand gefüllt und die Kammer wieder einsatzbereit gemacht hatten. Minuten verstrichen, summierten sich zu einer Stunde;

als das Gleiten und Scharren endlich verebbte, stemmte Pagonel den Hebel wieder zurück in seine Ausgangsposition, holte tief Luft und trat durch die Tür, hinter der er auf einen winzigen Treppenabsatz in eine breite, aber niedrige natürliche Höhle gelangte, die von orangefarbenem Licht und beinahe unerträglicher Hitze erfüllt war. Unmittelbar vor Pagonel teilte die Lebensader des Berges – ein glühender Lavastrom – die Höhle in zwei Hälften.

Er ging blitzschnell in sich, sammelte all sein Chi und erzeugte damit einen Schutz gegen die todbringende Hitze. Haut und Blut des Menschen waren dieser gewaltigen Hitze nicht gewachsen, sein Chi dagegen ganz gewiss. Pagonel ging in sich und erzeugte einen Energieschild, eine innere Entschlossenheit, die allen Schmerz von ihm fern hielt.

Nachdem er wieder zur Ruhe gekommen war, betrachtete Pagonel den vor ihm liegenden Steg; ein schmaler Metallträger überspannte die Höhle der Länge nach und führte zu einer orangefarbenen Lavakaskade. Die Hitze war so enorm, dass selbst der Steg glühte.

Pagonel nahm seine ganze innere Kraft zusammen und bündelte sie zu einem Knoten aus geballter Energie, den er in seine Füße lenkte. Bedächtig und ohne Furcht trat der Ordensbruder auf den metallenen, nur wenige Zoll breiten Steg. Einen nackten Fuß vor den anderen setzend, blendete er Hitze und Schmerz so vollständig aus, dass er nicht einmal seine Haut versengte.

Auf diese Weise arbeitete er sich bis zum Ende des Steges vor, bis er wenige Schritte von der Lavakaskade entfernt stehen blieb, so nah, dass er sie fast hätte mit der Hand berühren können. Pagonel besah sich das umliegende Gelände; offenbar gab es keinen anderen Weg; und doch wusste er, dass er nicht umkehren konnte.

Dann dämmerte es ihm langsam; er nickte und tastete sich mehrere Schritte weit zurück, ging noch tiefer in sich, bis er seine Lebensenergie deutlich spürte, und formte daraus einen Schild.

Schließlich rannte Pagonel los und sprang ab, den Kopf zwischen den Schultern, die Arme vorgestreckt und die Hände zu Fäusten geballt.

Er durchbrach die Wand aus herabstürzender Lava und schaffte es bei seiner Landung auf dem schmalen Steg auf der anderen Seite sogar, irgendwie das Gleichgewicht zu wahren. Unter Vermeidung jedes Hochgefühls – denn auch dieser Steg war glühend heiß, und jede Ablenkung, die die Beherrschung seiner inneren Kräfte beeinträchtigte, hätte ihn augenblicklich die Haut unter den Füßen gekostet – setzte der Ordensbruder seinen Weg fort, bis er schließlich in einen zweiten unterirdischen Gang gelangte, der sich wiederum nach unten senkte.

Schon bald von völliger Dunkelheit umgeben, wanderte er mehrere Stunden weiter, bis er einen winzigen Funken Tageslicht weit vor sich schimmern sah. Pagonel ermahnte sich, dass dieser Tag ein Segen für ihn sei, dass er Glück verhieß und daher nicht durch leichtfertigen Stolz verdorben werden sollte, und ging entschlossenen Schrittes weiter, anstatt einfach loszulaufen.

In einer tiefen Grube von kaum zehn Fuß Durchmesser gelangte er ins Freie und ans Tageslicht. Dort, an einem Felszacken, sah er das Symbol seiner Leistung hängen, die Schärpe Aller Farben. Ehrfürchtig ergriff er sie mit beiden Händen. Sie war aus hauchfeinen Fäden einer behandelten Seide gemacht und so eng und kunstvoll gewoben, dass sie außer bei direktem Lichteinfall vollkommen schwarz zu sein schien. Fiel aber die Sonne darauf, erstrahlte die Schärpe in sämtlichen Farben des Regenbogens, sodass Pagonel sie sogleich in die Höhe hielt, um das matte Licht einzufangen und auf diese Weise wenigstens einen Eindruck von ihrer wahren Pracht zu bekommen.

Die nächsten Monate, das wurde ihm in diesem Augenblick klar, würde er damit verbringen, die Schärpe für den nächsten zu weben, der die Prüfung des Chi bestand, und sobald er damit fertig wäre, würde er zu der Stelle dort hoch über ihm zurückkehren und sie hinunterwerfen, wo sie viele Jahre oder Jahrzehnte, vielleicht sogar Jahrhunderte auf ihn warten würde.

So war es bei den Jhesta Tu Brauch.

Pagonel band seine Schärpe um, eine Erinnerung daran, wer er war, dann sah er sich nach einer Möglichkeit um hinaufzuklettern. Das Loch war mehrere hundert Fuß tief, und die Wände fielen senkrecht in die Tiefe.

Für einen Meister des Chi kein Hindernis.

Pagonel fand erneut den vom Kopf bis in die Lenden reichenden Energiestrang, legte ihn wie einen Schleier um seinen Körper und hob mit seiner Hilfe das Gewicht seines Körpers auf.

Dann begann er nahe an der Wand hinaufzuschweben, bis er zwischen den Felsen stand.

Ein kurzer Fußmarsch durch einen engen Gebirgspass führte ihn unter der Brücke des Windes hindurch zum Fuß der scheinbar endlos in die Höhe kletternden Treppe. Er widerstand der Versuchung, zur Brücke hinaufzuschweben und die Studenten zu verblüffen, die Zeugen seines Könnens werden würden, und ging stattdessen, einen Schritt vor den anderen setzend, bescheiden zu Fuß.

Meister Cheyes erwartete ihn bereits.

»Ich freue mich sehr, Pagonel«, begrüßte er ihn.

»Ich habe keinen Augenblick gezweifelt.«

»Hättest du es getan, hättest du nicht überlebt. Es gibt nur Erfolg oder Versagen, nichts dazwischen.«

Pagonel nickte; das verstand er nur zu gut. Die Ordensmitglieder, die den Pfad Aller Farben in einer Mischung aus Stolz und Entschlossenheit betreten und ihr Chi nie wirklich erkannt und verstanden hatten, waren ausnahmslos gescheitert und in ihr Verderben gelaufen. Hatte ein Mystiker aber den Gipfel der Erleuchtung erklommen, war ein Versagen bei dieser Prüfung ausgeschlossen.

»Als Erstes musst du natürlich mit dem Ersetzen der Schärpe beginnen«, bemerkte Meister Cheyes. »Hast du dich schon entschieden, wie dein Lebensweg aussehen soll?«

»To-gai«, erwiderte Pagonel sofort. »Ich habe die Steppen und das Gras in meinen Träumen gesehen und weiß, dass ich dorthin zurückkehren muss.«

»Ich bin schon alt, mein junger Freund, und Meisterin Dasa auch. Vielleicht wirst du eines Tages in die Wolkenfeste zurückkehren und feststellen, dass du der Einzige bist, der die Schärpe Aller Farben trägt. Das wäre eine sehr große Verantwortung, mein Freund, eine Verantwortung allerdings, die zu schultern dir nicht schwer fallen dürfte.«

Pagonel nickte herzlich lächelnd. Er wusste natürlich nur zu gut, was Cheyes tatsächlich mit seinen Worten meinte, und die Erkenntnis, dass sein Lebensweg außerhalb des Tempels ihn vielleicht für immer von diesem freundlichen alten Mann und seiner Gemahlin trennen könnte, erfüllte ihn mit Traurigkeit.

Aber nur für einen kurzen Augenblick, denn Pagonel hatte sein Chi gesehen. Er hatte das Prinzip der Ewigkeit verstanden und fürchtete weder den eigenen Tod noch den seiner Freunde, denn er wusste, dass es so etwas wie einen endgültigen Tod nicht gab, sondern nur Transzendenz.

12. Pragmatismus und Geduld

Überrascht und sogar ein wenig verängstigt verfolgte Merwan Ma, wie Chezru Douan Meister Mackaront lautstark zur Rede stellte. Er hatte seinen Herrn selten so aufgebracht gesehen, was bei dem normalerweise so beherrschten Chezru-Häuptling bei diesem Anlass besonders deplatziert wirkte.

»Wie lange muss ich Olin eigentlich noch mit Geschenken überhäufen?«, wetterte Yakim Douan. »Soll ich Euch vielleicht mit Wagenladungen voller Gold und Juwelen losschicken, nur damit Ihr wiederkommt und genau das Gleiche noch einmal verlangt?«

»Die Reichtümer sind nicht für Abt Olin bestimmt«, erwiderte Meister Mackaront ruhig und versuchte den ganz gegen seine Gewohnheit aufbrausenden Douan mit einer beschwichtigenden Handbewegung zu besänftigen – leider vergeblich. »Sie sollen seine Gefolgsleute davon überzeugen, dass ihre Stimmen im Abtkollegium deutlich Gehör finden.«

»Das Abtkollegium«, äffte Douan ihn aufbrausend nach. »Bis Euer Kollegium endlich zusammengetreten ist, ist Abt Olin längst tot!« Bei diesen Worten hatte er sich halb aus seinem gepolsterten Sessel erhoben, und Mackaront wich vor seinem vernichtenden Blick und seinen heftigen Worten zurück.

»Vater Agronguerre hat sich als bemerkenswert kräftig entpuppt«, räumte der Meister von St. Bondabruce ein. »Wir waren nicht davon ausgegangen, dass er den Sommer überleben würde.«

»Hat er aber, und jetzt kommt Ihr her und erzählt mir, die Vorbereitungen für die Abstimmung würden mehr Zeit in Anspruch nehmen, weil sich Agronguerres Gesundheitszustand überraschend gebessert habe. Eurer neuesten Einschätzung nach wird er sogar den Winter überleben, und danach womöglich auch noch den Frühling und den Sommer, wer weiß? Wann werdet Ihr endlich Euer gottverdammtes Abtkollegium einberufen, Meister Mackaront?«

»Das lässt sich zurzeit unmöglich sagen.«

»Könnt Ihr es nicht – sozusagen im Vorgefühl des Unausweichlichen – für nächsten Herbst ansetzen?«

Die verborgene Andeutung trieb Mackaront die Farbe aus dem Gesicht. »Wir können uns schlecht anmaßen zu wissen, wann Gott den ehrwürdigen Vater zu sich rufen wird.«

»Gott«, stieß Yakim Douan hervor. »Hier geht es nicht um das Werk Gottes, Idiot, sondern um die Starrheit eines alten

Mannes, der Angst hat, sich einfach hinzulegen und ganz friedlich von uns zu gehen. Welches Licht wirft das auf Eure Kirche, wenn ihr oberster Hirte den Tod fürchtet?«

Mackaront wich noch etwas weiter zurück, besann sich dann aber eines Besseren und funkelte den sitzenden Chezru-Häuptling wütend an.

Merwan Mas Augen wurden zu schmalen Schlitzen; er war bereit, sich augenblicklich auf den Mann zu werfen, sollte er es wagen, die Hand gegen die Stimme Gottes zu erheben. Meister Mackaront schien tatsächlich kurz vor einem Wutanfall zu stehen; er zitterte merklich und biss die Zähne derart fest aufeinander, dass das Knirschen nicht zu überhören war.

»Wollt Ihr etwa behaupten ...«, begann Mackaront, der sichtlich Mühe hatte, die einzelnen Silben zwischen seinen zusammengebissenen Zähnen hervorzupressen.

»Genug, mein Freund, das reicht«, unterbrach ihn Yakim Douan, etwas ruhiger geworden, mit emporgehaltener Hand. »Wir alle hier sind ein wenig ungeduldig und frustriert, weil der alte Agronguerre einfach nicht das Zeitliche segnen und Abt Olin seinen rechtmäßigen Aufstieg gönnen will.«

»Eine derartige Beleidigung steht Euch nicht ...«, presste Mackaront hervor, augenscheinlich leicht verwirrt vom Tonartwechsel des Chezru.

Yakim Douans Feuer kehrte jedoch augenblicklich zurück; er ließ die Hände sinken und lähmte sein Gegenüber mit einem unbeugsamen Blick. »Ich habe nichts gesagt, was Ihr nicht ohnehin bereits fürchtet«, erwiderte er gleichgültig, fast tonlos, was seiner Drohung eher noch mehr Nachdruck verlieh. »Und ich habe auch keine Angst, die Wahrheit auszusprechen, wie schmerzlich sie auch sein mag.«

»Ich werde niemals –«

»Ihr werdet Euch hinsetzen und Euch anhören, was ich zu sagen habe!«, herrschte Yakim Douan ihn unvermittelt an. »Ihr kommt als Bittsteller zu mir, der Reichtümer fordert, ohne mir aber die Neuigkeiten zu bringen, die süß in meinen alten Ohren klingen. Nehmt Euer Gold und Eure Edelsteine und setzt Eure Kampagne für Abt Olin meinetwegen fort. Aber betet zu Gott, Meister Mackaront, welcher auch immer in Eurem Herzen wohnen mag, dass der alte Agronguerre sich ins Unvermeidliche fügt und endlich von uns geht. Ich bin mit meiner Geduld nämlich am Ende. Erklärt das Eurem Abt Olin.«

Meister Mackaront machte Anstalten, etwas zu erwidern, doch Douan winkte ihn fort und gab ihm zu verstehen, er solle sich entfernen.

Nachdem sich die Tür hinter dem Meister geschlossen hatte, starrte Merwan Ma Chezru Douan an und wartete auf einen Wink des Mannes. Als man ihnen berichtete, Meister Mackaront sei wieder in Jacintha, hatten sie angenommen, er sei endlich mit der Nachricht von Agronguerres Ableben gekommen und das Kollegium werde für das nächste Frühjahr anberaumt. Die überraschende Kunde, dass Agronguerre nicht nur noch immer lebte, sondern sich offenbar besserer Gesundheit erfreute als zuvor, hatte dem Chezru-Häuptling offenbar überhaupt nicht gefallen.

Dennoch fühlte sich Merwan Ma von der Heftigkeit seines Zornesausbruchs überrumpelt. Chezru Douan hatte ausdrücklich zu verstehen gegeben, er wünsche einen Aufstieg Abt Olins innerhalb des Abellikaner-Ordens, das Königreich des Bären aber, hinter einem nahezu unpassierbaren Gebirge gelegen, schien noch immer sehr weit weg. Obwohl Entel nur eine kurze Schiffsreise von Jacintha entfernt lag, war weder Behren noch das Bärenreich im Stande, eine ausreichend große Flotte für eine Bedrohung des jeweils anderen aufzustellen. Wieso war dann die fortdauernde Herrschaft Agronguerres ein Grund zu so massiver Sorge?

Yakim Douan blieb noch eine Weile in seinem bequemen Sessel sitzen und starrte aus dem Fenster auf die im Schatten liegenden Berge. Schließlich erhob er sich und ging hinüber zu einem kleinen Tischchen an der Rückwand des Saals, wo er einige Papiere hin und her schob, darunter auch eine Nachricht, die ihm Yatol Grysh am selben Morgen von der To-gai-Front überbracht hatte.

Yakim Douan nahm das Dokument in die Hand und las es noch einmal durch.

»Wisst Ihr, wie sie einen ihrer Anführer nennen?«, fragte er kurz darauf.

»Wer denn, Stimme Gottes?«

»Die Rebellen der To-gai-ru«, erklärte Douan. »Eine dieser Plündererbanden hat ihrem Anführer den Namen Ashwarawu gegeben.« Er wandte sich mit einem amüsierten Grinsen im Gesicht an Merwan Ma: »Wisst Ihr, was das bedeutet?«

Verwirrt grübelte Merwan Ma ein paar Augenblicke über das fremd klingende Wort nach. Die Endung des Namens kam ihm bekannt vor, und er glaubte zu wissen, dass die To-gai-Silbe *awu* etwas mit Mitgefühl zu tun hatte; schließlich gab er sich aber doch kopfschüttelnd geschlagen.

»Ashwarawu«, wiederholte Yakim Douan. »Der ohne Erbarmen tötet.« Das Lachen des Chezru-Häuptlings klang erst höhnisch, dann amüsiert. »Der Stolz der Eroberten. Ihnen bleibt so wenig, dass sie sich an jeden Strohhalm klammern, und sei er noch so dünn.«

»Yatol Grysh hat um Unterstützung gebeten?«, fragte Merwan Ma, obwohl er die Antwort selbstverständlich längst kannte, denn er hatte die Mitteilung, wie es von ihm erwartet wurde, durchgelesen, bevor er sie dem Chezru-Häuptling überbrachte.

»Seine Bitte kommt nicht unerwartet«, sagte Douan; es sollte so klingen, als habe er sich damit abgefunden, dabei schien ihn das alles mehr als nur ein wenig zu beunruhigen. »Er bittet um ein Achterkarree Soldaten.«

Merwan Ma nickte. Das Achterkarree war eine der Grundformationen des behrenesischen Militärs, vierundsechzig

Mann in acht Reihen zu je acht Mann, wobei die Soldaten an den Flanken hohe Schilde trugen, während die in der Mitte mit Speeren ausgerüstet waren, um damit Verteidigungslinien zu durchbrechen.

»Schickt ihm seine Soldaten«, wies Yakim Douan ihn an; Merwan Ma nickte.

»Nein, halt«, rief der Chezru-Häuptling eine Sekunde darauf mit erhobenem Zeigefinger, so als hätte er soeben eine Eingebung gehabt, »schickt ihm ein Zwanzigerkarree ... oder besser deren zwei.«

Merwan Ma machte große Augen. Es stand ihm zwar nicht zu, die Entscheidungen des Häuptlings in Zweifel zu ziehen, aber zwei Zwanzigerkarrees? Achthundert Krieger?

»Sehr wohl, Stimme Gottes«, stammelte er.

»Diese kleinen Aufstände in To-gai kommen natürlich nicht unerwartet«, erläuterte Yakim Douan. »Die Eroberung eines Volkes gilt erst dann als wirklich abgeschlossen, wenn wenigstens eine volle Generation verstrichen ist. Wir führen ihnen ein besseres Leben vor Augen, trotzdem müssen die alten und dickschädeligen Barbaren erst einmal aussterben, ehe die jüngeren To-gai-ru bereit sind, diese simple Tatsache zu akzeptieren. Diese Banditen, die die Steppen unsicher machen, sind allerdings keine alten Männer, sondern jüngere, deren Bestreben es ist, den Vorstellungen ihrer fehlgeleiteten Altvorderen gerecht zu werden. Besser, wir rotten dieses Problem gleich auf der Stelle aus. Also, zwei Zwanzigerkarrees an Yatol Grysh, dazu Anweisung an Chezhou-Lei Wan Atenn, die Soldaten zu übernehmen und die ganze Region zu säubern.«

Yakim Douans Mund verzog sich zu einem Grinsen von vollendeter Bosheit. »Soll sich doch Wan Atenn den Titel eines Ashwarawu verdienen.«

Obwohl er von der Richtigkeit seiner Entscheidung überzeugt war, mit größter Härte gegen To-gai vorzugehen, empfand Yakim Douan den Rest des Tages wenig Freude, denn ihm war bewusst geworden, dass sich dadurch seine Phase der Transzendenz verzögern würde. Ursprünglich hatte er gehofft, keinen weiteren Winter in der Hülle dieses alternden Körpers überstehen zu müssen. Diese Hoffnung war jetzt dahin, selbst wenn Yatol Grysh seine neue Armee nahm und alle umstürzlerischen Elemente in To-gai liquidieren sollte.

Der Abellikaner-Orden im Norden war ziemlich unbeweglich, so viel war Yakim Douan mittlerweile klar geworden. Wenn Agronguerres Gesundheitszustand tatsächlich im Begriff war, sich zu bessern, würde es noch viele lange Monate dauern, bis dort ein Abtkollegium organisiert und anberaumt werden konnte.

Aus einem Grund, den er sich selbst nicht recht erklären konnte, hatte Yakim Douan das Gefühl, mit seiner Phase der Transzendenz warten zu sollen, bis die Lage im Königreich der Bären geklärt war. Im Augenblick schien das mächtige Nachbarkönigreich friedlich; noch vor kurzem aber war es von einer Pestepidemie verwüstet worden, und durch ein angebliches Wunder schien sich insbesondere im Abellikaner-Orden einiges verändert zu haben.

Alles, was der Chezru-Häuptling einst als unumstößliches Fundament der Beständigkeit betrachtet hatte, schien jetzt unter seinen Füßen in Bewegung zu geraten.

Aber damit konnte Yakim Douan leben. Im Laufe der Jahrhunderte hatte er vor allem eines gelernt: Geduld und pragmatisches Denken. Dies war nicht der Augenblick, sich eine Blöße zu geben. Also ließ er den Dingen ihren Lauf.

Er blickte einmal kurz über seine Schulter, bevor er die kreisrunde Kammer betrat, in der der heilige Kelch aufbewahrt wurde, obwohl das Betreten selbst noch keinen Verstoß gegen irgendwelche Regeln darstellte. Er war die Stimme Gottes und konnte tun, was immer ihm beliebte.

Und doch, jedes Mal, wenn er mit diesem Kelch zu tun hatte, ermahnte sich Yakim Douan, dass er ein dunkles Geheimnis barg, das um nichts auf der Welt ans Licht kommen durfte.

Nervös näherte er sich dem in der Mitte stehenden Sockel und rieb sich unsicher die Hände. Plötzlich wurde ihm bewusst, in welcher Körperhaltung und mit welchem Gesichtsausdruck er hier zu Werke ging; er blieb stehen und musste lachen. Einem zufälligen Beobachter wäre er vollkommen unauffällig erschienen, schließlich näherten sich alle Anhänger Yatols dem Kelch auf die gleiche leicht unsichere, ehrfürchtige Weise. Die feine Ironie war ihm dennoch nicht entgangen; obwohl er das passende Gesicht aufgesetzt hatte, tat er es aus ganz anderen Gründen, als seine Untertanen zu wissen meinten.

In Yakim Douans Augen enthielt dieser Kelch nichts Heiliges oder auch nur Spirituelles, was seiner Wertschätzung für diesen Gegenstand jedoch keinen Abbruch tat. Denn in seinem Innern lag, bedeckt vom Blut, jener Edelstein, den zu beherrschen er gelernt hatte, und damit das Geheimnis seiner Unsterblichkeit.

Was zählten schon die Götter der anderen, wenn sie einem nicht eben diese Hoffnung geben konnten?

Kaum hatte er die Hände um den verzierten Kelch gelegt, spürte Yakim Douan bereits die Verbindung zu seinem kostbaren Stein. Natürlich hatte er gewusst, dass er dort lag und dass er freien Zugang zu ihm hatte – trotzdem spürte er stets eine ungeheure Erleichterung, wenn die Verbindung hergestellt wurde.

Er ließ sich tief in den Stein sinken, ging gleichzeitig tief in sich und erforschte seinen alternden Körper bis in den letzten Winkel.

Er entdeckte die schmerzenden Bereiche, die verhärtete Muskulatur und die porösen Knochen, und bediente sich der Magie des Hämatits, um sich Erleichterung zu verschaffen und neue Kraft zu schöpfen. Lange Zeit stand Yakim Douan da und befreite seinen Körper von Verunreinigungen und Krankheiten. Er wusste, es war nur eine vorübergehende und unvollkommene Linderung des einen, unheilbaren Gebrechens, des Älterwerdens. Aber zumindest würde er auf diese Weise die kommenden Monate halbwegs komfortabel überstehen, bis es an der Zeit war, der unausweichlichen Folge des Alterns abermals ein Schnippchen zu schlagen.

Dass Merwan Ma an jenem Tag auf den Chezru-Häuptling Yakim Douan stieß, war purer Zufall. Er hatte sich nur deshalb zur Kammer des Kelches begeben, weil er dort sauber machen wollte; schließlich konnte man die Reinigung eines heiligen Ortes nicht einfachen Dienern überlassen.

Er war ziemlich überrascht, Yakim Douan dort drinnen anzutreffen, so sehr, dass er sogar einen leisen Schrei ausstieß, als er den Chezru bemerkte.

Yakim Douan dagegen, zu diesem Zeitpunkt völlig in seiner Magie versunken, hörte ihn nicht einmal.

Vor allem diese ausbleibende Reaktion war es, die Merwan Mas Neugier weckte. Er machte sich Vorwürfe, die Stimme Gottes gestört zu haben, und wollte sich bereits wieder aus der Kammer schleichen, als ihn seine angeborene Neugier einen winzigen Augenblick zögern ließ.

Was hier geschah, war für Merwan Ma vollkommen unbegreiflich, denn von einem solchen Ritual hatte ihm die Stimme Gottes nie etwas erzählt. Obwohl ihm klar war, dass man Yakim Douan weder in Zweifel ziehen durfte, noch dieser in spirituellen Dingen irren konnte, legte sich irgendetwas an der ganzen Situation wie eine schwere Last auf seine Schultern.

Die Erkenntnis dieses Unbehagens bewog den ergebenen Diener Yatols, sich abermals einen Tadel zu erteilen, und erinnerte ihn daran, wie unwissend er doch war.

Unwissend.

Hastig verließ er die Kammer, sorgfältig darauf bedacht, die

Tür leise hinter sich zu schließen, um den großen Chezru-Häuptling nicht zu stören.

Bewusst verdrängte er sein Unbehagen.

Sein Unterbewusstsein jedoch ließ sich nicht so einfach kontrollieren.

13. Mein Pferd? Niemals!

Er war ein To-gai-ru, kein Behreneser. Das war Brynn vom ersten Augenblick an klar gewesen, als sie den mit Wandteppichen behängten Saal im Yatol-Tempel betrat und plötzlich vor Yatol Daek Gin Gin Yan stand. Sein Haar war glatt und rabenschwarz, und seine Haut wies nicht die feine Schokoladenbräune auf, die bei den Behrenesern am weitesten verbreitete Hautfarbe, sondern wirkte wegen eines leichten Stichs ins Gelbliche unter dem satten Braun, für das die To-gai-ru bekannt waren, frischer. Auf den ersten Blick schien seine äußere Erscheinung, mit den weicheren, runderen Zügen des an die Annehmlichkeiten der Stadt gewöhnten Menschen, eher auf einen Behreneser hinzudeuten, Brynn kam jedoch nicht umhin, die kräftige Muskulatur an seinen nackten Unterarmen zu bemerken. Und als er seine Sitzposition veränderte, sodass sein fließendes Gewand sich eng um eines seiner Beine schmiegte, sah sie auch seine muskulösen Oberschenkel, beides untrügliche Zeichen für die oftmals anstrengenden Ritte, die ein To-gai-ru unternahm.

Er schien Brynn mit seinem Blick durchbohren zu wollen, als diese ruhig und gelassen vor ihm stand, neben sich die einen halben Kopf größere Dee'dahk. Der Yatol verengte seine Augen mehrfach zu schmalen Schlitzen und weigerte sich hartnäckig zu blinzeln; offensichtlich hatte er vor, die junge Frau einzuschüchtern.

Brynn hatte größte Mühe, ihn nicht ebenso durchdringend anzusehen. Zu wissen, dass dieser Mann ein To-gai-ru war, vergrößerte ihren Hass auf ihn nur noch. Er war ein Verräter an seinem Volk, der der alten Lebensweise den Rücken gekehrt und die Eroberer mit offenen Armen empfangen hatte. Er war all das, was Brynn nicht war, er klammerte sich an alles, was sie zutiefst verachtete, wie ihr sein Titel und seine Abstammung verrieten. Soweit es sie betraf, gab es darüber hinaus, wenn überhaupt, nur wenig, was zwischen ihnen beiden der Erwähnung bedurfte. Yatol Daek aber schien die Dinge keineswegs so sehen zu wollen, daher ließ sie sich, wenigstens fürs Erste, auf sein Spiel ein.

»Kayleen Kek«, sagte er mit einem Anflug von Spott in seiner leicht schrillen Stimme. Er sprach ein gepflegtes To-gai-ru. »Mir ist gar nicht bekannt, dass irgendwo noch Leute vom Stamm der Kayleen Kek umherlaufen. Ihr verstohlenes Auftreten zeugt jedenfalls nicht gerade von ausgeprägtem Stolz.«

Brynn ließ die Beleidigung an sich abperlen. Ihr war klar, dass sie einer Prüfung unterzogen werden sollte.

»Wie ich sehe, habt Ihr Euch entschieden, Euer Schwert zu tragen«, bemerkte Yatol Daek.

»Hätte ich es nicht getan, wäre das einer Beleidigung Eurer Person gleichgekommen«, erwiderte Brynn. »Dies ist ein Treffen zwischen Gleichrangigen, und mein Rang ist der einer Kriegerin. Jeder andere Aufzug wäre bei unserer ersten Begegnung doch wohl irreführend gewesen, oder täusche ich mich da?«

Ihre Bemerkung stand ganz im Einklang mit der Tradition der To-gai-ru. Ein in der Scheide steckendes Schwert galt als Zeichen der Aufrichtigkeit, nicht als Drohung.

Neben ihr nahm Dee'dahk eine drohende Körperhaltung an, für Brynn der untrügliche Beweis, dass die Kriegerin für die Sprache der To-gai-ru nicht annähernd so taub war, wie sie bei ihrem ersten Zusammentreffen vorgegeben hatte.

»Ihr haltet Euch also für eine Kriegerin?«, fragte Yatol Daek.

»Ich bin eine. Dinge wie Stolz und Ehrgeiz spielen dabei keine Rolle. Es zählen allein die Tatsachen.«

»Für eine ausgezeichnete Kriegerin obendrein, nehme ich an.«

»Es geht mir nicht darum, mich mit anderen zu messen«, erwiderte Brynn. »Meine Fähigkeiten haben es mir ermöglicht, meine schweren Prüfungen lebend zu überstehen, also müssen sie wohl ausreichend gewesen sein.« Sie konnte sich eines leichten Zusammenzuckens nicht erwehren, als sie daran dachte, dass sie nicht ausgereicht hatten, auch Belli'mar Juraviels und Cazziras Überleben zu garantieren. Dennoch entsprach ihre Antwort vollkommen der Tradition der To-gai-ru, wonach kämpferisches Geschick nicht aus Gründen der Eitelkeit miteinander verglichen, sondern allein am Erfolg gemessen wurde.

»Neben Euch steht eine echte Kriegerin, wisst Ihr das?«, bemerkte Yatol Daek.

»Ich bin mir des Rufs der Chezhou-Lei durchaus bewusst«, erwiderte Brynn gelassen.

»Vielleicht sollte ich einen Wettkampf zwischen Euch beiden arrangieren«, sagte Yatol Daek, der offenbar eher mit sich selbst sprach als mit Brynn oder Dee'dahk. »Ja, das wäre möglicherweise eine ausgezeichnete Idee.«

»Und welchen Sinn sollte das haben?«

Ihre unverblümte Frage trug Brynn einen bösen Blick des verräterischen To-gai-ru ein. »Steht es Euch etwa zu, solche Fragen zu stellen?«

Brynn deutete ein leichtes Schulterzucken an, enthielt sich ansonsten aber einer Antwort.

»Vielleicht sollte ich einen solchen Wettkampf zu meinem ganz persönlichen Vergnügen arrangieren«, fuhr Yatol Daek fort. »Ja, zwei Frauen dabei zuzusehen, wenn sie allein zu meinem Vergnügen miteinander kämpfen …«

Brynn ließ das alles an sich abperlen; sie hielt den Mann für einen ausgemachten Trottel. Insgeheim amüsierte sie der Gedanke, diesem Daek Gin Gin Yan seinen Spaß zu lassen und erst Dee'dahk zu töten, bevor sie ihre magische Klinge gegen den Yatol richtete und ihn vor den Augen des gesamten dankbaren Dorfes niedermetzelte.

Geduld, ermahnte sie sich. *Nur Geduld.*

»Erlaubt mir, dass ich einen Blick auf Euer Schwert werfe«, sagte der Yatol unvermittelt und winkte sie mit ausgestreckter Hand zu sich.

Brynn zog ihre Waffe und präsentierte sie senkrecht vor ihrem Körper, jedoch nicht so nahe, dass der Yatol sie hätte ergreifen können.

»Nun gebt schon her«, herrschte er sie an.

Brynn drehte die Klinge langsam herum, sodass er ihre meisterliche Machart bewundern konnte, ohne sie seiner Hand auch nur einen Millimeter näher zu bringen. Dabei war ihre Miene weder trotzig noch in irgendeiner Weise provozierend.

»Der Ehrenkodex der To-gai-ru verbietet es mir, mein Schwert jemandem auszuhändigen, der mich nicht beim *irysh kad'du* besiegt hat«, erwiderte sie ruhig in Anspielung auf die größte Herausforderung in der Gesellschaft der To-gai-ru, eine Prüfung des reiterischen Könnens und des Mutes.

»Der *irysh kad'du* ist verboten worden«, sagte Yatol Daek. »Aber das ist Euch natürlich bekannt.«

Brynn hatte nicht die leiseste Ahnung, und einen Augenblick lang stand ihr das kurze Aufflackern ihrer Verblüffung deutlich ins Gesicht geschrieben. War es wirklich schon so weit gekommen? War die Eroberung der To-gai-ru so allumfassend, dass sie sogar ihr heiligstes Ritual, den *irysh kad'du,* aufgegeben hatten? Wie hatte es ihr stolzes Volk nur so weit kommen lassen können, ohne erneut in den Krieg gegen die Behreneser zu ziehen?

Brynn hatte größte Mühe, diese Fragen aus ihren Gedanken zu verbannen; sie ermahnte sich, dass dies nicht der richtige

Augenblick war, Gewalt anzuwenden. Sie musste diese Gelegenheit und diesen verräterischen Yatol dazu benutzen, einen besseren Einblick in das Denken ihrer Feinde zu gewinnen.

Yatol Daek streckte die Hand weiter vor und forderte sie mit einem Wink auf, ihm das Schwert auszuhändigen; obwohl sie eine Konfrontation auf jeden Fall vermeiden wollte, schob sie ihr kostbares Schwert mit einer raschen Handbewegung zurück in die Scheide.

In Yatol Daeks dunklen Augen blitzten glühende Kohlen.

»Wenn dieser Wettkampf tatsächlich verboten ist, wird bis zu meinem Tod niemand mehr mein Schwert berühren«, stellte Brynn trocken fest, woraufhin Dee'dahk neben ihr abermals eine drohende Haltung annahm, ganz wie ein Pferd, das an seiner Trense zerrt.

Yatol Daek lehnte sich zurück, ohne Brynn aus den Augen zu lassen; schließlich zeigte sich ein Hauch von Belustigung auf seinem feisten Gesicht.

Einen Moment lang glaubte Brynn, sie wäre zu weit gegangen und der Mann würde auf ihre Bedingungen eingehen und Dee'dahk den Befehl geben, sie zu töten. Trotzdem, in dieser Angelegenheit hatte Brynn einfach keine andere Wahl; einem potenziellen Feind würde sie ihr Elfenschwert ganz gewiss nicht überlassen.

Doch dann entspannte sich Yatol Daek, und die brisante Situation schien sich zu entschärfen. »Ihr dürft in der Siedlung bleiben«, entschied er unvermittelt, machte eine Handbewegung und wandte sich anderen Dingen zu.

Es dauerte einen Augenblick, bis Brynn begriff, dass sie entlassen war. Achselzuckend machte sie kehrt und ging in Richtung Tür.

»Ohne ein angemessenes Wort des Abschieds?«, hörte sie Yatol Daek hinter ihrem Rücken fragen.

Brynn drehte sich um und sah ihn verwirrt an. Offenbar hatte sie schon wieder gegen eine Vorschrift verstoßen.

»Ich werde auch über diesen Fehler großzügig hinwegsehen«, erklärte Yatol Daek herablassend. »Aber solltet Ihr die Absicht haben, hier zu bleiben und zu überleben, Brynn Dharielle, tätet Ihr gut daran, Euch zu erkundigen, was man von Euch erwartet.«

Sie widerstand dem dringenden Bedürfnis, ihm gleich noch einmal ihr Schwert zu zeigen, diesmal aber mit der Spitze voran.

Stattdessen enthielt sie sich jeder Geste, ließ sich durch nichts anmerken, ob sie seiner letzten Bemerkung zustimmend oder ablehnend gegenüberstand, und verließ erst den Saal und danach das Gebäude. Sie wusste, genau in diesem Moment würde sich Daek Gin Gin Yan mit Dee'dahk beraten und vermutlich herauszufinden versuchen, wie sich Brynn vor den anderen To-gai-ru am besten in Misskredit bringen oder womöglich sogar beseitigen ließe. Sie war sich darüber im Klaren, dass man sie für die Dauer ihres Aufenthalts in Yatol Daeks Reich auf Schritt und Tritt beobachten würde und dass ihre Weigerung, sich seinem Willen zu unterwerfen, schon ziemlich bald auf eine Konfrontation mit ihm und Dee'dahk hinauslaufen musste.

Sie war sich der Gefahren ihres Vorgehens bewusst, aber es war auch eine vortreffliche Gelegenheit, um zu verstehen, wie es in Wahrheit um das derzeitige To-gai stand.

Sie beschloss, die Dinge so zu nehmen, wie sie kamen.

In mehrere Fellschichten gehüllt, vom zottigen, schweren Fell des braunen Ochsen bis hin zum silbergrau melierten Wolfspelz, mit seiner hoch gewachsenen und kräftigen Statur und den sich bei jeder Bewegung deutlich abzeichnenden Muskeln, entsprach Ashwarawus wildes Erscheinungsbild dem ihm vorauseilenden Ruf bis ins Detail. Seine langen Beine reichten bis weit unter den Bauch seines gescheckten Ponys und sahen aus, als hätte er das Tier damit in jeder Situation mühelos in der Gewalt.

Was durchaus zutraf.

Sein Kinn war kantig und verhieß Stärke, seine kräftigen dunklen Augenbrauen wurden vom dichten Schopf seiner schwarzen Haare noch betont. Die markante Stirnpartie tat ein Übriges, um den rätselhaft stechenden Blick seiner dunklen Augen zu unterstreichen.

Es hieß, dass sich viele seiner Feinde Ashwarawu gleich auf dem Schlachtfeld ergaben und ihn um einen schnellen und barmherzigen Tod anbettelten. Wer den zornigen Krieger der To-gai-ru vor sich sah, zweifelte nicht an diesen Gerüchten.

»Sie haben den Bau des Schutzwalls noch nicht abgeschlossen«, erstattete einer seiner Kundschafter dem großen Anführer Bericht.

Ashwarawu nickte grimmig, drehte sich um und betrachtete den einzelnen, in den grasbewachsenen Boden über dem Ufer eines ausgetrockneten Flussbetts eingelassenen Gedenkstein, die Stelle, an der man einem jungen To-gai-ru mit Namen Jocyn Tho aufgelauert hatte, um ihn kaltblütig zu ermorden.

Ashwarawu hatte seine Gründe, seine Truppe ausgerechnet hierher, an diesen Ort, zu führen. Er wollte, dass sie den Gedenkstein sahen – ein weiterer Beweis für das brutale Vorgehen Yatol Gryshs und seiner Mörderbande. Viele Krieger Ashwarawus stammten aus dem überfallenen Clan; viele hatten Jocyn Tho persönlich gekannt.

Es war einfach eine weitere Kränkung der To-gai-ru, eine weitere Erinnerung daran, dass die Behreneser und sie sehr verschieden und erst recht keine Verbündeten waren und dass sie die Eroberer um jeden Preis von ihrem heiligen Boden vertreiben mussten.

Ashwarawu lenkte sein Pferd unmittelbar an dem Gedenkstein vorbei, klopfte mit der Spitze seiner großen Lanze dreimal gegen das steinerne Mal, die traditionelle Geste eines Kriegers der To-gai-ru an den Verstorbenen, dass sein Tod bald gerächt werde. Anschließend ritten Ashwarawus Krieger einer nach dem anderen an dem Gedenkstein vorbei und klopften in ähnlicher Weise mit ihren Waffen dagegen.

Der Anführer betrachtete die Mitglieder seines Clans, seine Krieger und Freunde, und wusste, dass sie an diesem Tag bereit waren.

»Sind die Arbeiter im Bilde?«, fragte Ashwarawu seinen Kundschafter.

»Sie sind ziemlich sicher, dass sie einen Trupp einschleusen und anschließend irgendwo verstecken können«, antwortete der Mann.

Ein Lächeln huschte über das Gesicht des Anführers. Welch eine Dummheit der Eroberer, bei einem so entscheidenden Vorhaben wie dem Bau von Befestigungsanlagen Eroberte einzusetzen! Hatte es ihn schon keine sonderliche Mühe gekostet, mit den zum Bau des Schutzwalls abkommandierten To-gai-ru-Sklaven Verbindung aufzunehmen, so war es noch viel einfacher gewesen, sie zur Mithilfe bei dem Angriff zu überreden.

Er erteilte einem seiner Unterkommandeure den Befehl, die Gruppe der Infiltranten zusammenzustellen, und dank der in monatelangen Kämpfen erworbenen Präzision war der Unterkommandeur schon kurz darauf unterwegs und trabte, neunzehn ungeduldige Krieger im Schlepptau, durch die Steppe. Sie würden sich vor der Ortschaft Douan Cal bis zum Anbruch der Dämmerung im hohen Gras verstecken, um dann, während die Sklaven für Ablenkung sorgten, einer nach dem anderen in die Stadt und die verabredeten Verstecke zu schleichen. Das Ganze war fast zu einfach.

Unmittelbar vor dem nächsten Sonnenaufgang gab Ashwarawu das Zeichen zum Angriff, und kurz darauf attackierte der geächtete große Anführer mit einhundert Kriegern im Rücken die noch schlafende Ortschaft Douan Cal.

Überall auf den Umgrenzungsmauern wurden Rufe laut, mit denen die Posten die behrenesischen Siedler zu den Waffen riefen, um ihre Häuser zu verteidigen. Dutzende Männer und

Frauen eilten zu den Schutzmauern, mitten unter ihnen zwanzig getarnte Krieger der To-gai-ru.

Kraftvoll und auf direktem Weg hielt Ashwarawu auf die Mauer zu, den Speer hoch über den Kopf gereckt, das Lied des Kriegsgottes Joek auf den Lippen. Die Siedler ließen einen Pfeilhagel auf die Angreifer niedergehen, ohne die herandonnernde Horde aber in ihrem Schwung zu bremsen oder gar zur Umkehr bewegen zu können.

Anders als die verängstigten Behreneser schossen die wild entschlossenen To-gai-ru ihre Pfeile nicht aus großer Entfernung ab, sondern warteten mit dem Spannen ihrer kräftigen Bogen, bis sie ganz nah heran waren – und kein Volk der Welt wusste aus dem Sattel heraus besser mit dem Bogen umzugehen als diese Steppenkrieger.

So hielt das Donnern des Sturmangriffs unvermindert an, während Ashwarawu und seine Krieger im Kreis um das Fundament des Schutzwalls herumritten, der kaum höher war als ein hoch gewachsener Mann, und einen Pfeil nach dem anderen abschossen.

Ab und zu richtete sich ein Behreneser auf, um das Feuer zu erwidern, doch der Pfeilregen zwang ihn fast augenblicklich wieder zurück hinter die Mauer; nicht selten war er da bereits tot.

Schließlich griff eine andere Abteilung der to-gai-ruschen Bogenschützen ins Geschehen ein, schleuderte Enterhaken über den Mauerrand, riss ihre Ponys herum und begann sofort zu ziehen. Der Schutzwall begann nachdenklich zu ächzen und zu wanken, als sich ein Reiter nach dem anderen einhakte.

Die Reaktion der Behreneser bestand darin, zu dem entsprechenden Mauerabschnitt hinüberzustürzen, in der Absicht, einen ungestümen Pfeilhagel abzuschießen und die Zugseile zu kappen.

Auf diesen Augenblick hatten die To-gai-ru gewartet; überall gaben sich die Infiltranten mitten unter den Verteidigern zu erkennen, hinderten sie am Abschießen der Pfeile und machten überhaupt jeden Versuch einer organisierten Verteidigung zunichte. Ein Vorpostensiedler nach dem anderen wurde über die Mauer gewuchtet, um vor den Füßen des gnadenlosen Ashwarawu in den Staub zu stürzen.

Schließlich fiel der Schutzwall unter ohrenbetäubendem Krachen, und es begann ein Kampf Mann gegen Mann, bei dem die berittenen To-gai-ru die Reihen der behrenesischen Fußtruppen mit vernichtender Präzision in Stücke schlugen.

Trotz seiner Bauweise war Douan Cal auf einen Angriff diesen Ausmaßes nicht vorbereitet; die Siedler hatten nicht den Hauch einer Chance, auch nur die erste Angriffswelle zurückzuwerfen. Innerhalb weniger Minuten lagen bereits viele tot oder vor Schmerzen schreiend auf dem Boden. Überrumpelt, in die Zange genommen und niedergerungen, ließen die Übriggebliebenen schon kurz darauf ihre Waffen fallen und bettelten um Gnade.

Die Antwort bestand aus einem einzigen, markerschütternden Schlachtruf: »Ashwarawu.«

Die Gefangenen wurden gefesselt und zum ausgetrockneten Flussbett hinuntergeführt, wo man einige Männer von ihren Fesseln befreite und sie zwang, Löcher in den Sand zu schaufeln, sodass ihre gefesselten Leidensgenossen bis zur Hüfte eingegraben werden konnten. Anschließend hoben Ashwarawus Krieger die Erdlöcher für die übrigen Gefangenen aus.

Als sich schließlich dreiundvierzig behrenesische Männer bis zur Hüfte eingegraben hilflos und mit verbundenen Augen im Sand wanden, holte Ashwarawu die To-gai-Nomaden aus Jocyn Thos Stamm herbei und deutete auf die unzähligen Steine, die der Fluss in seinem ausgetrockneten Bett zurückgelassen hatte.

Die Steinigung zog sich über viele Stunden hin, bis schließlich auch der letzte behrenesische Vorpostensiedler erschlafft nach vorne gesunken war.

Die meisten Krieger Ashwarawus hatten sich bereits vor dem Ende abgesondert und waren noch einmal nach Douan Cal zurückgekehrt, um sich nach Belieben mit den behrenesischen Frauen zu vergnügen, bevor sie ihnen endgültig den Garaus machten.

Zuallerletzt wurden auch die wenigen Kinder der Vorpostensiedler getötet – gnädig, mit einem einzigen Schlag auf den Kopf –, ehe man sie auf einen riesigen Scheiterhaufen warf.

Damit war Jocyn Tho gerächt.

Bei ihrem Abschied von Yatol Daek war ihr, wie sie wenig später erfuhr, ein letzter Fehler unterlaufen. Sie empfand es als tiefe Demütigung, dass man von jedem To-gai-ru, der sich aus der Gegenwart des Yatols entfernte, erwartete, dass er sich gesenkten Hauptes auf ein Knie fallen ließ.

Brynn bezweifelte stark, ob sie sich dazu würde überwinden können, daher war sie in den nächsten Wochen sehr darauf bedacht, dem Yatol aus dem Weg zu gehen.

Ebenso große Sorgfalt verwendete sie darauf, sich mit den alltäglichen Ritualen in der Siedlung vertraut zu machen. Sie war bemüht, sich nach besten Kräften einzufügen, aber wegen ihrer Weigerung, ohne ihr Schwert das Haus zu verlassen, fiel sie immer wieder auf.

Auch nahm sie sich jeden Tag Zeit für einen Besuch bei Nesty. Das Eingesperrtsein in einem Stall behagte dem kleinen Hengst, der es sein Leben lang gewohnt gewesen war, frei umherzulaufen, überhaupt nicht.

»Nicht mehr lange«, versprach ihm Brynn bei jedem Besuch, »und wir ziehen wieder zusammen über das weite Land.«

Das Pony schien sie zu verstehen und wurde sofort ruhiger, sobald Brynn bei ihm erschien. In den letzten Tagen aber hatte Nesty seinen Unmut sogar in Brynns Gegenwart gezeigt, hatte sich im Holzverschlag seiner Box verbissen und daran herumgezerrt – ein untrügliches Zeichen, dass er nicht glücklich war.

Äußerlich war Brynn völlig gelassen geblieben, um das Pony nicht zusätzlich zu beunruhigen. Innerlich jedoch machte es ihr gewaltig zu schaffen; sie setzte es ebenfalls auf ihre Liste mit behrenesischen Verbrechen, um ihren Hass noch weiter zu schüren.

Trotzdem vermied sie es, ihren siedenden Zorn überkochen zu lassen, denn es gab hier viel für sie zu lernen, nicht nur über die Behreneser, sondern auch über die derzeitige Verfassung der einst so stolzen To-gai-ru. Mittlerweile waren viele dazu übergegangen, sich in ihr Schicksal zu fügen; es schmerzte, mehr als nur einen ihrer Mitbewohner aus dem Dorf behaupten zu hören, der neue, von den Behrenesern eingeführte Lebensstil sei ihrer traditionellen Lebensweise vorzuziehen.

Aber nicht alle dachten so; ganz gewiss nicht Barachuk und Tsolona, die sie jeden Abend, sobald sie sich in das Haus des alten Ehepaares zurückgezogen hatten, mit der Bitte nach Geschichten über die Kayleen Kek bedrängten. Auch wenn sie gar nicht so viele Geschichten aus dieser längst vergangenen Zeit zu erzählen wusste, war Brynn stets bemüht, ihrer Bitte nachzukommen – während sie gleichzeitig versuchte, den beiden Alten Erinnerungen an ihre Vergangenheit zu entlocken. So ergab es sich, dass Barachuk und Tsolona ganz nebenbei zu Brynns Lehrern wurden und sie in der alten Lebensweise unterrichteten, einer Lebensweise, die sie wieder einzuführen gedachte.

Während dieser Wochen, in denen sich das Dorf auf den Einbruch des Winters vorbereitete, kam es kaum zu nennenswerten Veränderungen. Unmittelbar nördlich des Großen Gürtels zeigte sich der Winter nicht in seiner ganzen Härte, aber auf den hoch gelegenen Steppen To-gais wehte oft ein schneidend kalter Wind.

Eines Tages, die am Himmel aufziehenden Wolken kündigten den ersten Schnee des Jahres an, versah Brynn gerade ihre täglichen Arbeiten und schleppte Wasser von einem nahen Fluss heran, als sie mitten im Dorf, drüben bei den Stallungen, einen Tumult bemerkte. Das instinktive Gefühl, Nesty könnte etwas damit zu tun haben, ließ sie sofort ihre beiden Eimer fallen und zu der Stelle hinüberlaufen, wo sie eine größere Gruppe von Behrenesern, unter ihnen auch eine beträchtliche Anzahl von Soldaten sowie Yatol Daek und die Chezhou-Lei Dee'dahk, mehrere Ponys aus den Ställen holen sah.

Brynn erschrak, als sie sah, wie Nesty an einem Strick aus der Scheune gezerrt wurde, dessen Ende einer dieser verdammten Behreneser in den Händen hielt.

Sie bahnte sich einen Weg durch die versammelte Menschenmenge, bis sie sich zur vordersten Reihe der To-gai-ru durchgekämpft hatte. »Was in aller Welt haben diese Leute vor?«, fragte sie eine junge To-gai-ru namens Chiniruk, die unmittelbar neben ihr stand.

»Der Yatol verkleinert die Herde«, erklärte die junge Frau. »Die ausgesonderten Pferde werden zum Verkauf nach Behren geschafft.«

Chiniruk hatte noch nicht zu Ende gesprochen, als Brynn bereits quer über die kleine freie Fläche auf Yatol Daek zurannte, der die Aktion leitete. Er sah sie natürlich kommen, auch wenn er sie geflissentlich übersah und weiter einen ganzen Schwall von Befehlen von sich gab, darunter auch eine Aufforderung an Dee'dahk, sofort zu ihm zu kommen. Für Brynn ein untrügliches Zeichen, dass er die Absicht hatte, sie zu provozieren.

»Mein Pferd ist in der Gruppe links dort drüben«, rief sie, ohne darauf zu warten, dass ihr Kommen angekündigt wurde.

»Die linke Gruppe ist für den Markt in Dharyan bestimmt«, erwiderte Yatol Daek und starrte sie an.

»Mein Pferd befindet sich –«

»Ihr besitzt kein Pferd!«, fiel der Yatol ihr barsch ins Wort;

Lautstärke und Heftigkeit seiner Stimme ließen Dee'dahk sofort nach dem Heft ihres in der Scheide steckenden Schwertes greifen und viele der Soldaten in der Nähe Haltung annehmen. »Den Bedingungen der Kapitulation entsprechend, sind alle Pferde Eigentum von Chezru-Häuptling Yakim Douan. Lernt endlich, was sich geziemt und wo Ihr hingehört, wandernde Ru.«

Brynn sah kurz zu Nesty hinüber, ehe sie sich wieder dem Yatol zuwandte, ihre tiefbraunen Augen zu schmalen Schlitzen verengt. »Nesty ist mein Pferd«, erklärte sie.

Yatol Daek streifte sie kurz mit seinem Blick; die Situation amüsierte ihn offenbar. »Ach ja?«

»Ja.« Brynns frostige Entgegnung enthielt nicht eine Spur von Unterwürfigkeit.

»Lernt endlich, wo Ihr hingehört, Ru.«

»Wenn ich nicht hier hingehöre, dann nehme ich mir jetzt mein Pferd und verschwinde von hier«, erwiderte Brynn.

Yatol Daek schnaubte spöttisch und fing an zu lachen. »Ihr besitzt kein Pferd.«

»Ihr seid ein To-gai-ru«, erklärte Brynn. »Ihr müsst wissen, was das bedeutet.«

»Ihr solltet Euch von der Tatsache, dass ich von To-gai-ru-Eltern abstamme, nicht zu irgendwelchen Missverständnissen verleiten lassen, Närrin. Ihr besitzt kein Pferd. Und jetzt schert Euch wieder zu den anderen Bauern und haltet den Mund, bevor mir wegen Eurer Dummheit der Geduldsfaden reißt.«

Brynn drehte sich zu Nesty um und stieß einen schrillen Pfiff aus, woraufhin das Pferd sich aufbäumte, den Kopf hin und her warf und den behrenesischen Pferdeführer zu Boden schleuderte.

»Schluss damit, oder ich lasse das Pferd töten!«, brüllte Yatol Daek; als er daraufhin abermals zu Brynn hinüberschaute, blickte er genau in ihr gezücktes Schwert.

»Gebt mein Pferd frei, Yatol«, entgegnete Brynn, doch der

Yatol hatte längst hysterisch kreischend den Rückzug angetreten.

»Bringt dieses Weibsstück um! Tötet das Pferd!«

Als sie Anstalten machte, ihm nachzusetzen, trat ihr Dee'dahk mit gezücktem Krummschwert in den Weg; sie führte es in einem waagrechten Bogen rechts um den Körper und wechselte es eindrucksvoll hinter ihrem Rücken nach links, ehe sie es abermals mit ihrer Rechten packte. Ihr Angriff war perfekt ausbalanciert, das Schwert kreiste scheinbar mühelos. Brynn wusste sofort, dass diese Kriegerin in einem fairen Kampf eine durchaus ebenbürtige Gegnerin wäre.

Aber dieser Kampf war nicht fair, denn Dee'dahk hatte keine hohe Meinung von Brynns Kampfkünsten. Für die mächtige Chezhou-Lei war Brynn nichts weiter als irgendeine Ru, noch dazu ohne Pferd. Und in den Augen der behrenesischen Kriegerin zählte das nicht eben viel.

Ihr Angriff erfolgte schnell und mit ungeheurer Wucht; das Schwert zischte mal rechts, mal links hinüber, stets viel zu weit, um es abzulenken.

Nach außen hin war Brynns Aufmerksamkeit nach wie vor auf Yatol Daek gerichtet, dem sie immer noch nachsetzte. Sie wartete bis zur allerletzten Sekunde, bis Dee'dahk sie mit ihrer Waffe fast hätte berühren können. Dann wirbelte die junge Hüterin mit ihren in unzähligen Jahren des *Bi'nelle dasada* gestählten Muskeln perfekt ausbalanciert auf dem hinteren Fuß herum und stieß, ein-, zwei-, dreimal zu, schlitzte mit ihrem prächtigen Schwert Dee'dahks aus mehreren Lagen bestehende Rüstung auf und bohrte es ihr tief in die Brust.

Die Chezhou-Lei hielt jäh inne. Die ungeheure Plötzlichkeit des Vorstoßes ließ alle Umstehenden erstaunt aufstöhnen, denn bis dahin hatte in ganz To-gai niemand die unfassbar präzise und direkte Art des *Bi'nelle dasada* zu Gesicht bekommen. Dee'dahks weit aufgerissene Augen waren zu gleichen Teilen auf ihre Verblüffung und auf den Schmerz zurückzuführen;

tatsächlich war sich Brynn nicht einmal sicher, ob die Kriegerin überhaupt schon begriffen hatte, dass sie tödlich getroffen war.

Tödlich getroffen, aber vermutlich noch immer brandgefährlich, dämmerte es Brynn.

Ihr vierter Stoß war perfekt gezielt und traf Dee'dahk mitten ins Herz.

Sie blieb noch eine ganze Weile am Ende von Brynns blutverschmierter Klinge stehen und starrte in die tiefbraunen Augen der Frau, die sie getötet hatte.

Bis sie schließlich von der Klinge abglitt und auf dem Boden zusammenbrach.

Die Ungeheuerlichkeit des Augenblicks traf Brynn wie ein Schlag ins Gesicht; sie verdrängte ihn jedoch, denn sie hatte keine Zeit. Sie musste sich um Yatol Daek kümmern.

Der Mann begann mit erhobenen Händen, sie um Gnade anzuflehen. »So nehmt Euer Pferd in Yatols Namen, Wandernde!«, sagte er und rief seinen Soldaten, die Nesty in die Enge zu treiben versuchten, rasch zu, sie sollten davon ablassen. »Verschwindet von hier – ich habe nichts mit Euch zu schaffen!«

Brynn starrte ihn verwundert und voller Verachtung an. Der Mann, den man zum Anführer dieses Ortes ernannt hatte, war offenkundig ein Feigling. Und was für einer! Ohne ihr Schwert zu senken, ohne ihm eine Chance zur Flucht zu geben, blickte Brynn zur Seite hinüber und rief ihr Pferd, das daraufhin gemächlich angetrabt kam.

»Da, seht Ihr?«, sagte Yatol Daek. »Ich bin nicht Euer Feind. Ich bin ein To-gai-ru.«

Er kam nicht einmal dazu, zu Ende zu sprechen, als Brynn ihn bereits anschrie: »Nein, das seid Ihr nicht!«

Yatol Daek hielt seine zitternden Hände abwehrend vor seinen Körper. »Ihr könnt mich nicht umbringen und hoffen, dass Ihr das überlebt«, jammerte er. »Bitte, steigt auf Euer Pferd und verschwindet.«

»Nein«, sagte Brynn jetzt etwas beherrschter und senkte die Klinge ein kleines Stück, woraufhin auch Yatol Daek die Hände ein wenig sinken ließ. »Ihr seid kein To-gai-ru.«

»Die Religion Yatols –«

»Es hat nichts mit dem Gewand zu tun, unter dem Ihr Euch versteckt!«, fuhr Brynn ihn an. »Nein, das geht viel tiefer.« In diesem Moment traf Nesty bei ihr ein; sie zog den braunweiß gescheckten Kopf ganz nah zu sich heran und rieb ihre Wange an seinem weichen Fell.

»Nein«, sagte sie an Daek gewandt. »Kein To-gai-ru würde ein Pferd stehlen, niemals.«

»Die Pferde sind Eigentum des –«, wollte er protestieren, aber Brynn hörte gar nicht zu.

»Und erst recht würde kein To-gai-ru den Befehl geben, ein Pferd zu schlachten.« Als sie geendet hatte, schmiegte sie ihre Wange noch immer an den Kopf des Pferdes, wirkte noch immer vollkommen ruhig.

Dann aber erfolgte der explosionsartige Vorstoß des *Bi'nelle dasada,* mit einer solchen Plötzlichkeit, dass Yatol Daek überhaupt nicht auf die Bewegung reagierte. Seine Miene wirkte ehrlich überrascht, als er an sich hinunterschaute und Brynns prachtvolles Schwert tief in seinem Unterleib stecken sah.

»Zum Teufel mit Euch und Euren neuen Sitten«, stieß Brynn hervor, dann schossen ihre Gedanken in das Schwert und riefen das Feuer auf den Plan.

Yatol Daek brüllte vor Schmerz, als Brynn die Klinge ruckartig bewegte, bis das scharfe, dünne Metall seinen Leib aufschlitzte und die Flammen ihn verzehrten.

Dann erst zog sie das Schwert heraus, drehte sich um und sah die vielen Behreneser und To-gai-ru, die sie fassungslos anstarrten.

Ihre Erstarrung währte jedoch nur einen kurzen Augenblick, dann stürzten sich die ersten behrenesischen Soldaten mit Gebrüll auf sie.

Brynn schwang sich auf Nestys Rücken und lenkte ihn mit ihren kräftigen Schenkeln; sie ballte ihre linke Faust und aktivierte so den Schutzschild ihres magischen Pauri-Armschutzes.

Aber sie ergriff nicht etwa die Flucht, sondern riss ihr Pferd herum und raste in vollem Galopp mitten zwischen die angreifenden Behreneser. Mehrere Soldaten warfen sich zur Seite; einen ritt sie um, gab ihm mit einem vernichtenden Hieb den Rest, ehe sie Nesty einen weiteren in den Staub trampeln ließ.

Dann stürmte Brynn in entgegengesetzter Richtung davon und hielt auf das Haus von Barachuk und Tsolona zu; zu ihrer Erleichterung erwarteten die beiden sie bereits und warfen ihr Bogen und Köcher zu.

Zu diesem Zeitpunkt hatte die Jagd auf sie bereits beträchtlich an Elan verloren, sodass Brynn ihr Pferd ohne große Mühe hätte aus dem Ort herausschaffen können. Doch die junge Hüterin gab sich längst noch nicht zufrieden. Sie klemmte ihr Schwert unter ein Bein, griff zu ihrem Bogen und stürmte ihren behrenesischen Verfolgern erneut entgegen.

Mittlerweile hatten sich zwei der feindlichen Soldaten auf ihre Pferde geschwungen.

Ein boshaftes Grinsen im Gesicht, erinnerte sich Brynn an die erste größere Herausforderung, mit der Lady Dasslerond sie überrascht hatte, und sah ihre Feinde so, wie sie damals, in jener sternenlosen Nacht in Andur'Blough Inninness auf dem von Fackeln beleuchteten Feld, die Zielscheiben gesehen hatte, und ihre Treffgenauigkeit war keine Spur geringer.

Als Brynn und Nesty schließlich aus dem kleinen Dorf hinausgaloppierten, hatte sie alle zwölf Pfeile aus ihrem Köcher verschossen, und zehn Behreneser, darunter Yatol Daek und die Chezhou-Lei Dee'dahk, lagen tot im Staub.

Obwohl noch ein paar Pfeile aus dem Ort in hohem Bogen in ihre ungefähre Richtung schwirrten, kam keiner ihr mehr nahe genug, um sein Ziel zu treffen.

Unweit der Ortschaft machte Brynn Halt und wandte sich um, um zu sehen, ob sie noch in Gefahr war.

Doch ihr war niemand gefolgt.

14. Ein höchst eleganter Auftritt

Die Stämme der südlichen Steppengebiete To-gais, in der Nähe der Feuerberge, waren nie echte Nomaden gewesen, daher hatte das Vordringen der behrenesischen Eroberer die Lebensweise dieser To-gai-ru nicht so nachhaltig verändern können wie die ihrer weiter nördlich lebenden Stammesbrüder. Die Nordhänge dieses vulkanischen Gebirges waren das ganze Jahr über derart fruchtbar, dass gar nicht die Notwendigkeit bestand, auf Wanderschaft zu gehen oder einer der großen Herden zu folgen. Daher lebten und arbeiteten hier, weit weg von Jacintha und den Erlassen des Chezru-Häuptlings, wo der Grenzverlauf zwischen beiden Königreichen längst nicht so eindeutig war wie weiter nördlich, Behreneser und To-gai-ru bereits seit vielen Jahrhunderten in vergleichsweise enger Nachbarschaft zusammen. Es gab sogar Kinder gemischter Abstammung, doch die galten keineswegs als selbstverständlich und entsprangen einer Praxis, die niemals öffentlich Anerkennung gefunden hatte.

Das Einzige, was sich seit der Eroberung To-gais tatsächlich verändert hatte, war die Präsenz behrenesischen Militärs in Gestalt eines einzigen Achterkarrees, das die Ortschaften und Nomadenlager reihum mit seiner Anwesenheit beehrte, womit sie sich allerdings den Unmut vieler To-gai-ru zuzogen, weil dieses Vorgehen ganz offenkundig dem Zweck diente, die behrenesische Bevölkerung dieser Gebiete gegen ihre To-gai-ru-Nachbarn aufzuhetzen. Bezeichnenderweise gingen die ganz normalen Behreneser und To-gai-ru aber gleich nach Abzug des Achterkarrees wieder zu ihrem gewohnten Tagesablauf über.

Es gab noch eine weitere Gemeinsamkeit, die Behreneser und To-gai-ru aus diesen südlichen Gebieten miteinander verband: das Misstrauen, das man gegenüber dem rätselhaften Mystikerorden empfand, der Gerüchten zufolge die Feuerberge unsicher machte, den Jhesta Tu. Derartige Vorbehalte fanden unter den Behrenesern noch zusätzlich Nahrung, da die Yatol-Religion die Jhesta Tu schon vor langer Zeit als Ketzer gebrandmarkt hatte. Selbst bei den To-gai-ru – traditionell anderen Glaubensrichtungen gegenüber eher tolerant, weil ihre Stämme selbst oft unterschiedliche Gottheiten verehrten – hatten die Jhesta Tu noch nie in gutem Ruf gestanden.

Dies also war die Situation, in die sich Pagonel begab, als er seiner wenige Tage vor dem Erwerb der Schärpe Aller Farben erblickten Vision folgte, einen Rucksack mit verschiedensten bunten Garnen sowie Nähzeug auf dem Rücken, um seine Arbeit an der Schärpe für den nächsten Meister fortsetzen zu können, der den Pfad dereinst beschreiten würde. Er war sich darüber im Klaren, dass er feindlichen Boden betreten würde, ganz gleich in welcher Richtung er die Feuerberge verließ, aber er hatte die Wahrheit erblickt und auf ebenso bewusst wie intime Weise Bekanntschaft mit seiner Lebensenergie, dem Chi, gemacht und fürchtete sich vor nichts.

Im Schankraum des ersten Dorfes, in das er gelangte, spürte er die vielen Blicke, die sich auf ihn hefteten, und da er sowohl fließend Behrenesisch als auch To-gai-ru sprach, verstand er auch die unzähligen, hinter vorgehaltener Hand getuschelten Beleidigungen, die ihm von allen Seiten entgegenschlugen. Er ließ sie an sich abperlen; diese Menschen verstanden einfach nicht. Wie sollten sie auch?

Der Besitzer des Schankraums, ein To-gai-ru, brachte ihm zwar die gewünschte Bestellung, berechnete ihm aber mehr Silbermünzen als üblich, wie Pagonel sofort bemerkte.

»Habt Ihr auch Zimmer, in denen man übernachten kann?«, wandte sich Pagonel an ihn.

Der Besitzer ließ den Blick über seine zahlreichen Gäste schweifen, deren Augen ausnahmslos auf ihn gerichtet waren.

»Keine Angst, mein Freund, ich verzichte sogar darauf, um eine Unterkunft zu bitten«, erlöste er den sichtlich nervösen Mann. »Die Nacht wird nicht sehr kalt werden, außerdem sind die Sterne das beste Dach über dem Kopf, das man sich wünschen kann.« Pagonel leerte sein Glas Wasser und verbeugte sich lächelnd vor dem unruhig gewordenen Schankwirt, ehe er sich mit gleichem Gruß von den übrigen Anwesenden verabschiedete.

Als er aus dem Gebäude ins Freie trat, hörte er, wie sich viele tuschelnd über ihn unterhielten – fast alle abfällig.

Wenigstens hatten sie ihre Feindseligkeit nicht offen gezeigt, und keiner – auch nicht die wenigen anwesenden Behreneser – hatte Anstalten gemacht, ihn direkt zu attackieren. Er hielt es trotzdem nicht für klug, die Nacht in der Siedlung zu verbringen, also begab er sich in den nahen Wald, wo er ein bequemes Plätzchen in einem Baum fand, und sah zu, wie der Mond träge über den sternenübersäten Himmel zog.

Am nächsten Morgen war er bereits lange vor Anbruch der Dämmerung wieder auf den Beinen und wanderte langsam Richtung Norden. Er war sich immer noch nicht ganz darüber im Klaren, wieso ihn seine Vision in die weite Welt hinausgelockt hatte, aber die fortschreitende Anpassung der To-gai-ru an die Kultur ihrer Eroberer hatte ihn neugierig gemacht. Vielleicht war das die Erfahrung, für die er ausersehen war, vielleicht sollte er mehr über dieses Aufeinanderprallen der Kulturen lernen, das bereits jetzt im Begriff war, den Völkern südlich des gewaltigen Gebirges ein völlig neues Gesicht zu geben. Vielleicht würde er hier, wo die althergebrachten Traditionen täglich in Frage gestellt wurden, mehr über die wirkliche Welt und seine wahre Existenz erfahren.

Das war es, was der Ordensbruder sich auf seiner Wanderschaft in den Norden immer wieder sagte. Dass sich schon bald ganz andere, tiefer gehende Gefühle in seinem Innern regen würden, auf den Gedanken wäre er niemals gekommen.

Viele Tage war er unterwegs und genoss die Eindrücke der Landschaft, wo der Herbst allmählich in Winter überging. Um seine Sicherheit war er nicht übermäßig besorgt; er war ein Jhesta Tu und hatte gelernt, selbst unter den härtesten Witterungsbedingungen zu überleben.

Eines Nachmittags, ungefähr zur selben Zeit, da er den feinen Rauch eines nahen Dorfes in den Himmel steigen sah, sah er die ersten Anzeichen eines nahenden Unwetters heraufziehen, das vermutlich zum ersten Mal Schnee statt Regen bringen würde.

Er erklomm den Gipfel einer Anhöhe und blickte hinunter auf eine Ansammlung von Lehm- und Holzhütten, hinter denen soeben die Sonne unterging. Ihm fiel eine Reihe angebundener Pferde auf – nicht die gescheckten Ponys der To-gai-ru, sondern größere, kastanienbraune und rötlich graue Tiere. Als er eine Bewegung zwischen den Pferden bemerkte, erkannte Pagonel das weiße Gewand eines männlichen Behreneser s, und bei genauerem Hinsehen sah er auch die gekreuzten schwarzen Riemen vor der Brust des Mannes, die ihn als behrenesischen Soldaten auswiesen.

»Das könnte interessant werden«, murmelte er und machte sich auf den Weg hinunter zum Dorf. Die durchdringenden Blicke, mit denen der Mystiker in seinem verräterischen Überwurf und der Schärpe der Jhesta Tu empfangen wurde, unterschieden sich durch nichts von denen, die er im vorigen Dorf gespürt hatte. Mit einer Ausnahme – der behrenesische Soldat, bemerkte Pagonel, riss sichtlich entsetzt die Augen auf, ergriff Hals über Kopf die Flucht und fiel sogar einmal auf die Knie, als er beim Versuch, sich im Schankraum in Sicherheit zu bringen, ins Stolpern geriet.

Als Pagonel ihm kurz darauf nach drinnen folgte, sah er sich einem Dutzend Soldaten gegenüber, ausnahmslos in besagten weißen Gewändern mit gekreuzten Riemen, die ihn mit stechendem Blick musterten. Er nickte ihnen zum Gruß kurz zu und begab sich dann hinüber zu dem langen Tisch, der als Tresen diente.

Das Geräusch von Schritten hinter seinem Rücken sagte ihm, dass einer der Soldaten aus dem Schankraum gerannt war, zweifellos, um seine Vorgesetzten zu warnen.

»Ihr kommt wohl von weit her«, sagte der Schankwirt, ein breitschultriger Ru mit schwarzem Stoppelbart, der bis zu den Augen zu reichen schien.

»Von so weit auch wieder nicht«, erwiderte Pagonel. »Eine Woche Fußmarsch, nicht mehr, vorausgesetzt, man schlägt ein flottes Tempo an.«

»Die behrenesischen Soldaten, diese Mistkerle, werden jedenfalls denken, dass Ihr Euch ziemlich weit vorgewagt habt«, sagte der Wirt leise.

Kaum hatte er geendet, hörte Pagonel abermals Schritte. Er drehte sich um und sah den Soldaten zurückkommen und ihm einen Blick über die Schulter eines älteren, mürrisch dreinblickenden Mannes zuwerfen, der ebenfalls das Gewand behrenesischer Soldaten trug, allerdings mit goldenen anstelle der schwarzen Riemen vor seiner breiten, muskulösen Brust.

Er musterte Pagonel durchdringend; der war bemüht, nicht ebenso zurückzublicken, sondern prostete ihm stattdessen höflich nickend mit seinem Wasserglas zu. Anschließend drehte der Ordensbruder sich wieder mit dem Gesicht zum Tresen und stellte sein Glas ab.

»Wie heißt du?«, fragte jemand hinter seinem Rücken. Die Frage war auf To-gai-ru gestellt worden, wenn auch in einem etwas gekünstelt wirkenden Dialekt.

Pagonel nippte an seinem Wasser und machte keine Anstalten, darauf zu antworten.

»He, Jhesta Tu!«, fauchte dieselbe Stimme. »Wie lautet dein Name?«

Pagonel drehte sich langsam zu dem Mann und der aus etwa einem Dutzend Soldaten bestehenden Gruppe um, von denen die meisten ziemlich nervös wirkten.

»Wie lautet dein Name?«, wiederholte der Anführer seine Frage.

»Man nennt mich Pagonel. Und wie ist Euer Name?«

»Die Fragen stelle ich, du beantwortest sie.«

»Das habe ich bereits getan.«

»Mund halten!« Die Augen des Mannes funkelten, so als wollte er den Ordensbruder mit seinem Blick durchbohren. »Willst du mich etwa auf den Arm nehmen?«

»Kaum.«

»Ich bin Kommandant des Karrees«, erklärte der Soldat mit unverkennbarem Hochmut in der Stimme.

»Und das ist ein Grund, stolz zu sein?«

»Gibt es einen Grund, warum es das nicht sein sollte?«

»Gibt es einen?« Pagonel wusste nur zu gut, dass er im Begriff war, zu weit zu gehen, dabei war er die ganze Zeit um einen neutralen und sachlichen Ton bemüht gewesen. Im Übrigen waren seine Bemerkungen ausschließlich Beobachtungen und keine persönlichen Ansichten gewesen. Oder etwa doch? Die Frage musste er sich stellen, wenn er ehrlich war. Er ließ seine letzten Äußerungen noch einmal Revue passieren – sorgfältig darauf bedacht, dem Kommandanten dabei nicht in die Augen zu sehen – und musste sich eingestehen, dass alle seine Äußerungen leicht provozierend geklungen hatten, auch wenn sie durchweg der Wahrheit entsprachen.

»Ich bin Pagonel, ein Mystiker des Ordens der Jhesta Tu«, erwiderte er ruhig. »Ich bin aus meiner Heimat ausgezogen, um mich auf die Suche nach Weisheit und Erleuchtung zu begeben; ich kann Euch versichern, mir steht der Sinn nicht nach Ärger.« Als er geendet hatte, schlug er die Augen nieder, eine

Geste, die der etwas hochmütige Kommandant gewiss als Zeichen der Friedfertigkeit und Unterwürfigkeit deuten würde.

Stattdessen aber reagierte er wie ein Hai, der Blut gewittert hat; seine Hand schnellte vor; er packte Pagonel am Kinn und bog ihm den Kopf in den Nacken, um den linkisch wirkenden Ordensbruder mit seinem Blick niederzuringen. Pagonels Reaktion erfolgte rein instinktiv; seine Hand zuckte hoch, schlug die des Kommandanten zur Seite, dann packte er den Daumen seiner anderen Hand und bog ihn kraftvoll nach hinten, womit er den Mann aus dem Gleichgewicht brachte und ihn in die Knie zwang.

Nun schaute ihm der Mystiker doch ins Gesicht, das jetzt allerdings vor Schmerz und Wut verzerrt war.

»Dafür könnte ich dich hinrichten lassen!«, zischte der Kommandant zwischen den zusammengebissenen Zähnen hervor.

»Wie gesagt, ich bin auf der Suche nach Weisheit und Erleuchtung, nicht nach Ärger«, wiederholte Pagonel seelenruhig. »Aber ich gehöre der Gemeinschaft der Jhesta Tu an und habe geschworen, diese Gemeinschaft zu schützen.« Während der Erklärung ließ er die Hand wieder los; der Kommandant trat einen Schritt zurück, richtete sich auf und rieb sich, den wütend funkelnden Blick auf den Mystiker gerichtet, seinen schmerzenden Daumen.

»Ich bin in dieser Provinz die Stimme des Chezru-Häuptlings«, knurrte der Kommandant, für viele seiner Soldaten offenbar das Zeichen, zu den Waffen zu greifen. Pagonel hatte keine Angst vor ihnen, zumindest fürchtete er nicht um seine persönliche Sicherheit; die möglichen Folgen einer Auseinandersetzung dagegen bereiteten ihm erheblich mehr Kopfzerbrechen, schließlich hatte er noch nicht einmal angefangen, Togai und seine Vision zu erkunden.

»Ich habe keinesfalls die Absicht, Eure Machtbefugnis anzuzweifeln, Kommandant«, erwiderte Pagonel bescheiden.

Der Kommandant hob die Hand, das Zeichen an seine Soldaten, sich zurückzuhalten. »Trotzdem hast du dich eines Vergehens gegen die Stimme Gottes schuldig gemacht«, sagte er.

Pagonel verkniff sich eine passende Erwiderung und hörte schweigend zu.

»Es ist dir nicht erlaubt, mich zu berühren, und deshalb werde ich mit dir machen, was immer ich für richtig halte. Hast du das begriffen?«

Pagonel ließ sich noch immer keine Regung anmerken. Er musste sich zusammenreißen, als der Kommandant abermals die Hand nach seinem Gesicht ausstreckte. Sein Griff war fest und kraftvoll, als er den Ordensbruder zwang, ihm direkt ins Gesicht zu sehen.

»Als Strafe für deine Unverfrorenheit wirst du mir dein gesamtes Bargeld aushändigen«, verkündete der Kommandant, bevor er Pagonels Gesicht zur Seite stieß.

»Ich bin ein Jhesta Tu; meine Mittel sind daher sehr begrenzt«, erwiderte der Mystiker.

Der Kommandant langte zu, riss Pagonel den kleinen Geldbeutel vom Gürtel und schüttete die Silbermünzen in seine offene Hand. »Das reicht bei weitem nicht, um für deine Vergehen zu bezahlen«, erklärte er. »Aber dieses Mal will ich dir deine Unverfrorenheit noch verzeihen.«

Mit diesen Worten machte er kehrt und gesellte sich wieder zu seinen amüsiert lachenden und beifällig nickenden Untergebenen.

Pagonel ließ ihn ziehen. Er hatte, um den Preis einiger weniger, überdies leicht zu ersetzender Münzen, die Situation entschärft, wie es seiner Pflicht als Ordensbruder der Jhesta Tu entsprach. Schließlich waren sie kein kriegerischer Orden.

Es sei denn, man setzte sie unter Druck …

Pagonel sah dem Kommandanten des Karrees lange nach, um sich das Äußere des Mannes einzuprägen.

Wie vorherzusehen, gingen die Soldaten jetzt dazu über, den Mystiker zu verspotten; zwei von ihnen ließen sich dazu hinreißen, ihn mit kleinen Gegenständen zu bewerfen, und einer bespuckte ihn sogar.

»Der Mann ist ein Tyrann«, sagte der to-gai-rusche Wirt weit vorgebeugt, sodass nur Pagonel ihn hören konnte. »Am besten achtet Ihr gar nicht auf ihn.« Mit diesen Worten stellte ihm der Wirt ein zweites Glas Wasser hin.

Als Pagonel ihm erklären wollte, dass er kein Geld mehr habe, schüttelte der Wirt nur den Kopf und hob abwehrend die Hand, um ihm zu zeigen, dass er selbst dann kein Geld genommen hätte, wenn es ihm angeboten worden wäre.

»Vielleicht erzählt Ihr mir ja als Bezahlung irgendwann einmal ein paar Geschichten über Euren Orden.«

»Das darf ich nicht«, erwiderte Pagonel.

Der Wirt zuckte lächelnd mit den Achseln, so als spiele es keine Rolle.

Kurz darauf verließ Pagonel unter dem höhnischen Jubel der behrenesischen Soldaten den Schankraum.

Damit konnte er leben.

Aber er speicherte das höhnische Gelächter in einem Winkel seines Verstandes, wo er es nie vergessen würde.

Draußen klopfte er sich ab und versenkte sich einen Augenblick lang in stumme Meditation, bis er seine Mitte gefunden hatte.

»Du hast ihm ohne Bezahlung etwas zu trinken gegeben!«, hörte er den Kommandanten drinnen im Schankraum poltern.

Der Mystiker drehte sich ein kleines Stück um und richtete sein Ohr zur Tür.

»Und deshalb wird heute den ganzen Abend gleiches Recht für alle gelten«, verkündete der Kommandant.

»Aber es war doch bloß Wasser«, protestierte der Wirt.

»Und er war bloß ein Mistkerl von den Jhesta Tu«, brüllte der Kommandant zurück. »Und wenn der einen Schluck Wasser wert ist, dann sind meine Leute allen Schnaps wert, den du hast, und deine gesamte Barschaft obendrein!«

Der Protest des Wirtes verstummte abrupt nach einer schallenden Ohrfeige.

Das Gejohle der nach Schnaps verlangenden Soldaten und ihres Kommandanten, der eine Entschuldigung sowie das gesamte im Schrankraum vorhandene Bargeld forderte, brach jählings ab, als die Tür geräuschvoll aufgestoßen wurde.

Aller Augen wandten sich dem Mystiker der Jhesta Tu zu, der, das Gesicht ein Ausdruck vollkommener Ruhe, die Arme seitlich neben seinem Körper, im Türrahmen stand, ein Bild der Verletzlichkeit.

Doch der Eindruck täuschte, wie der erste ihn angreifende Soldat feststellen musste. Der Behreneser stürzte sich mit erhobenem Speer auf ihn, gewahrte kaum, dass Pagonel sich bewegte, sodass er völlig aus dem Gleichgewicht geriet, als sein Stoß ihn verfehlte und er vornübergebeugt an ihm vorbeistolperte.

Plötzlich tauchte eine Hand vor seinem Gesicht auf; sie war so perfekt gezielt, dass sie seine Nase nach oben schlug, obwohl sie ihn kaum berührte. Mit der anderen Hand packte Pagonel von hinten seinen Gürtel und beförderte ihn schwungvoll nach draußen auf die Straße.

Sofort griffen, Seite an Seite, die beiden nächsten Soldaten an; der von Pagonel aus rechte versuchte es erneut mit einem geraden Speerstoß, während der andere sein Schwert waagrecht kreisen ließ. Ein kurzes Anspannen seiner gestählten Muskeln sowie ein Hochreißen der Beine, und der Mystiker setzte mit einem Salto über das kreisende Schwert hinweg, um den Schwung gleich nach der Landung zu einer halben Körperdrehung zu nutzen und dem Soldaten gegen das Knie zu treten, sodass sein Bein zur Seite wegknickte.

Noch während der Mann zusammenbrach, sprang Pagonel über dessen Schultern und landete leichtfüßig unmittelbar neben dessen Gefährten und damit in Reichweite seines Speeres.

Aus einer Entfernung von grade mal vier Zoll stieß er ihm

seine geöffnete Hand gegen die Brust, allerdings mit solcher Wucht, dass er ihm seine ganze Kraft und Atemluft raubte. Der Soldat stöhnte geräuschvoll und sackte auf die Knie.

Pagonel schwang sein rechtes Bein über ihn hinweg, packte ihn und schleuderte ihn mit dem Kopf voran einem weiteren Angreifer entgegen, den er dadurch ins Straucheln brachte. Dann benutzte er den auf dem Boden liegenden Soldaten als Absprungrampe, hob leichtfüßig ab und sprang mitten zwischen drei weitere völlig verblüffte Soldaten.

Noch in der Luft trat er mit seinem linken Fuß nach links, nach rechts mit seinem rechten, dann noch einmal mit links genau nach vorn, und drei weitere Behreneser taumelten zur Seite.

Kaum gelandet, hielt er auf den Tresen zu, gelangte dabei in die Nähe eines weiteren Tisches, täuschte einen Sprung an, nur um im letzten Augenblick darunter hindurchzutauchen.

Ein Soldat ließ sich von dem Manöver täuschen und stieß mit seinem Speer über den Tisch hinweg; im Versuch, seinen Fehler wieder gutzumachen, bückte er sich, um den Mystiker abzustechen.

Dessen Hand durchbrach die Tischplatte, packte den gebückten Soldaten bei den Haaren und zog. Als das Gesicht des Mannes mit solcher Wucht auf die Tischplatte krachte, dass das Möbel fast zersplittert wäre, krabbelte Pagonel bereits wieder unter dem Tisch hervor.

Mit fast schon tänzerischer Leichtigkeit bewegte er sich durch den Raum; mal berührten seine Füße den Boden, mal Tische oder Stühle und gelegentlich auch, kaum vorstellbar, gar nichts. Wie auch immer, einen Lidschlag später stand er vor dem völlig verdutzten Kommandanten.

Der stieß den Wirt zur Seite, machte eine blitzschnelle Körperdrehung und versuchte Pagonel mit einem kleinen gezackten Messer zu erstechen.

Blitzschnell schoss Pagonels Rechte vor und packte den

Kommandanten an der Innenseite seines Handgelenks. Seine Linke folgte nicht minder schnell, packte den Handrücken der Messerhand und entwand ihr das Messer mit einer kraftvollen und überaus schmerzhaften Drehung.

Das Messer flog in hohem Bogen in die Luft; Pagonel schlug dem Mann zweimal ins Gesicht, bevor er das Messer auffing und es dem vor Verwirrung wie gelähmten Kommandanten wieder in die Hand drückte.

»Zielt wenigstens genauer, falls Ihr es noch mal versuchen wollt«, riet ihm Pagonel. »Denn das war die einzige Lektion, die Ihr umsonst von mir bekommen habt.«

Der Kommandant hob mit wutverzerrtem Gesicht die Hand, als wollte er zuschlagen, zögerte dann aber und schaute sich nach seinen Soldaten um. Einige von ihnen lagen am Boden, die anderen starrten ihn mit verwirrten und sichtlich verängstigten Gesichtern an. Ihr Anführer riss sich zusammen und richtete seinen Blick wieder auf Pagonel. »Einmal hab ich dir verziehen«, begann er, wurde aber fast augenblicklich unterbrochen, als der Ordensbruder ihm etwas zuflüsterte, so leise, dass nur er es hören konnte.

»Verschwinde aus diesem Gasthaus und aus diesem Dorf, und zwar auf der Stelle«, drohte ihm Pagonel. »Tu es jetzt sofort und spar dir deinen Stolz, wenn dir dein Leben lieb ist.«

Der Kommandant ließ seinen Blick noch einmal über seine gestürzten und vor Angst wie gelähmten Soldaten schweifen, ehe sein Blick auf seine Hand fiel, die jetzt wieder das Messer hielt, das ihm eben noch so mühelos entrissen worden war.

»Schnappt euch eure Kameraden!«, brüllte er sein Kommando, ehe er an Pagonel vorbei und aus dem Schrankraum stapfte.

Just in diesem Moment hatte der erste Soldat, den Pagonel zu Fall gebracht hatte, das Pech, ins Gasthaus zurückzuwollen. Der Kommandant wischte ihn mit einer brüsken Handbewegung zur Seite und setzte seinen Weg fort. Die übrigen Soldaten folgten ihm scheinbar widerstrebend, obwohl jeder, der Zeuge des Geschehens geworden war, wusste, dass sie zutiefst erleichtert waren.

»Das wird Euch Kommandant Aklai niemals verzeihen«, warnte ihn der Wirt mit leiser Stimme. »Er wird dafür sorgen, dass man Euch tötet.«

»Tatsächlich«, erwiderte Pagonel und ließ sich ein weiteres Glas Wasser geben, das er in einem Zug leerte.

Nachdem er das Hufgetrappel von Aklais abziehender Truppe vernommen hatte, verließ Pagonel zum zweiten Mal den Schankraum, aber diesmal machte er erst wieder Halt, als das Dorf weit hinter ihm lag.

Während der nächsten Tage wanderte er immer weiter in nördlicher Richtung, obwohl das Wetter inzwischen spürbar kälter und ungemütlicher geworden war. Eines Tages, ein eisiger Wind trieb den feinen Pulverschnee waagrecht vor sich her, entdeckte Pagonel eine gut gesicherte und geschützte Stelle unter einem Felsüberhang. Dort ließ er sich mit übereinander geschlagenen Beinen nieder, legte die Hände mit den Innenflächen nach oben auf seine Oberschenkel und konzentrierte sich, Schritt für Schritt, auf jede einzelne Partie seines Körpers, versetzte ihn so in einen Zustand tiefster Entspannung und machte ihn durch eine Verlangsamung seines Körperrhythmus unempfindlich gegen die Kälte.

In diesem tranceähnlichen Zustand ließ Pagonel die Geschehnisse der letzten Wochen noch einmal vor seinem geistigen Auge ablaufen. Was hatte ihn eigentlich nach To-gai geführt? Welche Rolle erwartete ihn hier?

Der Jhesta Tu versuchte so ehrlich wie möglich zu erkunden, was er wirklich empfand – gegenüber seiner Herkunft, gegenüber den To-gai-ru und den behrenesischen Invasoren. Dabei ging es ihm weniger um persönliche Vorlieben oder Abneigungen – er wusste sehr wohl, dass sich derartige Verallgemeinerungen niemals auf Völker als Ganzes übertragen ließen, denn letzten Endes bestanden Völker aus einzelnen Individuen. Aber es stellte sich die Frage nach Gerechtigkeit und nach Zusammenhängen. Die Behreneser hatten To-gai überfallen, ohne dass es auch nur die geringste Provokation gegeben hätte, und führten sich nicht gerade wie wohltätige Herren auf.

Wenn der Chezru-Häuptling, der die Jhesta Tu in Übereinstimmung mit einer langen Reihe seiner Vorgänger zu Ketzern erklärt hatte, To-gai so mühelos erobern konnte, was bedeutete das dann für die Feuerberge? Jeder wusste, dass der eigentliche Grund für die behrenesische Invasion To-gais im lukrativen Handel mit den To-gai-Ponys zu finden war, ganz gleich, welches Lügenmärchen der Chezru und seine Truppen über To-gai als abtrünnige Provinz Behrens vorgeschoben haben mochten. Die Bereitschaft, aus reiner Geldgier zu erobern und zu töten vorausgesetzt, hatte der Chezru-Häuptling es dann vielleicht auch auf das Gebiet rings um die Wolkenfeste und dessen reiche Mineralvorkommen abgesehen?

»Hat meine Vision mich vielleicht deshalb hergeführt?«, fragte sich Pagonel mit leiser Stimme, die im Geheul des Windes unterging. »Damit ich hier die ersten Vorboten eines Angriffs auf meinen eigenen Orden in Augenschein nehme?«

Den Rest des Tages sowie die darauf folgende Nacht blieb er in der geschützten Felsnische; als der nächste Morgen dann unter einem klaren Himmel heraufdämmerte und nur eine dünne Schneeschicht das hohe Gras bedeckte, machte er sich wieder auf den Weg und wanderte weiter Richtung Norden.

Noch am selben Tag kam er durch die nächste Ortschaft, wo er sich einer nach Norden ziehenden To-gai-ru-Karawane anschließen konnte. Die ganze Reise über lauschte Pagonel wortlos den verzweifelten, von Wut und Entsetzen geprägten Geschichten über irgendwelche Anverwandte, die von behrenesischen Soldaten entführt worden waren. Nur ein einziges Wort in diesem nicht enden wollenden Wortfluss ließ einen echten Hoffnungsschimmer erahnen: der Name eines Banditenführers, Ashwarawu, der offenbar in dieser Gegend operierte.

Pagonel beschloss, diesen Banditenführer auf der Stelle ausfindig zu machen.

15. Eine Erweiterung des Horizonts

Als Yatol Grysh das Zwanzigerkarree der Soldaten aus Jacintha begrüßte, tat er dies mit gemischten Gefühlen. Einerseits war er froh, dass Yakim Douan ihn endlich mit der nötigen Macht ausgestattet hatte, um die Region wieder vollständig in den Griff zu bekommen, andererseits war es dem stolzen Yatol-Priester höchst zuwider, um Hilfe bitten zu müssen. Insbesondere jetzt, da der Chezru-Häuptling hatte durchblicken lassen, dass die Phase der Transzendenz nahe sei, wollte Grysh seinen Priesterkollegen gegenüber keine Schwäche zeigen.

Und überhaupt, wieso hatte Yakim Douan ein Zwanzigerkarree, vierhundert Soldaten, geschickt, wo er doch nur um ein Achterkarree gebeten hatte? War das etwa ein Zeichen mangelnden Vertrauens in seine Person?

Er stand auf dem Balkon und schaute der Parade zu, wie man es von ihm erwartete, mit festem Blick auf einem Gesicht, das – sofern dies ohne ein nennenswertes Kinn möglich war – Stärke verhieß, während unten die Soldaten in Fünferreihen vorbeimarschierten. Erst zehn, dann zwanzig, schließlich achtzig Reihen.

Sie passierten den Balkon des Tempels und sammelten sich auf dem Platz rechts von Grysh, wo sie in eben jener perfekten Formation von zwanzig mal zwanzig Reihen Aufstellung nahmen, der sie ihren Namen verdankten.

Grysh wartete geduldig ab, bis in der Formation Ruhe eingekehrt war, dann gab er den zahlreichen Schaulustigen – darunter seine eigene Stadtbrigade von zweihundert Mann sowie sein Oberbefehlshaber, Wan Atenn – Gelegenheit, das Spektakel auf sich wirken zu lassen. Der Yatol richtete sein Augenmerk kurz auf Wan Atenn und versuchte den Gesichtsausdruck des stolzen Mannes einzuschätzen. Ein anderer Chezhou-Lei-Krieger hatte das Zwanzigerkarree nach Dharyan geführt. Konnte es sein, dass dem Oberbefehlshaber von Dharyan in diesem Augenblick vielleicht nicht ganz wohl in seiner Haut war?

Wenn dies der Fall war, dann wusste Wan Atenn es nach außen hin sehr gut zu verbergen; Grysh kannte den durch nichts aus der Ruhe zu bringenden Chezhou-Lei allerdings gut genug, um zu wissen, dass er aus seinem unbeteiligten Gesichtsausdruck keine Schlüsse ziehen durfte. Er beschloss, später mit Wan Atenn unter vier Augen zu sprechen und ihm zu versichern, dass er sich wegen seiner Stellung keine Sorgen zu machen brauchte.

Im Augenblick waren die Augen aller, der Soldaten wie der Schaulustigen, nach oben auf Yatol Grysh gerichtet, die von ihm die offizielle Begrüßung der Neuankömmlinge erwarteten.

Doch dazu kam er gar nicht mehr, denn plötzlich erklang aus der Ferne, draußen vor den Toren der Stadt, der lang gezogene, auf- und abschwellende Ton eines Horns: die Bitte um Einlass in die Stadt.

Grysh, Carwan Pestle neben ihm, sowie alle anderen Anwesenden auf dem zentralen Platz wandten sich um, um etwas zu sehen, doch nur Yatol Grysh und die Bediensteten in seiner nächsten Umgebung vermochten von ihrem höher gelegenen Standort etwas zu erkennen.

Draußen auf dem Feld vor den befestigten Toren der Stadt stand ein zweiter Trupp Soldaten, ein zweites Zwanzigerkarree, angeführt von einem zweiten Chezhou-Lei-Krieger in eleganter Rüstung.

Ein zweites Zwanzigerkarree! Sollte Chezru-Häuptling Yakim Douan auf Gryshs Bitte hin tatsächlich achthundert Krieger geschickt haben?

Der Yatol musste seine ganze Selbstbeherrschung zusammennehmen, um sich seine heftige Erregung nicht anmerken zu lassen. Achthundert Soldaten! Das entsprach mehr als einem Viertel der gesamten in Jacintha stationierten Garnison.

»Yatol«, flüsterte Carwan Pestle. »Sollen wir To-gai etwa noch einmal ganz von vorn erobern?«

Yatol Grysh bedachte den Geistlichen mit einem kurzen, frostigen Seitenblick, woraufhin dieser die Augen niederschlug. Tatsächlich aber vermochte Grysh der Einschätzung seines Begleiters nicht recht zu widersprechen, zumal er wusste, dass ihm die Worte ziemlich unbedacht herausgerutscht waren.

Was angesichts der ungeheuren Überraschung, die sich ihnen hier bot, durchaus verzeihlich war. Zwei Zwanzigerkarrees!

Damit taten sich durchaus aufregende Möglichkeiten auf – vorausgesetzt, die Soldaten waren zu Gryshs Unterstützung hier und nicht bloß als Verlängerung des starken Arms von Chezru Douan –, denn im ersten Fall wäre der Yatol von Dharyan soeben zum zweitmächtigsten Mann südlich des Großen Gürtels aufgestiegen. Vielleicht war dies Chezru Douans Art, Grysh sein vollkommenes Vertrauen auszusprechen, indem er ihn vor der Phase der Transzendenz mit größerer Macht ausstattete.

Zu viele Möglichkeiten, zu viele Fragen stürmten in diesem Moment auf den überraschten Yatol ein, also atmete er einmal tief durch und ermahnte sich, dass ihm das Treffen mit den Chezhou-Lei-Befehlshabern der Zwanzigerkarrees, bei dem so vieles geklärt werden musste, ja noch bevorstand.

Doch dann kamen ihm ganz andere Schwierigkeiten in den Sinn. Plötzlich hatte er achthundert zusätzliche Mäuler zu stopfen, achthundert zusätzliche Männer, denen er ein Dach über dem Kopf beschaffen musste, dabei stand der harte dharyanische Winter bereits vor der Tür. Eine Aussicht, die etwas Beängstigendes hatte, aber Grysh wusste, er würde damit fertig werden.

Er gab seinen Torposten ein Zeichen, den neuesten Ankömmlingen Einlass nach Dharyan zu gewähren, woraufhin die Stadttore unter dem Klang der riesigen, gekrümmten Berghörner weit nach innen schwangen. Und so begann der zweite Aufmarsch an diesem Vormittag, der dem ersten in Disziplin und Perfektion in nichts nachstand; die Soldaten marschierten in achtzig Fünferreihen an dem aufmerksamen Yatol vorbei, um schließlich Seite an Seite mit der ersten Formation, gegenüber Wan Atenns und Gryshs vergleichsweise unbedeutendem Truppenkontingent, auf dem weiten Platz Aufstellung zu nehmen.

In der zweiten Gruppe war noch keine Ruhe eingekehrt, als Grysh bemerkte, dass Wan Atenn ihn musterte. Er ließ den Blick nach unten wandern, betrachtete den Oberbefehlshaber seiner Truppen und wusste, dass der unerwartete Aufmarsch den Chezhou-Lei-Krieger beunruhigte. Schließlich hatten sie gerade mal vierundsechzig Mann angefordert, und geschickt hatte man ihnen achthundert!

Yatol Grysh nickte ihm beschwichtigend zu, eine durchaus ernst gemeinte Geste. Der Yatol hatte nicht die leiseste Ahnung, was Chezru Douan sich dabei gedacht haben mochte, war sich aber ziemlich sicher, dass dieser nicht die Absicht hatte, Gryshs Macht in der Region an sich zu reißen. Was gleichzeitig bedeutete, dass Wan Atenns Stellung als oberster Befehlshaber unangetastet bliebe, zumal Grysh dem Chezhou-Lei bedingungslos vertraute.

Der Yatol ließ den Rest der Zeremonie mehr oder weniger unbeteiligt über sich ergehen, verfolgte den Aufmarsch ohne große innere Anteilnahme und aus großer Ferne. In Gedanken bereits bei dem in Kürze stattfindenden Treffen legte er sich zurecht, wie sich die neu eingetroffenen Truppen am vorteilhaftesten einsetzen ließen.

Unter den To-gai-ru gab es einen besonders widerspenstigen Rebellen, den Grysh liebend gerne losgeworden wäre, ein Mann, der Gerüchten zufolge ohne jedes Erbarmen mordete.

»Jilseponie Wyndon.« Chezru Douan schüttelte den Kopf, als er den Namen aussprach. »Wer ist diese Frau, dass sie Bischöfin in einer von Männern beherrschten Kirche werden konnte?«

Merwan Ma, auf der anderen Seite von Douans Schreibtisch, hütete sich, darauf etwas zu erwidern, denn er wusste, dass die Frage sehr viel tiefer ging als die offensichtliche Antwort darauf – eine Antwort, die sowohl er als auch Chezru Douan nur zu gut kannten.

Jilseponie war es gewesen, die vor nunmehr einem Jahrzehnt das Wunder von Avelyn bewirkt hatte, mit dem das Bärenreich aus den Klauen der Rotfleckenpest befreit worden war. Als Gefährtin des toten Nachtvogels schrieb man Jilseponie, zumindest teilweise, auch die Vernichtung des geflügelten Dämons Bestesbulzibar zu sowie einen gewissen Anteil am Sieg des Bärenreiches über dessen Günstlinge, die Goblins, Riesen und Pauris. Doch das alles war längst Vergangenheit, und sowohl Yakim Douan als auch Merwan Ma hatten den Namen Jilseponie Wyndon schon mehrere Jahre nicht gehört.

Bis zu diesem Tag, da Abt Olins Bote ihnen die Nachricht überbrachte – offenkundig verfasst, um einer gewissen Besorgnis Ausdruck zu verleihen –, dass Jilseponie Wyndon zur Bischöfin von Palmaris ernannt worden war und dass sie von König Danube Brock Ursal ganz offen umworben wurde.

»Abt Olin befürchtet, sie könnte Königin des Reiches werden«, bemerkte Merwan Ma. »Glaubt er etwa, das könnte ihr auch zur führenden Position in der Kirche verhelfen?«

»Ein solcher Vorgang wäre beispiellos«, erwiderte Yakim Douan schroff und schüttelte abermals den Kopf. Er hatte nicht die leiseste Ahnung, was dies alles zu bedeuten hatte, aber was auch geschehen mochte, die vorliegende Nachricht erfüllte ihn mit tiefer Sorge. Konnte er seine Transzendenz wagen, während sich allem Anschein nach im Norden eine Art Aufstand zusammenbraute, und zwar nicht nur in der Kirche, sondern im gesamten Königreich? Und sollte der schlimmste aller denkbaren Fälle eintreten – ein neues, Behren feindlich gesinntes Bärenreich –, würde er dann am Ende gar gezwungen sein, seine Transzendenz noch länger aufzuschieben?

Der Yatol senkte den Kopf, um sich vor seinem Diener seine Verzweiflung nicht anmerken zu lassen. Wie sehnte er sich danach, diesen Körper zu verlassen! Er wollte endlich wieder die Kraft der Jugend spüren, das erregende Gefühl und die Freuden des Liebesspiels erleben, ja, selbst das prickelnde Gefühl, in der Gruppe eben jener Yatols und Geistlichen, die ihn jetzt mit Stimme Gottes titulierten, neue Bekanntschaften zu schließen.

Doch nun war Yakim Douan mit einem Schlag klar geworden, dass all seine Bemühungen, einschließlich der Entsendung der kleinen Armee zu Yatol Grysh, vergeblich sein würden. Er konnte und würde keinen Versuch der Transzendenz wagen, solange die Lage in To-gai und im Bärenreich nicht geklärt war und er sich kein ungeschöntes Bild von den Gefahren machen konnte, mit denen er in den zehn Jahren seiner größten Verwundbarkeit konfrontiert werden würde, ehe er wieder zu wahrer Macht gelangte.

»Die Situation im Bärenreich sollte uns nicht übermäßig beunruhigen«, verkündete er einen Moment später an Merwan Ma gewandt. »Ruft Botschafter Daween Kusaad von dort zurück, damit wir die Lage ausführlich besprechen können, und sorgt dafür, dass zwischen Jacintha und Abt Olin in Entel regelmäßig Boten ausgetauscht werden. Ich möchte wöchentlich darüber unterrichtet werden, was im Königreich und im Abellikaner-Orden an Informationen durchsickert. Allerdings können wir, was die Ereignisse im Norden betrifft, nur wenig tun – außer unseren Freund Olin auch weiterhin nach besten Kräften zu unterstützen, damit er seine Kampagne führen kann. Deshalb muss unser Hauptaugenmerk der Klärung der Angelegenheiten in To-gai gelten.«

»Yatol Grysh dürfte unsere Soldaten mittlerweile erhalten haben«, sagte Merwan Ma.

»Yatol Grysh ist ein kluger Mann und mächtiger Führer. Ich zweifle nicht daran, dass er sie geschickt einsetzen wird.« Als er geendet hatte, nickte er zufrieden, statt weiterhin den Kopf zu schütteln; mehr konnte er nicht tun, um der so herbeigesehnten Transzendenz den nötigen Boden zu bereiten. Mit einem tiefen Seufzer betrachtete er den beschwerlichen Weg, der vor ihm lag, und beschloss, den Hämatit von diesem Tag an regelmäßig aufzusuchen, um seine Gesundheit und sein Wohlergehen nicht zu gefährden.

»Und zwar schon bald«, murmelte er. Als er Merwan Mas fragenden Ausdruck sah, gab er seinem Diener einen Wink, sich zu entfernen.

Drei Chezhou-Lei-Krieger hatten sich in seinem Saal in Dharyan eingefunden; das war noch nie vorgekommen.

Die Anwesenheit der beiden Mitstreiter Wan Atenns amüsierte Yatol Grysh zwar, überwältigt war er aber keineswegs. Schließlich waren diese großartigen Krieger seine Untergebenen, dem Chezru-Häuptling und den unter Yakim Douan dienenden Yatols in leidenschaftlicher Treue ergeben.

»Euer Erscheinen überrascht mich ein wenig, Woh Lien und Dahmed Blie«, sagte der Yatol, nachdem Carwan Pestle Getränke serviert hatte und sie in den bequemen Sesseln des Audienzsaales Platz genommen hatten.

»Den Vorschriften entsprechend muss ein Zwanzigerkarree

von einem Chezhou-Lei befehligt werden, Yatol Grysh«, warf Wan Atenn ein.

»Ich habe aber nicht mit einem Zwanzigerkarree gerechnet«, erwiderte Grysh und sah den beiden Chezhou-Lei fest in die Augen, als er fortfuhr. »Ein Achterkarree hätte bereits vollauf genügt, die Sicherheit Dharyans den Winter und Frühling hindurch zu gewährleisten.«

Anschließend sah er zu Carwan Pestle hinüber, der genaue Anweisungen erhalten hatte, wie sich Grysh den weiteren Verlauf des Treffens wünschte.

»Vielleicht ist es ein Zeichen, dass sich die Stimme Gottes mehr von uns erhofft als nur die Sicherung Dharyans, Yatol«, schlug Pestle vor und blickte anschließend sofort hinüber zu Woh Lien, dem älteren und erfahreneren der beiden Krieger.

»Wir wurden nach Dharyan geschickt, um Yatol Grysh zu dienen, so wie dieser es für richtig hält«, erklärte der Chezhou-Lei ohne jedes Zögern. »Ob die Truppenstärke dieser Streitmacht darüber hinaus als Zeichen an Euch gedacht war, Yatol Grysh, entzieht sich meiner Kenntnis.«

Grysh nickte; diese Offenheit wusste er zu schätzen. Ein schiefes Lächeln erschien auf seinem rundlichen Gesicht. »Wir werden sehen, wie weit uns Eure Streitkräfte bringen, Chezhou-Lei Woh Lien. Hat Chezru Yakim Douan das Datum Eurer Rückkehr nach Jacintha bereits festgesetzt?«

»Nein, hat er nicht.«

Perfekt, dachte Grysh. »Dann sollt Ihr also zurückkehren, sobald ich Euch entlasse?«

Der Krieger nickte.

»Euch ist doch klar, dass Ihr während Eures Aufenthaltes hier Wan Atenns Kommando untersteht?«

Die beiden Krieger wechselten einen Blick, ehe sie mit einem ergebenen Nicken zu dem dritten Chezhou-Lei hinübersahen. »Die Rangordnung innerhalb unseres Ordens fällt nicht in den Einflussbereich der Yatols«, erklärte Woh Lien. »Und in dieser

Rangordnung steht der berühmte Wan Atenn ohnehin über uns beiden. Wäre dies anders, würde sich Wan Atenn bereitwillig und mit Freuden meinen Befehlen unterwerfen.«

Grysh wollte schon spöttisch erwidern, wie froh er darüber sei, hielt sich dann aber zurück und setzte stattdessen ein Lächeln auf, als ihm klar wurde, dass die beiden von Douan ausdrücklich ausgewählt worden waren und der Chezru-Häuptling mit den Eigenarten des Chezhou-Lei bestens vertraut war. *Gut gemacht, Stimme Gottes,* beglückwünschte ihn Yatol Grysh im Stillen.

»Ihr habt genug Vorräte dabei, um die Wintermonate zu überstehen?«, erkundigte er sich.

»Sogar mehr«, antwortete Woh Lien. »Wir sind darin ausgebildet, uns selbst zu versorgen und auf die Jagd zu gehen, Yatol. Chezru Douan war sehr darauf bedacht, dass unsere große Zahl nicht zur Belastung für die begrenzten Mittel Dharyans wird.«

»Das ist gut«, sagte Grysh. »Dann sollten wir verbreiten, dass Ihr hergekommen seid, um Vorräte zu liefern, damit wir den Siedlern in den Vorposten in dieser schwierigen Jahreszeit beistehen können.«

»Falls Ihr das für notwendig haltet.«

»Ich halte es für notwendig, es den Leuten zu erzählen«, erklärte Grysh. »Wenn dieser rusche Emporkömmling davon erführe, dass ich achthundert frische Krieger unter meinem Kommando habe, würde das unsere Aufgabe nur erschweren. Jeder von Euch wird zweiunddreißig Mann an Wan Atenn abtreten, aus denen das von mir angeforderte Achterkarree zusammengestellt wird.«

»Wie Ihr befehlt, Yatol«, antwortete Woh Lien, und Dahmed Blie schloss sich dem mechanisch an.

»Ist die Nachricht vom Massaker bei Douan Cal schon durchgesickert?«, wandte sich der Yatol an Carwan Pestle.

»Möglicherweise zum Teil.«

»Sorgt dafür, dass es dabei bleibt. Die Leute dürfen durchaus wissen, dass Douan Cal angegriffen wurde, nicht aber, dass es vollständig dem Erdboden gleichgemacht wurde, sonst könnte es in den Augen der Öffentlichkeit so aussehen, als seien die Soldaten die Reaktion auf diesen Überfall.«

»Die Vorpostensiedlung wurde dem Erdboden gleichgemacht?«, fragte Woh Lien überrascht.

»Unser Feind ist ein Ru namens Ashwarawu«, erklärte Wan Atenn.

»Ist er ein mächtiger Anführer?«, fragte Woh Lien.

»Er ist ein Feigling, der die Schwachen attackiert und sich anschließend wieder in den Schutz der Dunkelheit verkriecht. In letzter Zeit wird er allerdings immer dreister, und seine Überfälle kommen Dharyan zusehends näher.«

»Er würde uns angreifen, allerdings nur, wenn er uns für verwundbar hält«, sagte Yatol Grysh. »Daher werden wir das Eintreffen eines ständig hier stationierten Achterkarrees mit großem Trara feiern, und anschließend werde ich es zur Jagd auf diesen Mann abkommandieren. Selbstverständlich werden die Männer ihn nicht finden.«

»Und während ihrer Abwesenheit aus der Stadt wird sich Ashwarawu möglicherweise die größere Beute Dharyan sichern wollen«, schloss Wan Atenn.

»Wo bereits eine tödliche Falle auf ihn wartet«, fügte Grysh hinzu. »Nördlich von hier, draußen in den Ausläufern des Gebirges, gibt es ein riesiges Höhlensystem, wo sich eine Eurer beiden Streitmächte verstecken kann. Und was die andere anbetrifft …« Er sah fragend hinüber zu Carwan Pestle.

»Dalvin Plateau«, sagte dieser.

»Ja, richtig«, pflichtete Grysh ihm bei und wandte sich wieder an Woh Lien. »Dalvin Plateau ist ein winziges Nest, auf halbem Weg in dem Berghang gelegen, der die Steppen To-gais von dem Gebiet Behrens trennt. Es ist nahezu unbekannt und lässt sich dank einer steilen Felsenklippe auf der einen, einer nicht minder steilen auf der anderen sowie einer einzigen schmalen

Zufahrtsstraße so hervorragend verteidigen, dass Ashwarawu sich um nichts in der Welt dorthin wagen wird. Aber von dort aus könnt Ihr, vorausgesetzt, Ihr seid auf der Hut, in einer einzigen Nacht zurück nach Dharyan marschieren.«

Daraufhin lehnte sich der Yatol nickend zurück und überdachte die Möglichkeiten. Plötzlich erschien ihm der Plan, die Stadt zu verlassen, um Jagd auf Ashwarawu zu machen, geradezu töricht. Vor allem, wenn es ihm irgendwie gelänge, Ashwarawu zu sich zu locken.

Natürlich standen ihm auch noch andere Möglichkeiten offen. Plötzlich kam ihm der Gedanke, die drei mächtigen Chezhou-Lei-Krieger allein auf Ashwarawus Fährte anzusetzen; wahrscheinlich würden sie ihm seinen Kopf innerhalb eines Monats auf einem silbernen Tablett servieren.

Trotzdem sagte ihm der Plan mehr zu, den er soeben aus dem Stegreif entwickelt hatte. Es wäre gewiss besser, Ashwarawu und seine närrischen Rebellen mit einem einzigen vernichtenden Schlag zu erledigen und ihren Widerstand im Kern zu brechen.

Yatol Grysh beglückwünschte Chezru Douan abermals im Stillen, denn er ging davon aus, dass sein Leben hier, im Grenzgebiet, schon sehr bald viel einfacher werden würde.

16. Brynns neue Familie

»Sie tun so, als würden sie nach dir suchen, aber finden will dich keiner«, sagte Barachuk mit einem verschmitzten Grinsen. Seit Brynns plötzlichem Aufbruch hatten er und Tsolona jede Nacht das Dorf verlassen, um nach ihr zu suchen; sie wussten, dass sie zurückkommen würde, und jetzt, eine Woche nach dem Kampf um die Befreiung Nestys, war ihre Mühe endlich belohnt worden.

»Du hast eine Kriegerin der Chezhou-Lei getötet«, fügte Tsolona hinzu, deren Ton im Gegensatz zu dem ihres Gemahls keine Spur von Fröhlichkeit enthielt. »Und obendrein einen Yatol. Der Orden der Chezhou wird dir dein Leben lang auf den Fersen sein, und die Yatols werden die Ermordung eines der ihren auch nicht einfach hinnehmen.«

»Von wegen eines der ihren«, stieß Brynn voller Verachtung hervor. »Daek war ein To-gai-ru, obwohl er sich innerlich von unserer Lebensweise abgewandt hatte. Wie tief ist eigentlich der Sumpf aus Fäulnis, in dem unser Land versinkt?«

»Jedenfalls nicht so tief, wie die Yatols es sich wünschen«, erwiderte Barachuk.

»Für die Leute aus unserem Dorf bist du eine Heldin, Brynn Dharielle«, fügte Tsolona hinzu. »Es tut uns in der Seele weh, unsere Pferde in Scheunen und Ställen eingesperrt zu sehen. Zu sehen, wie eine Kriegerin der To-gai-ru und ihr Pferd die üblen Machenschaften der Turbane durchkreuzen, erfüllt unsere Herzen mit Freude und erinnert uns daran, wer wir früher waren.«

»Und wer wir auch wieder sein werden«, versprach Brynn; sie hatte Mühe, die Worte über die Lippen zu bringen, denn Tsolonas Bezeichnung der Behreneser als »Turbane« hatte längst vergessen geglaubte Erinnerungen in ihr wachgerufen. Früher hatten die To-gai-ru diesen abfälligen Namen für ihre in der Wüste lebenden Feinde verwendet; es war eine Anspielung auf den behrenesischen Brauch, sich den Kopf mit einem voluminösen Turban zu umwickeln. Zwar trugen auch manche To-gai-ru Turbane, doch die waren längst nicht so übertrieben protzig wie die der weitaus wohlhabenderen Behreneser. Es war nicht einfach bloß der Name, vielmehr Tsolonas Art, ihn auszusprechen, die Brynns Erinnerungen ausgelöst hatte, denn in dem Moment hatte sie genau wie ihre Mutter geklungen.

»Die Turbane sind überaus zahlreich und mächtig, und ihr

Reichtum ermöglicht es ihnen, sich die Dienste mancher To-gai-ru zu erkaufen«, warnte Barachuk. »So erfreulich dein Sieg war, bedeutend war er nicht gerade, und vor allem wird er nicht von Dauer sein, wenn der Orden der Chezhou dich irgendwann zur Strecke bringt.«

»Die sollen nur kommen«, presste Brynn zwischen zusammengebissenen Zähnen hervor. »Ich werde die Steppe mit den auf Lanzen aufgespießten Köpfen dieser schurkischen Chezhou-Lei-Krieger übersäen.«

»Man kann einen Krieg nicht ganz alleine führen.«

Brynn hielt inne und musterte Barachuk sorgfältig. Sein Ton sagte ihr, dass er ihre Behauptung nicht für völlig unsinnig hielt, ihr Augenmerk jedoch auf etwas anderes lenken wollte. Sie starrte ihn durchdringend an, bis er den Blick abwandte und zu seiner Frau hinübersah, die ihm aufmunternd zunickte.

»Hast du schon von einem Mann namens Ashwarawu gehört?«, fragte Barachuk.

Brynn machte ein fragendes Gesicht. Das Wort selbst sagte ihr etwas, aber eben nur als Begriff und nicht als Name für eine Person. »Der ohne Erbarmen tötet?«

»Ashwarawu zieht von Dorf zu Dorf und sammelt Krieger um sich«, erläuterte Tsolona. »Die Behreneser fürchten ihn.«

»Eine Kriegerin mit deinen Fähigkeiten wäre ihm sicher hochwillkommen«, sagte Barachuk. »Die Kunde von deinen Heldentaten hier verbreitet sich schon jetzt quer durch die winddurchtoste Steppe.«

»Ihr redet, als hätte jemand bereits eine Einladung ausgesprochen.« Brynns Stimme war deutlich anzumerken, mit welcher Vorsicht sie auf dieses heikle Thema reagierte. Sie war in der Hoffnung nach To-gai gekommen, dass sich bereits eine Art Untergrundbewegung gebildet hätte, hatte sich aber seinerzeit nicht getraut, allzu große Erwartungen darauf zu setzen. Sie wusste rein gar nichts über diesen Rebellenführer

Ashwarawu, und erst recht nichts über die Rebellentruppe, die er im Begriff war zusammenzustellen.

»Ashwarawu hat seine Ohren überall, meine junge Freundin, und seine Einladung gilt für alle To-gai-ru, die willens sind, das Schwert gegen die verhassten Turbane zu erheben!«, erklärte Tsolona. Dabei hob sie so sehr die Stimme, dass Barachuk ihre Hand ergriff und sie, aus Angst, die Wachen aus dem Dorf könnten sie hören, ermahnte, sich wieder zu beruhigen.

»Wir kennen seinen Aufenthaltsort«, raunte der alte Mann Brynn ins Ohr. »Beziehungsweise wir wissen, wohin du dich wenden musst, damit Ashwarawu dich findet.«

Sofort begann Barachuk sie mit einem Schwall von Fragen zu überhäufen, um in Erfahrung zu bringen, wie vertraut Brynn mit der Gegend und ihren markanten Punkten war. Leider wurden die Falten auf seiner Stirn mit jedem Kopfschütteln Brynns tiefer, denn südlich des Gebirges kannte sich die junge Hüterin überhaupt nicht mehr aus. Es war einfach zu lange her.

Schließlich ging Barachuk zu ihr und drehte sie, bis sie genau nach Südosten schaute. »Drei Tage«, erklärte er. »Zwei, wenn du ein schnelles Pferd hast. Dann stößt du auf ein altes Flussbett – diesen Winter hatten wir noch nicht genug Schnee, als dass sein unverwechselbarer Verlauf unkenntlich gemacht worden sein könnte. Diesem Flussbett folgst du in östlicher Richtung, bis du durch eine Reihe von Schluchten kommst. In einer davon wirst du die Südflanke eines Berges vor dir sehen, die an das Profil eines alten Mannes erinnert.«

»Der Berg Barachuk«, warf Brynn ein und entlockte dem alten Mann damit ein Schmunzeln. Tsolona musste kichern.

»Ein treffender Name; ich bezweifle allerdings, dass außer dir jemand darauf gekommen wäre!«, erwiderte Barachuk. »Dort, oder jedenfalls in diesem Tal, wird Ashwarawu dich finden.«

»Oder ich ihn«, erwiderte Brynn grinsend. Sie erwartete

nicht, von den beiden ernst genommen zu werden, zumal sie keine Vorstellung davon hatten, wie gut sie im Fährtenlesen war und dass sie selbst noch die schwächsten Spuren lesen konnte. Sie selbst hegte nicht den geringsten Zweifel, dass sie Ashwarawus Rebellen mühelos aufspüren würde, wenn sie erst in ihrer Nähe war.

Sie nahm die Vorräte der beiden Alten dankbar entgegen, drückte die beiden mit einem Gefühl aufrichtiger Herzlichkeit einmal fest an sich, dann ging sie Nesty holen und brach zu ihrer langen Reise nach Süden auf.

»Wie hast du uns gefunden?«, herrschte der gefährlich aussehende To-gai-ru-Krieger den äußerlich unscheinbaren Mann aus dem Sattel heraus an und musterte ihn mit finsterem, argwöhnischem Blick.

»Vielleicht ist Euer Versteck ja nicht so gut, wie Ihr zu glauben scheint«, erwiderte der Mann in dem braunen Gewand und der Schärpe eines Mystikers der Jhesta Tu achselzuckend, so als sei das vollkommen unerheblich.

»Ich frage dich zum letzten Mal!«

Der Ordensbruder zuckte abermals mit den Achseln, woraufhin der Reiter ihn mit wütendem Knurren niederreiten wollte. Doch da ertönte eine andere Stimme, die den Reiter augenblicklich innehalten ließ.

»Wie er uns gefunden hat, ist längst nicht so wichtig wie das Warum«, sagte Ashwarawu und lenkte sein kräftiges, schwarzweiß geschecktes Pony aus dem Hintergrund nach vorn. »Was sehen die Jhesta Tu in unserem Kampf, dass ein Ordensbruder Eures Schlages sich so sehr dafür interessiert?«

»Ich war ein To-gai-ru, bevor ich ein Jhesta Tu wurde«, erwiderte Pagonel.

»Und das bedeutet, dass Ihr unseren Zielen in treuer Ergebenheit verbunden seid?«

Ein weiteres bewusst nichts sagendes Achselzucken.

»Und was ist mit den Jhesta Tu, die Behren als ihre angestammte Heimat bezeichnen?«, fragte Ashwarawu. »Was wohl auf die meisten aus Eurem Orden zutreffen dürfte, oder täusche ich mich da? Kommen sie jetzt etwa in Scharen aus den Feuerbergen geritten, um dem Chezru-Häuptling ihre Ergebenheit zu schwören?«

Als Pagonel daraufhin ein kurzes, amüsiertes Lachen entfuhr, bemerkte er sofort, dass Ashwarawu merklich entspannter wurde. »Wohl kaum«, erwiderte er. »Vermutlich würden sie getötet werden, ehe sie auch nur in die Nähe von Jacintha gelangten. Unser Orden und die Priester Yatols sind nur in sehr wenigen Dingen einer Meinung.«

Der aufbrausende Mann neben Ashwarawu machte ein Gesicht, als wollte er etwas sagen, doch der Rebellenführer hob die Hand und ließ ihn gar nicht erst zu Wort kommen. »Demnach sind sie Verbündete gegen einen gemeinsamen Feind?«

»Die Jhesta Tu bezeichnen die Yatols nicht als ihre Feinde«, antwortete Pagonel. »Es liegt uns allerdings auch fern, sie als unsere Freunde zu bezeichnen. Wir versuchen, zu beiderseitiger Zufriedenheit, die Kreise des jeweils anderen nicht zu stören.«

»Und trotzdem seid Ihr hier.«

Die simple Feststellung ließ Pagonel stutzen. Tatsächlich war es ihm so kurz nach seiner Erleuchtung noch gar nicht in den Sinn gekommen, sich einen Grund für seine Reise nach To-gai zurechtzulegen – oder warum er Ashwarawu und seinen wilden Haufen überhaupt aufgesucht hatte. Kaum hatte er die Steppe durchquert, waren ihm überall unterwegs Geschichten über Ashwarawu und seine Bande sowie ihre harten Vergeltungsschläge gegen die Siedlervorposten der Behreneser zu Ohren gekommen. All dem hatte Pagonel entnommen, wieso dieser junge Mann – er war überrascht, wie jung Ashwarawu tatsächlich war – sich den Namen »der ohne Erbarmen tötet« verdient hatte.

Er hätte sich und anderen etwas vormachen müssen, wenn er nicht zugegeben hätte, wie sehr ihn Ashwarawu und seine Rebellentruppe faszinierten. Trotzdem war es nicht diese Faszination allein, die ihn bewogen hatte, Ashwarawu aufzusuchen.

»Warum habt Ihr mich gefunden, Mystiker?«, hakte Ashwarawu nach. »Nach dem Wie muss ich nicht fragen – die Geschichten über die Zauberer unter den Jhesta Tu sind mir seit langer Zeit bekannt. Zweifellos hat Euch irgendein Zauber zu mir geführt. Die Frage, auf die ich dringend eine Antwort brauche, ist, dient dieser Zauber dem Nutzen der Turbane? Seid Ihr vielleicht gar ein Spion? Habt Ihr womöglich die Absicht, die Turbane zu mir zu führen und sie über die Stärke meiner Truppen zu informieren?«

»Die Antwort auf sämtliche Fragen lautet Nein«, erwiderte Pagonel, ohne zu zögern. »Ich bin nach To-gai gekommen, um zu lernen.«

Das überraschende Geständnis ließ Ashwarawu erstaunt die Augen aufreißen. »Was kann man denn hier lernen, Mystiker? Wie man kämpft oder wie man stirbt?«

»Vielleicht ja, wie man lebt.«

Die entwaffnende Erwiderung ließ den jungen Ashwarawu stutzen; er musterte den Ordensbruder lange von Kopf bis Fuß.

»Ihr seid also hergekommen, um zu lernen«, sagte er langsam und schien Pagonel dabei mit jeder Silbe, die aus seinem Mund kam, auf die Probe stellen zu wollen, »für welche Seite Ihr Euch entscheiden sollt.«

»Ich wusste gar nicht, dass die Jhesta Tu in den Kampf zwischen Behren und To-gai verwickelt sind.«

»Ihr sagtet doch, Ihr wärt ein To-gai-ru!«

»Ja, früher; und vielleicht werde ich irgendwann auch wieder einer sein«, erwiderte Pagonel. »Ich weiß es nicht. Im Augenblick bin ich nichts weiter als ein Jhesta Tu, der hergekommen ist, um zuzusehen und zu lernen. Und sonst gar nichts.«

Der Mann an Ashwarawus Seite spie in unverkennbarer Verachtung auf den Boden. »Und wir sollen dann wohl für seine Unterhaltung sorgen?«, fragte er, an seinen Anführer gewandt.

Pagonel hatte jedoch längst bemerkt, dass seine Ausführungen Ashwarawu so neugierig gemacht hatten, dass sie mit diesen simplen Fragen nicht weiterkommen würden. Der grimmige Rebellenführer starrte Pagonel noch immer an; vielleicht, um sich ein genaueres Bild von ihm zu machen, oder auch, um die möglichen Vorteile dieser unerwarteten Begegnung gegen die potenziellen Risiken abzuwägen.

Pagonel zweifelte nicht daran, dass Ashwarawu eher zu den möglichen Vorteilen neigte. Wie viel stärker würden seine Truppen werden, falls sich die Mystiker der Jhesta Tu auf seine Seite schlügen? Denn obwohl er vermutlich der erste Jhesta Tu war, den Ashwarawu zu Gesicht bekam, war die Legende der kämpferischen Mystiker aus den Feuerbergen mit Sicherheit sowohl in Behren als auch in To-gai bestens bekannt.

»Ihr seid ein weiterer Mund, der gefüttert werden will«, sagte Ashwarawu schließlich.

»Ich brauche keine Lebensmittel; ich bin durchaus in der Lage, mich selbst zu versorgen.«

»Und ein paar von meinen Kriegern außerdem?«

»Einverstanden.«

Und so schloss sich der Meister der Jhesta Tu an jenem kalten Wintertag gegen Ende des Jahres 840 des Herrn der Truppe eines jungen Geächteten an, eines Mannes, der im Begriff war, sich bei Yatol Grysh in Dharyan und sogar bei Yakim Douan im fernen Jacintha zunehmend Gehör und Beachtung zu verschaffen.

Ashwarawu hatte nicht die leiseste Ahnung, was das alles bedeutete, doch die Aussicht, die Jhesta Tu für seine Sache zu gewinnen, versetzte ihn in Hochstimmung.

Auch Pagonel war sich über die Tragweite im Unklaren, aber eine leise Stimme in seinem Innern sagte ihm, dass seine Verbindung mit Ashwarawus Rebellen, und sei es nur als unbeteiligter Zuschauer, ihm helfen würde, schneller eine Antwort auf die unzähligen Fragen zu finden, die ihm keine Ruhe mehr ließen, seit die Vision unmittelbar nach seiner Erleuchtung ihn bewogen hatte, nach To-gai zu gehen.

Der sturmgepeitschte Schnee wirbelte fast waagrecht durch die Luft; er brannte Brynn und Nesty in den Augen und zwang sie zu unablässigem Blinzeln; immer wieder mussten sie den Kopf abwenden. Das kleine, zähe Pony schleppte sich unermüdlich und mit angelegten Ohren, ansonsten aber klaglos weiter.

Nicht, dass Brynn besorgt gewesen wäre. Diese schneidenden Eis- und Schneestürme waren in der Steppe durchaus nicht ungewöhnlich und brachten nur selten tiefe Schneeverwehungen mit sich.

Trotzdem wurde ihre Enttäuschung zusehends größer, denn mittlerweile befand sie sich schon mehrere Tage in dem von Barachuk und Tsolona beschriebenen Tal, ohne auch nur eine Spur von Ashwarawu und seinen Rebellen gefunden zu haben; nichts deutete darauf hin, dass es in letzter Zeit überhaupt betreten worden war. Ihr war sehr daran gelegen, diesen Teil ihres verschlungenen Weges schnell hinter sich zu bringen, zumal sie hinter jeder Biegung ihr Ziel wähnte.

Sie war sich auch darüber im Klaren, dass sie im Augenblick weder Ashwarawu noch sonst jemanden aufspüren konnte; deshalb ließ sie Nesty am Nordrand des Grats entlang gehen, in der Hoffnung, einen Felsüberhang oder eine flache Höhle zu finden, wo sie unterschlüpfen konnten.

Trotz des tosenden Windes fühlte sich Brynn innerlich vollkommen ruhig und im Reinen mit sich selbst. Sie musste wieder an all diejenigen denken, die sie zurückgelassen hatte, an Belli'mar Juraviel und Cazzira, an Lady Dasslerond, aber auch an das ferne Andur'Blough Inninness.

Vor allem aber an Belli'mar Juraviel.

Brynn erinnerte sich noch sehr gut an all die Geschichten, die dieser außergewöhnliche Elf ihr über seinen vorherigen Schützling erzählt hatte, den berühmten Nachtvogel. Wenn sie an Juraviels Geschichte seiner Begegnung mit dem geflügelten Dämon Bestesbulzibar dachte, wie Lady Dasslerond ihm zu Hilfe geeilt war und sowohl ihn als auch die ihm anvertrauten Menschen sowie den geflügelten Dämon mit Hilfe ihrer magischen Kräfte nach Andur'Blough Inninness gelotst hatte, wo sie am stärksten ausgeprägt waren, sodass sie es wagen konnte, gegen den mächtigen Dämon anzutreten, überlief sie ein eiskalter Schauder – und das lag nicht etwa an der Kälte. Diesem Kampf hatten sie es zu verdanken, dass die alles zersetzende Fäulnis sich in ihrem Tal breit gemacht hatte.

Brynn entfuhr ein leiser Seufzer, als sie an die Auswirkungen dieses dämonischen Makels dachte. Dieser Auswirkungen wegen war Aydrian von Lady Dasslerond aufgenommen worden, die ihn, einem undurchschaubaren Plan folgend, im Kampf gegen diesen Makel einzusetzen beabsichtigte. Aus diesem Grund ging Dasslerонds Interesse für Brynn auch weit über das übliche Verhältnis von Elfe zu Hüterin hinaus. Überzeugt, ihr Volk könnte eines Tages gezwungen sein, sein liebliches Tal zu verlassen, hatte Dasslerond entschieden, dass Brynns Befreiungskampf für das Volk der To-gai-ru dazu beitragen konnte, den Weg nach Süden frei zu machen.

All diese Dinge waren auf seltsame und unerwartete Weise miteinander verknüpft.

Aber Brynn gab sich keinen Illusionen hin. Lady Dasslerond war nicht der Grund, weshalb sie hergekommen war. Nein, ihr Hiersein diente allein dem Wohl der To-gai-ru. Wenn Dasslerond und die Elfen davon profitierten, umso besser.

Und dafür würde sie alles tun; sie würde To-gai befreien, davon war die junge Hüterin fest überzeugt. Sie wünschte, Belli'mar Juraviel wäre hier, um sie dabei zu unterstützen, sie zu beraten und zu lenken, ihr zu sagen, wann sie eine Torheit beging und wann sie sich auf dem richtigen Weg befand.

Wie sehr sie ihn vermisste! Als Berater und als Freund.

Ganz in ihren Erinnerungen versunken, bemerkte Brynn nicht, dass Nesty plötzlich die Ohren aufstellte und, sichtlich überrascht, ein leises Wiehern von sich gab.

Die Gestalt kam aus dem Schneetreiben auf sie zugestürmt und lenkte, einen Knüppel hoch über dem Kopf erhoben, ihr Pferd unmittelbar neben sie, um sie aus dem Sattel zu stoßen.

Aus einem Reflex heraus tauchte Brynn zur Seite weg und bohrte Nesty eine Ferse in die Weiche, woraufhin der kräftige Hengst mit einem Satz davonstob. Doch der Angreifer riss sein Tier herum und setzte ihr nach, und schon bald wurde Brynn klar, dass er nicht alleine war.

Sie trieb Nesty zu gestrecktem Galopp, hielt auf kürzestem Weg auf die Mitte des Tales zu, wo sie, fern der einengenden Felswände, ein wenig Platz zum Manövrieren zu finden hoffte. Reiter schälten sich aus dem alles übertünchenden Weiß, allesamt mit erhobenen Waffen.

Brynn widerstand dem Drang, ihr Schwert zu ziehen und konzentrierte sich stattdessen darauf, Nesty immer wieder herumzureißen, ihn zu einem kurzen Zwischengalopp anzutreiben, um gleich darauf erneut eine andere Richtung einzuschlagen. Denn ihre Angreifer waren To-gai-ru und keine behrenesischen Krieger, und obwohl deren Waffen nicht minder gefährlich waren, widerstrebte es ihr zutiefst, einen Angehörigen ihres eigenen Volkes zu töten.

Der Umstand, dass es To-gai-ru waren, noch dazu berittene, machte es natürlich schwieriger, sie abzuschütteln.

Nesty schwenkte scharf nach rechts und verkürzte den Winkel eines Reiters, der Brynn den Weg abzuschneiden versuchte. Der To-gai-ru-Krieger wollte ihr einen Schlag versetzen, der jedoch viel zu kurz ausfiel, sodass Brynn sich vorbeugen konnte und das Ende seines Stockes zu fassen bekam, bevor sie Nesty blitzschnell wieder nach links hinüberlenkte, um ihn weiter zu sich herüberzuziehen und ihre Position im Sattel zu festigen.

Die beiden Pferde flogen aneinander vorbei, und da Brynn sicherer im Sattel saß, wurde der To-gai-ru von seinem Pferd gerissen. Als er im Fallen seinen Knüppel losließ, schwenkte Brynn ihn über dem Kopf und stieß einen schrillen Kriegsruf aus.

Sie führte ihn in weitem Bogen zur Seite und wehrte den Angriff eines weiteren Reiters ab, indem sie zustieß, den Mann im Vorüberreiten unter dem Arm erwischte und ihn aus dem Sattel wuchtete.

Hals über Kopf stürmten Brynn und Nesty durch das jede Sicht unmöglich machende Schneegestöber, immer geradeaus. Plötzlich tauchten zwei riesige Gestalten vor ihnen auf und versperrten ihnen den Weg. Geschickt zog Brynn ihr Pony nach links hinüber.

Mitten hinein in ein Gewirr aus hüfthohen Felsbrocken.

Ihre kräftigen Schenkel fest um den Pferdeleib gelegt, stieg Brynn halb aus dem Sattel; Nesty reagierte mit einem weiten Satz, sprang über den ersten Felsbrocken hinweg, um nach einer geschmeidigen Landung und einem Zwischenschritt sofort wieder abzuheben und über den zweiten Felsen hinwegzusegeln. Zwei Schritte später übersprang das Pony auch den dritten und höchsten Felsen.

Obwohl Brynn ihre Verfolger von allen Seiten kommen hörte, erschien ein heiteres, gelöstes Lächeln auf ihrem Gesicht, als sie das phantastische Zusammenspiel der kräftigen Muskeln unter ihrem Körper spürte.

Ross und Reiter waren eins geworden; dank einer Abfolge schneller Richtungsänderungen und plötzlicher Zwischenspurts gelang es Brynn, die Reihen ihrer Verfolger zu durchbrechen und dabei wild um sich schlagend mit ihrem Stock erst einen und dann noch einen zweiten Widersacher in den Schnee zu schicken.

Dann aber musste sie jählings anhalten, denn unmittelbar vor ihr schälte sich eine Wand aus dunkel gekleideten Reitern aus dem Schneegestöber; als sie sich daraufhin umsah, musste sie erkennen, dass immer mehr Krieger sie auch von den Seiten her bedrängten. Auf ihr Kommando stellte Nesty sich auf die Hinterläufe und drehte sich um die eigene Achse.

Aber auch dort, in ihrem Rücken, wartete bereits eine breite Formation grimmig dreinblickender Reiter.

Mit einem trotzigen Knurren schleuderte Brynn ihren Stock fort und zog ihr Schwert, ließ dessen Klinge mit einem Gedanken in Flammen aufgehen, eine Kampfansage an alle und jeden, der sich ihr zu nähern wagte.

Doch das tat niemand. Alle hockten ernst, aber gelassen auf ihren Pferden und harrten geduldig der Dinge, die da kommen mochten.

Dann endlich, sie hatte Nesty sich bereits mehrmals im Kreis drehen lassen, erschien in der Mitte der Reiterformation ein hoch gewachsener Mann auf einem schwarz-weiß gescheckten Pony und kam langsam auf sie zu. Obwohl er keine Waffe in den Händen hielt, schien er ihr der eindrucksvollste und gefährlichste von allen zu sein.

Er lenkte sein Pferd unmittelbar neben Nesty und blickte Brynn furchtlos ins Gesicht.

»Ashwarawu«, entfuhr es ihr; sie war ehrlich überrascht, nicht etwa, weil der legendäre Krieger hier vor ihr auf seinem Pferd saß, sondern schlicht, weil er noch so unglaublich jung war. Er konnte nicht einmal ihr Alter haben, dabei war sie selbst noch keine zwanzig.

Er war groß und von kräftiger Statur, hatte ein offenes Gesicht mit markantem Kinn und durchdringenden, hellgrauen Augen, die dank seiner dunklen Haut und seiner schwarzen Haare besonders eindrucksvoll zur Geltung kamen. Seine breiten Schultern wurden noch betont durch mehrere Fellschichten, die er anstelle einer Rüstung trug.

Er verzog keine Miene, als Brynn seinen Namen nannte; er wirkte eher reserviert, so als hätte er nie daran gezweifelt, dass sie seine Identität kannte. Nach längerem Warten hob er eine seiner großen Hände, eine Geste, die nichts Bedrohliches hatte.

»Du bist meilenweit von jeder Siedlung entfernt, Mädchen.«

»Ich bin genau dort, wo ich sein möchte.«

Er zog erstaunt die Augenbrauen hoch; ihre schlagfertige Entgegnung ließ ihn schmunzeln. »Du reitest gut.«

»Ich bin eine To-gai-ru«, erwiderte Brynn. »Das erwartet man von mir.«

Ashwarawu lächelte und nickte anerkennend.

Brynn wusste sehr wohl, dass sie mit ihrer kleinen Darbietung jeden beeindruckt hatte, der sie mitverfolgt hatte, insbesondere die Krieger, die das Pech gehabt hatten, ihren Weg zu kreuzen. Unter dieser Voraussetzung schien ihre nüchterne Einstellung gegenüber ihrem Können zu Pferd Ashwarawu noch mehr zu beeindrucken.

Genau das hatte sie gehofft.

»Wer bist du, und wieso bist du hier?«, fragte der Rebellenführer.

»Mein Name ist Brynn Dharielle«, antwortete sie laut und vernehmlich; sie wollte, dass alle sie hören konnten. »Ich habe kein Zuhause und war bis vor kurzem noch eine Wandernde, bis ich durch einen Zufall in eine Ortschaft kam, die von einem dieser verabscheuungswürdigen Yatols kontrolliert wurde.«

»Und dann hast du vor dem Yatol Reißaus genommen?«

»Ich habe den Yatol getötet, und außerdem die speichelleckerische Chezhou-Lei an seiner Seite«, erwiderte Brynn. »Deshalb habe ich jetzt schon wieder kein Zuhause.«

»Und dann hat dir irgendjemand den Weg zu mir verraten«, sagte Ashwarawu, der sichtlich Mühe hatte, die Ruhe zu bewahren und sich trotz des aufgeregten und ungläubigen Getuschels der Umstehenden nichts anmerken zu lassen; offenbar mochte keiner von ihnen so recht glauben, dass diese junge und eher zierliche Frau eine Kriegerin der Chezhou-Lei besiegt hatte. Und dann war da noch ihr Schwert, das sie, offenbar mittels ihnen unbekannter magischer Kräfte, in Brand gesetzt hatte!

»Ich denke, es schien mir einfach der nächste logische Schritt zu sein«, erwiderte sie.

Ashwarawu nahm sich Zeit, sie von Kopf bis Fuß zu mustern; sein Blick wanderte über ihren Körper, über ihr Pferd, bis er auf ihr unglaubliches, noch immer brennendes Schwert fiel. »Du bist eine To-gai-ru«, sagte er schließlich. »Deshalb werden wir dich nicht mitten im Winter fortschicken.«

Brynn ließ die Flammen ihres Schwertes herunterbrennen, dann schob sie es zurück in die Scheide.

»Allerdings wirst du keine bevorzugte Behandlung genießen!«, fuhr Ashwarawu sie plötzlich an. »Du wirst für dein Essen arbeiten und alles tun, was man von dir verlangt!«

Brynn nickte; nichts anderes hatte sie erwartet.

»Des Weiteren werde ich alles daran setzen, herauszufinden, ob du die Wahrheit sagst, Brynn Dharielle«, versprach ihr der grimmige Rebellenführer. »Sollte ich dahinterkommen, dass du die Unwahrheit gesagt hast, um Eindruck zu schinden, erwartet dich ein überaus hässlicher Tod.«

»Und wenn ich die Wahrheit gesagt habe?«, konterte Brynn trocken.

»Dann bist du als einer meiner Krieger herzlich willkommen«, antwortete Ashwarawu ohne das geringste Zögern. »Nicht mehr und nicht weniger.«

Ehe Brynn etwas erwidern konnte, ließ der Rebellenführer sein Pferd wenden, entfernte sich und ritt mitten durch die Formation seiner Reiter, die sich hinter ihm sofort wieder schloss.

Brynn wartete, bis die Krieger an ihr vorbeigezogen waren, dann nahm sie ihren Platz am Ende der Kolonne ein und verschmolz gemeinsam mit den Übrigen aus ihrer neuen Familie mit den Bergen.

17. Die raue Wirklichkeit

Brynn und ihr Pferd Nesty ritten beinahe am Ende der langen Kolonne von To-gai-ru-Kriegern; ihre Position verdeutlichte ihren Rang in Ashwarawus Truppe, der jedoch im Wesentlichen durch den Zeitpunkt ihres Eintreffens bestimmt wurde. Unmittelbar vor ihr und folglich etwas höher im Rang ritt ein äußerst merkwürdiger Mann, der mit einer hervorragend gearbeiteten dunkelbraunen Jacke und ebensolchen Kniehosen unter einem schweren Bärenfellüberwurf bekleidet war; dazu trug er eine prachtvolle Schärpe, die meistens vollkommen schwarz zu sein schien, ab und zu jedoch, je nach Lichteinfall, einem eng gewobenen Regenbogen gleich in einer ungeheuren Farbenvielfalt schillerte.

»Schon wieder eine Karawane«, bemerkte Brynn, als der behrenesische Treck in der frischen, klaren Luft des Wintermorgens tief unter ihnen in Sicht kam. »Wie dumm sind unsere Feinde eigentlich?«

Brynn befand sich jetzt seit drei Wochen bei Ashwarawus Rebellenbande; dies war in dieser Zeit bereits die dritte Karawane, die der Rebellenführer ausgekundschaftet hatte und nun zu überfallen beabsichtigte. Die beiden ersten hatten sich als unproblematische Beutezüge entpuppt; die Krieger der To-gai-ru waren über die Wagen hergefallen und hatten die Fahrer sowie den zahlenmäßig eher bedürftigen Begleitschutz regelrecht in Stücke gehackt.

»Offenbar ist dem Yatol von Dharyan die verzweifelte Lage in To'in Ru zu Ohren gekommen«, erwiderte der Mönch in Anspielung auf eine große und stark befestigte Vorpostensiedlung, gegen die Ashwarawu bislang noch nichts unternommen hatte. »Vielleicht macht ihn das Mitgefühl für seine eigenen Leute blind. Oder aber er will nicht begreifen, wie entschlossen wir sind.«

Brynn hörte stets aufmerksam zu, wenn dieser Mann etwas von sich gab, denn er hatte eine Art, die Dinge in ein völlig neues Licht zu rücken. Nicht, dass sie immer mit ihm einer Meinung gewesen wäre; aber im Laufe der letzten Wochen war ihr aufgefallen, dass Pagonels stets mit leiser Stimme vorgetragene Äußerungen, insbesondere wenn es um die Behreneser ging, ihren Horizont erweiterten. Alle anderen in Ashwarawus Trupp bezeichneten sie stets nur abfällig mit dem Wort »Turbane«, Pagonel dagegen nie. Des Öfteren kam es sogar vor, dass er es wagte, sich die vermutliche Sicht eines einzelnen Behrenesers zu Eigen zu machen, auch wenn Ashwarawu es gar nicht gerne sah, dass er ihren Feinden auf diese Weise ein menschliches Antlitz verlieh.

In diesem Moment näherte sich ihnen ein To-gai-ru zu Pferde und galoppierte an der Kolonne entlang bis zur Mitte, wo ihn Ashwarawu bereits erwartete.

»Zwanzig Mann als Bewachung für sieben Wagen«, berichtete er. »Genau wie beim letzten Mal.«

»Vielleicht sollen wir sie gefangen nehmen«, bemerkte Brynn mit leiser Stimme.

»Das wird Ashwarawu ganz gewiss nicht tun«, erwiderte Pagonel ruhig.

Brynn starrte den Ordensbruder an. Ihre Bemerkung hatte gar nicht ihm gegolten, aber sie konnte nicht bestreiten, dass er mit seiner Einschätzung richtig lag. Ashwarawu hatte sie nie im Zweifel darüber gelassen, dass man innerhalb der Grenzen To-gais keinen einzigen Behreneser am Leben lassen würde.

Nicht einmal Frauen und Kinder.

Glücklicherweise war Brynn noch nicht gezwungen worden, am Kampf nicht beteiligte Frauen und Kinder zu töten. Die beiden vorherigen Karawanen, wie offenbar auch diese, hatten größtenteils aus Soldaten bestanden, aus Kriegern und Handlangern der herrschenden Yatols. Solche Männer sowie gelegentlich auch eine Kriegerin konnte Brynn reinen Gewissens töten; sie waren Eindringlinge und damit Ursache aller Leiden To-gais, Menschen, die es sich zum Ziel gemacht hatten, Kultur und Erbe der To-gai-ru zu vernichten.

Sie versuchte, nicht an den unvermeidlichen Konflikt zu denken, zu dem es zwischen ihr und dem hitzigen Rebellenführer unweigerlich kommen musste, wenn sein Trupp auf behrenesische Zivilisten stieß.

Stattdessen versuchte sie, sich auf die bevorstehende Situation zu konzentrieren, und beobachtete die Karawane, die sich tief unter ihr durch die Ebene wand. Brynn wusste nur zu gut, was sie zu tun hatte, denn in Ashwarawus Angriffstaktik fiel jedem stets dieselbe Rolle zu. Die Angreifer würden warten, bis die Karawane sich unmittelbar unterhalb von ihnen befand, und dann mit lautem Kriegsgeschrei und erhobenen Waffen das abfallende Gelände hinunterstürmen, wie ein Schwarm zorniger Hornissen über den Treck herfallen und den Begleitschutz allein durch ihre schiere Übermacht und brutale Angriffswucht sowie die tief verwurzelte Überzeugung überwältigen, dass ein Krieger der To-gai-ru ohnehin jedem behrenesischen Kämpfer überlegen war.

Die Karawane zog ihres Weges, Fahrer und Begleitschutz offensichtlich blind für die drohende Gefahr.

Dann nahm der Wirbelsturm seinen Lauf, der Angriff, dessen zweihundertkehliger Schlachtruf sogar das Heulen des Windes übertönte.

Fahrer und Soldaten versuchten noch, die Wagen zu wenden und in eine wie auch immer geartete Verteidigungsstellung zu bringen, doch für ein solches Manöver erfolgte der Angriff viel zu schnell.

Brynn, auf dem Rücken ihres Pferdes, setzte sich an die Spitze der Reiter in ihrer unmittelbaren Umgebung und ließ die Übrigen weit hinter sich. Die junge Hüterin konnte es kaum erwarten, sich in den Kampf zu stürzen, und schwenkte hinüber zur Mitte, wo sie sogar das kräftige schwarz-weiß gescheckte Pferd Ashwarawus abhängen konnte.

Sie traf als Erste bei der Karawane ein; mit einem Seitenhieb ihres lodernden Schwertes holte sie den am nächsten reitenden behrenesischen Soldaten von seinem Pferd. Unmittelbar nach dem Zusammenprall schwenkte sie nach links, um einen zweiten Soldaten in Empfang zu nehmen, dessen hoch gezielten Speerstoß sie mit ihrem pulsierenden Schild abwehrte.

Brynn zog weiter nach links hinüber; Nesty begriff sofort, was sie vorhatte und drängte mit voller Wucht gegen das größere Pferd des behrenesischen Soldaten. Das Pferd machte einen Sprung zur Seite, woraufhin der Mann seinen Halt im Sattel verlor. Brynn vergeudete keine Zeit, ihm ihren Schild quer durchs Gesicht zu ziehen. Anschließend riss sie Nesty auf den Hinterbeinen herum, um ihr Werk mit einem Schwerthieb zu vollenden.

Der Kopf des Soldaten rollte in den Schnee.

Nesty schoss nach vorn, setzte über die Deichsel zwischen Pferdegespann und dem dahinter eingespannten Wagen hinweg und wurde gleich darauf nach links hinübergerissen, sodass Brynn jetzt an der ungesicherten Innenseite der Karawane entlangflog. Dabei stach sie auf jeden Kutscher des Trecks ein, erzielte eine Reihe von Treffern, einer davon tödlich, und drängte drei weitere Fahrer zur Seite ab.

Schließlich brach auch der letzte Anschein einer geordneten Verteidigung zusammen, als die völlig verängstigten Tiere dieser vier Wagen, einige zusätzlich angespornt von Brynns Schlag auf ihr Hinterteil, aus dem Verband ausbrachen.

Die daraufhin einsetzende Panik entsprach genau dem Chaos, auf das es Ashwarawu und seine Männer abgesehen hatten. Rasch wurde jeder einzelne Behreneser, Soldat wie Wagenlenker, von seinen Artgenossen abgesondert und ebenso rasch erschlagen, erstochen oder umgeritten.

Nach wenigen Augenblicken war alles vorbei, so schnell, als

wäre eine Lawine über sie hinweggefegt. Nur wenige Behreneser waren noch nicht endgültig tot, sie lagen blutend und vor Schmerzen schreiend im Schnee und wimmerten um Gnade.

Brynn sah, dass Pagonel versuchte, zwei der ausgebrochenen Gespanne einzufangen, und eilte ihm zu Hilfe, während sie sich größte Mühe gab, die Schreie der Verwundeten zu überhören.

»Keine angenehme Aufgabe«, rief ihr der Ordensbruder zu, als er den gequälten Ausdruck im Gesicht der jungen Hüterin bemerkte.

»Das Morden macht mir wirklich keinen Spaß«, gab Brynn zu. Sie packte die lose baumelnden Zügel eines Pferdegespanns und machte Anstalten, es herumzuziehen, hielt dann aber inne, als sie merkte, dass Pagonel sie mit einem wortlosen Seitenblick auf etwas aufmerksam machen wollte.

Brynn drehte sich um und sah, dass die Formation der To-gai-ru neben dem Hauptteil der Karawane Aufstellung genommen hatte und Ashwarawu sein Pferd gemächlichen Schrittes zu ihr herüberlenkte.

»Du hast dich heute tapfer geschlagen«, bemerkte der Rebellenführer. »Wie übrigens auch schon bei früheren Gefechten sowie an dem Morgen, als du in meine Truppe aufgenommen wurdest.«

»Ich hatte eine sehr gute Ausbildung«, erwiderte Brynn. »Und ich bin eine To-gai-ru.« Sie schaffte es zu lächeln. »Außerdem hatte noch nie jemand ein besseres Pferd …« Sie unterbrach sich, als sie merkte, dass der stolze Rebellenführer ihr überhaupt nicht zuhörte.

»Du wirst sieben Plätze in der Kolonne aufrücken«, sagte Ashwarawu. »Näher zu mir.«

Eigentlich hätte sie sich freuen sollen, aber irgendetwas an seinem Tonfall und Verhalten stimmte sie ziemlich besorgt.

»Sobald du deine Pflicht getan hast.« Damit drehte er seinen Kopf und betrachtete einen der am Boden liegenden und sich vor Schmerzen krümmenden behrenesischen Soldaten.

Als sie den Mann ansah, wusste Brynn sofort, was von ihr erwartet wurde; trotzdem traf die Forderung sie wie ein Schlag, der einem Angriff auf ihr innerstes Empfinden gleichkam. Es war eine Sache, gegen einen Feind zu kämpfen, noch dazu einen, den sie von ganzem Herzen hasste, aber wie sollte sie so für einen hilflos am Boden liegenden Mann empfinden?

Sie schaute hinüber zu Ashwarawu und sah, dass er sie mit seinem Blick fixierte, hart und unerbittlich.

Brynn wandte sich Hilfe suchend zu Pagonel um und sah, wie sein Blick zwischen ihr und dem Rebellenführer hin- und herwanderte, so als versuchte er, die beiden abzuschätzen.

Sekunden vergingen.

»Bring deine Arbeit zu Ende«, forderte Ashwarawu sie auf, langsam und ohne Hast.

Brynn hatte Mühe, Luft zu holen. Sie war sich über die Bedeutung dieser Prüfung im Klaren und wusste, wenn sie jetzt keine Härte zeigte, würde sie bei den Rebellen, bei den To-gai-ru überhaupt, für alle Zeiten einen schweren Stand haben. Sie spielte mit dem Gedanken, noch einmal vorzuschlagen, Gefangene zu machen, obwohl sie längst wusste, dass Ashwarawu in diesem Punkt zu keinen Kompromissen bereit war. Die Rebellen hatten gar nicht die Möglichkeiten, um Gefangene mitzuschleppen, sie durchzufüttern oder auch nur zu bewachen; und da ihnen kein behrenesischer Soldat oder Wagenlenker zusätzlichen Verhandlungsspielraum gegenüber den Oberen der Yatols an die Hand geben würde, waren sie für ihn vollkommen wertlos.

Brynn ließ ihren Blick prüfend über den Rebellenführer und die anderen wandern und wünschte, sie wüsste einen Ausweg, dabei dämmerte ihr längst, dass es den nicht gab. Sie ließ sich von ihrem Pony heruntergleiten; sie hätte es auch aus dem Sattel heraus erledigen können, wollte Nesty aber nicht in dieses schmutzige Geschäft mit hineinziehen.

Ihr blutverschmiertes Schwert in der Hand, ging sie hinüber

zu einem der verwundeten Behreneser. Sie beschloss, mit dem am schwersten Verletzten zu beginnen, einem Mann, der nicht mehr fähig war, sie anzuflehen oder ihr auch nur in die Augen zu sehen. Er rang keuchend nach Luft, und jedes Mal, wenn er ausatmete, sickerte Blut aus seinem Mund; Brynn wusste, selbst wenn Ashwarawu bereit gewesen wäre, Gefangene zu machen, hätte weder sie noch irgendjemand sonst für diesen Mann noch etwas tun können.

Juraviels Warnung vor der Grausamkeit des Krieges schoss ihr durch den Kopf.

Ihre Bewegung war blitzschnell und makellos; sie stieß dem Mann ihr Schwert mitten ins Herz und machte seinem Leiden ein Ende. Sein Körper bewegte sich nicht mehr.

Der nächste Verwundete schaute aus flehenden Augen zu ihr auf, als sie über ihm stand. Er schaffte es sogar noch, ein Kopfschütteln anzudeuten, während er mit dem Blick um Erbarmen bettelte.

Brynn hob den Blick und schloss dann die Augen. Mit brutaler Deutlichkeit rief sie sich den Augenblick der Ermordung ihrer Eltern in Erinnerung und ließ die ganze Grauen erregende Szene noch einmal vor ihrem inneren Auge ablaufen.

Sie stellte sich vor, den Mörder ihrer Eltern vor sich zu haben, und stach zu.

Dann wandte sie sich ab, das Schwert seitlich neben ihrem Körper, und rief dessen Feuer auf den Plan, um damit das verschmierte Blut wegzubrennen.

Sie hörte die aufmunternden Rufe und den Jubel der To-gai-ru, doch in diesem Augenblick kam sie sich nicht sehr heldenhaft vor. Dann sah sie den anerkennenden Blick in Ashwarawus Augen.

Aber war es wirklich Anerkennung, was aus diesen Augen sprach? Die Frage musste sie sich stellen, denn irgendwo in dem ausdrucksstarken Gesicht des Rebellenführers meinte sie noch etwas ganz anderes, sehr viel weniger Angenehmes zu erkennen. Er hatte sie dazu ausersehen, die Exekutionen noch ganz unter dem Eindruck ihres glanzvollen Erfolges durchzuführen, weil sie sich so tapfer geschlagen und es verdient hatte, den Kampf eigenhändig zu beenden. Doch als sie ihn jetzt ansah, wurde Brynn klar, dass Ashwarawu sie nur auf die Probe gestellt hatte und sie vielleicht einfach hatte demütigen wollen, wenn nicht in den Augen der anderen, dann zumindest in ihren eigenen. War Ashwarawus Einfluss auf sie in diesem Augenblick noch größer geworden?

Sie sah zu Pagonel hinüber, der auf seinem Pferd saß, Nestys Zügel in der Hand, und erblickte einen Zug von Traurigkeit in seinen Augen, Traurigkeit und ein gewisses Mitgefühl, das sie ihm gar nicht zugetraut hätte.

Sie packte die Zügel und schwang sich auf Nestys kräftigen Rücken; das Pony ließ es wie immer bereitwillig geschehen. Das war wenigstens ein kleiner Trost, denn Nesty würde nicht so hart mit ihr ins Gericht gehen, wie sie es selbst tun musste.

»Sie wurden einfach überrannt«, berichtete Wan Atenn Yatol Grysh im Audienzsaal des großen Tempels in Dharyan. »Man hat unsere Toten einfach auf dem hart gefrorenen Boden liegen lassen und bis auf einen völlig zerstörten Wagen alles mitgenommen.« Dies alles berichtete der Chezhou-Lei-Krieger in vollkommen sachlichem Tonfall, so als sei der Verlust von ein paar Soldaten und Wagenlenkern keine große Sache.

Yatol Gryshs starrer, unbeugsamer Blick taute auf. »Die Lebensmittel sind genau meinen Anordnungen entsprechend präpariert worden?«, fragte er und konnte sich ein Grinsen nicht verkneifen.

»Sind sie.«

Carwan Pestle, der neben Grysh saß, veränderte seine Position in seinem Sessel und warf dem Yatol einen fragenden Blick zu.

»Die Lebensmittel waren vergiftet«, erklärte Grysh mit geradezu kindlichem Vergnügen. »Die Karawane musste mehrmals hin- und herziehen, bevor die Rebellen überhaupt auf sie aufmerksam wurden.«

»Ihr habt sie dorthin geschickt, nur um sie abschlachten zu lassen?«, fragt Pestle eher überrascht als vorwurfsvoll.

»Ashwarawu ist ein Dummkopf, wenn auch ein gefährlicher«, erwiderte Grysh. »Durchaus möglich, dass er mittlerweile schon ein toter Dummkopf ist.«

Der Yatol nickte, bemüht, nicht zu einem der zahlreichen Sklaven – allesamt To-gai-ru – hinüberzusehen, die im Tempel arbeiteten. Er zweifelte nicht daran, dass die Kunde dieses Verrats schon bald in der gesamten Steppe verbreitet werden und somit auch Ashwarawu zu Ohren kommen würde, aber das war schließlich das halbe Vergnügen, oder nicht? Er sah zu dem völlig verdutzten Carwan Pestle hinüber und war ein wenig enttäuscht, dass sein Protegé die ganze Geschichte nicht schon früher durchschaut hatte. Schließlich war keine der Vorpostensiedlungen wirklich auf Lebensmittellieferungen angewiesen, weshalb also sollte Grysh ihnen drei Karawanen hintereinander schicken?

Pestle, so des Yatols Schlussfolgerung, war zu naiv, um die Notwendigkeit solcher Opfer zu begreifen. Die beiden ersten Karawanen waren notwendige Vorläufer für die dritte mit den vergifteten Vorräten gewesen.

Selbstverständlich war auch die dritte nichts weiter als ein Täuschungsmanöver. Es waren überhaupt keine Gifte in ausreichenden Mengen zu bekommen, mit denen man, nachdem sie sich tagelang in Lebensmitteln befunden hatten, eine große Zahl von Männern hätte umbringen können.

Nein, auch das war ein Täuschungsmanöver mit dem Ziel, Ashwarawus Vertrauen in seine eigenen Truppen, die Unfähigkeit seiner Feinde sowie in das Netz von Spionen zu stärken, das so offenkundig von Dharyan aus für ihn arbeitete. Zweifellos würde einer der Tempelarbeiter noch im Laufe dieses Tages die Nachricht von den vergifteten Lebensmitteln weiterleiten, woraufhin sich dann ein anderer dieser jämmerlichen Rus im Schutz der Dunkelheit davonstehlen würde, um den Rebellenführer aufzusuchen.

Grysh war froh, dass er mit seinem verschmitzten Lächeln nicht hinter dem Berg halten musste, denn vermutlich wäre ihm das in diesem Augenblick gar nicht gelungen.

Er würde diesen Dummkopf von einem Rebellen herlocken, und das zu einem Zeitpunkt, da ihm achthundert gut ausgebildete Berufssoldaten zur Verfügung standen.

»Seid Ihr etwa überrascht, dass ich so beherzt und entschlossen gegen diese närrischen Rebellen vorgehe?«, fragte Grysh Pestle.

»Keineswegs, Yatol.«

»Doch, seid Ihr«, verbesserte ihn Grysh. »Warum nicht bis zum Frühjahr warten, wenn wir mit der gesamten Schlagkraft der Armee Jacinthas gegen diesen Pöbel vorgehen und ihn schnell und ohne großes Federlesen beseitigen könnten?« Grysh wartete, während er den Mann musterte und mit seinem spöttischen Grinsen zu verhöhnen schien. »Ihr seid tatsächlich überrascht; aber vielleicht kann Euch ja unser nächster Besucher des heutigen Tages auf die Sprünge helfen.«

Mit diesen Worten sah er nickend zu Wan Atenn hinüber, woraufhin der Chezhou-Lei das Zeichen an einen seiner Gardisten vor der großen Flügeltür weitergab. Der wandte sich nach draußen in den Flur und klatschte zweimal in die Hände, und herein kamen Woh Lien und Dahmed Blie, die Kommandanten der beiden als Gasttruppen in der Stadt weilenden Zwanzigerkarrees.

»Yatol«, begrüßte ihn Woh Lien mit einer förmlichen Verbeugung.

»Seid gegrüßt, Chezhou-Lei.«

»Wir sind gekommen, um Euch die Erfüllung unseres Auftrages zu melden. Die Vorräte wurden angeliefert und verteilt, und das von Euch angeforderte Achterkarree wurde aus unseren besten Kriegern zusammengestellt.«

»Und jetzt plant Ihr, uns zu verlassen?«

»So lautet unser Befehl, Yatol.«

»Um nach Jacintha zurückzukehren, wo Ihr bestenfalls die Tauben von den Brunnen verscheuchen könnt?«, fragte Grysh fassungslos. »Ihr seid Soldaten, mein Freund, und hier findet ein Krieg statt, in dem Ihr gebraucht werdet. Dem wollt Ihr den Rücken kehren, um in eine Stadt zurückzugehen, die sich in Frieden und Sicherheit wiegt?«

Chezhou-Lei Woh Lien blickte verunsichert zu seinem Kameraden hinüber, dem ebenfalls nicht ganz wohl in seiner Haut zu sein schien. »Die Entscheidung darüber liegt nicht in unserer Hand, Yatol.«

»Ihr seid doch die Befehlshaber Eurer jeweiligen Streitkräfte«, konterte Grysh. »Ich bin sicher, Ihr behaltet Euch in Notfällen die Entscheidungsgewalt vor.«

»Das ist richtig, Yatol. Nur liegt ein solcher Notfall nicht vor. Jedenfalls nicht im Augenblick. Abgesehen davon lautete der Befehl der Stimme Gottes, bei der ersten Wetterbesserung zurückzukehren.«

Er wollte noch etwas hinzufügen, doch Grysh hob die Hand zum Zeichen, er möge davon Abstand nehmen. »Dann geht«, sagte er mit einem Blick von Carwan Pestle zu Wan Atenn, das Gesicht ein Bild der Sorge, ein Gefühl, das ihm kaum ferner hätte liegen können. »Und lasst uns beten, dass dieser Schurke Ashwarawu als Erster von der Beute seines letzten Überfalls gekostet hat.«

Daraufhin entließ der sich wütend und enttäuscht gebende Yatol alle Anwesenden und zog sich, einen aufrichtig verwirrten und besorgten Carwan Pestle dicht auf den Fersen, in seine Privatgemächer zurück.

Doch Yatol Grysh war keineswegs besorgt, alles andere als das. Er wusste jetzt, was er von diesem Rebellen Ashwarawu zu halten hatte. Er war auf dem besten Weg zu verstehen, wie der Mann dachte, und er wusste, dass er dessen Selbstvertrauen stärkte, das ihm letztendlich zum Verhängnis werden würde.

Es würde ein angenehmer Frühling werden in Dharyan.

»Ihr macht einen niedergeschlagenen Eindruck«, sagte Pagonel am Tag nach dem Überfall auf die Karawane zu Brynn. Sie saß allein ein wenig abseits des Lagers und reinigte, nach außen hin ruhig und gefasst, ihr Schwert, eine Fassade, die der scharfsichtige Mystiker jedoch sofort durchschaut hatte. »Es ist eine Sache, einen Mann im Zweikampf zu töten – das plötzliche Gefühl der Angst und die Notwendigkeit, sich zu verteidigen, lassen sich rational rechtfertigen. Etwas ganz anderes ist es, einen hilflos am Boden liegenden Menschen zu töten. Ihr könnt von Glück reden, dass es nach dem Überfall keine unverletzten Behreneser gegeben hat, Männer, die einfach nur überrannt und anschließend gefangen genommen worden waren.«

»Ihr stellt eine Menge Vermutungen an.«

Pagonel sah sie mit einem entwaffnenden Lächeln an. »Vielleicht hat ein Soldat ja den Tod verdient, der Eure Heimat überfällt.«

»Jeder Behreneser, der ungefragt nach To-gai kommt, hat den Tod verdient«, erwiderte Brynn im Brustton der Überzeugung.

»Hat er das?« Da war er wieder, der verhalten angedeutete Widerspruch, völlig ruhig vorgetragen und im Gewand ernst gemeinter Argumentation. »Angenommen, Ihr stoßt zufällig auf eine Siedlung und trefft dort eine junge behrenesische Mutter mit ihrem Kind, würdet Ihr sie wirklich töten? Ohne dass sie sich etwas hätte zuschulden kommen lassen?«

Brynn starrte ihn durchdringend an.

»Ihr würdet sie vielleicht in ihre Heimat zurückschicken«, fuhr der Ordensbruder fort. »Wahrscheinlich sogar mit einer ausreichenden Menge an Vorräten, damit die beiden auf dem Heimweg nicht in Schwierigkeiten geraten.«

Brynn, das Gesicht angespannt, machte sich wieder an ihre Arbeit mit dem Schwert. »Ihr stellt viele Vermutungen an.«

»Es mögen Vermutungen sein, aber sie fußen auf gründlicher Beobachtung«, erklärte er, während er sich neben der jungen Hüterin niederließ. »Ich habe Euch heute Vormittag beim Training zugesehen.«

Die Bemerkung ließ Brynn auf der Stelle erstarren. Sie hatte sich frühmorgens ein gutes Stück vom Lager der To-gai-ru entfernt, um sich im *Bi'nelle dasada* zu üben, dem Schwerttanz der Elfen, ein Ritual, das sie in letzter Zeit viel zu oft vernachlässigt hatte. Im Tal der Elfen hatte Brynn den Tanz nackt geübt, aber da hier in der Steppe Winter herrschte und ständig ein schneidend kalter Wind über dem hart gefrorenen Gras wehte, hatte sie an diesem Morgen ein leichtes Hemd getragen. Trotzdem hatte Pagonel sie mit seinem unverblümten Bekenntnis überrumpelt, und sie fühlte sich nicht weniger belästigt, als hätte sie nackt getanzt. Der *Bi'nelle dasada* war eine äußerst persönliche Übung, eine genau festgelegte Abfolge kunstvoller Bewegungen mit dem Ziel, die Muskeln für die im Kampf benutzten Abläufe zu trainieren und darüber hinaus das Bewusstsein derart zu erweitern, dass die Verbindung zwischen Körper und Geist gefestigt wurde.

Sie hob langsam den Kopf und sah Pagonel an.

»Bei den Jhesta Tu gibt es ähnliche Bewegungen«, erklärte der Mystiker. »Sehr ähnliche sogar, nur dass wir selten mit Waffen üben oder kämpfen. Bei den Chezhou-Lei übrigens auch, wie auch in einigen Untergruppen des Abellikaner-Ordens oben im Norden. Mich würde interessieren, wo Ihr diesen Tanz gelernt habt, denn meiner Meinung nach ist er ziemlich außergewöhnlich.«

»Das geht Euch nichts an«, erwiderte Brynn eingedenk der Warnungen Lady Dassleronds, dass der *Bi'nelle dasada* ein Geheimnis war, das unter keinen Umständen ausgeplaudert werden durfte. Sie widmete sich erneut der Arbeit an ihrem Schwert.

»Ich hoffe, wir werden eines Tages darüber sprechen. Aber die Entscheidung liegt selbstverständlich ganz bei Euch. Und was die Geschehnisse des gestrigen Tages anbelangt, so bin ich eher erleichtert, dass sie Euch so sehr zu schaffen machen.«

Brynn, einen skeptischen Ausdruck im Gesicht, sah ihn wieder an; Pagonel wusste allerdings nicht recht, ob sie damit seine Behauptung, die Geschehnisse machten ihr zu schaffen, in Abrede stellen wollte, oder ob es sie einfach nur verwirrte, dass er froh war über ihre Schuldgefühle.

»Ihr zerbrecht Euch ganz und gar unnötig den Kopf«, erklärte er. »Diese Männer waren bereits so gut wie tot – entweder hätte Ashwarawu sie eigenhändig umgebracht, oder sie wären ihren Verletzungen erlegen. Außerdem habt Ihr beim Zustoßen so etwas wie Erbarmen und Mitgefühl bewiesen, das ist mehr, als die meisten getan hätten. Unser mächtiger Anführer würde niemals zulassen, dass sein Ruf wegen irgendwelcher behrenesischer Soldaten Schaden nimmt.«

»Sollte er das denn?«, fragte Brynn; ihr Ton ließ aber keinen Zweifel daran, dass sie in diesem Punkt mit Pagonel einer Meinung war.

»Ich weiß es nicht«, erwiderte der Mystiker. »Ich denke, Ashwarawus Ruf kommt sowohl ihm selbst als auch To-gai zugute. Sollte er den etwa aufgeben, nur damit er ein ruhiges Gewissen hat?«

»Wenn die Behreneser Eurer Ansicht nach nicht gewaltsam aus To-gai vertrieben werden müssen, warum seid Ihr dann überhaupt hier?«

»Ich weiß es nicht«, antwortete er wahrheitsgemäß und musste selbst über seine Unwissenheit lachen. »Auf diese Frage muss ich noch eine Antwort finden. Trotzdem möchte ich Euch bitten, über die Frage nachzudenken, die ich Euch gestellt habe, denn wenn wir auf ein Dorf der Behreneser stoßen, das voller Frauen, Kinder und anderer Unbeteiligter ist, werdet Ihr möglicherweise sehr schnell eine Antwort darauf brauchen. Würdet Ihr auf Ashwarawus Befehl ein unschuldiges Kind töten? Oder seid Ihr von Eurer Sache so überzeugt, dass es für Euch gar keine unschuldigen Behreneser mehr gibt?«

»Ihr habt doch wohl nicht etwa vor, Zwietracht in unserer Truppe zu säen?«

Pagonel lachte erneut. »Mit den anderen spreche ich überhaupt nicht, es sei denn, sie bitten mich um etwas.«

»Wieso interessiert Ihr Euch denn so sehr für meine Person?«

»Ich habe Euch heute Morgen üben sehen«, antwortete Pagonel schlicht und ließ es dabei bewenden.

Brynn wollte ihn schon verwundert anschauen, wurde jedoch unterbrochen, als sich eine Gestalt näherte – eine ziemlich beeindruckende Gestalt mit kräftigem Körperbau und einem markanten Gesicht.

»Wieder ein ruhmvoller Sieg!«, rief Ashwarawu. »Wird Ashwarawu überhaupt noch aufzuhalten sein, bevor er in Jacintha einmarschiert?«

Brynn sah ihn lächelnd an; insgeheim fand sie es jedoch ein wenig beunruhigend, dass er von sich selbst in der dritten Person sprach. Hauptsächlich deswegen, weil sie nicht glaubte, dass Ashwarawu mehr als nur seine Person meinte, wenn er seinen Namen aussprach.

»Aber ich fürchte, jetzt werden die Karawanen eingestellt werden«, fuhr der Rebellenführer fort. »Angesichts der Macht Ashwarawus wird es dieser feiste Yatol Grysh nicht wagen, noch weitere auf den Weg zu schicken. Möglicherweise werden wir noch ein paar Vorpostensiedlungen zerstören müssen, um unsere Vorräte für den Winter aufzustocken.«

Für einen winzigen Augenblick bekam Brynns zur Schau gestellte Freundlichkeit Risse, als sie Scharen unschuldiger Zivilisten vor ihrem inneren Auge vorüberziehen sah.

»Vielleicht marschieren wir auch gleich in Behren ein, was hältst du davon?«, fügte Ashwarawu mit boshaftem Grinsen hinzu.

Brynn zuckte nur mit den Achseln und lächelte ihn weiter an.

»Und was ist mit Euch, Mystiker?«, wandte sich Ashwarawu abrupt an Pagonel. »Habt Ihr Euch inzwischen überlegt, weshalb Ihr Euch uns angeschlossen habt?«

»Meditation folgt ihrem eigenen Zeitgefühl«, erwiderte Pagonel.

Ashwarawu sah ihn einen Augenblick lang ungläubig an, dann brach er in schallendes Gelächter aus. »Nun, dann lasst Euch meinetwegen Zeit!«, erklärte er. »Bei der Beherrschung der Pferde wart Ihr hilfreich, auch wenn Ihr Euch aus den Kämpfen herausgehalten habt. Sorgt einfach dafür, dass Ihr auch weiterhin nützlich für uns seid und Euch das Essen verdient, das ich Euch gebe.«

Pagonel beschloss, ihn nicht darauf hinzuweisen, dass seine geschickt ausgeführten Beutezüge ihm weit mehr Lebensmittel einbrachten, als seine Truppen verbrauchten.

»Ihr seid wirklich das eigenartigste Paar, das ich je gesehen habe!«, sagte Ashwarawu und trat einen Schritt zurück, um Brynn und Pagonel zu betrachten. »Seid Ihr sicher, dass Ihr nicht Vater und Tochter seid?«

Brynn zuckte zusammen. Ashwarawus Bemerkung war als Scherz gemeint gewesen, trotzdem versetzte ihr jede Anspielung auf ihren Vater einen schmerzhaften Stich.

Ashwarawu räusperte sich; offenbar hatte er gemerkt, welches Unbehagen er Brynn bereitet hatte. »Gestern jedenfalls hast du dich großartig geschlagen«, sagte er. »Es fällt mir keineswegs leicht, das Vergnügen, die verwundeten und gefangenen Behreneser zu töten, an jemand anderen abzutreten.«

Brynn, der Pagonels Warnung noch immer in den Ohren klang, lächelte nur.

»Begleite mich, meine Kriegerin«, forderte der beeindruckende Rebellenführer sie auf und reichte der verwirrten Brynn die Hand.

Sie sah zu Pagonel hinüber, dessen Gesichtsausdruck ihr aber auch nicht recht weiterhalf, also ergriff sie Ashwarawus Hand, erhob sich, steckte ihr Schwert ein und folgte dem hoch gewachsenen jungen Mann.

Er führte sie unmittelbar am Lager vorbei – das teilweise ziemlich lüsterne Gekicher der Männer entging Brynn keineswegs – zu einem kleinen, ein wenig abseits errichteten Zelt, das innen mit Unmengen von Fellen ausgelegt war.

Ashwarawu bat Brynn, Platz zu nehmen, was sie auch tat. Sie krabbelte in den hinteren Teil des kleinen Zeltes, und obwohl ihr Rücken die Seitenwand berührte und der von Ashwarawu die gegenüberliegende, waren ihre Beine praktisch ineinander verschlungen.

Als der Rebellenführer begann, einige seiner Fellschichten abzulegen, dachte Brynn sich nichts dabei; im Zelt war es warm; bestimmt hatte man aufgeheizte Steine unter die Felle gelegt.

»Als wir dich am Tag deiner Ankunft durch das Tal jagten, hast du dein Können unter Beweis gestellt«, sagte Ashwarawu. »Und im Kampf gegen die Turbane hast du bewiesen, wie wertvoll du mit deiner Stärke und Entschlossenheit für uns bist.«

Bis auf sein Hemd und eine einfache Kniehose entkleidet, sprang der junge Mann unvermittelt auf und warf sich vor Brynn auf die Knie. »Ich hatte schon befürchtet, ich würde nie eine Frau finden, die eines Ashwarawu würdig ist«, sagte er und fiel über sie her, indem er seine muskulösen Arme um ihren Körper schlang und seine Lippen auf ihren Mund presste.

Eine Woge völliger Verwirrung durchlief Brynn. Im Grunde genommen war Ashwarawu mit seinen markanten Zügen und gestählten Muskeln unbestreitbar ein stattlicher, gut aussehender Mann, der Inbegriff to-gai-ruscher Männlichkeit. Bedachte man dann noch ihr Pflichtgefühl sowie den Umstand, dass ihre Rolle innerhalb Ashwarawus Rebellentruppe allein von seinem Wohlwollen abhing, so war es ganz verständlich, dass sie sich nicht sofort wehrte.

Ashwarawu zog sie auf die Felle und begann ihren Körper mit den Händen zu erkunden, die er unter ihre Fellkleider schob. Sie noch immer mit Küssen überhäufend, begann er, ihre Kleider abzustreifen.

Brynn konnte nicht bestreiten, dass seine Berührungen den einen oder anderen wohligen Schauer in ihr auslösten, auf eine für die in diesen Dingen völlig unerfahrene junge Frau ungekannte Weise. Aber ebenso wenig vermochte sie ihr instinktives Gefühl zu leugnen, das ihr sagte, dass dies nicht in Ordnung war. Nicht für sie, nicht jetzt und nicht an diesem Ort.

Als Ashwarawu immer leidenschaftlicher wurde und sie noch energischer küsste, stieß sie den jungen Mann zurück oder versuchte es zumindest.

Brynn schob ihre Hand unter seine und befreite sich mit einer leichten Drehung wenigstens so weit, dass sie ein wenig Bewegungsspielraum hatte.

»Nein«, sagte sie.

Hätte sie ein Messer in die Hand genommen und es ihm ins Herz gestoßen, Ashwarawus Gesichtsausdruck hätte nicht ungläubiger sein können.

»Du weist Ashwarawu zurück?«

Beim Sprechen lockerte er seinen Griff, sodass Brynn sich herauswinden und sich wieder mit dem Rücken gegen die Seitenwand des Zeltes lehnen konnte.

»Ich kenne Euch nicht einmal«, erwiderte sie. Der verletzte Ausdruck auf seinem Gesicht, ein Ausdruck, an dem sie die Schuld trug, war ihr fast unerträglich, und einen Moment lang kam sie sich ziemlich albern vor.

»Ich bin Ashwarawu!«, rief er empört. »Ich bin der Hoffnungsträger aller To-gai-ru. Ich bin es, den die Behreneser fürchten!«

»Was Ihr da sagt, ist alles völlig richtig«, räumte Brynn mit kaum hörbarer Stimme ein.

»Du solltest stolz sein, dass ich dich ausgewählt habe, das Bett mit mir zu teilen!«

Brynn bedachte ihn mit einem unnachgiebig abweisenden Blick; er genügte, um ihn in Schach zu halten, da er schon wieder begonnen hatte, sie zu bedrängen. Sie versuchte verzweifelt, der unzähligen Gefühle und Gedanken Herr zu werden, die ihr durch den Kopf schossen, aber stattdessen kam ihr in diesem Augenblick nur eine einzige Frage über die Lippen: »Ist Dankbarkeit vielleicht der Grund, sich jemandem hinzugeben?«

Ashwarawu stutzte und machte ein Gesicht, als hätte er nicht verstanden.

»Ich weiß es einfach nicht!«, rief sie. »Ich bin mir nicht sicher.«

»Verschaffe mir Genuss«, verlangte er. »Und erlaube, dass ich dir Genuss verschaffe, schließlich könnten wir schon morgen auf dem Schlachtfeld sterben.«

Auf einer gewissen Ebene klangen seine Worte für Brynn durchaus vernünftig. Hatte sie allen Ernstes die Absicht, als Jungfrau zu sterben? Im Grunde hatte sie bis zu diesem Augenblick kaum über die Frage nachgedacht, denn ihr Leben war von ganz anderen Freuden und Verantwortungen erfüllt gewesen.

Auf einer anderen Ebene aber konnte Brynn das Gefühl nicht einfach verdrängen, dass es für sie nicht richtig war. Jedenfalls nicht in diesem Augenblick. Vieles an Ashwarawu erschien ihr durchaus verlockend – nicht zuletzt sein bestechendes Äußeres. Aber so viele andere Fragen waren noch ungeklärt und gingen ihr einfach nicht aus dem Kopf.

»Nein«, sagte sie entschieden. »Ich kenne Euch nicht. Ich werde Euch mit meiner Klinge dienen und auch mit meinem Körper – aber nur im Kampf.«

»Heute Nacht würde mir vollauf genügen«, beklagte er sich.

»Ich habe mir diese Rolle nicht ausgesucht«, erwiderte Brynn, und trotz der noch immer ungelösten Konflikte in ihrem Innern fühlte sie sich jetzt emotional auf sicherem Boden; ihr Entschluss stand fest; sie würde sich nicht mehr davon abbringen lassen.

»Ashwarawu!«, ertönte draußen eine Stimme, noch ein gutes Stück entfernt.

Der Rebellenführer der To-gai-ru blickte zur Zeltöffnung, dann voller Kälte wieder auf Brynn, ehe er schließlich von ihr abließ und die Zeltöffnung zur Seite schlug.

»Barou ist schwer erkrankt«, rief die Stimme. »Und einer ganzen Reihe anderer ist schlecht geworden.«

Ashwarawu schnappte sich seine Felle und kroch auf allen vieren aus dem Zelt. »Wir werden das später zu Ende bringen«, sagte er über seine Schulter hinweg.

Brynn wusste nicht, ob er sich damit auf das Gespräch oder das Liebesspiel bezog; es beschlich sie sogar das unangenehme Gefühl, seine Bemerkung könnte eine verschleierte Drohung enthalten.

Sie machte Anstalten, ihm zu folgen, hielt aber noch einmal kurz inne, um über die Ironie des Ganzen nachzudenken.

Tags zuvor, auf dem Schlachtfeld, hatte Ashwarawu sie noch dazu bewegen können, ihre Gewissensbisse zu verdrängen und zwei Verwundete zu töten. Hier, im Zelt, hatte er im Prinzip das Gleiche versucht, indem er sie zum Objekt seiner Begehrlichkeiten machte, ohne sich auch nur im Geringsten darum zu scheren, was sie selber wollte.

Vieles, was Ashwarawu tat, hatte für Brynn etwas unerklärlich Verletzendes, und doch entpuppte er sich darin als wahrer Meister – das war unbestritten.

War es etwa das, was eine Führungspersönlichkeit ausmachte?

Brynn wusste es nicht.

In jener Nacht starb Barou, ein junger Krieger von nicht einmal zwanzig Jahren, und zahlreiche andere erkrankten ernsthaft. Die To-gai-ru brauchten nicht lange, um zu erkennen, dass die Männer vergiftet worden waren.

Pagonel ergriff die Gelegenheit beim Schopf und bot an, sämtliche Lebensmittel zu untersuchen. Niemand verstand so recht, was der Mystiker eigentlich vorhatte, aber es wagte auch niemand, ihn danach zu fragen.

Mit feierlichem Ernst trat er nah an jedes Vorratsbündel heran, versenkte sich in tiefe Meditation und ließ, ganz so wie ein abellikanischer Mönch, der sich eines Hämatits bedient, sein bewusstes Empfinden in die Lebensmittel hineinströmen, um sich so ein Bild von allen im Innern der Speisen verborgenen »Krankheiten« zu machen.

Anschließend erklärte er, welche Speisen genießbar waren und welche nicht, und ungeachtet der unzähligen fragenden Blicke all derer, denen Pagonels Methode fragwürdig erschien und die demzufolge an seinen Schlussfolgerungen zweifelten, nickte Ashwarawu zum Zeichen, dass er einverstanden war.

Der mächtige Rebellenführer trat an das erste Bündel, das Pagonel für unbedenklich erklärt hatte, führte ein Stück Fleisch an seinen Mund und biss herzhaft hinein.

»Nun habt Ihr doch noch einen Weg gefunden, Euch nützlich zu machen!«, verkündete Ashwarawu unter dem begeisterten Jubel der übrigen Rebellen.

Brynn beobachtete das Geschehen genau; sie verfolgte jede Bewegung Ashwarawus, versuchte zu begreifen, wie er sein Spiel mit den Gefühlen der Menschen trieb und ihre Hoffnungen zum eigenen Nutzen, aber auch zur Hebung der allgemeinen Moral, auf andere Ziele lenkte. Ganz offensichtlich hatte Ashwarawu erkannt, dass die emotionalen Auswirkungen der vergifteten Lebensmittel viel schlimmer sein könnten als der körperliche Schaden, den sie hervorgerufen hatten. Das Gift hätte das Selbstvertrauen der Rebellen untergraben können, ihr Vertrauen in ihren Anführer und in die Unterlegenheit des Feindes. Dies alles war mit einem Schlag ausgeräumt, zumindest solange sich Pagonels Urteil über die Lebensmittel als korrekt erwies.

Allmählich dämmerte Brynn, aufgrund ihres Aufenthalts bei den Elfen im Besitz eines tiefer gehenden Verständnisses von Magie und Wahrnehmung, was es mit diesem Mystiker der Jhesta Tu tatsächlich auf sich hatte; sie zweifelte keinen Augenblick daran, dass sich sein Urteil über die Lebensmittel als korrekt herausstellen würde.

Und genau so kam es im Laufe der nächsten Woche auch.

Es folgte eine Reihe ereignisloser Tage, während derer sich die Rebellentruppe neu formierte. Wie fast immer in der Phase nach einem großen Erfolg, trafen immer mehr Krieger ein, um sich dem mächtigen Ashwarawu anzuschließen. Brynn ließ den Rebellenführer in dieser Zeit kaum aus den Augen, unterzog alles, was er sagte oder tat, einer kritischen Prüfung, um herauszufinden, was wirkte und was offensichtlich nicht so gut funktionierte. Aber während der ganzen Zeit gelang es ihr nie, die unübersehbare Tatsache, dass Ashwarawu noch sehr jung war, sogar jünger als sie selbst, aus ihren Gedanken zu verbannen.

Was ihm an Reife und Taktgefühl fehlte, machte er mit schierer Tapferkeit und Wildheit wieder wett.

Das war sein Geheimnis, entschied Brynn. Seine Tapferkeit war so überwältigend, dass sie allen in seiner Umgebung Kraft gab und Mut machte, so wie neulich, als er kurz entschlossen in das von Pagonel für unbedenklich erklärte Fleisch gebissen hatte. Er hatte nicht etwa einem Untergebenen befohlen, das Fleisch zu kosten; schließlich zog Ashwarawu auch auf dem Schlachtfeld nicht hinter seinen Kriegern in den Kampf.

Nein, er führte sie mit Gebrüll und aufmunternden Rufen an und provozierte den Feind geradezu, ihn anzugreifen.

Darüber hinaus musste man ihm zugute halten, dass er Brynn in diesen Tagen kein einziges Mal bedrängte oder aber versuchte, sie zu übersehen. Im Großen und Ganzen behandelte er sie wie alle anderen – außer dass Brynn ihn oft dabei ertappte, wie er ihr verstohlene Blicke zuwarf.

Eines Morgens erwachte Brynn und hörte eine große Unruhe im Lager. Unweit ihrer Zeltöffnung erblickte sie Pagonel; amüsiert verfolgte der Ordensbruder, wie viele der Rebellen sich um eine To-gai-ru mittleren Alters scharten.

»Ya Ya Deng ist wieder da«, erklärte er, doch der Name sagte Brynn überhaupt nichts.

»Eine Informantin aus Dharyan«, fügte Pagonel hinzu, als er Brynns verständnislosen Gesichtsausdruck bemerkte. »Ihre Nichte arbeitet im großen Tempel von Dharyan und belauscht des Öfteren Yatol Grysh und die Befehlshaber seines Militärs.«

Brynn nickte und drehte sich wieder um, um sich die Frau näher anzusehen.

»Sie ist gekommen, um uns über die vergifteten Lebensmittel zu unterrichten«, fuhr Pagonel fort. »Dabei dürfte ihr vermutlich klar gewesen sein, dass sie zu spät eintreffen würde.«

»Wie praktisch für Yatol Grysh«, bemerkte Brynn beiläufig; obwohl sie nicht wirklich misstrauisch war, kam ihr doch in den Sinn, dass man bei solchen Informanten Vorsicht walten lassen sollte.

»Bislang waren ihre Informationen zu vielen Dingen überaus verlässlich, wie man mir erzählt«, entgegnete Pagonel. »Ya Ya Deng ist eine der wichtigsten Stützen von Ashwarawu.«

»Sie muss ihm treu ergeben sein, wenn sie den weiten Weg von Dharyan auf sich genommen hat, obwohl sie wusste, dass ihre Nachricht zu spät eintreffen würde.«

»Sie ist außerdem gekommen, um ihm zu berichten, dass die beiden Zwanzigerkarrees mit Soldaten aus Jacintha, die man nach Dharyan verlegt hatte, weder dort bleiben noch in westlicher Richtung nach To-gai marschieren werden«, sagte der Mystiker. »Offenbar sollen sie beim ersten ernst zu nehmenden Wetterumschwung wieder nach Jacintha zurückkehren.«

Brynn musterte ihn fragend. »Zwanzigerkarrees?«

»Ashwarawu wurde über ihre Verlegung nach Dharyan informiert. Vielleicht ist das der Grund, weshalb wir in letzter Zeit nicht mehr durch das Grenzgebiet streifen. Unser Anführer befürchtet, sein Ruf könnte sich zu schnell nach Osten hin verbreitet und die Aufmerksamkeit von Feinden auf uns gelenkt haben, denen er zurzeit noch nicht gewachsen ist.«

Brynn nickte; sie verstand nur zu gut, warum Ashwarawu die Nachricht, dass achthundert gut ausgebildete und ausgerüstete Soldaten wieder in den Osten zurückkehrten, statt gegen ihn zu marschieren, höchst gelegen kam.

»Der Ruf eines Menschen ist eine überaus zweischneidige Angelegenheit«, gab Pagonel zu bedenken. »Er ist nützlich unter Verbündeten, weil er das Vertrauen fördert und den Willen zu helfen, auf Feinde dagegen kann er ganz anders wirken. Wie viel stärker, zum Beispiel, sind die eigenen Streitkräfte, solange der Feind sich wegen ihres Rufes vor ihnen fürchtet? Andererseits wird dieses Spiel gefährlich, wenn der Feind stark genug ist, einen vollständig zu vernichten, was auf den Chezru-Häuptling mit Blick auf To-gai gewiss zutreffen dürfte.«

Brynn nickte, verzichtete aber auf eine Erwiderung. Es war, das wusste sie, eine wichtige Lektion, eine, die sie nie vergessen würde.

Zu Beginn des Jahres des Herrn 841 ließ die Herrschaft des Winters allmählich nach; mehrere Unwetter tosten über die Hochebene hinweg, nur um sich schließlich, nachdem sie von den Bergen heruntergezogen waren, abzuschwächen und in einen gemächlicheren Landregen überzugehen.

Am letzten Tag des zweiten Monats rückten die beiden Zwanzigerkarrees aus der großen Stadt im Westen Behrens mit dem gleichen Trara ab, das auch schon ihr Eintreffen in Dharyan begleitet hatte. Zurück ließen sie vierundsechzig Soldaten, die Yatol Grysh im letzten Sommer angefordert hatte, ohne jedoch bei ihrem Abmarsch über die nach Osten führende Straße auch nur im Entferntesten geschwächt zu wirken.

Zwei Tage später kamen sie, wiederum unter lautem Schmettern der Hörner, durch Bohgadee, die nächste Stadt auf ihrer Route, bevor sie auf der ostwärts führenden Straße immer tiefer in die große Sandwüste hineingelangten, wo sie bis zur nächsten noch viele Meilen entfernten Oase oder Stadt nichts als Ödnis und Leere erwarteten.

Dort, in der menschenverlassenen Einöde, vollzog die Armee aus Jacintha schließlich ihre Kehrtwende; die Gruppe unter Chezhou-Lei Dahmed Blie schwenkte in südlicher Richtung ab und marschierte zurück nach Westen, während die Gruppe unter Chezhou-Lei Woh Lien einen ganz ähnlichen Schwenk Richtung Norden vollzog.

Vortruppen, getarnt als einfache Spähtrupps, hatten ihre Lager in den Vorbergen parallel des Gebirgszuges nordwestlich von Dharyan und in den Höhlensystemen längs der Hochebenen im Südwesten der Stadt bereits vorbereitet.

Jetzt brauchten sie nur noch abzuwarten, bis der stolze Ashwarawu den entscheidenden Fehler machte.

18. Der Köder wird ausgelegt

Carwan Pestle hatte es sich im großen Audienzsaal des Tempels in Dharyan in seinem Sessel neben Yatol Grysh kaum bequem gemacht, als auch schon Wan Atenn im Saal erschien, auf die beiden zustürmte und unmittelbar vor ihnen stehen blieb.

»Ich nehme an, Ihr habt die jüngsten Berichte über die Rebellen gehört«, wandte sich Yatol Grysh an Pestle.

Dieser nickte; auch ihm waren die Berichte zu Ohren gekommen, nach denen Ashwarawu sehr viel näher am Rand der Hochebene To-gais gesehen worden war als je zuvor.

»Ashwarawu ist bereits bis nach Dancala Grysh vorgerückt«, fuhr der Yatol in Anspielung auf eine kleine Vorpostensiedlung unmittelbar oberhalb des To-gai-Bruchs fort, die erst vor kurzem ihm zu Ehren umbenannt worden war.

Wan Atenn nickte.

»Die Siedlung darf unter keinen Umständen fallen!«, ereiferte sich Grysh plötzlich und erhob sich aus seinem Sessel, das feiste Gesicht ein Ausdruck finstersten Unmuts. »Ich werde nicht zulassen, dass man mich beleidigt, so wie Chezru-Häuptling Douan mit dem Fall von Douan Cal beleidigt wurde!«

»Die Soldaten aus Jacintha sind bereits abgerückt, Yatol«, erinnerte ihn Wan Atenn. »Zurzeit stehen mir nur wenige Soldaten zur Verfügung –«

»Ihr habt die ganze Garnison Dharyans, verstärkt durch die Männer aus Jacintha, die zurückgelassen wurden. Das sollte genügen, um diesen närrischen Ru und seine erbärmlichen Gefolgsleute zu zermalmen.«

Wan Atenn nahm Haltung an. »Selbst mit diesen zusätzlichen Truppen erscheint mir die Verteidigung Dharyans –«

»Ich habe Euch nicht gebeten, Dharyan zu verteidigen!«, fuhr Yatol Grysh ihn an.

»Yatol?«, fragte der Chezhou-Lei-Krieger scheinbar verdutzt. »Aber das ist doch, vor allem anderen, mein Auftrag. Die Verteidigung Dharyans und der Schutz Eurer Person.«

»Und um meinen Ruf zu schützen, müsst Ihr Dancala Grysh verteidigen«, erklärte der Yatol.

Wan Atenn starrte seinen obersten Befehlshaber eine Weile schweigend an, desgleichen der verwirrte Carwan Pestle. Er hatte den sonst so kühl abwägenden Grysh selten so aufgebracht erlebt und konnte kaum glauben, dass Grysh diese unbedeutende Siedlung, die erst seit wenigen Monaten seinen Namen trug, so sehr am Herzen lag.

»Dancala Grysh ist nur zum Teil ummauert und besitzt keinerlei Geschützstellungen«, erläuterte Wan Atenn. »Für eine sinnvolle Verteidigung wären beinahe ebenso viele Soldaten nötig wie für die Verteidigung Dharyans.«

»Dann nehmt sie Euch.«

»Das kann ich nicht, Yatol«, stieß der Chezhou-Lei-Krieger erschrocken hervor.

»Die Garnison ist mit über dreihundert Mann besetzt«, erwiderte der Yatol. »Also mehr als genug, um die bekannten ein-, zweihundert Mann zu besiegen, die sich diesem Ashwarawu angeschlossen haben. Selbst wenn wir in diesem Kampf hohe Verluste erleiden sollten, wäre eine Befreiung des Landes von diesem Schurken den Preis wert. Falls nötig, werde ich aus Jacintha Ersatz anfordern, sobald die Schlacht gewonnen ist.«

»Vielleicht solltet Ihr diese Anforderung gleich stellen, Yatol«, riet Wan Atenn. »Verstärkt Dharyan, bevor Ihr die Garnisonstruppen auf die Jagd schickt.«

»Dharyan ist sicher.«

»In den Bergen im Norden gibt es Goblins.«

Die Bemerkung veranlasste Carwan Pestle, den Chezhou-Lei-Krieger fragend anzusehen. In jüngster Zeit waren keine Berichte darüber eingegangen, dass sich in den Bergen Goblins zusammenrotteten – jedenfalls nicht in nennenswerter Zahl.

»Ihr wolltet die Rebellen vergiften, das haben wir versucht und sind daran gescheitert«, konterte Yatol Grysh. »Wie oft muss ich mich noch von diesem Schurken Ashwarawu in Verlegenheit bringen lassen? Ich sage, es reicht. Dem Vernehmen nach hält er sich in der Nähe von Dancala Grysh auf, also werdet Ihr mit meinen Soldaten dorthin marschieren. Dort wird er sterben, und danach möchte ich nicht länger mit diesem Namen belästigt werden!«

Wan Atenn versteifte sich abermals merklich. »Das werde ich nicht tun, Yatol«, entgegnete er ruhig. »Es ist meine Pflicht, nicht von Eurer Seite zu weichen, sobald ich das Gefühl habe, dass Ihr verwundbar seid. Und dazu wird es unweigerlich kommen, falls …« Er hielt inne und sah den Yatol an, bevor er zögernd nickte. »Wenn«, verbesserte er sich, »die Garnison nach Dancala Grysh marschiert. Sie wird Ashwarawu auch ohne mich besiegen, da bin ich vollkommen sicher.«

Yatol Grysh bedachte den Chezhou-Lei-Krieger mit einem kühlen Blick, bevor er in ein alle Anspannung lösendes Gelächter ausbrach. »Zieht einhundert zusätzliche Männer zum Dienst in der Armee heran, die die Garnisonstruppen begleiten sollen«, sagte er. »So viele werden mindestens nötig sein, um Eure Abwesenheit bei der Schlacht um Dancala Grysh wettzumachen. Und wählt weitere einhundert Zivilisten aus, um unsere Mauerposten zu verstärken. Die Geistlichen werden einige Wochen auf ihre Schäfchen verzichten können; im Übrigen sollte diese Geschichte möglichst bald erledigt werden. Es betrübt mich, dass Ihr als mein Vertreter nicht persönlich vor Ort sein werdet, wenn Ashwarawu getötet wird, aber ich werde Euch nicht zum Bruch Eures Schwurs zwingen, mich zu beschützen.«

Wan Atenn schlug die Hacken zusammen und verbeugte sich knapp, dann machte er kehrt und verließ energischen Schritts den Saal.

»Ich glaube nicht –«, setzte Carwan Pestle an, aber der Yatol fiel ihm ins Wort.

»Ich bin müde und werde mich jetzt zurückziehen«, sagte er. »Begleitet mich in meine privaten Gemächer, damit wir die neuen Beschlüsse besprechen können. Vielleicht schicke ich Euch ja als meinen persönlichen Abgesandten nach Dancala Grysh.«

Eine Bemerkung, die Carwan Pestle bewog, erstaunt die Augen aufzureißen; er verzichtete aber auf eine Erwiderung und begleitete seinen Herrn artig aus dem Audienzsaal und wieder zurück in dessen großzügige Privatgemächer.

»Ihr könnt ganz offen sprechen«, forderte Grysh ihn auf, während er sich in einem kleinen, gemütlichen Zimmer in einen bequemen Sessel fallen ließ.

Carwan Pestle stammelte ein paar unzusammenhängende Worte.

»Nur zu, mein junger Freund«, drängte der Yatol. »Dies sind ruhmvolle Zeiten, begreift Ihr nicht?«

»Ihr plant, Ashwarawu in der Steppe zu jagen, Yatol?«, erkundigte sich Pestle nervös. »Ich dachte, Eure Politik der langsamen, nicht überhasteten Stärkung sämtlicher Verteidigungsanlagen in den Siedlungen, gepaart mit der Anregung, alle Dörfer mit einem Schutzwall zu umgeben und der Entsendung von Soldaten zur Überwachung des Ausbaus der Schutzanlagen, zeige allmählich die ersten Erfolge. Ashwarawu hat den ganzen Winter über kein einziges Dorf überfallen. Nur Karawanen.«

»Selbstverständlich zeigt sie Wirkung«, erwiderte Grysh. »Ashwarawu wird niemals riskieren, vor den Toren einer kleinen Siedlung geschlagen zu werden, wo ihn bei hohem Risiko bestenfalls ein magerer Gewinn erwartet. Er wird Dancala Grysh nur dann angreifen, wenn ihm das Risiko gering erscheint.«

»Nach der letzten Bewertung ist der Ort nicht gerade die am besten gesicherte Siedlung, aber ich –« Carwan Pestle wurde jäh unterbrochen, als Grysh erneut in schallendes Gelächter ausbrach.

»Das weiß auch Wan Atenn«, erklärte der Yatol. »Deswegen hat sich dieser ruhmsüchtige Chezhou-Lei ja auch geweigert, Dharyan zu verlassen.«

Carwan Pestle verzog verwirrt das Gesicht, dann allmählich dämmerte es ihm, und er bekam große Augen. »Ihr denkt, Ashwarawu wird Dancala Grysh links liegen lassen und stattdessen Dharyan angreifen?«

»Alles deutet darauf hin, dass seine Truppen starken Zulauf bekommen haben«, erklärte der Yatol. »Ashwarawus Ruf macht allen Ru Mut, und mit jedem seiner Erfolge scharen sich weitere Krieger um ihn. Ein großer, entscheidender Sieg könnte ganz To-gai ermuntern, sich hinter ihn zu stellen. Ashwarawu ist kein Dummkopf. Sobald er glaubt, wir seien hier geschwächt, wird sich bei ihm der Wunsch nach einem durchschlagenden Erfolg regen – nach einem Sieg, der ihm im Verlauf des Sommers zu noch größerem Ruhm verhelfen wird. Er weiß genau, dass er nicht ewig blitzschnell zuschlagen und sich wieder zurückziehen kann, dass wir seine Taktik irgendwann leid sein und eine Armee aussenden werden, die stark genug ist, ihn aufzuspüren und endgültig zu vernichten. Ich bin sicher, der Einmarsch zweier Zwanzigerkarrees zu Beginn des Winters hat ihm zu denken gegeben, denn jetzt muss er genau diese Konsequenz fürchten. Deshalb braucht er einen großen Sieg, den er den anderen To-gai-ru als Wimpel präsentieren kann, hinter dem sie sich sammeln sollen. Er wird uns ganz sicher angreifen, und dann gehört er mir.«

Carwan Pestle lehnte sich zurück; das musste er erst einmal verdauen. Aber dann erschien es ihm vollkommen logisch und durchdacht, und zwar von Anfang bis Ende. Warum sollte sich Wan Atenn um Yatol Grysh und Dharyan ernstlich Sorgen machen, solange achthundert Soldaten nur einen Tagesmarsch vor der Stadt lagerten?

Es war ein fein abgestimmter Plan, ein Täuschungsmanöver mit dem Ziel, Ashwarawu in die Falle zu locken und den Rebellenführer glauben zu machen, der denkbar größte Fang sei greifbar nahe. In Carwan Pestles Blick lag aufrichtige Bewunderung, als er den Yatol ansah, denn offenkundig hatte dieser bereits seit dem unerwarteten Eintreffen der Soldaten aus Jacintha an diesem Plan gearbeitet. Alle seine Schachzüge, jede geopferte Karawane, jede sorgfältig abgestimmte Information, die man den Informanten der Ru zugespielt hatte, waren Mittel zu diesem lang ersehnten Zweck gewesen.

»Ich kenne Ashwarawu besser als er sich selbst«, erklärte der Yatol mit kaum zu überbietendem Selbstvertrauen. »Ich weiß, welches Motiv diesen Krieger antreibt; dieses Motiv heißt

Stolz, mein junger Freund, und Stolz ist die menschliche Schwäche, die sich am leichtesten erfolgreich ausnutzen lässt. O ja, er wird kommen. Und das wird sein Untergang sein. Danach wird es sehr lange dauern, bis die Ru noch einmal den Mut aufbringen, sich gegen Behren zu erheben. Schaut genau hin und lernt daraus, mein Schüler, denn höchstwahrscheinlich werdet Ihr meine Nachfolge antreten und es mit dem nächsten Ashwarawu zu tun bekommen; bedenkt nur, wie enttäuscht ich im Paradies sein würde, wenn ich auf die Erde herabblickte und Zeuge Eures Scheiterns werden müsste.«

Carwan Pestle nickte; als Grysh daraufhin erneut in schallendes Gelächter ausbrach, gestattete er sich ein breites Grinsen. Während er darüber nachdachte, was im Verlauf des Winters alles durchgesickert war – die in einer ganz bestimmten Reihenfolge und mit genau vorherbestimmten Zielen als Köder ausgesandten Karawanen; das Täuschungsmanöver mit dem Gift, das allein dazu diente, Ashwarawus Vertrauen zu stärken, sowohl in seine eigene Person als auch in seine Informanten; die Umbenennung einer unbedeutenden Siedlung aus keinem anderen Grund als dem, wie ihm jetzt dämmerte, den Wunsch Yatol Gryshs, sie zu verteidigen, nachvollziehbarer erscheinen zu lassen –, musste Carwan Pestle sich eingestehen, dass er noch viel zu lernen hatte.

Er musste an seine letzte brutale Lektion denken, unten am Flussbett im Lager der Ru, und konnte nicht verhindern, dass ihm ein kalter Schauer über den Rücken lief.

Brutal, aber wirkungsvoll.

Carwan Pestle vertraute seinem Lehrer, auch wenn der Mann ihm eine Heidenangst einjagte.

»Unser Freund in Dharyan will uns offenbar provozieren«, erklärte Ashwarawu seinen Soldaten. »Offenbar weiß er nicht, wie viel stärker wir inzwischen geworden sind.«

»An Soldaten, aber auch an Entschlossenheit«, murmelte der

ein gutes Stück abseits der Gruppe stehende Pagonel so leise, dass nur Brynn ihn hören konnte.

Die junge Hüterin konnte sich ein Schmunzeln nicht verkneifen; sie hatten diese Ansprache beide schon unzählige Male gehört.

Die Rebellenschar befand sich an diesem Tag auf einer Anhöhe, von der aus man auf die ferne Vorpostensiedlung und die Soldatenkolonne hinunterblicken konnte, die soeben dort Einzug hielt. Nach Schätzungen ihrer Kundschafter belief sich die Anzahl der Soldaten auf beinahe vierhundert Mann; damit war sie annähernd doppelt so stark wie die Streitmacht, die Ashwarawu derzeit aufbieten konnte, und das, obwohl seine Truppen sich in den letzten Tagen des zur Neige gehenden Winters mehr als verdoppelt hatten.

Doch die selbstbewussten Rebellen glaubten nach wie vor, dass ein To-gai-ru-Krieger mindestens ebenso viel zählte wie drei Behreneser.

»Wir werden auf diese Herausforderung reagieren«, hörte Brynn den tapferen Rebellenführer verkünden. »Zu unseren Bedingungen und zu einem Zeitpunkt, der uns passt.«

»Glaubt Ihr, er wird uns die Siedlung attackieren lassen?«, wandte sich Brynn an Pagonel.

Der Ordensbruder zuckte mit den Achseln. »Ein solches Vorgehen halte ich nicht für klug; ich bin zwar überzeugt, dass wir gewinnen würden, wenn auch nur unter schweren Verlusten.«

Brynn sah das ganz genauso, aber da sie über Ashwarawu sprachen, konnte sie letztendlich nur vermuten, ob er zum Angriff übergehen würde oder nicht.

In dieser Nacht kampierte die Rebellentruppe oben auf der Anhöhe und schickte Spähtrupps aus, die das Dorf einkreisen sollten, während wiederum andere Reiter sich weiter östlich hielten, um an den vorher abgesprochenen Treffpunkten auf bestimmte Informanten zu treffen.

Ya Ya Dengs Nachricht traf am nächsten Morgen ein; sie bestätigte den Eindruck, den auch die Späher gewonnen hatten: Es war tatsächlich die Garnison aus Dharyan nahezu vollständig ausgerückt, um die Siedlung zu sichern.

Wieder ließ Ashwarawu seine Rebellen auf der Anhöhe zusammenkommen, die einen Blick auf die geschäftige Siedlung gewährte, und wieder saßen Brynn und Pagonel etwas abseits der eigentlichen Truppe auf ihren Pferden.

»Ihr seht besorgt aus«, bemerkte Brynn, als Ashwarawu zu einer aufrüttelnden Rede an seine Kämpfer ansetzte.

Der Ordensbruder schüttelte den Kopf, ohne seine Augen auch nur einen Moment von der Siedlung abzuwenden. »Yatol Grysh schickt seine Garnisonstruppe fort, so kurz nachdem die Soldaten aus Jacintha aus Dharyan abgerückt sind?«

»Nach Ansicht Ya Ya Dengs will er vermeiden, dass ein Dorf, das seinen Namen trägt, in Ashwarawus Hände fällt. Vielleicht ermutigt das unseren Anführer, unverzüglich anzugreifen.«

Ihr Sarkasmus war dem Ordensbruder nicht entgangen, trotzdem war er noch immer zu verblüfft und unentschieden, um ihn zu kommentieren. Da Pagonel nach wie vor zu der Siedlung hinunterblickte, richtete Brynn ihr Augenmerk wieder auf Ashwarawu.

»Dass Yatol Grysh seine Truppen hierher, ins offene Gelände verlegt, ist eine Herausforderung an uns und an ganz Togai«, erklärte Ashwarawu. »Offenbar glaubt er, seine erbärmlichen Truppen könnten uns besiegen!«

»Niemals!«, erklangen zahlreiche Rufe aus der Rebellenschar.

»Nehmen wir diese Herausforderung an?«, rief Ashwarawu in die Menge.

»Tod den Turbanen!«, rief ein Krieger, woraufhin ihm sofort zahlreiche andere lautstark zustimmten.

Ashwarawu setzte ein boshaftes Grinsen auf. »Tod Yatol Grysh«, sagte er. »In seiner Arroganz und Verzweiflung ist ihm ein schwerer Fehler unterlaufen, denn seine Truppen werden nicht mit uns Schritt halten können, wenn wir nach Osten reiten!«

»Ich glaube, er hat gesagt, dass wir in Kürze Dharyan angreifen werden«, meinte Brynn trocken zu Pagonel.

Damit hatte sie seine Aufmerksamkeit zurückgewonnen, und er sah kurz zu ihr herüber, bevor er sich Ashwarawu zuwandte.

»Lasst uns den Krieg in Gryshs Heimat tragen, dann werden wir ja sehen, wie groß seine Entschlossenheit ist«, rief Ashwarawu. »Unser Gegner hat eine so geringe Meinung von uns, dass er seine Stadt verlässt, um uns zu jagen! Er beleidigt und verspottet uns. Wie laut wird sein Hohn wohl klingen, wenn erst Dharyan in Flammen steht?«

Die letzte Frage trug ihm einen wahren Beifallssturm seitens der versammelten Krieger ein; es war ein so wilder Schlachtruf, wie Brynn ihn noch nie gehört hatte; sie stimmte sofort mit ein.

Nicht aber Pagonel. Sein Blick wanderte hinüber zur Siedlung; für seinen Geschmack sah das alles viel zu einfach aus. Sicher, es war nicht das erste Mal, dass die Rebellen über einen Angriff auf die Stadt Dharyan diskutierten; man hatte sogar bereits, über Ya Ya Deng, die ersten Vorbereitungen getroffen und sich Unterstützung in der Stadt selbst besorgt, für den Fall, dass es tatsächlich zum Kampf kommen sollte.

Aber auf einmal schien Dharyan so reif, als bräuchten sie nur noch zuzugreifen.

Zumindest hatte es den Anschein.

Die Rebellen setzten sich fast augenblicklich in Bewegung; sie brachen ihr Lager ab und ritten in scharfem Tempo Richtung Osten. Dharyan war fünf Tagereisen entfernt, aber Ashwarawu hoffte, einen ganzen Tag einzusparen, um die Stadt angreifen und vielleicht sogar schon plündern zu können, bevor die derzeit noch in der Vorpostensiedlung gebundene Garnison darauf hoffen konnte, umzukehren und ihr zu Hilfe zu eilen.

Das Rebellenheer war mehr als bereit, das von Ashwarawu geforderte Tempo zu akzeptieren, und legte sogar noch etwas zu, sodass die weißen Mauern Dharyans und des Großen Tempels bereits in Sichtweite waren, als sie am Abend des dritten Tages ihr Lager aufschlugen.

»Der morgige Tag wird entweder Sieg oder Untergang bringen«, sagte Brynn an Pagonel gewandt.

»Eine so schicksalsergebene Einstellung geziemt sich nicht für einen Krieger«, erwiderte er. »Wovor fürchtet Ihr Euch?«

Es dauerte eine Weile, bis Brynn sich über ihre Gefühle im Klaren war, dann antwortete sie ruhig: »Auf den ersten Blick scheint unser Feind Grysh sich in der wahren Stärke unserer Truppen getäuscht zu haben. Ist es wirklich denkbar, dass er so töricht ist, all die gut ausgebildeten Soldaten von seinen Mauern abzuziehen?«

»Oder?« Sein Nachhaken verriet Brynn, dass er genau wusste, was sie dachte, dass er vermutlich längst selbst versucht hatte, die verwirrenden Details zu einem einheitlichen Bild zusammenzufügen.

»Oder aber er wollte, dass wir hierher kommen«, erklärte Brynn. Sie seufzte hörbar. »Aber würde nicht jeder Befehlshaber, dem sich eine so scheinbar phantastische Gelegenheit bietet, diese in Zweifel ziehen? Und sind grobe Schnitzer, wie sie Yatol Grysh ganz offensichtlich unterlaufen sind, nicht oft der Wendepunkt einer sich endlos in die Länge ziehenden Schlacht?«

»Zweimal ja, würde ich sagen«, antwortete der Ordensbruder.

»Und was bedeutet das jetzt für uns?«

Statt einer Antwort deutete Pagonel mit einem Nicken auf Ashwarawu, der schwatzend und lachend mit einigen seiner jüngeren Rebellen in der Nähe eines kleinen Lagerfeuers hockte. Was immer seine Fehler sein mochten, bei seinen Leuten war dieser Mann ungeheuer beliebt, was selbst Brynn nicht bestreiten konnte. Sie sah, wie sie von Ehrfurcht ergriffen zu ihm aufsahen und sich von ihm Führung erhofften.

Er war ihre einzige Hoffnung.

Der nächste Morgen dämmerte unter einem stark bewölkten Himmel herauf; die To-gai-ru schmiedeten Angriffspläne und machten ihre Pferde und Waffen bereit.

Verschiedene Krieger wurden mit unterschiedlichen Aufgaben betraut: ausdauernde Reiter sollten Fackeln bis an das Fundament der Stadtmauer tragen; die geschicktesten im Anschleichen sollten die Vorhut beim Einmarsch in die Stadt bilden, die niedrige Ummauerung Dharyans erklimmen und die Posten möglichst schnell und lautlos ausschalten.

Ashwarawu zögerte keinen Augenblick, sich mit dieser zweiten Aufgabe an Pagonel zu wenden. Die Jhesta Tu waren dafür berühmt, dass sie den Weg des Schattens gingen und sich dabei ebenso lautlos bewegten wie die Schatten selbst.

Der Mystiker musterte den hoch gewachsenen beeindruckenden Mann. Die Entscheidung fiel Pagonel keineswegs leicht, denn wenn er diese Aufgabe übernahm, würde er dadurch in die eigentlichen Kampfhandlungen verwickelt werden. Andererseits war dies ein entscheidender Augenblick für die Rebellen und für ganz To-gai. Wenn es Ashwarawu gelänge, hier, in der größten behrenesischen Stadt der gesamten Region, einen entscheidenden Sieg zu erringen, würde sich sein Ruf wie ein Lauffeuer in der Steppe ausbreiten, und die To-gai-ru würden sich zu Hunderten hinter ihm scharen.

»Ich werde beim Erstürmen der Mauer helfen«, erklärte er sich einverstanden.

»Ich auch«, fügte Brynn hinzu, woraufhin sowohl Ashwarawu als auch die Krieger aus seinem Gefolge sie verwundert ansahen, denn niemand hatte Brynn gefragt.

Als einer der hünenhaften Kerle in Ashwarawus Begleitung in Gelächter ausbrach, in das die anderen sofort einfielen, brachte Ashwarawu sie mit einer Handbewegung zum Schweigen.

»Zu Pferd hast du deinen Wert als Kriegerin bereits bewiesen«, sagte der Rebellenführer an Brynn gewandt.

»Zu Fuß bin ich mit meinem Schwert noch stärker«, erwiderte Brynn. »Außerdem bin ich in der Kunst des lautlosen Anschleichens ausgebildet. Die Turbane werden überhaupt nicht merken, dass ich da bin.«

Weder Ashwarawu noch sein Gefolge schienen überzeugt; was Brynn in diesem Moment jedoch am meisten zu schaffen machte, war der ungläubige, fast schon enttäuschte Blick, der ihr von Pagonel entgegenschlug.

»Du wirst die Angriffsformation reiten, wo uns dein ausgezeichneter Bogen am meisten nützt«, entschied der Rebellenführer und ließ seinen Blick noch einen Moment auf Brynn ruhen, ehe er sich entfernte.

»Verurteilt mich nicht«, bat Brynn den Mystiker, als sie wieder unter sich waren. »Habt Ihr Euch nicht soeben selbst bereit erklärt, zum Mörder zu werden?«

»Aus Eurem Mund hat das Wort wirklich keinen schönen Klang«, erwiderte Pagonel.

»Das Wort?«

»Turbane«, erklärte Pagonel. »Es geziemt sich einfach nicht für Euch, diesen Ausdruck zu gebrauchen.« Damit erhob er sich und verbeugte sich vor ihr, ehe er ging und sie ihren Gedanken überließ.

Den ganzen Tag über hatte Wan Atenn die Mauer Dharyans abgeschritten, denn selbstverständlich wussten er und sein Yatol ganz genau, dass Ashwarawu in der Nähe war. Der grimmige Chezhou-Lei genoss das Gefühl der bevorstehenden Schlacht und hoffte, er würde Gelegenheit haben, möglichst viele dieser verhassten Ru umzubringen, bevor die beiden Zwanzigerkarrees sie umzingelten und vollkommen vernichteten.

Machte er sich vielleicht sogar Hoffnungen, Ashwarawu eigenhändig töten zu können?

Für die Verteidigung der Stadt standen ihm nur zweihundert Mann zur Verfügung, die Hälfte davon bloße Bauern, die sich im Kampf gewiss nicht so geschickt anstellen würden wie disziplinierte Soldaten. Wie immer Yatol Grysh darüber dachte, er ging davon aus, dass Ashwarawus Rebellenbande seiner Truppe zahlenmäßig mindestens ebenbürtig war. Und obwohl er sicher war, es mindestens mit zwei von Ashwarawus Kriegern aufnehmen und diese töten zu können, unterschätzte er doch nicht die wilde Entschlossenheit der Ru.

Die Stadt musste unter möglichst geringen Verlusten und Zerstörungen gehalten werden, bis die beiden Armeen eintrafen.

Waren bei Einbruch der Nacht noch immer keine Anzeichen der nahenden Rebellen zu sehen, dann, so fürchtete Wan Atenn, hatte Ashwarawu den Kopf noch einmal aus der Schlinge gezogen. Womöglich hatten die Ru eines der Zwanzigerkarrees anrücken sehen, als die Soldaten, kaum eine Stunde Fußmarsch von der Stadt entfernt, in Stellung gegangen waren. Wenn dem so war, beschloss der Chezhou-Lei, würde er auf der Stelle das Kommando über die Truppen übernehmen und den Schurken, falls nötig, bis in den hintersten Winkel To-gais verfolgen.

Er stand gerade am Wachhaus des Haupttors und gab einer Hand voll Posten letzte Anweisungen, als das erste ungewöhnliche Geräusch an seine Ohren drang, ein Geräusch, das den ausgezeichnet geschulten Krieger sofort aufhorchen ließ.

»Haltet die Stellungen«, befahl der Chezhou-Lei seinen Leuten, bevor er sich, lautlos wie der Tod, an der Stadtmauer entlang entfernte.

Pagonel hatte wenig Mühe, sich unbemerkt an das Fundament der Stadtmauer Dharyans heranzuschleichen. Dort angekommen, konzentrierte sich der Mystiker auf das Zentrum seiner Lebensenergie, zwang es, allein kraft seines Willens aufzusteigen, und ließ seinen Körper dadurch ganz leicht werden.

Er strich mit der Hand an der Mauer entlang und ertastete die Ritzen zwischen den großen Steinquadern. Bei ihrem Bau hatte man für das Verfugen der Steine einen sandhaltigen Mörtel verwendet, aber der unablässig aus den Bergen und der Steppe wehende Wind hatte den größten Teil der Fugenmasse längst wieder herausgewaschen.

Pagonel befand sich unterhalb der höchsten Stelle der Mauer, aber da sie gerade mal ein Dutzend Fuß hoch war, erklomm er sie so mühelos, als würde er über eine waagrechte Fläche krabbeln. Oben angekommen hielt er inne und lauschte, bis er die Schritte eines Soldaten näher kommen hörte – wie ihm das Scharren einer Waffe an der Mauer verriet.

Noch immer über dem Mauerrand hängend, zog der Ordensbruder so weit es ging die Beine an, suchte sich einen festen Halt, dann lauschte er erneut, um die Entfernung zu dem Soldaten abzuschätzen.

Der Behreneser drehte sich nach links, den Blick über die Mauer nach draußen gerichtet, als der Schatten über ihm vorbeihuschte. Sichtlich verwirrt, hatte der Soldat offenbar gar nicht gemerkt, dass Pagonel sich mit einem Sprung genau über ihn gebracht hatte. Er starrte noch immer hinaus in die Dunkelheit, als Pagonel sich auf ihn fallen ließ.

Noch im Fallen trat ihm Pagonel mit gestrecktem Bein in den Rücken und raubte ihm damit schlagartig Atem und Stimme. Als der Ordensbruder schließlich leichtfüßig hinter dem benommenen Soldaten landete, hatte er ihn bereits fest im Würgegriff.

Der Mann erlangte sein Gleichgewicht nicht mehr zurück und konnte keinen nennenswerten Widerstand mehr leisten, ehe er das Bewusstsein verlor.

Lautlos ließ Pagonel ihn behutsam auf die Steine gleiten, zog ihm die Waffe aus der Scheide und schleuderte sie über die Mauer.

Anschließend entfernte er sich mit schnellen, absolut geräuschlosen Schritten und huschte hinüber zum mitten in der Westmauer der Stadt gelegenen Wachhaus.

Kurz darauf stieß er auf einen zweiten Soldaten; nach einem kurzen Handgemenge schleuderte er die Waffe des bewusstlosen Mannes ebenfalls über die Mauer.

Er lief weiter, die dunklen Umrisse des Wachhauses stets im Blick. Dort drinnen, das wusste er, würde ihn weit massiverer Widerstand erwarten, vermutlich in Gestalt von mindestens eines Zuges Soldaten; er wusste aber auch, dass die behrenesischen Krieger zu diesem Zeitpunkt bereits ganz andere Sorgen haben würden, denn draußen in der Dunkelheit westlich der Stadt vernahm er bereits das allmählich immer lauter werdende Hufgetrappel von Ashwarawus Sturmangriff.

Zehn Pferde hielten weit auseinander gezogen auf die Mauer Dharyans zu, ihre erfahrenen Reiter alle in exakt der gleichen Körperhaltung, die verlässlichen Pferde allein mit ihren Beinen lenkend, zwei ölgetränkte Fackeln auf dem Schoß, Feuerstein und Stahl griffbereit. Kurz vor der Mauer blieben sie schlagartig stehen, zündeten ihre Fackeln an und reckten sie seitlich in die Höhe, ohne die hektischen Rufe der Posten zu beachten, die den Angriff eben erst bemerkt hatten.

Dann erfolgte der eigentliche Sturmangriff; Ashwarawus Krieger, mitten unter ihnen Brynn, rasten in zwanzig wohl geordneten Reihen heran. Sie waren ausnahmslos mit Bogen und bereits angelegten Pfeilen bewaffnet, deren Spitzen so vorbehandelt waren, dass sie bei der leisesten Berührung mit der brennenden Fackel des Voraustrupps sofort Feuer fangen würden. Die Bogenschützen schossen ihre Pfeile im Vorüberreiten ab, schwenkten dann in geordneter Formation nach rechts und links, um gleich darauf erneut anzugreifen.

Brynn war in ihrer Reihe die Dritte; als sie ihren Bogen zum Schuss hob, segelten bereits mehrere brennende Pfeile über die Mauer hinweg und tauchten die Brustwehr in so helles Licht, dass sie die Gestalt eines sich mühsam vorwärts schleppenden Soldaten ausmachen konnte. Mit meisterlichem Geschick lenkte sie ihr zuverlässiges Pony in die Kurve, bevor sie den Pfeil von der Sehne schnellen ließ.

Sie traf den Soldaten mitten in der Brust, sodass die Flammen fast augenblicklich auf seinen Waffenrock übersprangen. Wie von Sinnen mit den Armen um sich schlagend, rannte er ziellos umher, doch es nützte nichts. Als er schließlich rücklings von der Mauer in den Innenhof der Wallanlagen kippte, näherte sich Brynn bereits mit ihrem zweiten angelegten Pfeil.

Geduckt kroch Pagonel auf allen vieren am Mauerrand entlang. Er sah einen behrenesischen Soldaten mit einem Pfeil in der Seite in Flammen aufgehen, hörte die verzweifelten Schreie anderer, denen das Feuer und die Pfeile schwer zu schaffen machten. In der Stadt sah er ein Gebäude in Flammen aufgehen. Aber nichts von alledem vermochte den Ordensbruder wirklich zu erfreuen. Allein schon die Idee des Krieges war eine Beleidigung seiner Sinne; die Jhesta Tu waren zwar vorzüglich ausgebildete Kämpfer, ihre Philosophie jedoch war pazifistisch orientiert, und Kampf galt bei ihnen nur als allerletztes Mittel zur Selbstverteidigung.

Was hatte er hier dann überhaupt verloren?

Die Frage ging ihm unablässig durch den Kopf, bis er sich schließlich dem Wachhaus näherte. Der erste Schmerzensschrei eines To-gai-ru ließ ihn innerlich zusammenfahren; er hatte, ganz in der Nähe, die Stimme eines seiner heimlich heranschleichenden Gefährten wiedererkannt, begleitet vom sirrenden Geräusch eines Schwertes und dem dumpfen Geräusch bei dessen Aufprall.

Den kleinen Vorbau, in dem der Tormechanismus untergebracht war, immer im Blick, richtete Pagonel sich weiter auf und rannte los.

Als ihm aber aus dem Vorbau eine eindrucksvolle Gestalt entgegenstürzte, mit ihrem blinkenden Schwert weit ausholte und in Hüfthöhe nach ihm schlug, bremste er abrupt ab und nahm seinen ganzen Schwung zusammen, um einen hohen Salto rückwärts zu schlagen.

Pagonel landete in Verteidigungshaltung, bereit, jederzeit anzugreifen oder, wenn nötig, zurückzuweichen. Sein Angreifer hatte sich jedoch nicht weiter vorgewagt; stattdessen war er auf der Mauerbrüstung stehen geblieben und starrte ihn verdutzt an. Pagonel erkannte auf Anhieb die schuppenartige Panzerrüstung der Chezhou-Lei-Krieger.

»Ein Jhesta Tu?«, fragte Wan Atenn ungläubig, das Gesicht zu einer Maske erstarrt.

Pagonels Augen verengten sich zu schmalen Schlitzen, und er ging noch tiefer in die Hocke, bereit, dem Chezhou-Lei, einem erklärten Feind seines Ordens, die Stirn zu bieten.

Plötzlich stürzte Wan Atenn vor und griff voller Ingrimm und mit lautem Gebrüll an; sein Krummschwert sauste herab, flog zur Seite und wieder zurück, ehe er es hoch über seinen Kopf hob und abermals zuschlug, diesmal diagonal und stets sorgfältig darauf bedacht, seinem Gegner nicht die geringste Angriffsmöglichkeit zu bieten.

Pagonel, nur mit Händen und Füßen bewaffnet, war gezwungen, erst einmal zurückzuweichen.

Worin Wan Atenn jedoch nicht unbedingt einen Vorteil sah; immerhin kannte er die Jhesta Tu gut genug, um größte Vorsicht walten zu lassen. Er griff trotzdem an, stach ein-, zweimal zu und hätte beinahe einen Treffer erzielt.

Einem Mungo gleich, der vor einer zuschnappenden Schlange ausweicht, war Pagonel seinem Angreifer stets ein kleines Stück voraus. Seine Ausweichmanöver waren minimal, eine kleine Drehung hierhin, ein kurzes Abtauchen dort, denn die oberste Kampfregel der Jhesta Tu lautete, im Kampf mit einem erkennbar fähigen Gegner die eigenen Kräfte zu schonen. Ohne Stock oder Schwert, mit dem er hätte parieren und eine Bresche für einen Gegenangriff schaffen können, musste Pagonel ganz darauf vertrauen, seinen Gegner zu ermüden, bis die Attacken des Chezhou-Lei so langsam wurden, dass er dessen Klinge weit genug zur Seite schlagen konnte, um sich auf ihn zu stürzen.

Wieder stieß das Schwert in seine Richtung, um gleich darauf blitzschnell angehoben und mit einer wirbelnden Bewegung um den Kopf gerissen zu werden.

Pagonel wich aber nicht zurück, sondern machte einen Ausfallschritt nach vorn und sprang, als sich die tödliche Waffe auf ihn herabzusenken begann, mit einer Vorwärtsrolle auf der schmalen Mauerbrüstung an Wan Atenn vorbei.

Der fuhr mit einem wütenden Aufschrei herum und hatte sich von seiner Überraschung so schnell erholt, dass Pagonel kaum Zeit fand, sich umzudrehen und selbst anzugreifen, ehe ihm die Klinge abermals den Weg versperrte.

»Was hast du hier verloren, Jhesta Tu?«, herrschte der Chezhou-Lei ihn an. »Wollen die Jhesta Tu etwa mit den To-gai-ru gemeinsame Sache machen?«

Pagonel verzichtete auf eine Antwort, zumal er nicht wusste, was er hätte darauf erwidern sollen.

Plötzlich war mitten in der Stadt ein Feuerschein zu sehen – nicht das Leuchten der kleinen, vom Hagel der to-gai-ruschen Pfeile verursachten Brände, sondern ein einziger, offenbar geplanter Feuerschweif, der an der Spitze eines gewaltigen Armbrustbolzens am nächtlichen Himmel seine Bahnen zog.

Er schien weder auf die gegnerischen Streitkräfte der To-gai-ru noch auf irgendetwas sonst zu zielen, sondern segelte ganz langsam, vom böigen Wind nach Osten getragen, über die Stadt hinweg.

Entsetzt folgte Pagonel ihm mit den Augen, denn er wusste,

um was es sich handelte, noch bevor Wan Atenn ihm feixend erklärte: »Das kann uns nicht überraschen. Wenn die Jhesta Tu tatsächlich beschlossen haben, sich auf die Seite der To-gai-ru zu schlagen, dann haben sie eben einen Fehler gemacht. Sieh zu, wie sich der Schlund der Hölle über Ashwarawu und seiner Mörderbande schließt – vorausgesetzt, du erlebst es noch.«

Pagonel begriff nicht recht, worum es im Einzelnen ging, aber das schien im Augenblick auch kaum von Interesse. Der Zweck des Signalfeuers jedenfalls offenbarte sich ihm augenblicklich, weshalb ihn das Schmettern der Berghörner nördlich und südlich der Stadt auch nicht mehr überraschen konnte.

Noch bevor er dazu kam, sich einen Reim auf das alles zu machen, stürzte sich der Chezhou-Lei abermals auf ihn; Pagonel sprang in die Luft und rollte sich ab, tauchte weg und drehte sich, nur um letztendlich doch zurückgedrängt zu werden.

Als ihm schließlich dämmerte, dass es für ihn eng zu werden begann, vernahm er die Schreie zweier behrenesischer Soldaten hinter seinem Rücken, die sehr schnell näher kamen.

Ihre Rufe verhallten ungehört im Tumult, als Brynn ihr Pferd an Dharyans westlicher Stadtmauer vorbeigaloppieren ließ und dabei einen Pfeil nach dem anderen abschoss, manche brennend – wann immer sie in die Nähe der Fackelträger gelangte –, die anderen, um die in hektische Aktivität verfallenen Posten von der Mauerkuppe herunterzuholen. Jeder Ritt brachte sie dem eigentlichen Zentrum des Geschehens näher, dem Haus der Torwache, wo Ashwarawu sein kräftiges schwarz-weiß geschecktes Pony bis unmittelbar vor die brennenden Stadttore gelenkt hatte und es dazu anhielt, mit den Hinterläufen gegen das nachgebende Holz der Tore zu treten.

Die Krieger in seiner unmittelbaren Umgebung schossen mit ihren Bogen auf jeden, der ihren Anführer aufs Korn zu nehmen versuchte, während die übrigen To-gai-ru die Mauer erklommen und sich mitten unter ihre Feinde warfen.

Allein die schiere Wucht des Angriffs und die durch nichts zu beeinträchtigende Tapferkeit und Hingabe Ashwarawus schienen den Erfolg zu garantieren; es schien, als könnten sie hier einen überwältigenden Sieg erringen. Zwar gab Brynn sich nicht der Illusion hin, mit einer so begrenzten Anzahl von Kriegern eine Stadt von der Größe Dharyans halten zu können, trotzdem hatte sie das sichere Gefühl, dass sie Behren hier einen empfindlichen Schlag versetzen und als Helden in die Steppe zurückkehren konnten.

Die Zähne in wilder Entschlossenheit zusammengebissen, beobachtete Brynn, wie zwei ihrer Kampfgefährten, einen riesigen mit Öl gefüllten Schlauch in den Händen, unmittelbar neben dem Wachhaus auf das Fundament der Mauer zuhielten. Dort holten sie Schwung und schleuderten ihn über den Mauerrand, wo ein Bogenschütze ihn genau in der Mitte traf; sein Pfeil zerriss die Haut und erzeugte einen gewaltigen Feuerball.

Doch dann bemerkte Brynn eine zweite Flamme, ein brennendes Geschoss, das in weitem Bogen durch den dunklen Himmel über Dharyan segelte.

Sie versuchte, nicht darauf zu achten, konzentrierte sich auf ihr Ziel und holte einen weiteren behrenesischen Soldaten von der Mauer.

Das anhaltende Horngeschmetter im Norden und Süden, das mit jeder Fanfare näher zu kommen schien, war jedoch nicht so leicht auszublenden.

Obwohl es ganz den Anschein hatte, als könnten die Tore Dharyans jeden Moment fallen, krampfte sich Brynns Magen vor lauter Anspannung zusammen.

Obwohl ihm die Vorstellung, einem Chezhou-Lei-Krieger den Rücken zuzukehren, zuwider war, fuhr Pagonel blitzschnell herum, um der Attacke der beiden behrenesischen Krieger ein wenig von ihrem Schwung zu nehmen, als er aus dem Augenwinkel eine Bewegung bemerkte.

Während Wan Atenn von hinten angriff, hielten die beiden Behreneser vor ihm plötzlich inne und gingen in Abwehrhaltung, um sich gleich darauf verdutzt umzudrehen, als das verdrehte Etwas über den Mauerrand geflogen kam. Pagonel ließ sich blitzschnell nach hinten fallen.

Der mit Öl gefüllte Schlauch explodierte in der Luft und verwandelte die beiden Behreneser in lebende Fackeln. Wan Atenn dagegen kam, wenn auch geblendet, mit dem Schrecken davon.

Pagonel kam wieder auf die Füße und trat dem Chezhou-Lei, der sein Schwert noch immer über dem Kopf erhoben hatte, unmittelbar unterhalb der Rippen in den Leib. Dann streckte er sich, trat noch einmal zu, verhaltener mit dem rechten, ehe er den Chezhou-Lei mit dem linken Fuß nach hinten schleuderte und ihn dabei um seine eigene Achse drehte.

Pagonel kam am Rand der Brüstung gerade wieder auf die Beine, als Wan Atenn hinter ihm in den Innenhof der Burganlage stürzte. Er hätte sich auf ihn werfen können, aber dazu fehlte ihm die Zeit, denn er wusste, wie es in Wahrheit stand.

Er trat an die Mauerbrüstung, schaute nach Süden und sah die Fackeln der nahenden Streitmacht – eine Streitmacht von mehreren hundert Mann, wie er sofort erkannte.

»Flieht!«, rief er den Kriegern außerhalb der Stadtmauern zu, ehe er auf die Zinnen kletterte, wild mit den Armen rudernd die Aufmerksamkeit auf sich zu lenken versuchte und sich bereitmachte, nach unten zu springen. »Eine Falle! Flieht!«

Doch im Getöse der Schlacht war seine Stimme nur ein kaum hörbares Flüstern.

Wan Atenn, in der Erwartung, sein Gegner werde sich auf ihn stürzen, wappnete sich und hielt das Schwert schützend über seinen Körper.

Als ihm niemand nach unten folgte und er wieder zu Atem kam, erhob sich der stolze Krieger schwerfällig vom Boden.

Nichts hätte er lieber getan, als wieder hinaufzuklettern und es dem Jhesta Tu heimzuzahlen, aber das kam nicht in Frage – nicht jetzt. Ohne die beiden brennenden Soldaten weiter zu beachten, die ganz in seiner Nähe wild um sich schlagend auf der Erde lagen, stapfte der Chezhou-Lei auf unsicheren Beinen zum nahen Tor.

Ein Blick über die Schulter verriet ihm, dass sich mittlerweile auch die übrigen Männer seines Kommandos aus den Schatten der Gebäude in unmittelbarer Nähe des Wachhauses lösten, um in das Geschehen einzugreifen. Er machte den Befehlshaber des Trupps auf sich aufmerksam, deutete dann auf das brennende und einsturzgefährdete Tor, ehe er auf eine neben dem Wachhaus lehnende Leiter sprang und hinaufkletterte.

Zu diesem Zeitpunkt, da die Fackeln der beiden Zwanzigerkarrees immer näher kamen und die To-gai-ru schließlich erkennen mussten, dass sie in der Falle saßen, herrschte im Bereich unmittelbar vor dem Tor das reinste Chaos. Wan Atenn konnte den verhassten Jhesta Tu im Gedränge nirgendwo ausmachen, entdeckte dafür aber eine andere Gestalt, eine, die er sofort wiedererkannte.

Ashwarawu befand sich noch immer unten vor dem Tor, wo sein bockendes Pferd hart gegen das Holz trat, während der Rebellenführer mit lautem Gebrüll dazu aufforderte, den Angriff fortzusetzen, obwohl die bevorstehende Wende in der Schlacht bereits abzusehen war.

Ashwarawu!

Schlagartig war jeder Gedanke an den Mystiker der Jhesta Tu vergessen. Wan Atenn lief zum Wachhaus direkt über dem Tor, stieß die wenigen Posten zur Seite, die sich noch im Gebäude befanden, und ignorierte das Handgemenge gleich neben sich, wo es mehreren To-gai-ru gelungen war, die Mauer zu erklimmen.

Sein Interesse galt einzig und allein dem sich weiter unten abspielenden Geschehen.

Die Tore gaben nach; Wan Atenns Soldaten drängten sich in das Getümmel aus To-gai-ru und schoben sich an Ashwarawu vorbei, der mit seinem gewaltigen Schwert erst einen und dann noch einen zweiten Mann niederstreckte.

Ein breites Grinsen im Gesicht, ließ sich der Chezhou-Lei von oben fallen.

Den Bogen wieder an seinem Platz neben ihrem Sattel, das Schwert fest im Griff, veranlasste Brynn Nesty immer wieder zu riskanten Manövern, während sie auf einen behrenesischen Verteidiger nach dem anderen einschlug. Das Tor war gefallen, und der Feind strömte aus der Stadt, um den Angriff gleich hier, im Engpass vor dem Tor, abzuwehren.

Aber noch, das wusste Brynn, reichte die Zahl der Gegner nicht aus – zumindest nicht die aus der befestigten Stadt –, um die Angreifer zu überwältigen.

Ein flüchtiger Blick hinüber zu den im Norden und Süden aufleuchtenden Fackeln verriet ihr unmissverständlich, dass der Augenblick gekommen war, sich auf breiter Front zurückzuziehen.

Mitten im Kampfgetümmel erblickte sie Ashwarawu, der wild um sich schlagend einen Gegner nach dem anderen niederstreckte, bei jedem vernichtenden Hieb ein schadenfrohes Strahlen im Gesicht. Er schien alle in seiner unmittelbaren Umgebung weit zu überragen und beherrschte, ein Gott unter lauter Sterblichen, so deutlich das Schlachtfeld, dass Brynn sich dabei ertappte, wie sie ihren instinktiven Drang zu fliehen in Frage zu stellen begann. Würden Ashwarawus Kräfte ausreichen, um sie alle durch diese blutige Nacht zu bringen?

Doch dann ließ sich eine Gestalt neben den hünenhaften Krieger fallen und riss ihn zu Boden.

Brynn drängte ihr Pferd mit aller Macht in die Richtung ihres Anführers, ehe ihr von zwei mit einem Reiter der To-gai-ru ringenden behrenesischen Soldaten der Weg abgeschnitten wurde und sie gezwungen war, mit ein, zwei schnellen Schlägen ihres Schwertes zu verhindern, dass ihr Kampfgefährte vom Pferd gerissen wurde.

Als sie sich wieder zum Tor umdrehte, waren Ashwarawu und der Mann, der sich hatte fallen lassen, bereits wieder auf den Beinen und standen einander gegenüber. Der Rebellenführer riss eine riesige Axt von seinem Rücken und schlug voller Ungestüm zu.

Brynn hatte jedoch den Eindruck, als sei er leicht benommen, denn seine viel zu aggressive Attacke verfehlte weit ihr Ziel und brachte ihn stattdessen aus dem Gleichgewicht.

Sein Gegner wich gekonnt zur Seite aus, gelangte so in Ashwarawus Rücken, um gleich darauf wieder vorzuspringen und dem Rebellenführer mit einem waagrechten Hieb seines Schwerts den Bauch aufzuschlitzen. Ashwarawu taumelte leicht nach vorn gekrümmt zurück; sein Gegner ging in die Hocke, sprang vor, richtete sich blitzschnell wieder auf, riss die Klinge mit einer Seitendrehung nach oben und enthäutete Ashwarawus Gesicht vom Kinn bis hinauf zur Stirn.

Die explosionsartige, tiefrote Gischt, der grauenvolle Anblick Ashwarawus, der mit schlaff am Körper herabhängenden Armen dastand, den Rücken leicht nach hinten gekrümmt, den Kopf von der schieren Wucht des vernichtenden Schlags zurückgeworfen, bewirkte, dass Brynn zutiefst entsetzt zusammenzuckte.

Brynns Grauen und ihre Furcht vor diesem unheimlichen Gegner nahmen noch zu, als der behrenesische Krieger sich einmal um die eigene Achse drehte, um seiner sirrenden Klinge den nötigen Schwung zu geben, und mit einem perfekt ausgeführten Hieb Ashwarawus Kopf von dessen Schultern schlug.

Brynn zögerte keine Sekunde; mit aller Gewalt riss sie ihr Pferd herum, befahl unter lautem Gebrüll den Rückzug und schlug sogar auf die Hinterteile der to-gai-ruschen Ponys ein, um sie vom Schlachtfeld zu vertreiben.

Viele, mehr Behreneser als To-gai-ru, ließen dort ihr Leben, und die meisten Rebellen schafften es tatsächlich kehrtzumachen, sich aus dem Getümmel zu befreien und in gestrecktem Galopp in westlicher Richtung davonzureiten.

Die ganze Zeit über versuchte Brynn vergeblich, ihren einzigen Freund unter den Rebellen zu entdecken, den Mystiker, der mittlerweile sehr viel mehr für sie geworden war als nur ein Verbündeter.

Wahrscheinlich war er tot oder lag gefangen auf der anderen Mauerseite; mit diesem ebenso düsteren wie beunruhigenden Gedanken im Hinterkopf, und weil es hier in diesem blutigen Chaos für sie nichts mehr zu gewinnen gab, ließ sie Nesty nach Westen abdrehen und presste ihm die Sporen in die Flanken, sodass er einen Satz nach vorne machte und dabei gleich noch zwei behrenesische Soldaten niedertrampelte.

Kaum hatte sie sich befreit, griff sie erneut zum Bogen, hob ein Bein über den Sattel und drehte sich im Steigbügel herum, sodass sie nach hinten schaute. Ein Pfeil nach dem anderen flog sirrend in die behrenesischen Reihen; es gelang ihr, zehn Pfeile abzuschießen, bevor sie erneut Schlachtenlärm vernahm, von einem Gefecht, das irgendwo südlich von ihr stattfand. Allein von dem Gedanken getragen, ihren Landsleuten zu helfen, trieb sie ihr Pferd in diese Richtung, ehe sie erkennen musste, wie aussichtslos ihre Lage in Wirklichkeit war.

Ein riesiges Heer behrenesischer Soldaten aus Jacintha drängte sich von Norden und Süden um die auf dem Rückzug befindlichen To-gai-ru und schloss sich den Kiefern eines hungrigen Wolfes gleich um seine Beute. Mit Tränen in den Augen und dem Mut der Verzweiflung stürzte sich Brynn mitten ins Kampfgetümmel.

Sie teilte einige Hiebe aus, und eine Zeit lang gelang es ihr sogar, sich gegen die sie umringenden Krieger zu behaupten – so nachdrücklich, dass schließlich immer mehr vor ihr zu fliehen begannen, statt sie weiter anzugreifen.

Dann bohrte sich ein Pfeil tief in ihre Seite, streifte ihre Rippen und blieb in der Lunge stecken. Schlagartig versank die Welt rings um sie in grauem Nebel, und sie verlor zusehends die Orientierung.

Die ungeheuren Schmerzen erzeugten ein Schwindelgefühl, das sie nach vorne auf Nestys Hals sinken ließ; sie nahm den eindrucksvollen Reiter nicht einmal mehr wahr, der sich unmittelbar neben sie schob, das Krummschwert hoch erhoben, um das Werk zu vollenden, das mit dem Pfeil begonnen worden war.

Für Chezhou-Lei Dahmed Blie war dies der Gipfel seines Ruhms, ein Augenblick, der ihm einen gewaltigen Aufstieg innerhalb seines mächtigen Ordens sichern würde. Die To-gai-ru hatte in dem kurzen Gefecht hier draußen todesmutig gekämpft; eine ganze Reihe seiner Krieger konnte das bezeugen. Es war ihm gelungen, sie abzudrängen und anschießen zu lassen, und jetzt würde eine ganze Reihe von ihnen sehen, wie er ihr den Todesstoß versetzte und den Preis für sich forderte.

Das Schwert hoch über dem Kopf erhoben, lenkte er sein Pferd dicht neben ihr braunweiß geschecktes To-gai-Pony, als eine Gestalt, eine männliche Gestalt, mit einem Riesensatz hinter Nesty hervorgesprungen kam.

Bei seiner Landung auf dem Rücken des Ponys – unmittelbar hinter der zusammengesunkenen Brynn – zwängte Pagonel einen Fuß zwischen Sattel und Flanke und schwang sein Schienbein über Nestys breiten Rücken, um nicht das Gleichgewicht zu verlieren. Dann streckte er seinen vorderen Fuß und trat dem völlig verdutzten Pferd des Chezhou-Lei in die Weiche; doch damit hatte sich sein Schwung noch nicht erschöpft, und es war auch nicht der letzte Treffer. Der erfolgte in Gestalt eines Stoßes mit der flachen Hand, deren gestreckte Finger genau auf die Kehle des überraschten Chezhou-Lei zielten, sich in die Haut des Mannes bohrten und seine Luftröhre zertrümmerten.

In dieser Stellung verharrten sie noch eine Weile, bis dem Chezhou-Lei das Schwert entglitt, das auf der anderen Seite seines Pferdes in den Staub fiel. Wie in Zeitlupe versuchte Dahmed Blie mit zitternden Händen nach Pagonels ausgestrecktem Arm zu greifen.

Der Jhesta Tu riss seine blutverschmierte Hand heraus und zog sich mit Hilfe seines eingezwängten Fußes wieder ganz auf Brynns Pony. Dann schlang er seine Arme um sie und gab dem Pony die Sporen, das mit langen Sprüngen davongaloppierte.

Hinter ihm sackte Dahmed Blie nach vorn; er saß jedoch so fest im Sattel, dass dieser mit ihm zusammen zur Seite rutschte, bis der tote Krieger unter seinem Pferd im blutdurchtränkten Morast baumelte.

Ein gutes Stück abseits des im Süden der Stadt gelegenen Schlachtfelds ließ Pagonel die schwer verletzte Frau vorsichtig zu Boden gleiten. Dann ging er in sich, berührte die Quelle seines Lebens und seiner Kraft, ließ wärmende Energie in seine Hände strömen und massierte die Wunde in Brynns Brustkorb, wo noch immer der Pfeil hervorragte. Er war sich bewusst, dass er den Pfeil würde herausziehen müssen, aber zuerst musste er ihr Kraft verleihen, indem er Energie von seinem Körper in den ihren fließen ließ.

Pagonel hörte die Geier über ihren Köpfen kreisen, hörte die Schreie des fernen Schlachtfelds, von Männern, die hilflos im Schlamm starben.

Er blendete sie aus, konzentrierte sich stattdessen ganz auf Brynn und ließ seine Energie auf sie übergehen.

Dann, plötzlich, hielt er inne und riss die Augen auf. Schlagartig wurde ihm bewusst, dass er nicht allein in ihrem Körper war, dass seine Energie nicht die einzige Heilmagie war, die durch ihren geschundenen Körper strömte.

Ihr Barett! In diesem Augenblick dämmerte Pagonel, dass es mit einem Zauber belegt war.

Nachdem er erkannt hatte, worauf sich die Zähigkeit der Pauris in Wahrheit gründete, hätte der Mystiker beinahe laut aufgelacht. Aber auch mit dem Barett wollte sich keine rechte Freude bei ihm einstellen, denn er war keineswegs sicher, ob es reichen würde.

Nahezu eine Stunde befasste er sich mit ihr; erschöpft, den blutigen Pfeil neben sich auf dem Boden, hob er Brynn anschließend wieder vom Boden auf und band sie quer über Nestys Rücken. Er ergriff die Zügel des Ponys und brach abermals in Richtung Süden auf.

Der Frühling war längst unmerklich in Sommer übergegangen, als Pagonel und die aufgrund der kaum verheilten Wunden noch immer bewusstlose Brynn in das unter dem Namen Feuerberge bekannte Gebiet gelangten. Am Fuß des fünftausend Stufen hohen Aufstiegs zur Wolkenfeste befreite Pagonel Nesty von seinem Sattelzeug und schickte ihn mit einem Klaps hinüber zu den tief liegenden Feldern, auf denen sich bereits einige andere Pferde tummelten.

Anschließend legte sich der Mystiker die völlig entkräftete Brynn über die Schultern, begann seinen Aufstieg und machte erst wieder Halt, als er das abgelegene Kloster erreicht hatte.

Die ungläubigen Blicke, die ihm bei seinem Eintreffen entgegenschlugen, kamen keineswegs unerwartet, denn er hatte nahezu gegen jede Übereinkunft verstoßen, die das unangekündigte Mitbringen von Besuchern zur Wolkenfeste regelte.

Einer der überraschtesten Blicke, die ihm sein Erscheinen eintrug, stammte von seinem Freund und Ratgeber, Meister Cheyes.